Todessöhne

Für Leonie und Maximilian

Burkhard Schröder

TODES-SÖHNE

THRILLER

FSC
www.fsc.org
MIX
Papier aus ver-
antwortungsvollen
Quellen
Paper from
responsible sources
FSC® C105338

Bibliografische Information der Deutschen Nationalbibliothek
Die Deutsche Nationalbibliothek verzeichnet diese Publikation in
der Deutschen Nationalbibliografie; detaillierte bibliografische Daten
sind im Internet über http://dnb.d-nb.de abrufbar.

*Die automatisierte Analyse des Werkes, um daraus Informationen
insbesondere über Muster, Trends und Korrelationen gemäß § 44b
UrhG (»Text und Data Mining«) zu gewinnen, ist untersagt.*

© 2025 Burkhard Schröder

Verlag: BoD · Books on Demand GmbH, Überseering 33,
22297 Hamburg, bod@bod.de
Druck: Libri Plureos GmbH, Friedensallee 273,
22763 Hamburg

ISBN: 978-3-7597-2398-7

PROLOG

Charly Williams war seit über zwanzig Jahren das, was man sich für gewöhnlich unter einem waschechten Seebären vorstellt. Seine vom Wetter gegerbte Haut, die wuseligen grauen Haare, die unter seiner Golfmütze ihren Weg suchten und seine raue Stimme ließen keinen Zweifel an seiner Berufung. Es war noch früh, als der kleine, aber drahtige Mann die letzten Vorbereitungen an Bord seiner Jennifer II traf. Das weiße Schiff verfügte über alle erdenklichen Annehmlichkeiten für die Gäste der Hochseeangeltouren im Golf. Charly pfiff zufrieden Sitting on the dock oft the bay und ein Lächeln umspielte seine herzlichen Gesichtszüge. Heute würde er zwei Banker aus Miami und einen Vater mit seinen drei Söhnen in Fanggebiete vor Cape Coral schippern. Für Charly war es ein Leichtes mit der Fischortung die reichen Bestände der Snapper, Grouper oder den Kings Fischen zu finden. Captain Charly Williams hatte sich längst einen Namen gemacht und wurde häufig empfohlen. In den Sozialen Medien posteten die Angler stolz ihre Fänge und berichteten von abenteuerlichen Tagen an Bord der Jennifer II.

Er schleppte die Tasche mit gekühlten Getränken unter Deck, als eine schwarze Limousine in eine Parkbucht am Hafen von Cape Coral einbog und zwei geschniegelte junge Männer auf dem hölzernen Pier auf ihn zukamen.

»Guten Morgen Captain. Mein Name ist David Crown und das ist Peter Miller«, stellten sich die Banker vor.

Beide erfüllten bis auf das I-Tüpfelchen das Klischee eines Bankers. Mit manikürten Händen, gestylten Haaren unter den Schirmmützen und Abercrombie & Fitch Shirts standen sie mit ihren jungfräulich wirkenden Angeln vor Charly und nahmen ihre Designer Sonnenbrillen zur Begrüßung ab.

»Guten Morgen. Nennen Sie mich einfach Charly. Herzlich

willkommen an Bord. Ihr Gepäck bringen Sie am besten gleich unter Deck in Ihre Kabinen Nummer 2 und 3.«

Der Skipper sah sich die Reservierungen an und zog die buschigen Augenbrauen hoch. Die beiden Yuppies aus Miami waren noch keine 30 Jahre alt und fuhren zum ersten Mal zu einem Angeltörn. Leute ohne Erfahrungen waren stets anstrengender zu handeln. Erleichtert checkte Charly die zweite Reservierung. Mister George Goossen mit seinen drei Söhnen hatte bei seiner Buchung Erfahrungen beim Angeln angegeben. Die Familie reiste aus North Carolina an und sollte so langsam auch eintreffen. Charly wollte pünktlich um 9 Uhr den Hafen verlassen und es war bereits zwanzig vor neun, als der Chevi Van auf dem Weg zur Marina die Midpoint Bridge überquerte.

»Jungs, wir haben es fast geschafft«, stellte George fest.

»Wir waren auch lange genug unterwegs«, maulte sein jüngster Sohn Paul und streckte sich.

»War die Fahrt denn so unbequem?«, wollte der 42jährige George wissen.

Der generalüberholte Van war zwar 26 Jahre alt, doch komfortabel, geräumig und bequem gepolstert. George hatte den V8 extra für diese Tour gekauft. Seit der Trennung von seiner Frau war dies der erste Urlaub mit seinen heranwachsenden Söhnen und er freute sich auf die nächsten zehn Tage. Sie hatten während ihrer Anreise schon SeaWorld in Orlando und Bush Gardens in Tampa mit seinen riesigen Achterbahnen einen Besuch abgestattet und das Hochseeangeln war ein weiterer Höhepunkt in ihrem Urlaub.

»Wir waren lange unterwegs, aber ich bin froh endlich meine Angel auswerfen zu können«, meinte Mike.

Der ältere der Brüder war George wie aus dem Gesicht geschnitten. Er hatte die gleiche markante Gesichtsform und die schönen blauen Augen seines Vaters. Ganz anders als seine Brüder, die eher mit ihrer Mutter Ähnlichkeit hatten. Wenn George Goossen seine gespiegelte Sonnenbrille aufsetzte, ging er glatt für George Clooney durch. Es war nicht selten, dass er auf ein Autogramm angesprochen wurde und im Büro sprach man eh nur von Clooney, wenn man auf ihn zu sprechen kam. Er störte sich zwar nicht daran, aber manchmal nervte es ihn doch. Er lenkte den Van in die Parklücke und die Jungs sprangen gleich aus dem Wagen.

»Hey! Immer mit der Ruhe. Vergesst euer Gepäck nicht«, mahnte George, bevor er seine Tür öffnete.

»Brauchen wir alles, Vater?«, fragte Mike ungläubig.

»Natürlich nicht. Aber wir lassen trotzdem nichts im Wagen, was gestohlen werden könnte.«

Charly sah die vier Männer über den Pier auf die Jennifer II zusteuern. Die Menge an Gepäck war erschreckend. An Bord war es eng und die vielen Koffer und Rucksäcke unterzubringen würde nicht leicht werden, wusste der erfahrene Skipper.

»Mister Goossen nehme ich an. Mein Name ist Charly und ich bin Ihr Skipper an den nächsten zwei Tagen. Wollen Sie tatsächlich Ihr gesamtes Gepäck an Bord bringen? Ich fürchte, dazu reicht der Platz nicht aus«, begrüßte sie der Captain und glaubte einen berühmten Hollywood Star vor sich zu haben.

»Guten Tag Charly. Das glaube ich. Aber ich will es auch nicht zwei Tage lang unbeaufsichtigt im Auto lassen.«

»Das ist kein Problem. Ich habe gleich dort hinten einen bewachten Lagerraum, in dem Sie Ihr Gepäck sicher verwahren können«, sagte Charly und sprang in einem Satz von Bord. »Folgen Sie mir einfach«, sagte er und schritt zügig voran.

Wieder an Bord hatte der alte Peter, der Charly bei den Touren zur Hand ging, und auch für die kleine Kombüse zuständig war, alle Vorbereitungen zum Ablegen getroffen. Die Banker standen neugierig an der Bordwand und stellten Peter einige unsinnige

Fragen, als Charly den schnurrenden Motor anwarf. Langsam steuerte er die Jennifer II aus dem Hafenbecken auf die offene See. Erst als George mit seinen Söhnen und ihrer Ausrüstung an Deck kam, drehte sich der Captain zu ihnen herum und gab die ersten Anweisungen für den Törn.

»Wenn Sie zur Toilette müssen, finden Sie das Bad gleich vorne rechts unter Deck. Falls jemand Durst oder Hunger verspürt, wenden Sie sich bitte an Peter. Er ist für seine grandiosen Thunfisch-Sandwiches in Cape Coral berühmt«, fügte er augenzwinkernd hinzu und korrigierte leicht den Kurs.

Sie hatten das offene Meer erreicht und der wortkarge Peter steckte die letzte Angel vorbereitet in den Köcher und die Banker schauten ihm neugierig dabei zu.

»Wie ich sehe, sitzen die Handgriffe der Männer aus North Carolina perfekt«, sagte Charly und zündete sich eine Pfeife an. »Wenn wir vielversprechende Gewässer erreicht haben, werde ich mich zu Ihnen gesellen. Bis dahin achten Sie besser darauf nicht über Bord zu gehen. Im Golf gibt es über 20 verschiedene Hai Arten und unter ihnen sind auch vier, die dem Menschen gefährlich werden können«, warnte der Skipper. »Ach ja. Natürlich wimmelt es hier auch geradezu von Barrakudas. Auch sie würden uns gerne anknabbern, wenn sie die Gelegenheit dazu bekommen«, lachte Charly.

Den Bankern war das Entsetzen ins Gesicht geschrieben und sie wichen ein Stück von der Reling zurück.

»Anglerlatein«, scherzte George, um seine Jungs zu beruhigen.

Die See war ruhig und das Festland war nicht mehr zu sehen, als der Captain den Motor abschaltete und zu ihnen herunter kam. Charly zündete sich eine neue Pfeife an und lächelte seine Chartergäste zufrieden an. »Peter, bereite die Kescher und Wannen für den Fang vor«, sagte Charly.

»Ist es soweit? Hier angeln wir?«, fragte Crown und setzte wieder seine Schirmmütze auf.

»Ich glaube ein besseres Fanggebiet werden wir nicht finden.«

»Sie erzählten gerade von den gefährlichen Fischen. Ich hoffe es gibt ausreichende Sicherheitsmaßnahmen, falls das Boot kentert«, sagte der vierzehnjährige Paul Goossen.

»Junger Mann, ich darf dir versichern, dass ich mit der Jennifer II schon seit mehr als 8 Jahren diese Touren mache und noch nie ist etwas passiert. Und davor 14 Jahre mit der Jennifer I.«

»Und wenn doch etwas passiert?«

Charly kratzte sich hinter dem Ohr. »Hm, ja dann sind für jeden Rettungsringe und Schwimmwesten an Bord. Das wichtigste ist aber eine große Rettungsinsel mit GPS und allen technischen Extras. Also keine Sorgen.«

Einer nach dem anderen warf seine mit Ködern bestückte Angel aus und machte es sich auf den Stühlen bequem. Nur die Banker Crown und Miller blieben neben ihren Angeln stehen und blickten neugierig auf die Meeresoberfläche. George bemerkte ihre Aufregung.

»Es ist Ihr erster Angeltörn, nicht wahr?«, fragte er sie amüsiert.

»Ja, in etwa«, antwortete Crown. »Wir haben schon auf den alten Brücken der Keys ab und zu geangelt. Doch immer wieder mussten wir unseren Fang gegen die frechen Pelikane verteidigen.«

»Das kann ich mir gut vorstellen«, sagte Charly, der das Gespräch mitbekam und hielt sich vor Lachen seinen Bauch. »Das wird Ihnen hier nicht passieren. Für die Pelikane sind wir zu weit vom Land entfernt. Aber sehen Sie doch! Ihre Angel zuckt. Es hat einer angebissen!«

George und seine Söhne sprangen fast gleichzeitig auf und sahen neugierig ins Wasser. Peter Miller kurbelte die Spule seiner Angel. »Nicht so schnell! Nehmen Sie die Angel in die Hand, damit sie ihn spüren und ziehen Sie ihn langsam heran«, forderte ihn Charly auf.

Jetzt zuckte auch die Rute von Georges mittlerem Sohn David. Doch er schien vollkommen unaufgeregt und wirkte selbstsicher, als er seine Angel aus dem Köcher nahm. George legte ihm väterlich die Hand auf die Schulter.

»Du machst das gut, David. Ich glaube, in der Sunshine Bar werden wir morgen grandios schlemmen!«

Er wusste, dass es rund um Cape Coral einige Restaurants gab, welche die Fische der Angler zubereiteten oder aufkauften. Noch bevor Miller seinen Fisch einholen konnte, schlugen auch die Ruten von Crown, Mike und Paul aus. Während Paul und Mike souverän mit ihren Angeln umgingen, machte es ihnen der unerfahrene Banker Crown einfach nach. Miller zog einen hübschen Bluefish in den Kescher. Der Mann strahlte vor Freude, als Peter den Fisch mit dem großen Kescher an Bord hievte und in ein vorbereitetes Becken fallen ließ. Mike und Paul hatten jeweils einen Cobia von knapp 80 cm Länge an der Angel. Der Barsch kämpfte lange, bis er schließlich auch im Kescher landete.

»Da haben Sie eine Köstlichkeit gefangen, Mister Crown!«, stellte Charly fest. »Das Fleisch vom Red Snapper ist weiß, fest und schmeckt nicht so intensiv nach Fisch. Gratulation.«

Nur Georges Angel rührte sich nicht. Doch für ihn ging es darum, dass seine Söhne Erfolg und Spaß hatten. Grinsend stand er an der Reling, als der Skipper zu ihm trat. »Machen Sie sich nichts daraus, Mister Cloo.. äh Goossen«, korrigierte er sich.

George lachte. »Sagen Sie ruhig Clooney zu mir. Ich habe mich mit der Ähnlichkeit des Schauspielers längst abgefunden«, sagte er und hob demonstrativ zweimal seine Augenbrauen, wie in der Kaffeewerbung..

Während sein ältester Sohn die Augen verdrehte, fielen alle

anderen in Gelächter. Peter kam zu ihnen und brachte Coke und kaltes Bier. Seit sich seine Scheidung herumgesprochen hatte, konnte sich der 44jährige George kaum vor Angeboten retten. Selbst 20jährige Frauen himmelten ihn verliebt an und kaum war er mal mit Kollegen in einer Bar, machten ihm liebeshungige Frauen eindeutige Angebote und flirteten ihn an. Für George war es dennoch zu viel des Guten und meistens lehnte er ab, denn noch immer litt er unter der Trennung. Seine Geschäftsreisen hatten letztendlich zu ihrer Trennung geführt und heute würde er sofort seinen Job wechseln, wenn er eine zweite Chance bei Samantha hätte. Gedankenverloren bemerkte er nicht, dass sich auch seine Angel rührte.

»Sie scheinen heute doch nicht leer auszugehen«, meinte Charly und deutete auf seine Angel. »Das hätte mich auch gewundert.«

Doch die Angelrute bog sich extrem. Das konnte kein normaler Fisch sein, der angebissen hatte. Sofort stand der Skipper zu seiner Seite und befestigte die Rute zusätzlich mit einem Stahl-Karabiner an einem Drahtseil. »Lassen Sie die Angel im Köcher und schauen wir erstmal, was Sie am Haken haben«, forderte ihn Charly auf. Er übernahm seine Angel und löste die Bremse der Spule, die sofort surrend mehr Leine freigab. »Peter, bring Wasser zur Kühlung der Spule«, forderte ihn der Skipper auf. Plötzlich ließ der Zug nach und die Angel stand wie zuvor in ihrem Köcher.

»Merkwürdig«, meinte George, als er das sah.

Charly nickte. »Entweder er hat sich losgebissen, oder er kommt näher. Kein gutes Zeichen«, sagte er und zog kurbelnd Meter für Meter die Schnur ein.

Inzwischen starrten alle gespannt auf die Wasseroberfläche. Dabei lehnte sich Mike etwas weiter über die Reling und kräuselte die Stirn. Da war ein weißer Kasten am Rumpf des Schiffes für ihn erkennbar. Doch George zog ihn an der Schulter zurück, denn rings um das Boot waren jetzt mehrere Haiflossen zu sehen. Als unvermittelt ein Tigerhai vor dem Schiff mit aufgerissenem Maul auftauchte, zerschnitt Charly sofort die Schnur.

»Mein Gott, was für ein Monstrum ist das?«, fragte Miller erschrocken.

Außer Paul und dem Skipper wichen alle zurück.

»Ein Tigerhai-Weibchen«, antwortete Charly.

»Woher wissen Sie, dass es ein Weibchen ist?«, fragte Crown. »Haben Sie dem Hai unters Röckchen geguckt?«

»Das Exemplar war über 5 Meter groß. Männchen werden höchstens 3 Meter groß. Im Golf sind sie öfter zu sehen. Ungewöhnlich ist nur, sie tagsüber in Gruppen anzutreffen.«

»Sind Tigerhaie für den Menschen gefährlich?«, fragte Miller.

»Tigerhaie wollen nicht speziell Menschen fressen«, antwortete der Skipper. »Doch in ihren Bäuchen wird praktisch alles gefunden. Mexikanische Nummernschilder, Farbdosen und Trommeln. Sie sind dafür bekannt, dass sie fast alles fressen, was ihnen vor die Nase kommt. Deshalb sind sie auch für uns gefährlich. Oftmals denken sie vor einem Angriff nicht nach, um was es sich bei der Beute handeln könnte. Diese hier wurden durch unsere Beute aufmerksam«, erklärte Charly.

Noch immer waren in näherer Umgebung die Flossen zahlreicher Haie zu sehen.

»Dann macht es keinen Sinn mehr hier zu angeln«, stellte George fest.

»Nur wenn wir die Haie weiter anlocken wollen. Entweder wir brechen ab oder suchen ein anderes Fanggebiet. Sie haben die Wahl«, sagte Charly.

»Jetzt schon abzubrechen gefällt mir nicht«, meinte Miller und Crown nickte zustimmend.

»Was meinen Sie, Mister Clooney?«

»Ich bin dafür, dass wir zumindest versuchen ein neues fischreiches Gebiet zu finden«, entschied George.

Mike dachte an das weiße Kästchen, das er kurz am Rumpf gesehen hatte und fragte den Skipper nach dessen Bedeutung.

»Da kann nichts sein«, sagte Charly und ließ sich ungläubig die Stelle zeigen. Doch es schimmerte deutlich etwas Eckiges unter der Wasseroberfläche, das dort nicht hingehörte.

»Merkwürdig. Peter ist ein guter Taucher und wird das prüfen, wenn wir von hier weg sind«, sagte der Skipper, stieg die kleine Leiter zum Oberdeck empor und startete den Motor des Schiffes. Die Jennifer II glitt zügig über die sanften Wellen Richtung Westen. Peter brachte Crown und George ein weiteres Budweiser und für Charly und die Jungs eine kalte Coke. Zischend wurden die Dosen in der Mittagshitze geöffnet. Die Sonne stand hoch und alle trugen wieder ihre Schirmmützen und Sonnenbrillen. In North Carolina war es deutlich kühler, als in Florida, erzählte George und versuchte ein wenig Small Talk mit den Bankern.

»Im Sunshine State«, so erklärte Miller, »leben wir mit der Sonne, aber nicht in ihr.«

Trotzdem konnten George und seine Söhne die Sonne genießen und sie legten sich bequem in ihren Stühlen zurück. Während Peter in der Kombüse einen Mittagssnack vorbereitete, erzählten Crown und Miller von den Vorzügen Miamis.

Nach einer guten Stunde sagte Charly schließlich, dass sie ein neues fischreiches Gebiet erreicht hätten. Peter warf den Anker aus und Charly bereitete die nächsten Köder und die Angeln vor.

»Prüfe bitte mal, was da an unserem Rumpf hängt«, forderte ihn der Skipper auf. Peter hängte gerade die Leiter ein, als drei dumpfe Detonationen zu hören waren. Fragend sahen sich alle an. Dann war deutlich Rauschen zu hören und ein Blick durch die Luke bestätigte, dass Wasser eindrang. Voller Entsetzen holte Charly eine Pumpe, warf sie an und Peter rollte den Schlauch auf und warf das Ende über Bord. Panik machte sich unter den Männern breit, als sie feststellten, dass sich das Schiff trotzdem weiter mit Wasser füllte. Die Pumpe schaffte es nicht, die schnell eindringenden Wassermassen abzupumpen. Jetzt wusste Charly, was Mike da gesehen hatte. Es mussten kleine Sprengkörper gewesen sein. Doch wer sollte das machen? Der freundliche Captain war beliebt und hatte gewiss keine Feinde. Oder waren seine Gäste das Ziel? »Die Rettungsinsel. Hole sie schnell herauf, Peter!«, befahl Charly. »Das Schiff ist verloren und wir müssen von Bord.«

Der Motor der Jennifer II erstarb und der Skipper rief über das Satellitentelefon die Küstenwache. Er informierte sie über ihren ernsten Notfall, gab die Koordinaten durch und sendete mit dem Funkgerät einen Notruf an alle umliegenden Schiffe. Ein Motorboot lag gute drei Kilometer entfernt. Doch Charly konnte auf seinen Notruf dort keine Reaktion feststellen.

»Die Küstenwache ist informiert. Sie schicken uns ein Schnellboot«, sagte er zur Beruhigung der Passagiere.

Peter hatte mit George inzwischen die Rettungsinsel an Deck geschafft und löste das automatische Aufblasen aus. Es zischte und die Insel entfaltete sich langsam, während das eindringende Wasser fast bis zur Kante des Oberdecks reichte. Alles unter Deck stand jetzt unter Wasser.

»Das dauert zu lange!«, sagte Charly genervt, während Peter die Schwimmwesten verteilte und Rettungsringe bereit legte.

Das Zischen der Luft war zu laut. Schließlich entdeckte Crown, dass die Luftkammern der Rettungsinsel zerstochen waren. Georges Söhne gerieten langsam in Panik und sein Jüngster fing an zu weinen.

»Keine Sorge, uns passiert nichts. Die Küstenwache ist gewiss schon unterwegs!«, beruhigte ihn George.

»Haben alle ihre Schwimmwesten an? Dann ab ins Wasser und

nehmt die Trinkwasserkanister mit. Wir müssen wegen dem Sog beim Untergang so weit wie möglich geschwommen sein!«, rief der Skipper, steckte eine wasserfeste Signalpistole in seine Jacke und hing sich die geladene Harpune um. Einer nach dem anderen sprang ins Wasser. George hielt seine Jungs zusammen und sie schwammen so schnell sie konnten weg von dem Boot. In 100 Metern Entfernung ging die Jennifer II geräuschvoll unter und das Meer schloss sich über ihr. Es begann zu dämmern. Zeit der Haie.

1

Durch das halb geöffnete Fenster drang das laute Prasseln des Regens auf die Fensterbank in sein Bewusstsein und riss Karsten Fischler endgültig aus seinen Träumen. Er öffnete die Augen und zog das dünne Laken bis zu seiner Nasenspitze. Das Gewitter der Nacht brachte die lang ersehnte Abkühlung in dem heißen Sommer. Sanft erhellte das diffuse Licht hinter den Plastik-Jalousien den Raum. Genug, um sich ein paar Minuten umzusehen, so wie er es jeden Morgen vor dem Aufstehen tat. Das alte Dampfbügeleisen stand auf dem hohen Rippen-Heizkörper und wartete darauf ein frisches Hemd zu glätten. Laut gähnend schälte er sich aus dem Bett, ging zum Fenster und zog die Jalousie hoch. Zu sehen gab es in dem schäbigen Hinterhof der Wuppertaler Nordstadt nicht viel. Die Hinterhöfe waren zumeist schäbig und zugemüllt. Aber das Sonnenlicht erhellte das Chaos in seinem Zimmer. Aus der klemmenden Schublade der verschrammten Kommode zog er eine frische Unterhose, und ein kurzer Blick auf den altertümlichen Radiowecker riet ihm, dass es Zeit war zu duschen, bevor sein Mitbewohner das Bad blockierte. Karsten hing an diesem Wecker, der ihn an den Film mit Bill Murray und dem Murmeltier erinnerte und den er für nur 5 Euro auf dem Vohwinkeler Flohmarkt gekauft hatte. Wahrscheinlich waren Millionen dieser Exemplare hergestellt worden. Mit seiner großen und sportlichen Erscheinung punktete der 26jährige, auch wenn sein Haar in den letzten Jahren dünner geworden war. Den Haarkranz fand er bald albern und so rasierte er seinen Kopf seit einiger Zeit. Mit seinem dunkelblonden Drei-Tage-Bart und den strahlenden Augen wirkte Karsten dennoch anziehend genug, dass er auf Frauen interessant wirkte. Er lebte erst seit fünf Jahren im Bergischen Land. Das Jobangebot einer Werbeagentur hatte ihn aus Flensburg hierher gelockt. Seine markante und männlich sonore Stimme machten ihn zusammen mit seinem norddeutschen Dialekt für die Werbefuzzis interessant. Geduscht und mit frischem Hemd saß er mit einem heißen Kaffee in der Küche, als Michael hereinkam. Bei ihm hatte er seit zwei Jahren Unterschlupf in der WG. Michael hatte, wie er, Probleme mit Haarausfall und war seinem Beispiel gefolgt und hatte ebenso seinen Kopf rasiert.

»Moin. Wann bekomme ich die rückständige Miete von dir, Käpt'n Fischstäbchen?«, fragte er ihn direkt.

»Moin. Ich habe gleich tatsächlich ein Bewerbungsgespräch für Tiefkühlfisch und werde dir Ende des Monats auf jeden Fall die Miete zahlen können«, sagte Karsten.

»Das dauert mir zu lange! Du weißt, dass es schon vier Monatsmieten sind, die du mir schuldest? Bei aller Freundschaft: Wenn du bis Ende der Woche nicht wenigstens 800 Euro auf diesen Tisch legen kannst, muss ich dich vor die Tür setzen.«

»Dann versuche ich später einen Vorschuss bei der Pizzeria zu bekommen oder ich leihe mir Geld«, sagte Karsten frustriert.

»Was soll das? Du weißt so gut wie ich, dass die keine Vorschüsse für Aushilfen zahlen. Du willst mich nur weiter hinhalten. Aber diesmal klappt das nicht!«

»Ich sagte dir doch, dass ich mir dann Geld leihe.«

Karsten Fischler wusste, dass er kein glückliches Händchen im Umgang mit Geld hatte. Zu oft war er pleite und konnte sich nicht mal sein Prepaid Handy aufladen. Hätte er einen festen Job, käme er zurecht. Doch der fehlte und die schlechtbezahlte Arbeit als Pizzabote war mit dem Fahrrad in dem bergischen Wuppertal mühselig. Nach dem Vorstellungsgespräch wollte er Veronika besuchen. Sie war zehn Jahre älter als er und gut verheiratet. Sie wohnte in einem schönen Einfamilienhaus mit Vorgarten und hatte ihm schon einmal ihre Hilfe angeboten.

»In dem Anzeigenblättchen von gestern sucht eine Firma nach Fahrern zur Überführung von Autos. Angeblich zahlen die gut. Bewirb dich doch«, sagte Michael und tippte auf ein Inserat in der Rundschau.

»Ob das seriös ist? Ich weiß nicht«, sagte Karsten und trank den letzten Schluck Kaffee.

»Das kannst du beurteilen, wenn du anrufst. Einen Versuch ist es wert«, sagte Michael.

»Du hast Recht. Gib mir die Annonce. Ich rufe da heute an.«

Er stand auf und stellte seine Kaffeetasse auf die Spüle, während Michael die Annonce fett umkreiste, die halbe Seite heraus riss und ihm reichte.

Karsten holte sein Rad vom Hinterhof und trug es durch das muffig riechende Treppenhaus. Er hatte 40 Minuten Zeit bis zu seinem Bewerbungsgespräch bei der Agentur in Unterbarmen. Die Steigungen auf der Strecke hielten sich in Grenzen und mit etwas Glück konnte er in einem Bistro noch vorher ein Baguette essen. Er prüfte sein Kleingeld und schwang sich aufs Rad. Da seine Mutter keinen Unterhalt mehr zahlte und er nicht wusste, wo sein Vater lebte, wollte er so bald wie möglich Bafög beantragen und sich in der Technischen Universität für ein Maschinenbaustudium einschreiben. Seinen Vater hatte er in seinem Leben nur dreimal gesehen, als er noch ein kleiner Junge war. Seine Mutter war vorher unglücklich verheiratet und das gespannte Verhältnis zu dem Stiefvater machte es ihm leicht, das Elternhaus zu verlassen. Er hoffte, nicht mehr als 10 Semester zu studieren und wollte mit 30 fertig sein. Im Maschinenbau wurden überall in Deutschland Leute gesucht. Er könnte sich den Arbeitgeber aussuchen, oder sogar im Ausland arbeiten. Das war sein Plan. Doch bis dahin musste er mal erst über die Runden kommen. Er entschied sich gegen das Baguette, um nicht sein weißes Hemd zu bekleckern und kam 20 Minuten zu früh zu seinem Vorstellungsgespräch. Die Empfangsdame war eine schrullige Rothaarige mit einer Dauerwelle, die er aus alten Filmen kannte. Sie passte so gar nicht in das klassische Bild einer jungen, modernen Werbefirma. Aber sie hatte ihn freundlich und professionell empfangen. Karsten kannte die Prozedere einer Bewerbung bei einer Agentur und machte sich keine Sorgen. Nur die Mietschulden und das Ultimatum Michaels quälten ihn an diesen Morgen. Lässig blätterte er in einer ausgelegten Fachzeitschrift, in der auch diese Werbeagentur in einem Bericht erwähnt wurde. Er fand aber nichts, was er nicht schon wusste. Unvorbereitet ging er nie zu einer Bewerbung. Er hatte sich längst über die Firma und ihr Profil informiert. Ein groß gewachsener Mann um die 30 trat aus einem Büro und kam ihm freundlich lächelnd entgegen.

»Herr Fischler? Mein Name ist Thomas Petzold, bitte folgen Sie mir«, sagte er mit markanter Stimme. Der Mann trug einen hellgrauen Anzug und ein weißes T-Shirt. Karsten folgte ihm mit aufrechtem Gang in das Besprechungszimmer. Petzold gab ihm die Hand und bat ihn Platz zu nehmen.

»Darf ich Ihnen einen Kaffee anbieten?«

»Das ist sehr freundlich, aber im Moment nicht. Danke.«

Dann begann das übliche Aufnahmegespräch. Karsten hatte einen Platz vor dem Fenster gewählt, um nicht von der Sonne geblendet zu werden und schlug lässig die Beine übereinander. Er beantwortete die Fragen präzise mit deutlicher Aussprache, da er wusste, dass schon jetzt genau darauf geachtet wurde.

»Herr Fischler, aus Ihrem Fragebogen entnehme ich, dass Sie bereits Werbetexte gesprochen haben.«

»Ja, das ist richtig«, sagte Karsten knapp und achtete auf ein sauberes und weiches Klangbild seiner Stimme.

»Einer unserer Kunden ist ein bekannter Tiefkühl-Hersteller. Für eine Radiowerbung suchen wir jemanden, mit passender Stimme und deutlicher Aussprache«, informierte ihn Petzold.

»Deswegen bin ich hier«, antwortete Karsten lächelnd.

Er war sich seiner gewinnenden Ausstrahlung durchaus bewusst und setzte seinen Charme gezielt ein.

»Wir haben hier ein kleines Tonstudio ich und möchte Sie bitten, einen Probetext zu sprechen.«

Auch das kannte er bereits. In der Regel waren es nicht mehr, als 10 Sätze, die er fehlerfrei vorlesen musste. Doch diese Texte hatten es meist in sich. Sie waren voller Fremdwörter und oft auch mit englischen, spanischen oder französischen Vokabeln gespickt. Machte man mehrere Fehler, war man durchgefallen. Er folgte dem Mann über den Flur und betrat ein klimatisiertes Studio. Nach einer kurzen Einleitung sprach Karsten den Text in das Mikro und bekam sogleich eine Zusage. Für den Spot gab es 1.000 Euro und die Aufnahme sollte in Wuppertal in zwei Tagen erfolgen. Dankend verabschiedete er sich und klatschte draußen in die Hände. Das Geld würde zwar nicht ausreichen, um seine Mietschulden zu bezahlen, aber 1.000 Euro Rückzahlung würden Michael besänftigen. Er fuhr zu dem Bistro und freute sich auf ein kleines Frühstück. Er bestellte einen Cappuccino und ein Salami-Baguette. Kauend holte er die Annonce hervor. Die Firma war auf der Uellendahler Straße und nicht weit entfernt. Doch der Name ABC KFZ Export GmbH & Co. KG hörte sich verdächtig nach Lug und Trug GmbH an. Er wollte die Sache vorsichtig angehen. Schnell verdientes Geld war zwar reizvoll, doch es musste legal sein. Karsten aß sein Baguette auf, ging in einen angrenzenden kleinen Park und nahm auf einer Bank Platz. Zuerst wählte er die Nummer von Veronika. Sie war mit einem Ausbilder einer Justizvollzugsanstalt unglücklich verheiratet und hatte eine kleine Tochter. Wegen ihr hatte sie sich nicht scheiden lassen und lebte ihre Träume mit Karsten aus. Er erzählte von seiner erfolgreichen Bewerbung und fragte sie nach Geld. Sie sagte zu und er verabredete sich mit ihr am nächsten Mittag.

Dann rief er bei der Autofirma an. Schon nach dem zweiten Klingeln hob ein Mann mit starkem arabischem Akzent ab.

»ABC Export«, meldete er sich.

»Guten Morgen. Mein Name ist Fischler und ich habe Ihre Anzeige gelesen«, stellte sich Karsten vor.

»Ah. Rufst du an wegen Fahren. Hast du Führerschein?«

Himmel! Das kann ja was werden, dachte Karsten.

»Natürlich. Warum sollte ich sonst anrufen?«

»Hast du Adresse? Kommst du vorbei«, sagte der Mann.

»Die Adresse steht in der Annonce. Wann soll ich kommen?«

»Kommst du jetzt!«, antwortete er.

Karsten verdrehte die Augen. Ein solches Gespräch hatte er noch nie bei einer Vorstellung geführt. Aber es amüsierte ihn.

»In einer halben Stunde kann ich bei Ihnen sein«, sagte er.

»Gut. Kommst du!«, sagte der Mann und legte einfach auf.

Karsten rief Michael an.

»Hallo, ich bin's«, meldete er sich. »Den Job in der Agentur habe ich und Du bekommst auch 800 Euro. Bei der Firma ABC habe ich gerade angerufen.«

»Das ist doch gut. Und hört es sich gut an?«

»Ali Baba und die 40 Räuber, wie ich es mir gedacht habe. Aber ich fahre jetzt trotzdem dahin. Ich sage nur Bescheid, bevor die mich gefesselt auf einem fliegenden Teppich verschwinden lassen.«

Jetzt musste Michael lachen. »Du übertreibst.«

»Nur mit dem Teppich. Ansonsten war es ein schreckliches Telefonat. Das persönliche Gespräch wird kaum besser sein«, mutmaßte er.

»Okay. Du kannst mir danach berichten. Sehen wir uns später?«

»Ich bin heute Abend da.«

Er packte sein Smartphone in die Tasche und radelte los. In der Mittagszeit nahm der Verkehr wieder zu. Aber mit dem Rad kam er schneller voran, als mit einem Auto. Von der morgendlichen Abkühlung war kaum noch etwas zu spüren. Nur der Fahrtwind sorgte für kühlere Luft. Nach 20 Minuten las Karsten das Schild der Firma und bog in den Hof. Dort standen hauptsächlich Autos der Oberklasse. Modelle von Audi, BMW, Jaguar, Porsche und Mercedes waren dominant. Er lenkte sein Rad zu dem Flachbau, in dem er das Büro vermutete und stellte es ab. Karsten öffnete die Tür und stand gleich in einem kleinen, aber klimatisierten Büroraum. Hinter einem Schreibtisch saß vermutlich der Mann, den er zuvor am Telefon hatte. Er hämmerte mit zwei Fingern grob auf der Tastatur herum, während er lautstark in arabischer Sprache telefonierte. Eine junge Frau mit dunkelblonden Pagenschnitt war mit der Kaffeemaschine beschäftigt und sah ihn fragend an.

»Mein Name ist Karsten Fischler. Ich hatte angerufen und komme wegen der Fahrerstelle«, sagte er.

»Das macht der Chef. Warten Sie solange und nehmen Platz.«

Sie ging mit wackelnden Hüften durch den Raum und klopfte an eine rückwärtige Glastür, öffnete sie halb und nach drei Worten kam sie lächelnd wieder zu Karsten.

»Der Chef hat Zeit. Sie können gleich durchgehen«, sagte sie.

In Erwartung nach fünf Minuten die seltsam anmutende Firma wieder zu verlassen, klopfte er die Glastür.

In gutem Deutsch hörte er: »Treten Sie ein!«

Der Mann stand auf und streckte ihm seine Hand entgegen. In akzentfreiem Deutsch stellte er sich als Geschäftsführer vor und bat ihn Platz zu nehmen. Auf seinem Schreibtisch stand auf einem aufgeklappten Schild:

Hamad bin Abdul Al Gossarah bin Hamad Abbas
Geschäftsführer
ABC KFZ EXPORT GMBH & CO. KG

Karsten hatte keine Ahnung wie er den Mann ansprechen sollte. Selbst das Ablesen seines Namens war schon schwer genug.

»Herr Fischler, Sie haben welchen Führerschein?«, fragte er in akzentfreiem Deutsch.

»Die Klasse B«, sagte Karsten und legte seinen Führerschein auf den Tisch.

»Das ist gut. Haben Sie auch den internationalen Führerschein, und wie alt sind Sie?«

»Den internationalen Führerschein habe ich nie gebraucht. Ich bin 26 Jahre alt.«

»Herr Fischler, wir arbeiten international. Unsere Kunden haben großes Interesse an deutschen Autos der gehobenen Klasse. Haben Sie sich einmal auf unseren Hof umgesehen?«

»Nur kurz, als ich gekommen bin. Wie darf ich Sie überhaupt ansprechen?«, fragte Karsten und sah auf das Namensschild. »Ist Herr Gossarah richtig?«

Der Geschäftsführer lachte. »Ja, das ist in Ordnung. Eigentlich ist mein Name noch länger. Wissen Sie, in den arabischen Ländern ist die Namensgebung eigentlich recht einfach.«

»Einfach?«, fragte er lachend.

»In der Tat. Bin oder Ibn bedeutet Sohn. Dann folgen der Name des Vaters und der des Großvaters. Das kann bis zu 6-mal so weitergehen. Mein Vater hieß Gossarah und mein Großvater Abbas. Logisch, oder?«

»Ja, das klingt logisch. Aber ich bleibe lieber bei Gossarah.«

»Ich war unhöflich. Darf ich Ihnen einen Kaffee oder Tee anbieten?«, fragte er.

»Kein Problem. Bei den Temperaturen wäre mir ein kühles Wasser lieber.«

Gossarah nickte und drückte eine Taste auf dem Schreibtisch. »Frau Krüger bringen Sie uns bitte eine Flasche Wasser und einen Kaffee«, sagte er und wandte sich wieder an Karsten. »Kommen wir zum Geschäft. Also, die meisten Autos werden auf LKW transportiert. Das dauert natürlich. Wenn Autos mit nur 80 km/h bis Usbekistan, Russland, Bulgarien oder Albanien gebracht werden, müssen Pausen eingehalten werden. Nicht wenige Kunden wollen das gekaufte Auto aber schneller haben. Geld spielt dann meist keine große Rolle, wenn ein Fahrzeug ohnehin 100 oder 200 Tausend Euro kostet. Und für diese Transporte suchen wir sichere Fahrer.«

»Ich verstehe. Und wie kommt man zurück, wenn das Auto zugestellt wurde?«, fragte er.

»Je nach Möglichkeit mit der Bahn. Aber meistens mit einem Rückflug. Wir organisieren das bereits hier, bevor Sie abfahren. Ebenso die Buchung der Hotels für Sie. Selbstverständlich zahlen wir für Ihre Verpflegung auch die Spesen als Pauschale.«

Das hörte sich jetzt alles besser an, als er zunächst dachte. Herr Gossarah sprach ein gutes Deutsch, hatte Humor und war freundlich. Er schätzte den Mann um die 50 Jahre, er war etwa 1,80 m groß und schlank. Seine Haare waren grau meliert und er wirkte in seinem Anzug seriös und geschäftsmäßig auf Karsten.

»Und wie geht es weiter?«, hakte er nach.

»Was für ein Auto fahren Sie privat, Herr Fischler?«

Karsten grinste. »In Wuppertal fahre ich mit dem Rad. Das hält mich fit«, gab er zur Antwort und der Araber lachte.

»Eine gewisse Fahrroutine und Sicherheit brauchen Sie aber. In der Regel machen wir vorher eine Testfahrt. Die Autos müssen unbeschadet bei unseren Kunden ankommen.«

»Für eine Testfahrt stehe ich gerne zur Verfügung.«

»Dann besorgen Sie sich noch den internationalen Führerschein. Den brauchen Sie zwar nicht immer, aber wenn Sie ihn für eine längere Reise mal benötigen, sparen Sie sich die Rennerei. Wann haben Sie Zeit für eine Fahrt von etwa zwei Stunden?«

»Ich könnte Ihnen Freitag, Samstag oder Sonntag anbieten.«

Die Frau klopfte nur kurz und trat mit den Getränken ein.

»Frau Krüger schauen Sie, ob ich am Freitag Termine habe.«

»Gerne«, sagte sie, stellte den Kaffee zu ihrem Chef. Karsten stellte sie ein Glas auf den Tisch und schenkte Wasser ein. Er konnte nicht anders, als in ihren Ausschnitt zu schauen. Die Frau trug bei dem Wetter keinen BH und die Aussicht war prächtig. Gossarah bemerkte seinen Blick und grinste. Als sie wieder alleine waren, wollte Karsten mehr über den Verdienst wissen.

»Je gefahrenen Kilometer bekommen Sie einen Euro für den Hinweg. Bei Moskau sind das rund 2.300 Kilometer. Bei einer Fahrt nach Sofia sind es 1.950 und nach Usbekistan sogar 5.500 Kilometer. Sie sollten dafür ein Gewerbe anmelden, denn ich zahle nach Ihrer Leistung. Aber nicht immer ist eine Rechnung notwendig«, sagte er zwinkernd, als sich Frau Krüger meldete.

»Herr Gossarah, am Freitag haben Sie keinen Termin.«

»Dann sehen wir uns am Freitag um 10 Uhr hier im Büro, Herr Fischler.«

Der Mann stand auf und verabschiedete ihn.

Kaum hatte er die Bürotür geöffnet, schlug ihm die Mittagshitze entgegen. Karsten konnte mit dem Tag zufrieden sein. Den Job in der Werbeagentur hatte er im Sack, morgen würde er mit Veronika schlafen und von ihr das Geld bekommen, damit er seine Mietrückstände reduzieren konnte und diese ABC Firma war doch nicht so dubios, wie er zunächst annahm. Er öffnete das Kettenschloss und fuhr nach Hause in die Nordstadt.

2

Erleichtert verließ Stanislav Michailwitsch das Gebäude. Zum Glück war das Wetter erträglicher, als ein paar Tage zuvor, als man ihn zum Verhör abholte. Aber trotz Sonnenschein waren es nur 11 Grad. Deshalb stellte Stanislav den Kragen seines Mantels hoch und vergrub die Hände tief in den Taschen. Es war ein befreiendes Gefühl entlang der Newa spazieren gehen zu können. Kriminalhauptmeister Alexander Doskojewski war schon zu Zeiten der Sowjetunion in der Miliz als scharfer KGB Hund berüchtigt. Er hatte ihn stundenlang verhört, weil sein Sohn Peter angeblich kritische Texte zu Putins Annexion der Krim verfasst und verbreitet hatte. Peter haderte nicht, wenn es darum ging internationale Vereinbarungen zu unterstützen, sofern sie den Menschenrechten entsprachen. Doskojewski wollte aus Stanislav nähere Informationen herauspressen und ihn unter Druck setzen. Doch der Professor der Musik blieb stur. Sein guter Name in Verbindung mit seinem Lehrstuhl ließ dem Kriminalhauptmeister keine Wahl, als ihn schließlich laufen zu lassen. Dabei wusste er, dass sein Sohn sehr wohl vehement an die Grundsätze der KSZE Schlussakte von 1975 und der Charta von Paris glaubte und sich für deren Einhaltung einsetzte. Stanislav musste sich bei seinem Spaziergang nicht umdrehen, um zu wissen, dass er beschattet wurde. Diese Idioten waren einfach zu auffällig. Seine als Pärchen getarnten Schatten folgten ihm, seit er die Polizei verlassen hatte. Stanislav blieb an dem Geländer der Promenade stehen, atmete tief durch und blickte auf den Fluss. Aus den Augenwinkeln sah er seine Verfolger gute 150 Meter hinter sich. Er drehte den Kopf in ihre Richtung, und verlegen blieben auch sie stehen. Beide waren um die 40 und sie führte einen kleinen Hund an der Leine. Das konnte unmöglich ihr eigenes Tier sein, da es machte was es wollte und an der Leine zerrte. Eine lächerliche Tarnung dachte Stanislav. Aber warum verfolgten sie ihn? Die Polizei kannte doch seine Adresse. Vielleicht dachten sie, dass er gleich seinen Sohn warnen wollte. Er wusste zwar wo er sich aufhielt, hatte aber nur wenig Kontakt zu ihm. Peter war das Nesthäkchen der Familie und erst vor drei Monaten ausgezogen. Sie wollten ihm mal erst Zeit geben, um auf eigene Beine zu kommen. Er hatte einen Job in einer Autowerkstatt in Berezovo direkt an der A 121 gefunden. In dem Ort, nördlich von Sankt Petersburg, hatte er auch eine kleine Wohnung. Seine beiden älteren Schwestern waren längst außer Haus und verheiratet. Er würde ihn warnen. Aber zuerst musste er dieses idiotische Pärchen loswerden. Er lehnte sich mit dem Rücken an das Geländer, als sich ein Taxi näherte. Erst kurz bevor sich der Wagen näherte, sprang er vor und hielt ihn mit erhobener Hand an, stieg ein und sagte dem Fahrer er solle losfahren. Als er sich umdrehte sah er noch seine Verfolger in seine Richtung laufen. Dilettanten! Dem KGB oder der Miliz wäre das nie passiert. Er ließ sich nach Hause fahren, zahlte und ging zur Haustür. Irina musste ihn schon erwartet haben, denn lächelnd öffnete die russische Schönheit die Tür und stand vor ihm. 32 Jahre war es her, dass er sie in der Musikhochschule von Leningrad, so hieß Sankt Petersburg zu Sowjetzeiten noch, kennenlernte. Irina war schon damals die hübscheste der Studentinnen. Ihre langen blonden Haare umschmeichelten ihr schönes Gesicht, so wie noch heute und Stanislav liebte die Mutter seiner Kinder so wie früher.

»Liebster. Ich bin erleichtert, dass du wieder da bist«, sagte die Klavierlehrerin und schlang ihre Arme um ihn.

»Du erdrückst mich, mein Zobelchen«, sagte Stanislav.

Den Kosenamen gab er Irina wegen ihrer zarten und weichen Haut seit ihrer Jugend. Immer, wenn er sie streichelte fühlte sie sich so weich und warm wie ein Zobelfell an und daran hatte sich nicht viel geändert. Sie nahmen am Küchentisch Platz und Irina füllte eine Schale mit Fleischeintopf für ihn.

»Wir müssen Peter warnen. Die Polizei sucht ihn. Wir wissen beide, dass Putin keinen Spaß versteht, wenn man seine Politik kritisiert«, sagte Stanislav und löffelte schnell den Eintopf mit Kohl, Kartoffeln und Fleisch.

Es schmeckte köstlich. Irina hatte nicht nur ein perfektes Gefühl für Musik und sah phantastisch aus, sondern konnte auch hervorragend gut kochen.

»Meinst du denn, dass sie ihn in Berezovo finden? Das ist doch 170 Kilometer entfernt.«

»Wenn die sich so dämlich anstellen, wie heute meine Verfolger, dann bestimmt nicht. Doch Kriminalhauptmeister Doskojewski ist verbissen hinter ihm her. Der Mann war eine große Nummer beim KGB. Es ist nur eine Frage der Zeit, bis sie ihn haben.«

»Dann lass uns gleich fahren. In Berezovo sind wir in guten zwei Stunden«, meinte Irina.

»Wenn wir beschattet werden, lasse ich dich zum Einkaufen am Markt heraus und schüttele sie danach ab. Ich mache mich noch frisch und ziehe mich um. Bringe du schon mal einen Einkaufskorb in den Lada«, sagte Stanislav und aß die letzten Bissen, als das Telefon klingelte. Sie blickten erschrocken zu dem Apparat.

»Wer kann das sein?«, fragte Irina.

»Ich glaube nicht, dass es die Polizei ist. Gehe du heran und melde dich freundlich.«

»Irina Michailowa«, sagte sie.

»*Guten Tag. Boris Lewandowsky*«, meldete sich eine raue Männerstimme.

»Guten Tag. Was kann ich für Sie tun?«, fragte Irina verunsichert.

»*Sind sie die Mutter von Peter Michailwitsch?*«

Irinas Gesichtszüge entgleisten. »Ja, das ist richtig.«

»*Ihr Sohn hatte in meiner Werkstatt in Berezovo gearbeitet.*«

»Wieso hatte?«

»*Heute früh hat Peter den Unterboden eines alten Moskwitsch geschweißt, als plötzlich die Hebebühne über ihm zu Boden fiel. Es tut mir sehr leid. Ihr Sohn ist tot!*« Irina ließ den Hörer wortlos aus der Hand gleiten und sank zu Boden.

3

Die Transvaalstraat lag im schönen Stadtteil Zurenborg.

Hier hatten bürgerliche Antwerpener schon immer gezeigt, wie vermögend die gutsituierten Bürger der Stadt waren. Jules van Dyck fuhr mit seinem Peugeot Cabrio langsam durch die Straße, denn es gab einfach viel zu sehen. Die Gebäude waren so prächtig verziert, dass sie den Privatdetektiv an toskanische Villen, venezianische Palazzos oder französische Schlösschen mit Erkern und Türmchen erinnerten. Manche Häuser wurden von bunten Mosaiken verziert und sahen aus, als wären sie von Gaudi erschaffen worden. Dabei war kein Haus wie das andere. Aber jedes war ein Schmuckstück. Endlich erreichte er das klassizistische Gebäude des Notars Maassen, der ihn zu einem kurzfristigen Termin gedrängt hatte. Um 11 Uhr morgens waren Parkplätze in dem Viertel kein Problem. Er fand einen freien Stellplatz im Schatten zweier Bäume und konnte den Wagen offen stehen lassen. Die Fassadegestaltung des fünfgeschossigen Hauses war beeindruckend. Während die unteren Etagen mit Klinkern verkleidet waren, hatten die oberen Etagen ein verspieltes Fachwerk. Jules ging über die Straße zu dem großen Portal und klingelte bei den Notaren Phillip Maassen & Partner. Der Türöffner summte sofort und er trat ein. Die Kanzlei befand sich im dritten Obergeschoss. Erleichtert stellte der 56jährige Belgier fest, dass es einen Aufzug gab. Jules van Dyck hatte eine etwas gedrungene Figur, war aber dennoch schlank und mit seinen 1,77 Meter Größe nicht klein. Als er oben ankam, hatte er sein Sakko übergezogen. Braungebrannt, mit modischen Undercut und kurzen

30

Anchor Bart hatte er durchaus ein extravagantes und auffälliges Äußeres. Besonders die Pflege des Bartes in seiner Ankerform war aufwändig. Aber es gefiel ihm, seit er den Schauspieler Robert Downy mit eben diesem Bart im Iron Man gesehen hatte. Jules trat lächelnd zu den zwei Damen am Empfang und überreichte ihnen sein Kärtchen. »Guten Morgen. Jules van Dyck. Ich habe einen Termin«, stellte er sich vor.

Die Brünette um die 40 sah kurz auf ihren Monitor und nickte. »Bitte nehmen Sie im Wartebereich Platz, Herr van Dyck. Darf ich Ihnen etwas zu trinken anbieten?«

»Ich nehme gerne ein Glas Wasser«, sagte Jules und ging zu einer Sitzgruppe mit gelben Clubsesseln, die gegenüber der Anmeldung mit großen Benjamins eingefasst war. Kaum hatte er Platz genommen, brachte man ihm ein großes, mit Eiswürfeln gefülltes Glas Wasser. Er trank es bis zur Hälfte aus und setzte es wieder ab. Der Vorraum der Kanzlei war mit dunklen, antiken Möbeln und Dekorationsgegenständen eingerichtet, ohne düster zu wirken. Einzelne moderne Elemente waren geschmackvoll hinzugefügt und zeugten von Professionalität bei der Einrichtung. Das Notariat hatte nicht nur in Belgien einen guten Ruf. Auch war es eines der ältesten in ganz Europa. Jules hatte sich wie immer vor einem Termin mit neuen Mandanten gut informiert. Maassen und Partner gab es in seiner Vorform als Anwaltskanzlei bereits seit 1803. Das war beachtlich. Noch bedeutsamer fand er, dass sie über viele Generationen von der Familie weitergeführt wurde und sein Gesprächspartner war niemand anders, als Phillip Maassen persönlich. Bei der Terminvereinbarung bat man Jules darum, sich Zeit zu nehmen. Daher rechnete er mit einer längeren Sitzung, für die er so oder so eine Rechnung schreiben konnte. Er trank erneut einen Schluck und lutschte einen Eiswürfel, der ihn kühlend erfrischte. Eine nussbaumdunkle schwere Tür öffnete sich und Maassen kam mit einem gewinnenden Lächeln auf ihn zu. Jules schätzte ihn auf höchstens Mitte 40. Der Mann war schlank und wirkte sportlich trainiert. Anders als erwartet trug er aber keinen Anzug, sondern eine schwarze Jeans mit einem lindgrünen Hemd.

»Herr van Dyck? Schön, dass Sie sich Zeit für ein Gespräch genommen haben. Bitte kommen Sie.«

Jules folgte dem leger gekleideten Notar in einen kleinen Saal. Über dem rechteckigen, schweren Tisch mit 16 Stühlen hingen zwei Designer LED-Lampen und spendeten ein angenehmes Licht in dem klimatisierten Raum. Weiße Lamellenvorhänge schützten vor der Sonne und an den Wänden entdeckte er eine Art Ahnengalerie sowie ein älteres Ölportrait, das offenbar an den Firmengründer erinnerte. Darunter stand ein beleuchteter Plexiglasständer, auf dem eine hellblaue moderne Skulptur präsentiert wurde. Auch schien ihm, dass hier technisch alles bestens eingerichtet war. Jules sah auf Anhieb einen smart anmutenden digitalen Touchscreen Tisch und ein rollbares, mobiles Videokonferenzsystem der gehobenen Klasse. Einer der blutroten Leder-Schwinger war von einem schlanken Mann mit länglichem Gesicht besetzt. Als sie den Raum betraten, stand er zu Begrüßung auf.

»Darf ich Sie einander bekannt machen? Jules van Dyck. Er ist ein wahrer Spezialist, wenn es darum geht, Personen aufzufinden«, sagte der Notar. »Und Professor Klaus Daniel aus Heidelberg. Einer der besten Ahnenforscher in Europa.«

Jules reichte dem Professor die Hand und sah erst jetzt, wie mager er war, und vermied einen zu kräftigen Händedruck wegen seiner feingliedrigen Hände. Daniel trug ein sportliches Hemd über einer grauen Stoffhose. Unter seinen Brillengläsern wucherten buschige Augenbrauen, die zu seiner wüst aussehenden Frisur passten.

»Gut, beginnen wir«, sagte Phillip Maassen. »Darf ich Ihnen vorher etwas zu trinken anbieten?«

32

Auf einem Beistelltisch sah Jules Softgetränke und Wasser neben einem schwarzen Izzo Sorento Kaffeeautomaten bereitstehen. Wie Daniel entschied er sich für einen Kaffee.

»Wie Sie sich denken können, geht es um eine Erbschaftsangelegenheit. Es ist eine der anspruchsvollsten, mit denen unsere Kanzlei je zu tun hatte, denn wir müssen ein 200 Jahre altes Testament genauestens berücksichtigen«, sagte Maassen und schob van Dyck eine Dokumentenmappe zu. »Mit Professor Daniel haben wir eine umfangreiche Nachkommenliste erstellt.«

Jules hob die Schultern. »Und das war schwer?« fragte er.

»Allerdings! Nachkommenlisten, die das 19. Jahrhundert überspannen, haben die Tendenz, mit einem Faktor von über 4 je Generation geradezu zu explodieren. Ein Kindersegen von 10 und mehr Nachkommen war keine Seltenheit«, meldete sich Daniel zu Wort.

»Das hört sich abenteuerlich an. Ich mag mir gar nicht vorstellen, welche Größe der Stammbaum der Familie hat«, sagte Jules.

»Das ist einer der Gründe, warum wir stattdessen Nachkommenlisten gefertigt haben. Diese liegen in der Mappe vor Ihnen, Herr van Dyck«, sagte der Notar. »Aber es wird noch komplizierter. Das Erbe kann laut Testament nur der jüngste Drittgeborene antreten. Nur wenn es unter den Nachkommen keinen Drittgeborenen geben sollte, geht das Erbe an den jüngsten Zweitgeborenen, was aber unwahrscheinlich ist.«

Jules rührte ein Stück Zucker in den Kaffee. »Ist eine solche Recherche überhaupt genau und lohnt es den Aufwand?«

»Ist eine Erbmasse von rund 60 Millionen Euro lohnenswert?«, fragte Maassen grinsend.

»60 Millionen Euro? Wie kommt eine so große Summe zusammen?«, fragte Jules und hörte auf den Kaffee zu rühren.

»Es könnte sogar noch mehr sein. Genau wissen wir das erst

nach Auswertung sämtlicher Konten. Auch wissen wir nicht, was der Erblasser in den Schließfächern deponiert hat. Das wird erst der Erbe erfahren. Der Erbgeber war ein erfolgreicher jüdischer Diamantenhändler und hatte sein Vermögen bei Banken in der Schweiz und in den Niederlanden mit einer ansehnlichen Verzinsung gewinnbringend angelegt. Es sind auch die Zinseszinsen, die das ursprüngliche Vermögen im Laufe von 200 Jahren enorm vergrößert haben«, erklärte der Notar.

Jules blieb die Luft weg. »Unabhängig davon, dass Sie mich sprachlos gemacht haben, sagen Sie mir bitte, welche Rolle Sie mir dabei zugedacht haben«, forderte der Detektiv.

»Dazu würde ich Professor Daniel bitten, dies in verständlichen Worten zu erklären. Ich glaube, dass seine Ausführung Ihre Aufgabenstellung von selbst erklärt. Doch vorher sollten wir etwas essen. Ein Caterer hat uns mit einem kleinen Imbiss beliefert«, sagte Maassen und nahm den Hörer ab. »*Frau Matthieu, die Häppchen können jetzt aufgetragen werden.*«

Die Tür öffnete sich und es wurden Bestecke und Teller gebracht. Jules zählte mindestens 20 Tabletts und Schüsseln, die auf den Tisch gestellt wurden. *Das ist ja wie im Europaparlament*, dachte er. *Auch dort wird eine 10 Meter lange Tafel mit internationalen Spezialitäten als kleiner Snack bezeichnet.*

Jules nahm zwei Pasteten mit Garnelen, drei Austern und ein Lachsschnittchen. Der Professor begnügte sich hingegen mit einem halben Käsebrötchen und ein paar Oliven. *Kein Wunder, dass Daniel so schmächtig ist*, dachte er. Das Buffet blieb stehen und Professor Klaus Daniel erklärte ein paar Details.

»Als Ahnenforscher habe ich zunächst die Kirchenbücher zu Hilfe genommen. Aber auch verschiedene Militärunterlagen des ersten und zweiten Weltkriegs, wie Verlustakten, Militärakten und Todeslisten gefallener Soldaten. Datenbanken der Fremdenlegion und Datensammlungen von Forschern nahm ich mir danach vor. Deren Ahnenlisten und Stammbäume, sowie Schulunterlagen früherer Jahre und Adressbücher waren aber nur bedingt hilfreich. Letztendlich ist es eine reine Fleißarbeit.«

»Wie vollständig und zuverlässig sind nun die Ergebnisse, Herr Professor«, wollte Jules wissen.

»Leider sind die gesammelten Daten sehr ungenau. Aber mehr haben wir nicht gefunden. Während die Zahl der Vorfahren eines Probanden in jeder Generation feststeht, ist die genaue Zahl der Nachkommen unbekannt bzw. unsicher. Es ist damit zu rechnen, dass bei vertiefter Forschung weitere Personen aufgefunden werden, die dann nachträglich in die Genealogie eingefügt werden müssen. Auch die Reihenfolge innerhalb von Geschwisterschaften wird unklar, wenn die Geburtsrangfolge zwar Ordnungsprinzip, aber dennoch nicht bekannt ist.«

»Ich nehme an, dass ich weitere Quellen nutzen und suchen soll. Aber mal im Ernst. Selbst wenn ich weitere lebende Nachfahren finde, wird der Anspruch auf Vollständigkeit nicht zu erfüllen sein«, sagte Jules.

Maassen schüttelte den Kopf und ergriff wieder das Wort. »Nein. Die Vollständigkeit von Nachfahrendaten ist schwer beweisbar. Ihre Aufgabe soll es sein, anhand der Listen die Anschriften der möglichen Erben herauszufinden. Bedenken Sie bei Ihrer Suche auch, dass es möglicherweise uneheliche Drittgeborene gibt.«

»Sofern ich den Auftrag annehme«, sagte Jules und machte eine kurze Pause, bevor er fortfuhr. »Sie werden verstehen, dass ich Bedenkzeit benötige.«

»Aber es ist doch Ihre Spezialität Menschen zu finden!«, meinte der Notar.

»Leute, deren Identität bekannt ist und zumeist vom Erdboden verschwunden erscheinen. Ich habe schon Personen gefunden, die zuvor von der Polizei nicht ausfindig gemacht werden konnten, oder verschollene Ehemänner, die vom Zigarettenholen nicht mehr heim gekommen sind. Aber Sie suchen nach Personen, von denen niemand weiß, ob es sie gibt oder wer sie sind! Die berühmte Nadel im Heuhaufen«, sagte der Detektiv.

»Das stimmt nur bedingt. In erster Linie sind die von uns gefundenen und lebenden Personen von Interesse. Besonders natürlich deren Aufenthaltsort. Wie rechnen Sie üblich Ihre Arbeit ab?«, fragte Maassen.

»Im Stundensatz zu je 200 Euro zuzüglich der anfallenden Spesen. Aber, wie gesagt, werter Herr Maassen. Ich bin nicht sicher, ob ich den Auftrag überhaupt annehme.«

»Ich biete Ihnen einen Stundensatz von 400 Euro und eine Spesenpauschale von täglich 300 Euro. Na, was sagen Sie?«

»Sie sind ein schlauer Fuchs! Wie sollte ich bei dem Angebot ablehnen?«, sagte Jules grinsend, nahm ein weiteres Lachsschnittchen und öffnete die Dokumentenmappe. Beinahe blieb ihm der Lachs im Hals stecken.

»1024 Nachkommen?« Jules schüttelte den Kopf.

»Aber nicht alle kommen als Erben in Frage. Finden Sie zunächst nur die Zweit- und Drittgeborenen«, sagte Maassen und trank eine weitere Tasse Kaffee.

Daniel nickte zustimmend. »Nach Möglichkeit nur die Lebenden und Jüngsten.«

4

Jannik Bo Forslind war 2009 im Alter von 6 Jahren mit seinen Eltern aus Särna in Nord Dalarna nach Deutschland gekommen. Die schlechten beruflichen Aussichten in der nördlichen Provinz Schwedens machten seinen Eltern die Entscheidung leicht, als sein Vater das lukrative Angebot einer großen Investmentbank in Frankfurt bekam. Über seinem gewellten blonden Haar trug Jannik eine weiße Barett Haube mit Gummizug, während er in der Küche stand. In dem skandinavischen Restaurant war er im dritten Ausbildungsjahr und durfte in der Küche schon mehr, als die Handlangerdienste wie Kartoffeln und Zwiebeln zu schälen. Stolz war er, als drei Wochen zuvor seine Kreation einer Lachstorte auf die Speisekarte des Restaurants kam und großen Anklang fand. Sigurd Johansson war nicht nur sein Chef. Er war auch so oft wie möglich selbst in der Küche des Restaurants. Von ihm hatte Jannik viele Handgriffe und die Eigenheiten der skandinavischen Küche kennengelernt. Während seine Freunde bei schwedischer Küche noch immer an Köttbullar bei IKEA dachten, hatte ihm Sigurd längst gezeigt, was man mit diesen Hackfleischbällchen alles variationsreich zaubern konnte. Heute stand für ihn ein Elchbraten mit aufwändigen Beilagen auf dem Lehrplan.

»Schau, Jannik«, sagte Sigurd. »Dieses Stück Elchkeule wiegt 850 Gramm. Was meinst du, was ich für das rohe Stück bezahle?«, fragte er ihn.

Jannik zuckte mit den Schultern. »Keine Ahnung. 100 Euro?«

»Das doppelte. Und es muss noch zubereitet werden. Aus

diesem Stück bekommen wir nur 4 Portionen. Das bedeutet, dass nur das Fleisch je Portion schon 50 Euro im Einkauf kostet. Es muss als nächstes sorgfältig gebeizt werden damit das Fleisch so zart wird, dass es auf der Zunge des Gastes zerfällt und es kann erst danach zubereitet werden. Die weiteren Zutaten für die Sauce und Beilagen kosten etwa 19 Euro und die Vorbereitung wird eine Stunde in Anspruch nehmen. Also wird es mit knapp unter 160 Euro auf die Tageskarte kommen. Darunter geht nichts«, erklärte Sigurd.

Jannik sah sich die Liste für die Herstellung der Beize an. Das alleine waren schon elf Zutaten.

»Wie lange muss das Fleisch in der Beize bleiben?«, fragte er.

»Drei Tage im Kühlschrank sind das Minimum. Besser ist aber eine Woche.«

Gemeinsam bereiteten sie die Beize vor und legten drei Stücke dieser Größe ein. Die schwedische Gourmetküche war anspruchsvoll und aufwändiger als die Pizza beim Italiener um die Ecke. Sigurd erklärte ihm anschließend noch die Zubereitung der Beilagen zu diesem Menü. Steinpilze mit Lauchgemüse, die perfekte Sauce aus dem Bratenfond mit französischen Rotwein, Kräutern und Butter zu kochen, und die Sahne-Preiselbeeren mit denen die blanchierten Birnenhälften gefüllt werden sollten. In Anbetracht des Aufwandes war der Preis je Portion noch moderat, fand Jannik. Wie in Schweden üblich, duzte er seinen Chef. Es war schon halb 12 und Feierabend. Bald würden die letzten Gäste das Restaurant verlassen. Er zog sich um und verabschiedete sich von den Kollegen. Wenn er im Spätsommer seine Abschlussprüfung bestanden hatte, würde er als Jungkoch natürlich bis zum Schluss im *Till den gamla björnen* bleiben. Aber jetzt war Jannik froh nach Hause zu fahren. Noch wohnte er bei seinen Eltern am ruhigen Stadtrand der Bankenstadt. Er stieg in den kleinen Volvo, den ihm seine Eltern zum 18. Geburtstag geschenkt hatten. Um diese Zeit waren die Straßen leer. Er betätigte den CD Player und hörte Musik von der Gruppe *Katzenjammer*. Die Mädels konnten was! Das war seine Art zu entspannen. Er startete und fuhr los. Nach zehn Minuten erreichte Jannik den beleuchteten Bahnübergang Oeser Straße, den er wegen der Bodenwellen nur im Schritttempo passieren konnte. Als er auf die Gleise fuhr, erstarb die Musik und die Beleuchtung des Volvos ging aus. Die gesamte Elektronik spielte verrückt. Als sich auch noch die Schranken schlossen, ergriff ihn Panik. Jannik wollte seine Türe öffnen, doch auch sie war verriegelt. Ebenso die Beifahrertür. Angst überkam ihn und er kletterte auf die Rückbank. Aber auch die hinteren Türen ließen sich nicht öffnen. Das Fahrzeug war komplett ohne Strom, deshalb funktionierten auch die elektrischen Fensterheber nicht. Jannik suchte nach einem harten Gegenstand, mit dem er die Scheiben zerschlagen konnte. Aber da war nichts im Auto. *Hätte ich doch nur einen Feuerlöscher*, dachte er, als er die näherkommenden Lichter des Regionalexpresses nach Mannheim auf ihn zurasen sah. Panisch griff er zu seinem Handy und rief seinen Vater an. Nach dem dritten Klingeln nahm er das Gespräch an.

»Vater, mein Auto ist manipuliert! Die Elektrik ist ausgefallen und ich stehe mitten auf den Bahngleisen und komme nicht aus dem Wagen!«, schrie er, als der Zug bremsend auf ihn zuraste. Der junge Mann versuchte weiter mit roher Gewalt die Türen des Autos zu öffnen. »Ich liebe euch!«, waren seine letzten Worte bevor der Volvo von der schweren Diesel Lokomotive zerquetscht wurde.

5

Die Haustür stand sperrangelweit offen, als er sein Rad vor dem Einfamilienhaus in Ronsdorf abstellte. Üppig blühende, rote Kletterrosen umrankten den hölzernen Rosenbogen hinter dem Gartentor. Über das Granit Kopfsteinpflaster schritt er auf den Eingang zu. Er kam fast wöchentlich in dieses Haus und es störte ihn nicht mehr, nur der Liebhaber der attraktiven Blondine zu sein. Anfangs hatte er sich in Veronika verliebt und nicht selten von ihr geträumt. Aber irgendwann musste er einsehen, dass es ein Traum bleiben würde. Karsten war sicher, dass auch sie etwas für ihn empfinden musste, doch dieses schöne Haus und die gemeinsame Tochter hielten die 36jährige in ihrer Ehe fest umklammert. Einmal hatte er ein Foto von ihrem Mann auf dem Hochglanz-Highboard gesehen. Reinhard stand lächelnd, seine Frau und ihre Tochter Tina umarmend, vor einer weißen Yacht irgendwo in der Sonne des Südens. Veronika schien peinlich betroffen, als er das gerahmte Foto genau betrachtete. Seitdem Tag ließ sie, immer wenn er zu ihr kam, die Familienfotos in Schubladen verschwinden.

Mit einer roten Packung Mon Cherie betrat er das Haus und wie vermutet, stand Veronika hinter der Tür und schob sie hinter ihm leise zu. Verführerisch lächelnd schritt sie zu ihm und schmiegte sich sanft an ihn.

»Schön, dass du gekommen bist«, sagte sie und zog Karsten hinter sich her in die moderne Küche. »Kaffee, mein Hase?«, fragte sie.

»Gerne, mein Häschen. Den kann ich jetzt gebrauchen«, antwortete Karsten und nahm auf einem Stuhl Platz.

Sie hantierte mit dem Rücken zu ihm gewandt und er betrachtete ihre Erscheinung. Die langen Haare fielen sanft auf ihren Rücken. Mit ihrer hübschen Taille über dem knackig runden Po, den langen Beinen und den in Pumps steckenden kleinen Füßen sah sie zum Anbeißen aus. Als das Mahlwerk des Automaten die Bohnen geräuschvoll zerkleinerte, und sich die Tassen füllten, drehte sich Veronika zu ihm um. Ihre rehbraunen Augen musterten ihn mit einem süßen Lächeln. Hinter der Terrassentür sah er den grünen Garten mit dem Schwimmteich vor der Kulisse der saftig grünen Hügel des Bergischen Landes. Das Grundstück war so groß, dass Karsten bis heute nicht wusste, wo es endete. Hier war einer der höchsten Punkte Wuppertals und Veronika hatte ihm mal erzählt, dass in verschneiten Wintern sogar die Rehe bis ans Haus kamen. Ihr Mann Reinhard hätte mit seinem Beamtensold niemals ein solches Haus bauen können. Es war sein Elternhaus und er vermutete, dass er es geerbt haben musste. Sie stellte den dampfenden Kaffee auf den Tisch und beugte sich zu ihm. Sie küssten sich voller Leidenschaft und sie führte ihn zu dem Sofa ins Wohnzimmer. Die Blondine ließ ihm nicht die Zeit, sich vollständig zu entkleiden und saß bald auf seinem Schoß.

»Ich glaube unser Kaffee ist jetzt kalt«, sagte Karsten nach einer halben Stunde, während Veronika ein langes Shirt überzog.

»Soll ich uns einen neuen Kaffee machen? Oder magst du lieber etwas anderes?«, fragte sie.

»Jetzt ist mir zu heiß für einen Kaffee. Wann kommt Tina nach Hause? Muss ich nicht bald wieder los?«, fragte Karsten.

»Sie ist heute bei ihren Großeltern und schläft dort. Reinhard muss bis 20 Uhr arbeiten und wir haben noch Zeit für uns, mein Hase«, sagte sie lächelnd.

»Wie praktisch! Mir ist ganz schön heiß geworden und ich würde gerne eine Runde schwimmen«, schlug er mit Blick auf den Schwimmteich vor.

»Eine gute Idee. Ich gehe kurz ins Bad und bringe uns ein kühles Bier mit raus. Gehe doch schon mal vor.«

Karsten öffnete die zweiflügelige Terrassentür und ging zu dem großen Teich, dessen Schwimmbereich mit einer Mauer unterhalb der Wasseroberfläche vom übrigen Biotop getrennt war. Er war hier nur selten schwimmen, und deshalb war es für ihn etwas Besonderes. Hohe Binsen grenzten den Teich als natürlicher Sichtschutz zu einer Seite vollständig ab. Ringsherum wuchsen blühende Teichmummeln, Seerosen und andere Wasserpflanzen. Über den künstlichen Wasserlauf plätscherte kühles Nass über Findlinge und reicherte das kühle Nass mit Sauerstoff an. Karsten wunderte sich noch immer darüber, dass das Wasser frei von Chlor und anderen Chemikalien und dennoch glasklar und weich war. Er zog sich aus und legte seine Sachen auf einen der Stühle der Terrasse und sprang ins Wasser. Er schwamm ein paar kurze Bahnen in dem nur 8 Meter langen und 1,50 Meter tiefen Schwimmbereich, als Veronika mit kaltem Bier und zwei Badetüchern herauskam.

»Magst du dein Bier auf der Terrasse oder im Pool trinken?«

»Hier komme ich so schnell nicht wieder raus, Häschen. Außerdem habe ich meine Badehose vergessen!«

»Sag bloß, du bist nackt im Wasser? Na gut, dann bringe ich dir dein Bier«, sagte sie und zog sich aus.

Veronika legte die wenigen Kleidungsstücke ab, schritt die Stufen aus Merantiholz herunter und reichte ihm die beschlagene, eiskalte Flasche.

»Ich hoffe, dass mich unter Wasser keine Piranhas anknabbern«, scherzte Karsten.

»Keine Angst, Hase. Die stehen nicht auf schlaffe Würmchen«, sagte sie betont frech und griff mit der freien Hand zwischen seine Beine. »Oh! Da ist ja gar kein Würmchen. Das ist ein Aal.«

Sie drückte ihren Körper an ihn und sie liebten sich noch ein weiteres Mal im Wasser des Schwimmteichs. Er trocknete sich in der Sonne, bevor Karsten mit geliehenen 1000 Euro in der Tasche zurück in die Nordstadt fuhr.

6

Nach dem Duschen zog Jules eine bequeme Jogginghose und ein altes T-Shirt an. Er öffnete den Kühlschrank und nahm eine Flasche *Delirium tremes* heraus. Dieses helle Bier würde ihn trotz des hohen Alkoholgehaltes erfrischen. Der Detektiv schlug die Dokumentenmappe auf. In der letzten Woche konnte er anhand seiner Recherche die Personenzahl der möglichen Erben auf 32 begrenzen. Das war schon ein großer Fortschritt. Jetzt ging es darum, die Liste im Ausschlussverfahren möglichst zu kürzen und weitere Informationen und die Adressen der Personen herauszubekommen. Seine 13jährige Tochter Leonie schlief und er wollte noch ein wenig in der Sache weiterkommen. Seit seine Frau drei Jahre zuvor an Leukämie verstorben war, zog Jules seine Tochter alleine groß. Aus dem Grund hatte er sein Büro im Zentrum aufgegeben und ein kleineres zwei Etagen über seiner Wohnung eingerichtet. Auf diese Weise konnte er mehr Zeit mit Leonie verbringen. Hatte er auswärtige Termine, kümmerte sich das karibische Au Pair Mädchen Lena um sie.

Jules öffnete das Bier und klappte den Laptop auf. Er wollte die gängigen Suchmaschinen ausprobieren, denn gelegentlich fand er dort etwas zu gesuchten Personen. Erste Hinweise zu Aufenthaltsorten hatte er bereits durch alte Akten der Ausreisebehörden. Die Nachkommen des Diamantenhändlers schienen die letzten 200 Jahre dazu genutzt zu haben, sich über den halben Erdball zu verteilen. Er begann mit den am weitesten von Belgien entfernten Personen zu suchen und tippte auf den Namen Paul Goossen in die Suchleiste ein und staunte, als er gleich mehrere

Treffer landete. Jules trank einen Schluck Bier und öffnete die erste Datei einer Zeitung aus Tampa in Florida. Er überflog den Artikel in dem von einem mysteriösen Schiffsunglück vor Cape Coral berichtet wurde. Nach ersten Informationen gab es nicht bestätigte Hinweise auf einen möglichen Anschlag, bei dem alle drei Söhne des Familienvaters George Goossen durch anschließende Haiangriffe ums Leben kamen.

»Mein Gott, wie schrecklich! Der arme Vater«, sprach er.

Auch die nächsten Artikel berichteten über den Zwischenfall. Die Regenbogenpresse sprach gar von dem schlimmsten Schiffsunglück seit zehn Jahren. Er fand schließlich einen eingrenzenden Hinweis auf den Wohnort der Goossens. In der größten Tageszeitung von Charlotte wurde über die Familie aus Greensbobo berichtet. Jules suchte weiter und fand heraus, dass es sich mit fast 300.000 Einwohnern um die drittgrößte Stadt in North Carolina handelte.

Er gab den Namen und den Ort in die Suchleiste einer Telefongesellschaft ein. Doch er fand weder eine Telefonnummer, noch eine Anschrift. *Mist, Sackgasse!*, dachte er. Doch seine Neugier war geweckt. In immer mehr Berichten wurde ein gezielter Anschlag vermutet, bei dem auch ein Banker aus Miami ums Leben kam. Gab es wegen ihm ein Motiv für einen Anschlag? Der Skipper C. Williams hatte behauptet, sein Schiff wäre gezielt mit Sprengsätzen versenkt worden und eine zerstochene Rettungsinsel sei ein weiterer Hinweis auf einen Anschlag. Die Polizei konnte dies bislang nicht bestätigen, da das Schiff in einem tiefen Graben des Golfs gesunken sei. Jules suchte nach der Rufnummer eines C. Williams in Cape Coral und wurde fündig. Es gab nur drei Einträge zu dem Namen mit einem C davor. Er blickte auf seine Uhr. Es war kurz nach 23 Uhr und dort 17 Uhr. Eine gute Zeit für einen Anruf in Florida.

»*Clemens Williams*«, meldete sich eine junge Stimme.

»Hallo, mein Name ist van Dyck und ich rufe aus Europa an«, sagte Jules, da er wusste, dass die wenigsten Amis etwas von Belgien wussten. »Ich habe nur eine kurze Frage. Hatten Sie ein Charterboot in Cape Coral?«

»Nein Mister. Wenn ich ein Boot hätte, müsste ich nicht bei Wendys die Toiletten schrubben«, gab der Mann zur Antwort.

Jules bedankte sich und legte auf. Der nächste ging auch nach dem zehnten Läuten nicht ans Telefon. Also wählte er die dritte Nummer. Schon nach dem dritten Klingeln nahm jemand ab.

»Hallo, Charly Williams«, meldete sich eine ältere Stimme.

»Hallo, Mister Williams. Mein Name ist Jules van Dyck und ich rufe aus Belgien in Europa an.«

»Europa? Sie wollen bestimmt einen Angeltörn buchen, aber ich muss Sie enttäuschen, Mister äh … «

»Van Dyck«, half ihm Jules.

»Mister van Dyck. Es tut mir leid. Mein Boot ist vor Küste erst diese Woche gesunken. Wenden Sie sich bitte an einen Kollegen«, sagte der Skipper.

»Deswegen rufe ich an, Mister Williams. Ich bin auf der Suche nach einem Mister George Goossen aus North Carolina, der das Unglück überlebt hat.«

»Ich nehme an, Sie sind von der Presse und ich weiß nicht was Sie hören wollen, aber es war ein Anschlag Mister van Dyck!«

»Ich bin nicht von der Presse, sondern Privatdetektiv und habe den Auftrag nach Mister Goossen zu suchen. Seine Telefonnummer ist nicht eingetragen«, antwortete Jules und nippte einen weiteren Schluck Bier.

»Ich sehe mal, was sich machen lässt. Die Anmeldungen bewahre ich immer auf. Einen Moment bitte«, sagte Charly.

Jules hörte, wie er blätterte und schließlich wieder am Apparat war.

»Ich habe hier eine Nummer. Dort müssten Sie Herrn Goossen

erreichen. Unter anderen Umständen könnten Sie den Mann auch mit Clooney ansprechen.«

»Clooney?«

»*Ja, er sieht George Clooney zum Verwechseln ähnlich. Aber er hat gerade seine Kinder verloren und wird nicht zu Späßen aufgelegt sein*«, sagte Charly mit traurigem Unterton.

»Das kann ich verstehen, Mister Williams. Ich habe selber eine Tochter. Das muss für den Mann ein Schock gewesen sein.«

»*Und wie. Als einer nach dem anderen von den Tigerhaien unter Wasser gezogen wurde, hatte er nur geschrien. Einzig mit Glück hatte er, ein Banker und ich überlebt, da uns die Küstenwache aus dem Wasser zog, bevor auch wir gefressen wurden. Dass ich meine Jennifer II verlor, ist mir heute egal. Ich werde nie wieder mit einem Schiff fahren!*« sagte er resigniert.

»Mich würde noch interessieren, was Sie so sicher macht, dass es ein Mordanschlag und kein Unfall war.«

Charly erzählte ihm, von den eckigen Fremdkörpern am Rumpf, den kleinen Explosionen und der mutwillig zerschnittenen Rettungsinsel. Goossen würde Jules nach der Geschichte nicht mehr anrufen. Es konnte ein trauriger Zufall sein, oder es war ein Anschlag, der den Bankern galt, nahm Jules an.

7

Aufgeschreckt von dem stillen Alarm informierte die Polizeileit-stelle Cossebaude sofort das LKA Sachsen, das mit zwei Personen-schützern die Villa des Landtagsabgeordneten Holger Salmikeit be-wachte. Der 52jährigen Politiker und Familienvater wurde schon bei einer Wahlkampfveranstaltung tätlich angegriffen. Nachdem sein privater Mercedes vor seinem Haus in Brand gesteckt wurde und er Morddrohungen in den Sozialen Medien bekam, wurde das LKA in Dresden aufmerksam. Man ging von einer ernsten Bedrohung aus und ordnete einen vorläufigen Schutz an. Dazu gehörte auch die 24stündige Überwachung seines Hauses in der Weinbergstraße durch zwei Beamte. Um 23:15 Uhr sprangen sie aus ihrem Auto und betraten das Grundstück mit gezogenen Waffen. Die beiden Män-ner durchkämmten das Gelände und prüften die Türen des Hauses, die alle verschlossen waren. Sie erkannten weder Einbruchsspuren, noch sonst irgendeinen Hinweis, verstauten ihre Pistolen wieder im Halfter und klingelten an der Tür. Nach einer Weile öffnete Ilona Salmikeit verschlafen und sah die Beamten verdutzt an.

»Ja?«

»Es wurde der stille Alarm ausgelöst, Frau Salmikeit. Ist bei Ihnen alles in Ordnung?«, fragte POK Wagener.

»Ach, diese Alarmanlage. Die spinnt ja immer wieder«, sagte sie gähnend. »Im Haus ist alles ruhig. Mein Mann ist in Berlin, wie Sie wissen. Meine Tochter und mein Sohn schlafen.«

»Dann entschuldigen Sie die Störung. Falls Ihnen doch etwas auffallen sollte, finden Sie uns vor dem Haus«, sagte der musku-löse Wagener und gab ihr seine Handynummer.

Trotz des vorbereiteten Zugangs war Alarm ausgelöst worden, ohne dass er vorher zu hören gewesen war. Einzig eine winzige Lampe am Bedienelement im Flur hatte darauf hingewiesen und die hatte er nicht sehen können. Der serbische Veteran hatte aber auch mit Zwischenfällen, wie diesem gerechnet. Es war Risiko im Spiel, da das Haus des Politikers überwacht wurde. Doch er fühlte sich als Profi überlegen. Die beiden Bullen bedeuteten für ihn nur einen weiteren Nervenkitzel. Geduldig wartete er ab und gab der Ehefrau die Gelegenheit wieder einzuschlafen. Seinen ersten Auftrag an diesem Tag hatte der durchtrainierte Serbe schon am Nachmittag im nahegelegenen Dresden erledigt. Es war ein Kinderspiel das Kundendienstauto des Klempners zu knacken und im Overall mit Schirmmütze und Sonnenbrille in das Studentenwohnheim einzudringen. Die bekloppten Bullen vom LKA würde er später ein weiteres Mal aufscheuchen, lange nachdem er nach Erledigung seines Auftrags über die Terrasse in den angrenzenden Wald lief. Grinsend sah er auf seine Uhr. 35 Minuten waren vergangen. Das musste reichen. Er zog die Handschuhe über und öffnete leise die Türe des rückwärtigen Arbeitszimmers und ließ sie einen Spalt breit offen stehen. Die kleine Schreibtischlampe schaltete er ein, damit ihm der Lichtschein den schnellen Rückweg sicherte. Seinen Informationen zufolge betrat die Frau des Politikers nie das Arbeitszimmer, wenn er auswärts unterwegs war. Daher fiel es nicht auf, dass der Riegel der Terrassentür von der Putzfrau am Nachmittag waagerecht gestellt wurde. Der charmante Serbe hatte die alleinstehende Frau zum ersten Mal drei Wochen zuvor in einer Bar angesprochen und war wie geplant noch am selben Abend in ihrem Bett gelandet. Mit den Plastiküberziehern an den Schuhen trat er in den Flur und fluchte innerlich. *Mist*, dachte er. Die Küchentür stand offen und dort brannte Licht. Der Serbe kauerte sich in die Nische zum Kellerabgang und hörte, wie die Kühlschranktür geöffnet wurde. Entweder hatte die Ehefrau oder sein Zielobjekt Durst. Egal. Er wollte es jetzt erledigen. Als Profi war er an lächerliche Zwischenfälle wie diese gewöhnt. Auf leisen Sohlen näherte er sich der Küche am Ende des langen Flurs, als ihm plötzlich Jürgen Salmikeit gegenüberstand und ihn erschrocken ansah. Goran reagierte sofort und lief auf ihn zu, doch der 17jährige Sportler war schnell und sprang barfuß, nur in Unterhose und offenem Schlafhemd, zur Haustür. Der Serbe war mit dem gezückten Armeemesser in der Hand nur wenige Schritte hinter ihm und packte ihn bereits am Kragen, als Jürgen die Tür aufriss, das Oberteil über seine Schultern gleiten ließ und über den gepflasterten Platz auf den Weg zur Straße lief. Der Serbe rannte ihm noch nach, aber konnte ihn nicht mehr erreichen, als er laut um Hilfe rief. *Verdammt*, dachte er und blieb kurz stehen. Dann wandte er sich um und rannte in den Wald. Dass der junge Mann ohne Schuhe schneller lief, hatte er nicht erwartet. Das war seit langer Zeit sein erster Misserfolg. Im Schutz der Bäume lief er durch den dichten Wald. Das Zielobjekt würde der Killer im Blick behalten. 60.000 Euro waren viel für den Job, nur einen Jungen zu erledigen. Doch auch er würde ab sofort geschützt werden. Er hatte keine Wahl. Er musste Slavko hinzuziehen und die Prämie mit ihm teilen. Der Scharfschütze hatte schon im Balkankrieg sein Talent unter Beweis gestellt, und da er nie Fragen stellte, war er der richtige Mann. Bald musste er den Hang erreicht haben und konnte es riskieren die Taschenlampe kurz einzuschalten. Den Rückzugsweg war er mehrfach gelaufen und der Veteran kannte den Wald gut genug, um auch in der Dunkelheit den Weg zu seinem Diesel zu finden.

Um möglichen Straßensperren zu entgehen verließ der Serbe auf Seitenstraßen die Stadt und erreichte die BAB 4. Er fuhr mit Vollgas zu seinem nächsten Ziel.

8

»Schön, dass du dein Versprechen gehalten hast«, sagte Michael und steckte die acht Hunderter in seine Tasche.

Karsten nickte lächelnd. Es ging aufwärts für ihn. Doch es gefiel ihm nicht, dass Michael ihn derart unter Druck gesetzt hatte. Der Sex mit Veronika konnte süchtig machen und wahrscheinlich erging es ihr ähnlich. Auch deshalb hatte sie ihm das Geld geliehen, das er bald zurückzahlen wollte.

»Du wirst in Kürze das restliche Geld für die Miete bekommen. Morgen werde ich die erste Aufnahme für den Radiospot sprechen und nächste Woche das Geld dafür bekommen. Das brauche ich zwar für die Rückzahlung an Veronika, aber danach wird es weitere Aufträge bei der Agentur geben und am Freitag ist die Probefahrt. Wenn da alles glatt läuft geht es mir bald besser«, sagte Karsten zuversichtlich.

»Ich würde es dir gönnen«, antwortete Michael knapp.

Karsten ging auf sein Zimmer und setzte den Kopfhörer auf. Er schloss die Augen und hörte die sphärischen Klänge des Albums KD Session von Kruder und Dorfmeister. *Beim Geld hört die Freundschaft auf,* sagt ein Sprichwort. Tatsächlich hatten seine Mietrückstände die Freundschaft mit Michael stark belastet. Doch das war nicht zu ändern. Mit einem sicheren Einkommen und Reserven könnte er bald eine eigene Wohnung suchen. Besonders wohl hatte er sich in der Wuppertaler Nordstadt noch nie gefühlt. Karsten war in Gedanken bei dem Nachmittag mit Veronika in ihren Schwimmteich. Das hatte ihm gut getan und auch beflügelt. Er lehnte sich auf seinem Bett zurück, verschränkte die

Arme hinter seinem Kopf und schlief mit dem entspannenden Sound des Songs *Sofa Surfers* ein.

Erst ein lautstarkes Gezanke in der Nachbarschaft weckte ihn. Das Gezeter zeugte von Ehestreitigkeiten und nervte. Vor allem bei dieser Hitze. Karsten nahm den Kopfhörer ab und öffnete die Wetter App. Um 0:30 Uhr waren es noch immer 28 Grad. In seinem Zimmer würden es aber 30 Grad oder noch mehr sein. Also musste das Fenster geöffnet bleiben. Er stand auf und blickte in den dunklen Hinterhof, der bei Tageslicht trist und öde war. *Welch ein Kontrast zu dem Ausblick von Veronikas Terrasse*, dachte er und ging ins Bad. Die kalte Dusche war ein Genuss und er blieb länger unter der Brause stehen, bis sich sein Körper abgekühlt hatte. Endlich war auch von dem Lärm nichts mehr zu hören und er konnte wieder einschlafen.

9

Jan Bishop, der pensionierte Chef der niederländischen Steuerfahndung in Den Haag war seit ihrer Jugend ein guter Freund von Jules van Dyck. Der kleine und lustig wirkende Niederländer hatte noch immer sein volles Haar und wohnte am Rand Limburgs nahe Valkenburg mit seiner Frau in einem typisch niederländischen Haus. Seit seiner Pensionierung hatte er ein neues Hobby, das er äußerst ernst nahm. Bishop züchtete Hühner. Nicht irgendwelche Hühner, sondern riesige, mit denen er bei Ausstellungen stets Preise gewann. Bei seinem letzten Besuch zeigte er Jules den Hühnerstall am Ende des Gartens und er war tatsächlich tief beeindruckt. Einen so sauberen Stall hatte er nicht vermutet. Nicht ein Kothäufchen konnte er sehen. Stattdessen lebte das Federvieh geradezu luxuriös auf sauberem Stroh mit viel Auslauf. Die Hühner wirkten auf ihn, als wären sie alle gerade frisch gebadet worden. Jan hatte ihm stolz erklärt, dass spezielles Getreide und Riesenbrennnesseln für ihr seidig glänzendes Gefieder sorgten. Für das weitere Wohlbefinden des riesigen Federviehs sorgte morgens und nachmittags eine musikalische Berieselung mit klassischer Klaviermusik. Jules musste grinsen, als er daran dachte. Wegen seiner guten Kontakte im In- und Ausland hatte ihm Jan auch nach seiner vor kurzem erfolgten Pensionierung gute Dienste geleistet. Noch bevor er mit seiner Tochter und dem Au Pair frühstückte, rief er ihn an.

»Guten Morgen Jan. Ich hatte vermutet, dass du mit den Hühner aufstehst«, begrüßte er ihn scherzhaft.

»Goedemorgen, Sherlock. Wem bist du auf der Spur?«, begrüßte er den Belgier.

»In der Tat bin ich mit einem kniffligen Fall beschäftigt und könnte deine Hilfe und dein Gespür gut gebrauchen. Hast du die Zeit, für ein paar Tage nach Antwerpen zu kommen?«

»Ich frage mal Mareike, ob sie sich um die Hühner kümmert.«

Jules wusste, dass seine Frau froh sein würde, ein paar Tage ohne ihren Mann zu haben und kannte schon Mareikes Antwort.

»Natürlich. Rufe mich doch zurück, wenn du mehr weißt. Ich würde mich freuen, wenn wir mal wieder ein leckeres Bier zusammen trinken und alten Blues hören.«

Leonie rief schon, dass ihr Frühstück fertig sei. Jules legte auf und ging in die Küche. Das dunkelhäutige Au Pair Mädchen Lena aus Curaçao und seine Tochter saßen bereits am Tisch, als er zu ihnen kam. Leonie beobachtete ihn, während er den ersten Schluck Kaffee trank.

»Paps, die Konturen deines Bartes wachsen mehr und mehr zu. Das sieht schrecklich aus«, kritisierte sie ihn.

Jules hob entschuldigend die Schultern. »Ich weiß. Der Anchor macht doch mehr Arbeit, als ich dachte«, sagte er. »Ich traue mich selbst gar nicht mehr daran. Aber später kommt ein Barbier, der das sorgfältiger kann, als ich.«

Die jungen Frauen sahen sich grinsend an. Aber im Grunde war Leonie von seinem Outfit begeistert. Er sah damit einfach klasse aus. Auch an den Blicken ihrer Lehrerinnen oder anderer Frauen merkte sie, dass die Attraktivität ihres Vaters auffiel. Leonie kaute noch das letzte Tomatenstück, als sie aufsprang und Jules einen Kuss gab.

»Ich muss los«, sagte sie. »Ich habe heute einen Mathetest.«

»Viel Erfolg mein Schatz. Wir sehen uns später«, sagte er.

Leonie hatte die Schönheit ihrer Mutter geerbt. Ihr dunkelbraunes Haar fiel ihr geschmeidig über die Schultern, als sie die

Wohnungstür hinter sich zuzog. Die hohe Stirn und ihre Zartheit erinnerten Jules oft schmerzlich an seine verstorbene Frau, nach deren Tod hatte er keine Andere mehr haben wollen.

Während Lena den Tisch abräumte und Spülwasser einließ, sah er sich die Unterlagen des Notars an. Eine Notiz des deutschen Professors machte ihm deutlich, dass er sich nicht nur auf die von ihm festgestellten Personen konzentrieren durfte. Neben den reduzierten Personen auf der Liste, waren 18 meist jüngeren Menschen, von denen zwei in Florida verstarben. Jules musste Ausschau nach unehelichen und bislang unbekannten Nachfahren halten und sie finden. Bei der Recherche konnte ihm sein Freund Jan helfen. Kurz vor seiner Pensionierung hatte Jan noch Schlagzeilen gemacht. Das vor einigen Jahren in Niederlanden eingeführte Gesetz zur Überwachung von Geldtransfers machte es möglich, dass er fast 4.000 Hinweise auf niederländische Kontoinhaber erhalten hatte. Seine guten Kontakte mit Steuerermittlern in ganz Europa und sogar Australien und Russland halfen, dass Jan viele Millionen versteckter Euro in der Schweiz und Panama fand. Zumeist waren es arabisch-europäisch agierende Kriminelle, die mit Luxusautos an den Finanzbehörden vorbei ihren Handel betrieben. *Und dieser kluge Kopf liebkost heute Hühner*, dachte Jules und musste grinsen.

Er ging hinauf in sein Büro, öffnete die Dokumentenmappe und klappte sein Laptop auf. Bis der Barbier kam und Jan zurückrief, hatte Jules noch drei Stunden Zeit, die er nutzen wollte. Er tippte bei Google den nächsten Namen ein. Peter Michailwitsch aus Sankt Petersburg. Zu dem Namen gab es keine Einträge. Er versuchte es mit Facebook und bekam zwei Dutzend Vorschläge. Zu viel. Er fügte den Ort Sankt Petersburg hinzu und es wurden nur noch drei Personen angezeigt. Jules klickte den ersten an. Ein älterer Mann um die 70, der Sommerfotos vor seiner Datsche mit Enkelkindern gepostet hatte, konnte es nicht sein. Beim nächsten war es ein Geschäftsführer einer Firma für Mähdrescher. Beim besten Willen, der auch nicht. Der Mann war mindestens 50 Jahre alt. Der dritte Eintrag war schließlich ein junger Mann. Jules stöberte in dem Profil und öffnete gleichzeitig ein Übersetzungsprogramm, da die kyrillische Schrift für ihn nicht lesbar war. Beitrag für Beitrag kopierte er die Texte und lies sie übersetzen. Doch mehr als der Bericht von Feiern, oder seiner Lehrstelle in einer Werkstatt gab es nicht. Er notierte die Namen von Freunden und erfuhr, dass er Automechaniker war. Irgendwie musste er an eine Anschrift kommen. Aber bei Facebook gab es nichts. Jules kopierte seinen Namen und gab ihn erneut bei Google ein. Jetzt gab es plötzlich zwei Einträge. Er hatte den komplizierten Namen beim ersten Mal sicher falsch geschrieben. Der erste war ein Hinweis auf seinen Facebook Account und der zweite ein Link zu einer Seite, die es nicht mehr gab. Mist! Jules grübelte. Es musste andere Möglichkeiten geben. Das größte Handicap war die kyrillische Schrift. Das war es! Er kopierte seinen Namen und Sankt Petersburg und ließ alles übersetzen. Schließlich fügte er *Петр Михайлович, Санкт-Петербург* in die Suchleiste ein. Er wählte den ersten, nur drei Tage alten, Eintrag aus. Die Suche gestaltete sich schwierig, aber Jules war es gewohnt und ließ sich nicht aus der Ruhe bringen. Das war sein Erfolgsrezept. Egal wie lange seine Recherche dauerte, führte sie doch meistens zum gewünschten Erfolg. Beim Öffnen des Links erkannte Jules, dass es eine Zeitung war. Er kopierte den Text und ließ ihn übersetzen.

Tödlicher Unfall in einer Autowerkstatt in Berezovo
Der 21jährige Mechaniker Peter Michailwitsch wurde bei Schweiß-arbeiten an einem Moskwitsch von der herabstürzenden Bühne erschlagen. Die Polizei geht von einem technischen Fehler aus. Ein tragisches Ereignis für die Eltern, die nur einen Tag darauf ihre Tochter in Moskau verloren hatten. Ludmila Michailwna wurde

mitten auf dem Markt durch zwei Schüsse ermordet. Die Polizei tappt bei den Ermittlungen noch im Dunkeln und hofft auf Zeugen.

Jules fiel die Kinnlade herunter. Das konnte ein Zufall sein, doch das glaubte er nicht mehr. Auch Peters Schwester wäre als Zweitgeborene eine potentielle Erbin gewesen und sie wurde eiskalt ermordet. Auch in Florida konnte es nur ein Anschlag gewesen sein. Charly Williams hatte Recht mit seinem Verdacht. Der Detektiv speicherte die Übersetzungen, machte weitere Notizen zu dem Schiffsunglück. Jules wählte die Nummer des Notars und bat die Empfangsdame um Verbindung zu Maassen.

»*Es tut mir leid, Herr van Dyck. Herr Maassen ist in einer notariellen Besprechung und darf nicht gestört werden*«, säuselte sie routiniert und versuchte ihn abzuwimmeln.

»Hören Sie. Das ist mir egal. Ich muss Herrn Maassen sofort sprechen. Es ist ein Notfall und es geht um Leben und Tod.«

Nach einer kurzen Pause meldete sie sich wieder. »*Ich versuche es. Bleiben Sie in der Leitung.*«

Beethovens 9. klimperte verzerrt als Wartemelodie und Jules klopfte ungeduldig mit den Fingern auf die Tischplatte.

Nach drei Minuten hatte er den Notar am Apparat. »*Maassen. Ich hoffe, es ist wirklich wichtig*«, sagte er.

»Allerdings. Ich mache es auch kurz. Es gibt bei Ihnen eine undichte Stelle in der Erbschaftssache«, sagte Jules.

»*Das ist unmöglich, Herr van Dyck. Außer dem Professor, Ihnen und mir weiß niemand von dem Fall.*«

»Ich habe den Kreis der möglichen Erben auf 18 reduziert. Bei der weiteren Recherche wurden die ersten vier von mir ermittelten Personen ermordet. Wie ist das zu erklären, wenn niemand davon weiß?«

Deutlich hörbar schluckte Phillip Maassen. »*Ich gehe davon aus, dass Sie nicht selbst die undichte Stelle sind und dem Professor vertraue ich. Es muss jemand auf anderem Wege an die Information gekommen sein. Haben Sie schon die Polizei informiert?«*

»Ich wollte zuerst mit Ihnen sprechen. Die Polizei nützt uns auch nichts, da die Morde in den USA und Russland waren.«

»Ich kann mir in dem Fall keine Pannen erlauben. Bitte versuchen Sie die undichte Stelle zu finden«, sagte Maassen.

Jules beendete das Gespräch und lehnte sich zurück.

Wer außer einem der Erben sollte Interesse daran haben, die anderen umzubringen? Steht der Mörder auf der Liste? Jules musste sich dringend beraten und weiter suchen. Jetzt waren es nur noch 14 Personen, die er finden musste. Er wollte gerade den nächsten eingeben, als sein Handy klingelte.

»Bishop«, meldete sich Jan. *» Wann brauchst du mich?«*

»So schnell wie möglich. Wann kannst du hier sein?«

»Ich packe ein paar Sachen zusammen und bin in etwa zwei Stunden bei dir, wenn der Verkehr es zulässt.«

»Okay, ich freue mich!«

In einer Stunde würde der Barbier kommen und er sollte fertig sein, wenn Jan ankommt. Zum Kochen blieb keine Zeit. Also würde er etwas beim Chinesen oder Italiener bestellen. Er beugte sich vor und musterte seine kleiner werdende Liste und stolperte förmlich über einen seltenen Namen, den er erst kürzlich irgendwo gelesen oder gehört hatte. Salmikeit. Jules gab den Namen ein. Sofort kamen Einträge in den Sozialen Medien, YouTube, Zeitungen und dem Landtag in Sachsen. Holger Salmikeit war ein bekannter Politiker. Doch es waren die Söhne Jürgen und Sven, die ihn interessierten. Und das war es. Auf den jüngeren Sohn Jürgen wurde im elterlichen Haus trotz Polizeischutz ein Anschlag verübt. Der junge Mann konnte nur knapp dem Mörder entkommen. Das LKA gab in den Medien eine Personenbeschreibung des Mannes durch, der durch ein vernarbtes Gesicht und südosteuropäisches Aussehen auffiel. Sein Bruder Sven wurde jedoch nur einen Tag später tot aufgefunden. Er wurde mit einer Drahtschlinge in einem Studentenwohnheim stranguliert. Jules griff zum Hörer und wurde mit einem Hauptkommissar Benno Mickerts vom LKA Sachsen verbunden. Jules van Dyck schilderte dem Polizisten seine bisherigen Erkenntnisse und sprach von seinen Befürchtungen, dass Jürgen Salmikeit nach wie vor in großer Gefahr sei.

»*Woher wissen Sie das alles und wer sind Sie, Herr van Dyck?*«, fragte Mickerts.

»Habe ich das nicht erwähnt? Entschuldigung. Ich bin Privatdetektiv und wurde von dem Notariat Phillip Maassen mit dem Auffinden verschiedener Personen in einer großen Erbschaftsangelegenheit beauftragt.«

»*Und Sie sagen, dass diese Personen vor kurzem ermordet wurden?*«, fragte Mickerts.

»Davon gehe ich inzwischen aus. Wobei die Nachkommen des Erbgebers weit verstreut leben.«

»*Herr van Dyck, ich möchte Sie gerne in das LKA Dresden einladen. Wann können Sie kommen?*«

»Auch wenn es mir unter den Fingernägeln brennt, mich mit Ihnen schnellstmöglich auszutauschen, komme ich hier so schnell nicht weg«, antwortete Jules.

»*Hm, also gut. Ich kläre das intern und nehme den erstmöglichen Flug. Geben Sie mir Ihre E-Mail-Adresse und Anschrift. Ich informiere Sie, wann ich komme.*«

Jules gab ihm beides und versprach, ihn am Flughafen abzuholen. Er klappte sein Laptop zu und ging in die Wohnung.

Der Barbier kam pünktlich und hatte seinen Anchor Bart in 35 Minuten perfekt beigeschnitten. Jules blickte in den Spiegel und war zufrieden. Der Mann verlangte jedoch 120 Euro für seine Arbeit. Ein teures Vergnügen, wie er meinte. Nachdem er die Haustür hinter sich geschlossen hatte brachte ihm das karibische Au Pair Lena einen dampfend heißen Kaffee.

»Was würde ich nur ohne dich machen?«, fragte Jules.

»Ik weet het niet, meneer«, sagte sie auf Niederländisch.

Das Mädchen war einfach niedlich und auch Leonie mochte sie. Die junge Frau hatte stets ein fröhliches Lächeln im Gesicht und war hübsch anzusehen. Nach und nach lernte sie etwas Deutsch und Französisch hinzu und Jules gab ihr mehr Taschengeld, als es für Au Pair Mädchen üblich war. Doch dafür hielt sie ihm auch den Rücken frei. Die Wohnungstür öffnete sich und Jules sah auf seine Uhr. Die Zeit raste ihm davon. Leonie war wieder Zuhause und kam in die Küche.

»Hallo Paps, du bist ja hier«, sagte sie und gab ihm einen Kuss.

»So wie es aussieht werde ich auch die nächsten Tage meistens hier sein«, sagte er. »Wie ist es mit deiner Mathearbeit gelaufen?«

»Ich weiß nicht. Wahrscheinlich habe ich ein oder zwei Fehler, obwohl ich drei Tage intensiv geübt habe«, sagte Leonie und wischte sich eine Haarsträhne aus dem Gesicht.

»Mache dir keine Sorgen. Du bist doch gut in der Schule.«

»Geht so. Was gibt es zu essen?«

»Gleich müsste Jan Bishop kommen. Er bleibt ein paar Tage und hilft mir. Ich dachte, dass wir was zu essen bestellen.«

»Sushi? Lena mag das auch«, grinste Leonie.

»Okay. Machen wir, wenn Jan einverstanden ist.«

»Er ist doch noch gar nicht da. Können wir nicht schon vorher bestellen?«, fragte Leonie. »Dein Bart sieht wieder richtig gut aus, Paps!«

»Danke. Jan müsste gleich kommen. Lass uns zusammen essen. Aber ihr könnt ja schon etwas von der Karte aussuchen!«

»Ich mache schon auf«, rief Leonie und sprang auf, als die Türglocke läutete. Sie kannte den smarten Steuerfahnder aus Holland seit ihrer Kindheit und konnte ihre Freude über sein Kommen kaum verbergen. Früher, als Leonies Mutter noch lebte, hatten sie sich öfter gesehen. Überhaupt hatte sich seit ihrem Tod viel geändert. Durch den Flur sah er, wie ihm Leonie jubelnd in den Arm sprang.

»Hey, hey. Nicht so stürmisch, junge Frau«, mahnte Jan lachend und gab seinem Patenkind einen Kuss. Auch Jan und Jules umarmten sich zur Begrüßung.

»Ich hoffe, du bringst Hunger mit. Wir wollten Sushi bestellen«, sagte Leonie und hielt ihm die Karte hin, kaum dass er saß.

»Lena, sei doch so lieb und bringe uns ein kaltes Bier«, sagte Jules, während Jan seine Auswahl traf.

Leonie griff zu ihrem Handy und bestellte für sie.

»Nach dem Essen gehen wir in mein Büro«, erklärte er, als er Jans fragenden Blick sah. »Ich habe alles vorbereitet.«

Lena und Leonie blieben kauend sitzen, als sie mit zwei kühlen Flaschen Bier nach oben in das Büro gingen. Er fuhr Laptop und Beamer hoch und setzte sich zu Jan.

»Seit ich an dieser Erbschaftssache dran bin, stolpere ich über Leichen«, sagte Jules und teilte den Bildschirm. »Das ist der erste Fall in Florida«, sagte er und setzte neben die Archiv Fotos der Jennifer II, Bilder der Presse, die zeigten, wie die Überlebenden von der Küstenwache an Land gebracht wurden. »Alle Söhne Goossens fielen Haien zum Opfer.«

»Bist du sicher, dass es kein Unfall war?«, fragte Jan und ging näher zu dem Zeitungsartikel, der an die Wand projiziert wurde.

»Absolut sicher! Ich habe mit dem Skipper und einem Officer der Küstenwache gesprochen. Es war ein Anschlag«, stellte er klar. »Und jetzt geht es weiter.«

Die Übersetzung des Zeitungsartikels aus Sankt Petersburg nebst zwei Fotos der jungen Leute war eingeblendet.

»Waren die beiden auch auf der Nachkommenliste?«, fragte der Steuerermittler.

»So ist es. Während es bei Peter nach einem Unfall aussieht, hat man sich bei seiner Schwester in Moskau nicht mal mehr die Mühe gemacht, den Mord zu tarnen.«

»Mein lieber Jules, mir scheint, als hättest du in ein verdammtes Hornissennest gestochert!«

Er wechselte die Ansicht und blendete den Artikel des Mordanschlags auf Jürgen Salmikeit ein.

»Der junge Mann konnte dem Mörder knapp entkommen. Doch sein Bruder wurde mit einer Drahtschlinge um den Hals am nächsten Tag in seinem Zimmer in einem Studentenwohnheim tot aufgefunden.«

»Der Vater ist ein umstrittener Politiker. Es kann doch sein, dass es um ihn geht.«, sagte Jan.

»Das dachte bislang selbst das LKA. Trotz Personenschutz und Alarmanlage hatte es der Mann unbemerkt ins Haus geschafft. Die Söhne waren das Ziel. Nicht der Vater!«, sagte Jules. »Hauptkommissar Benno Mickerts vom LKA sieht es inzwischen ähnlich und fliegt so schnell es geht zu uns nach Antwerpen.«

»Was ist jetzt mit Jürgen Salmikeit?«, fragte Jan.

»Der Personenschutz wurde verdoppelt. Er verlässt nur dann das Haus, wenn es unbedingt sein muss und hat immer vier Schatten in seiner Nähe.«

Jan stand auf und sah grübelnd aus dem Fenster.

»Warum leben alle Erben so weit von Antwerpen entfernt? Ein paar Familien müssten doch selbst nach 200 Jahren in der Nähe geblieben sein. So ist es meistens!«

»Ein paar in der Umgebung von Antwerpen gibt es ja auch. Aber bei keinem dieser Nachfahren gibt es Zweit- oder Drittgeborene«, sagte Jules und trank einen Schluck Bier.

»Hm. Was ist mit den anderen auf der Liste?«

»Ich wollte erst weiter machen, wenn du gekommen bist. Schauen wir mal«, sagte er und öffnete Google.

»Wie wäre es mit Michaela und Guido Grootenborg aus Venlo. Das ist ja ganz in deiner Nähe«, sagte Jules grinsend.

»Naja. Weit ist Venlo nicht von Valkenburg entfernt.«

Den ersten Eintrag mit dem Namen Grootenborg fand er in einem Link des Venlo Dagblad. Er klickte den Artikel an und Jan las begierig.

»Schau! Der Artikel der Zeitung ist erst drei Stunden alt! Verdomd!«, sagte Jan.

»Was steht da? Lies vor!«

»Ihr Bruder hatte sie besucht und beide sind in den frühen Morgenstunden von ihrem Balkon im 8. Obergeschoss gestürzt. Die Polizei geht von einem gemeinschaftlichen Selbstmord unter Drogeneinfluss aus«, las Jan.

»Drogen?«, Jules rang sich ein bitteres Lachen ab.

»Ich rufe mal meinen Kollegen Ruedenborg aus Venlo an. Bei dem habe ich noch was gut. Wir brauchen die Kontaktdaten der Eltern und weitere Informationen«, sagte Jan.

10

Unter dem großen Sonnenschirm war es am Elbufer erträglich. Die Hitze des Sommers machte ihm nichts aus. Aus seiner südlichen Heimat war er solche Temperaturen gewohnt. Endlich kam die Kellnerin, brachte ihm eine Karte und musterte sein vernarbtes Gesicht. Es war nicht leicht ihren sächsischen Dialekt zu verstehen, aber er schaffte es einen halben Liter Bier zu bestellen. Der plätschernde Springbrunnen am Ende des Biergartens würde es dem Serben erleichtern ein ungestörtes Gespräch mit Slavko zu führen. Mit den schwarzen Gläsern seiner Sonnenbrille und der schwarzen Jeans wollte er unauffällig erscheinen und trug ein langärmeliges T-Shirt, um seine Tätowierungen vor neugierigen Blicken zu schützen. Doch seinen muskulösen Oberkörper konnte er nicht verbergen. Goran blätterte noch durch die Speisekarte und sah, dass die Kellnerin an einem anderen Tisch gerade eine Haxe mit Bratkartoffeln und einen Krustenbraten servierte. Es duftete köstlich und sein Magen knurrte. Goran hatte seit dem Frühstück im Hotel nichts mehr gegessen. Hungrig blickte er zur Uhr und sah den Kriegskameraden pünktlich auf ihn zukommen. Sie erkannten sich sofort. Seit dem Balkankrieg waren sie sich immer wieder begegnet. Auch wenn Goran den Mann nicht sonderlich mochte, da er in Bosnien massenhaft Frauen vergewaltigt hatte und für manche Massaker die Verantwortung trug, war er als präziser Scharfschütze gerade jetzt für ihn nützlich. Slavko nahm ihm gegenüber Platz und die Kellnerin brachte ihm eine Karte.

»Was duff isch' Ihn'n hol'n zum Tring'n, Dollm?«

Slavko sah die Blondine ratlos an.

»Sie hat dich gefragt, was du trinken möchtest«, lachte Goran.

»Bringen Sie mir ein Bier«, sagte Slavko grimmig.

»Ich nehme auch noch eins«, ergänzte er die Bestellung und wartete, bis sie wieder verschwand.

»Mein Deutsch ist nicht das Beste, aber seit ich hier bin, verstehe ich gar nichts mehr«, zischte Slavko.

»Ich habe Arbeit für dich. Aber lass uns vorher etwas bestellen. Ich habe Hunger. Die Grillhaxen sehen gut aus!«

Slavko hörte auf in der Karte zu blättern. »Dann bestelle für mich auch eine!«, sagte er und beugte sich etwas über den Tisch. »Um was geht es?«

»Um einen 18jährigen Bengel«, antwortete Goran. »Er konnte mir knapp entwischen.«

»Kaum zu glauben, dass dir einer entwischt.«

»Ein schwieriger Fall. Sein Vater ist Politiker und deshalb hatte er Personenschutz«, erklärte Goran.

»Verstehe«, sagte Slavko, als die Kellnerin mit den Krügen kam.

Goran bestellte zwei Haxen und als die Frau außer Sichtweite war, schob er einen Umschlag mit einem Foto, dem Namen und der Anschrift über den Tisch.

»30, wie immer«, sagte Goran, aber Slavko schüttelte den Kopf.

»Ist komplizierter als sonst! 40, oder vergiss es!«

»Ist in Ordnung. 20 bekommst du gleich. Den Rest, wenn ich etwas in der Zeitung lese«, sagte Goran und reichte ihm einen weiteren dickeren Umschlag.

»Das Ziel wird täglich von vier Männern zu seiner Schule begleitet. Aber in den Pausen ist er alleine auf dem Schulhof.«

11

Aufgeregt stieg Karsten auf der Fahrerseite des dunkelblauen Mercedes V300 mit AMG Ausstattung ein. Der moderne Van roch neu und war erst 19.000 Kilometer gelaufen. Gossarah nahm auf der Beifahrerseite Platz. »Machen wir eine Spritztour und fahren auf die A46 Richtung Düsseldorf!«, sagte er.

Karsten suchte nach dem Schlüssel, bemerkte aber, dass dieses Auto mit Knopfdruck rechts neben dem Lenkrad gestartet wurde. Das Fahrzeug schnurrte angenehm im Leerlauf und Karsten stellte die Schaltung auf D. Langsam rollte das Luxusauto zur Ausfahrt auf die Uellendahler Straße. Es war zwar ungewohnt, aber für Karsten auch angenehm so hoch zu sitzen. Die im Berufsverkehr stark frequentierte Straße war frei und er bog links ab.

»Sie haben genug Zeit, sich an den Wagen zu gewöhnen«, sagte Gossarah. »Von meinen Fahrern erwarte ich, dass sie zwar schnell, aber auch sicher sind. Halten Sie sich möglichst an die Geschwindigkeitsbegrenzungen. Für Knöllchen komme ich nicht auf.«

»Das dachte ich mir schon«, sagte Karsten und fädelte sich auf die Autobahn ein. »Ich werde sorgfältig mit Ihren Autos umgehen, Herr Gossarah. Was ist dieses Auto wert?«, fragte er und beschleunigte den Mercedes.

»Der Wagen geht nächste Woche von Marseille nach Marokko und wird für 95.000 Euro verkauft«, antwortete er lässig.

Die Tonaufnahmen vom Vortag hatte Karsten am Steuer dieses Autos beinah vergessen. Dabei lief es gut in dem Studio. Schon die dritte Aufnahme war perfekt und sie vereinbarten mit ihm eine weitere Aufnahme für eine Versicherung.

»Fahren Sie bis zum Kreuz Hilden und dann Richtung Oberhausen bis Mettmann. Von da aus geht es zurück über Landstraßen nach Wuppertal. Kommen Sie ohne Navi aus, Herr Fischler?«, fragte Gossarah.

»Ich denke ja.«

Der Araber schien mit seiner Antwort zufrieden zu sein und lehnte sich zurück. Er musste die Strecke gewählt haben, weil die A46 als Dauerbaustelle einige verengte Stellen hatte und er so seine Fahrsicherheit prüfen konnte, dachte Karsten. Sie fuhren eine Weile schweigend weiter, dann räusperte sich Gossarah und fragte: »Haben Sie Familie?«

»In Norddeutschland leben meine Eltern und zwei ältere Schwestern. Ich müsste sie mal wieder besuchen.«

»Die Familie ist wichtig im Leben eines Mannes. In meiner Heimat steht sie im Mittelpunkt des Lebens«, sagte er.

Karsten nickte. *Und Ehrenmorde gehören auch dazu, wenn Frauen nicht spuren*, dachte er.

»Haben Sie eine Freundin«, fragte Gossarah.

»Im Moment nicht wirklich. Aber ich treffe gelegentlich eine Frau«, sagte Karsten ehrlich, ohne zu viel preiszugeben.

»Sie sind noch jung und ich verstehe, dass Sie Erfahrungen brauchen. Wir Männer sind so. Aber irgendwann müssen Sie heiraten. Frauen schenken uns Kinder, halten das Haus sauber und kochen für uns. Und sie müssen uns auch im Bett zu Diensten sein«, sagte er und beide lachten.

Das arabische Frauenbild passt nicht wirklich nach Europa, dachte Karsten. Er wusste, dass in Saudi Arabien Frauen nicht einmal alleine das Haus verlassen durften und nur voll verschleiert zu sehen waren. Viele Mädchen wurden gar nicht erst zur Schule geschickt und selbst ältere Mädchen mussten ihren jüngeren

Brüdern gehorchen. Frauen durften keinen Führerschein machen und mussten je nach Status des Mannes eine Zweit- oder Drittfrau akzeptieren. Die Vorstellung an zwei Frauen gefiel Karsten, aber in einer Ehe war es verboten und keine deutsche Frau würde sich das gefallen lassen. Aber dazu sagte er besser nichts. Er hatte das Auto sicher durch die Baustellen gelenkt, in Mettmann die A3 verlassen und war über Landstraßen wieder nach Wuppertal gekommen. Nach etwas mehr als einer Stunde bog er in die Einfahrt der Firma ABC ein. Zufrieden klopfte ihm Gossarah auf die Schulter.

»Sie haben den Job, Herr Fischler«, sagte er.

Karsten lächelte. »Danke!«

»Wenn Sie wollen, können Sie den V300 nächsten Montag nach Marseille bringen. Das sind 1.100 Kilometer und ebenso viele Euro plus 200 Euro Spesen für Sie«, bot er ihm an.

»Klar, das mache ich gerne. Aber wie komme ich zurück?«

»In Marseille übernachten Sie und fahren am nächsten Morgen mit dem TGV zurück nach Deutschland. Die Kosten für den Zug und das Hotel übernehme ich«, sagte Gossarah.

»Hört sich gut an. Wann muss ich hier sein?«

»Kommen Sie um 7 Uhr. Achmed übergibt Ihnen dann das Auto und Geld für Sprit und Spesen. Den Lohn für den Transport bekommen Sie, wenn das Auto in Marseille angekommen ist.«

12

»Ich verstehe Ihre Sorge, aber seien Sie beruhigt, Frau Salmikeit«, sagte der Polizist des LKA. »Jede Person, die das Schulgelände betreten will, wird von uns auf Waffen überprüft. Vier unserer Männer bringen Ihren Sohn sicher bis zum Klassenzimmer.«

Ilona Salmikeit saß weinend am Tisch, während ihr Mann versuchte sie zu trösten. Er nickte dem Polizisten des LKA zu, dessen Schulterholster unter dem Sakko erkennbar war.

»Ich hoffe, Sie kriegen diese feigen Schweine, die sich an meiner Familie vergreifen«, sagte der Holger Salmikeit.

»Wir fahnden mit allen Mitteln nach dem Mann, den uns Ihr Sohn beschrieben hat und folgen sämtlichen Hinweisen.«

»Hören Sie auf! Unser Sohn Sven ist erst gestern beerdigt worden«, sagte sie und bekam einen heftigen Weinanfall, der sie am weiter sprechen hinderte.

»Liebes, auch ich bin sehr traurig. Aber das Leben geht weiter. Meike und Jürgen können wieder zur Schule. Die Beamten tun doch alles, um sie zu schützen! Auch sie brauchen uns jetzt«, sagte der Politiker, der wegen seiner öffentlichen Reden zu der Regierungskoalition in Misskredit geraten war.

»Und wie konnte der Mörder in das Haus eindringen, wenn Sie uns so sorgfältig überwacht haben? Ich traue ihrem Schutz nicht!«, schrie sie.

»Mutter, schone dich. Ich möchte wieder zur Schule. Aber wenn es dich beruhigt, bleibe ich hier«, sagte Jürgen und nahm sie in den Arm.

Die LKA Männer sahen sich vielsagend an. Einer hielt die Hand über das linke Ohr. Anscheinend hatte er eine Nachricht über das Headset erhalten und verließ den Raum.

Jürgen hörte, wie er im Flur sagte, »*Ja, Boss. Verstanden. Nein, niemand hat bisher das Haus verlassen.*«

Er winkte seinen Kollegen zu sich in den Flur. Die LKA Männer verständigten sich flüsternd und einer verließ das Haus.

»Dürfen wir auch erfahren, was plötzlich los ist?« fragte Holger Salmikeit.

»Es gibt neue und völlig andere Erkenntnisse in dem Fall«, sagte er. »Ihre Kinder dürfen das Haus vorläufig nicht verlassen!«

»Nur unsere Kinder?«, fragte die Mutter.

»Nur Ihre Kinder.«

»Das heißt, meine Frau und ich sind nicht in Gefahr? Dann geht es nicht um mich?« fragte der verdutzte Politiker.

»So sieht es derzeit aus. Moment ... «, sagte er, lauschte einer neuen Nachricht und ging mit schnellen Schritten zur Tür.

Draußen war ein förmliches Blaulichtgewitter zu sehen. Es mussten einige Polizeifahrzeuge hinzugekommen sein. Durch die Terrassentür sah Jürgen unzählige Polizisten, die auf den angrenzenden Wald zuliefen, eine Hundestaffel und einige Männer in Zivil, die das Grundstück abriegelten.

Der LKA Polizist kam mit einem weiteren Mann zu ihnen.

»Darf ich mich vorstellen? Ich bin Hauptkommissar Benno Mickerts«, sagte er und trat zu der Familie.

»Was ist hier los?«, fragte Salmikeit.

»Es liegen neue Erkenntnisse vor. Die Bedrohung richtet sich gegen Ihren Sohn Jürgen.«

»Jürgen? Das verstehe ich nicht. Hat er einem Mitschüler das Pausenbrot geklaut?«, fragte er zynisch.

»Es geht um eine Erbschaft. Mehr kann ich Ihnen noch nicht dazu sagen. Gleich geht mein Flug. Deshalb fasse ich mich kurz.

Herr Salmikeit, es steht Ihnen und Ihrer Frau frei, das Haus jeder Zeit zu verlassen. Aber Ihr Sohn Jürgen bleibt hier. Beamte haben die Weinbergstraße weiträumig abgesperrt und Ihr Grundstück gesichert. Wir nehmen die Bedrohung ernst!«

»Eine Erbschaft? Von wem sollte die sein?«, fragte Ilona Salmikeit. »Und wegen der lohnt ein Mord?«

Mickerts nickte. »Es geht um einen zweistelligen Millionenbetrag. Bitte befolgen Sie strikt die Anweisungen meiner Kollegen. Ich muss los«, sagte der Kommissar und verließ das Haus.

Auf dem Bauch liegend avisierte Slavko den Zielbereich. Auf dem Dach der alten Fabrik hatte er das G82 mit schwenkbarem Fuß montiert. Die Distanz lag mit 1,7 Kilometern zwar etwas über der Grenze, aber darin sah der Scharfschütze kein Problem. Der Schulhof hatte sich längst gefüllt und die Schüler strömten ins Gebäude. Aber von Jürgen Salmikeit fehlte jede Spur. Slavko wartete noch 20 Minuten. Der Schulhof war leer und der Unterricht hatte begonnen. Doch er kam auch in der zweiten Pause nicht. Verärgert packte er alles in die Tasche und ging hinunter.

13

Der 22. Februar 1782 war um 5 Uhr am Nachmittag bereits stock-finster. Seit zwei Jahren gehörte Antwerpen nicht mehr zu den öster-reichischen Niederlanden, sondern zu Frankreich. Die Weingläser glitzerten im Licht der flackernden Talgkerzen. Die Gesellschaft der kleinen Gemeinde Schoten war vollzählig anwesend und man unterhielt sich beschämend lautstark, als sich der anwesende Notar Van der Pauw räusperte und mit dem Löffel gegen sein Weinglas schlug. Die ehemaligen Geschäftspartner seines Vaters, der Ge-meinderat und der Rabbi aus Antwerpen waren besonders ge-spannt, was van der Pauw aus dem Testament zu berichten hatte. Jakob saß mit seinen zwei älteren Brüdern in der hintersten Reihe neben ihrer weinenden Mutter. Sein verstorbener Vater lag auf-gebahrt mit geschlossenen Augen in dem offenen Sarg. Er trug weiße Kleidung und ein Gebetsmantel zierte seinen Körper.

» Gesegnet seist du, Herr, unser Gott, König des Universums, Richter der Wahrheit «, begann der Notar. » Sehr verehrte Herren, hochwohlgeborener Rabbiner, liebe Gemeinde. Unser Mitgefühl gilt den Hinterbliebenen des toten Samuel Stein. Ich wurde Kraft meines Amtes von den französischen Behörden als Notar mit der Eröffnung des Testamentes des Verstorbenen beauftragt und lese daraus vor. «

Jeder in dem Raum erhoffte, etwas von dem Reichtum seines Va-ters zu erhalten, dachte Jakob. Für ihn schien es aber nur gerecht, wenn das angesammelte Vermögen innerhalb der Familie aufgeteilt wurde.

» ... der Reichtum sei den Reichen gegeben, damit sie die Armen

unterstützen sollen, demgemäß wurde ein Zehnt für wohltätige Zwecke ausgegeben. So will es Jehova und so wollte es auch Samuel Stein«, hörte Jakob den Notar sagen. »Den Zehnt erhält die jüdische Gemeinde der Chassiden in Antwerpen. Das sonstige Vermögen, einschließlich der drei Häuser wird zu 70 Prozent seinem ältesten Sohn und weitere 20 Prozent seinem zweitältesten Sohn laut Sitte und Testament zugesprochen«, sprach der Notar. Die Gemeindemitglieder und einige andere Bürger guckten recht dumm aus der Wäsche.

Aber auch Jakob war enttäuscht, dass er als Drittgeborener leer ausging. Schließlich wäre genug für alle da gewesen. An diesem Abend schwor er sich, sein eigenes Vermögen zu machen und bei seinem Testament diese ungerechte Regel zu umgehen.

14

Während Jan mit seinem ehemaligen Kollegen aus Venlo telefonierte, suchte Jules nach mehr Informationen zu den toten Geschwistern aus Holland. Er warf zwei gefundene Fotos auf die Wand im Besprechungszimmer. Michaela war eine attraktive Frau um die 40 und ihr älterer Bruder schien bereits über 50 zu sein. Keiner der beiden machte den Eindruck, als würden sie Drogen nehmen.

»Also, jetzt weiß ich mehr«, sagte Jan, nachdem er aufgelegt hatte. »Michaela war verheiratet und hatte eine 18jährige Tochter. Sie ist niemals mit Drogen aufgefallen und ihr Mann bestätigt dies. Ihr Bruder Guido war selber Polizist und Vater eines erwachsenen Sohnes. Auch bei ihm spielten Drogen nie eine Rolle«, sagte Jan.

»Das dachte ich mir und es bestätigt mein Bauchgefühl, dass auch in diesem Fall ordentlich nachgeholfen wurde.«

Jules Handy klingelte und er nahm das Gespräch entgegen.

»Van Dyck?«, meldete er sich, da die Nummer unterdrückt war.

»LKA Sachsen, Mickerts. Ich steige gleich in die Maschine und bin gegen 18:30 Uhr in Antwerpen«, sagte er.

»Kein Problem, wir holen Sie ab. Ich bringe ein gemaltes Schild mit Ihrem Namen mit«, sagte er und beendete das Gespräch.

»Der Fall ist aufregend und es wird immer eindeutiger, dass ein skrupelloser Mörder unterwegs ist«, sagte Jan.

»Oder mehrere«, korrigierte ihn der Detektiv. »Wir haben noch eine Stunde Zeit, bis wir den Kommissar aus Dresden abholen müssen. Magst du noch ein Bier?«, fragte Jules.

»Gerne. Und etwas Hunger habe ich auch wieder.«

»Dann lass uns runtergehen und unten bei einem Snack warten«, sagte Jules und klappte sein Laptop zu.

Er hörte Leonie und Lena in ihrem Zimmer. Seine Tochter hatte sich durch den Verlust der Mutter längst daran gewöhnt, ihre Hausaufgaben alleine zu machen. Das Au Pair Mädchen sah ihr gerne dabei zu und lernte nebenbei auch etwas.

Jules öffnete den Kühlschrank und holte für Jan ein weiteres Bier und nahm für sich selbst eine Coke heraus.

»Ich kann dir ein Salamisandwich und Tomatensalat anbieten.«

»Gerne beides. Aber nur, wenn es keine holländischen Treibhaus-Tomaten sind«, scherzte Jan und der Detektiv lachte.

»Ich glaube, die kommen sogar aus Italien«, sagte Jules und stellte beides auf den Tisch.

Noch bevor er abräumen konnte gesellten sich die Mädchen zu ihnen und machten sich über die übrig gebliebenen Speisen her.

Jules sah auf seine Uhr und sagte: »Wir müssen los.«

»Kommt ihr wieder zurück, Paps?«, wollte Leonie wissen.

»Ja klar. Wir holen nur einen Kommissar vom Flughafen ab.«

»An was bist du denn wieder dran?«, fragte sie neugierig.

»Ich glaube, es ist besser, wenn du das nicht weißt«, sagte er kopfschüttelnd.

Leonie betrachtete ihren Vater kritisch. Auch diesen Blick hatte sie von ihrer Mutter geerbt, dachte er und nahm das kleine Stück Pappe mit dem Namen Mickerts.

»Beginn der Ferienzeit«, sagte Jan, nachdem sie endlich einen Parkplatz gefunden hatten. Der Airport war ungewöhnlich stark frequentiert und sie waren froh, dass sie selber kein Gepäck hatten und sich in keine der langen Schlangen vor den Schaltern anstellen mussten. Die Anzeigetafeln kündeten von zahlreichen Verspätungen in Antwerpen, aber die Ankunft von Kommissar

Benno Mickerts Flug aus Dresden wurde unverändert angezeigt. Die ersten Passagiere passierten eilig die Türen und Jules hielt gleich das Namenschild hoch. Ein schlanker Mann um die 50 nickte und kam auf ihn zu.

»Mickerts«, stellte er sich Jan und Jules vor.

»Van Dyck. Und das ist Oberfinanzinspektor Bishop, der mich bei dem Fall unterstützt«, sagte der Detektiv. »Gut, dass Sie so schnell kommen konnten.«

Benno Mickerts hatte graumeliertes, glattes kurzes Haar und in seinem maßgeschneiderten Anzug hätte er auch ein erfolgreicher Versicherungsmakler sein können, fand Jan.

»Ich war ehrlich gesagt über Ihren Anruf erstaunt. Sie haben ein vollkommen neues Licht in unseren Fall gebracht«, sagte der LKA Polizist.

»Und es gibt weitere Neuigkeiten, die Sie interessieren dürften«, sagte Jan.

»Fahren wir zuerst in mein Büro«, sagte Jules und öffnete den Peugeot.

Der einsetzende Berufsverkehr und die entsetzliche Ampelschaltung ließen sie fast eine Stunde bis zu Jules fahren.

»Jede Information zu dem Fall ist für mich von Interesse«, sagte Mickerts als sie das Büro betraten. »Ich nehme an, dass Sie eine Liste mit den Personen haben.«

»Ja, das stimmt. Ursprünglich war sie sogar länger, aber ich habe sie auf die Nachkommen reduziert, die als mögliche Erben in Betracht kommen«, sagte Jules.

»Möglicherweise?«

»Es kann sein, dass es weitere unehelich geborene Personen gibt, von denen wir noch nichts wissen.«

»Verstehe. Wie viele Personen haben Sie denn bisher ermittelt?«, fragte Mickerts.

»Es waren 18 Kandidaten. Aber täglich werden es weniger.«

»Durch ihre Ermordung«, sagte Jan bitter.

Jules klappte den Laptop auf und warf einen Artikel über den Tod der Geschwister Michaela Vlaan und Guido Grootenborg auf die Projektionsfläche. »Die nächsten zwei Todesfälle, die wir von unserer Liste streichen können, haben wir während Ihrer Reise nach Antwerpen gefunden«, sagte Jules und fügte Fotos hinzu.

»Ich war bei der Steuerfahndung in Süd Holland und habe mich über den Fall weiter informiert«, fuhr er fort. »Die örtliche Polizei geht bei dem Sturz der Geschwister offenbar noch immer von einem Unfall unter Drogeneinfluss aus. Ich habe nicht nur die Anschriften der beiden bekommen, sondern erfahren, dass die Geschwister offenbar nie mit Drogen aufgefallen waren. Guido Grootenborg war selbst Polizist und ein entschiedener Gegner von Coffeeshops«, berichtete Jan.

Mickerts hatte bisher nur zugehört. »Wir waren im Landeskriminalamt irrtümlich davon ausgegangen, dass sich der Mord an Sven Salmikeit und der versuchte Mord an seinem Bruder Jürgen gegen seinen Vater richtet. Holger Salmikeit steht als Politiker im Rampenlicht und hatte bereits Personenschutz«, sagte er und unterbrach seinen Bericht, da sich die Tür öffnete und Leonie mit einem Tablett mit kalten Getränken herein kam.

»Meine Tochter Leonie. Kommissar Mickerts aus Dresden«, stellte Jules sie einander vor.

»Brauchst du noch etwas, Paps?«, fragte sie in der Hoffnung den Gesprächen folgen zu dürfen.

»Nein, Schatz. Wir haben alles. Dankeschön«, sagte er.

Sie machte einen Schmollmund ging heraus.

»Sie haben eine nette Tochter Herr van Dyck«, sagte Mickerts. »Ihre Informationen helfen mir weiter. Aber darf ich bitte zuerst einen Blick in Ihre Liste werfen? Ich hätte auch gerne Kopien beider Listen.«

»Das ist kein Problem, Herr Mickerts«, sagte Jules. »Das sind genau 1024 Personen. Die potentiellen Erben reduzieren sich nach meiner Recherche aber auf 18«, gab er zu bedenken.

Der LKA Polizist schüttelte den Kopf. »1024 Personen zu überprüfen ist zwar viel. Aber für unsere Behörde machbar. Und wer weiß, vielleicht erhalten wir sogar Hinweise auf weitere Personen«, sagte er.

Der Detektiv strich nachdenklich über seinen Anchor Bart, ging im Nebenraum zu dem Kopierer und ließ die Blätter des Notars sowie seine kleinere Liste durchlaufen.

»Sie werden es etwas leichter haben, Herr Kommissar«, sagte Jan zu Mickerts, als Jules mit den Kopien zu ihnen kam.

»Wieso leichter?«

»Weil die Listen nach meiner Rechnung um je 7 Tote kürzer geworden sind«, antwortete Jan.

»Das ist richtig. Dabei haben wir noch nicht weiter gesucht. Ich befürchte, dass nicht viele übrig bleiben. Aber vielleicht befindet sich auch der Mörder oder sein Auftraggeber unter den Personen. Herr Mickerts, ich gebe Ihnen gerne die Listen. Aber versprechen Sie, mich zu informieren, falls Sie weitere Personen finden, die für meine Suche nützlich sind?«, fragte Jules.

»Ich kann Sie zwar nicht in alle Ergebnisse unserer Fahndung einweihen, aber das kann ich Ihnen versprechen, Herr van Dyck«, sagte der Hauptkommissar und trank seine Coke aus.

»Das genügt mir«, sagte Jules und gab ihm die Kopien. »Haben Sie ein Hotel gebucht, oder soll ich mich darum kümmern?«

»Danke. Meine Übernachtung wurde schon in Dresden gebucht. Aber ich könnte jetzt einen Kaffee gebrauchen«, sagte Mickerts.

Es begann zu dunkeln und Jules griff zum Telefon.

»Leonie Schatz, könnt Ihr uns noch Kaffee hochbringen. Es wird heute spät werden«, bat er seine Tochter.

»*Kein Problem, Paps. Wir kommen gleich zu euch. Lena hat jede Menge Curaçao Apfel Muffins von den Antillen gebacken und holt gleich die Hähnchen Spieße vom Herd. Wir bringen alles zusammen hoch*«, sagte sie.

Der Detektiv lachte. »Sie ist ein wahrer Schatz.«

»Was gibt es?«, fragte Jan, der sein Patenkind kannte.

»Wir haben ein Au Pair Mädchen aus Curaçao und sie hat mit Leonie zusammen für uns ein paar Spezialitäten gemacht«, erklärte er dem Gast aus Deutschland.

»Wie alt ist Ihre Tochter?«, fragte der Kommissar.

»Dreizehn«, antwortete Jan, »und Leonie ist gleichzeitig auch mein Patenkind. Ich kenne sie von klein an. Unsere Familien sind schon lange befreundet. Es ist eigentlich schade, dass sie kein kleines Mädchen mehr ist. Ich habe erst letzte Woche mit Mareike, meiner Frau, darüber gesprochen, wie niedlich sie doch war. Leider war es uns nicht vergönnt, eigene Kinder zu haben. Aber Jules Tochter war meiner Frau und mir ein willkommener Ersatz. Haben Sie Kinder, Herr Kommissar?«

»Ja, ich habe einen erwachsenen Sohn, für den ich leider zu wenig Zeit habe. Das geht vielen meiner Kollegen ähnlich«, begann er. »Sie sagten eben, dass Sie die Adressen der Familien der toten Geschwister aus Holland haben.«

»Stimmt. Und die wohnen nicht weit von hier. Dem Mann von Michaela Vlaan wird es gerade nicht gut gehen«, sagte Jan.

»Das kann ich mir vorstellen. Aber trotzdem würde ich ihn morgen gerne verhören. Die Gelegenheit ist günstig, da ich gerade hier bin. Ich könnte Sie gut als Dolmetscher gebrauchen. Begleiten Sie mich, Herr Bishop?«, fragte Mickerts.

»Natürlich. Ich komme gerne mit. Vielleicht gibt es auch für uns neue Erkenntnisse. Aber wir nehmen meinen SUV.

Der Wagen von Jules ist für uns drei doch zu unbequem«, sagte Jan.

»Abgemacht«, bestätigte Jules, als sich die Bürotür öffnete und die Mädchen mit zwei großen Tabletts herein kamen.

»Taraaa«, sagte Leonie und stellte eine Schüssel voller dampfender Hähnchenspieße und Erdnusssauce auf den großen Tisch. Lena tat es ihr mit den Muffins und dem Kaffee nach.

»Guten Appetit, die Herren«, sagte Lena und machte einen Knicks.

»Ich bin begeistert«, sagte Jules und gab Leonie einen Kuss.

Hungrig griffen alle zu und schenkten sich Kaffee ein.

»Sie werden ganz schön verwöhnt, wenn ich das sagen darf. Der Kaffee im LKA ist erbärmlich und an solche Leckereien ist dort gar nicht zu denken«, sagte der schlanke Mickerts.

Jules grinste und wischte sich Erdnussbutter vom Bart. »Ich kann nicht meckern. Aber trotzdem habe ich nach dem Tod meiner Frau oft zu wenig Zeit für sie. Deshalb auch das Au Pair Mädchen und das Büro im Haus«, erklärte er.

»Verständlich«, sagte Mickerts. »Das mit Ihrer Frau tut mir leid.«

Er wollte gerade in den nächsten Spieß beißen, als sein Handy klingelte. Der Polizist legte den Spieß ab.

»Hallo Beate. Was gibt es?«, fragte er.

»*Große Neuigkeiten. Jürgen Salmikeit hat in der internationalen Datei den Mann identifiziert, der ihn bedroht hat*«, sagte sie.

»Das ist großartig. Ist er sicher?«

»*Zuerst nicht. Aber dann erkannte er die seltsam gebogene Narbe auf seiner Wange und das Muttermal auf seiner Stirn. Benno, er hat Goran Samardzija eindeutig erkannt!*«

»Goran Samardzija? Der wurde doch von Interpol gesucht und vor einem Jahr für tot erklärt. Der Mann ist ein gefährlicher Auftragskiller!«, stellte Mickerts fest. »Er könnte sich noch in

Sachsen aufhalten. Sofort das Foto an alle Flughäfen und Polizeidienststellen schicken. Intensive Fahndung, Kontrolle sämtlicher Ausgangsstraßen, Bahnhöfe und Flughäfen in Sachsen. Und informiere sofort Europol!«

»*Ja, Chef*«, antwortete sie.

»Noch etwas. Ich schicke Dir gleich per Fax zwei Namenslisten. Jeder darauf ist in höchster Gefahr. Sieben Personen der kürzeren Liste wurden bereits ermordet. Findet die Adressen heraus und informiert mich. Veranlasse alles, um die Leute zu schützen. Ich bleibe einen weiteren Tag in Belgien und bin erst übermorgen wieder in Dresden«, sagte er und beendete das Gespräch.

»Gute Nachrichten?«, fragte Jules.

»Das kann man so sagen. Wir wissen wer Jürgen Salmikeit ermorden wollte«, sagte der Kommissar und machte sich über seinen kalt gewordenen Fleischspieß her.

»Ob der Mann für alle Morde verantwortlich ist?«, fragte Jan.

»Kaum anzunehmen. Goran Samardzija ist ein übler Auftragskiller und war in der halben Welt unterwegs. Aber in den kurzen Abständen der Morde wird er es nicht alleine gewesen sein«, mutmaßte Mickerts und dippte das Fleisch in die salzige Erdnusssoße.

Jules biss schon in das erste Muffin, das köstlich nach dem blauen Likör schmeckte und warf den Google Bildschirm auf die Projektionsfläche. Er suchte den nächsten Namen aus der Liste. Schwedische Geschwister. Zwei Jungs mit einer älteren Schwester. Er tippte den Namen Forslind in die Suchleiste und fand Beiträge mehrerer hessischer Tageszeitungen. Er ahnte nichts Gutes, als er den ersten Artikel des Boulevardblatts *FLOTT* öffnete. Auf der Projektionsfläche erschien die Schlagzeile:

Gerüstbauer in Frankfurt in die Tiefe gestürzt
Nur 3 Tage zuvor verstarb bei einem tragischen Unfall auf einem Bahnübergang sein jüngerer Bruder. In wenigen Tagen werden die Eltern ihre Söhne Björn und Jannik beisetzen.

»Ein Unfall. Dass ich nicht lache«, sagte Jules verärgert. »Jeder auf der Liste ist bisher ums Leben gekommen!«

15

Unter Einhalten der Geschwindigkeitsbeschränkungen, der mautpflichtigen luxemburgischen und französischen Autobahnen, lenkte Karsten den Van 13 Stunden seit seiner Abfahrt zum Ziel. Das Navi führte ihn in eine düstere Seitenstraße im Hafengebiet. Gruselige Gestalten am Straßenrand warfen ihm im Vorbeifahren missmutige, ja sogar bösartige Blicke zu. Die Elberfelder Nordstadt gehörte gewiss nicht zu den besten Wohngebieten, doch derart unsicher wie in diesem Viertel von Marseille hatte er sich in Wuppertal nie gefühlt. Die farblosen Fassaden in den Häuserschluchten und der am Straßenrand liegende Unrat verstärkten sein ungutes Gefühl. Heruntergekommen wirkende Leute gesellten sich um brennende Mülltonnen. Andere Tonnen lagen umgekippt auf dem Gehweg und es interessierte dort Niemanden. Um nichts in der Welt, hätte er hier aussteigen wollen. Karsten fragte sich, ob er die richtige Adresse eingegeben hatte, als das Navi sagte: *Sie haben das Ziel erreicht.* Die Adresse stimmte. Er lenkte das Luxusauto in die vorgegebene, aber finster anmutende Einfahrt und brachte den Wagen vor einem kleinen Garten voller Unkraut zum Stehen.

Angeschnallt und bei laufendem Motor blieb er im Wagen sitzen und checkte die zum Van gehörenden Papiere. Als es plötzlich an seine Scheibe klopfte. Erschrocken sah er auf. Ein kleiner schwarzhaariger Mann mit dunklem Teint sah ihn an. Mit Herzklopfen öffnete er einen Spalt breit das Fenster.

»Du Fischler«, sagte er in schlechtem Deutsch. »Ich Mohamed. Warten auf dich.«

Karsten schaltete den Mercedes ab und stieg aus.

»Hallo«, sagte Karsten knapp.

Es schien der richtige Mann zu sein, dem er das Fahrzeug zu übergeben hatte.

»Gib mir Schlüssel und Papier. Bringe dich in Hotel. Hier Karte für TGV«, sagte er und gab ihm ein Ticket erster Klasse für den Schnellzug, der ihn am nächsten Tag zurück nach Wuppertal bringen würde.

Karsten nahm seine Tasche von dem Rücksitz und stieg auf der Beifahrerseite ein. Mohamed setzte gleich zurück und wählte während der Fahrt eine Nummer. Wild gestikulierend redete er recht lautstark arabisch in das Handy. Es hörte sich hart und abgehackt mit einigen Kehllauten an. Das Telefonat schien kein Ende zu nehmen, aber immerhin verließen sie das schreckliche Viertel und Mohamed beendete das Gespräch.

Er fuhr schweigend weiter und sagte nach fünfzehn Minuten nur: »Da Hotel.«

Karsten nickte, nahm sein Gepäck und stieg aus. Mohamed hob tatsächlich zum Gruß die Hand und er ging hinauf in die Lobby des Hotels. Er stellte seine Tasche auf den Boden und gleich darauf erschien ein junger Mann.

»Bonsoir. Que puis-je faire pour vous?«

Karsten verstand kein Wort und hoffte, dass er Englisch sprach.

»Hello, my name is Karsten Fischler. A room was reserved for me«, stellte er sich vor und sagte, dass ein Zimmer für ihn reserviert sei. Er gab ihm seinen Ausweis. Der Mann tippte etwas in den PC und nickte schließlich freundlich.

»Welcome to Marseille, Mr. Fischler. Here is your room key. If you need anything, we're happy to help. Breakfast is from 6 a.m. to 11 a.m.«

Es waren die üblichen Hinweise auf die Frühstückszeit. Mit Schlüssel und Gepäck ging er zum Aufzug. Sein Zimmer lag im fünften Stock des modernen Hotels. Er trat ein und war angenehm überrascht. Er hatte ein freundliches und helles Zimmer mit einem kleinen Balkon und Minibar. Karsten legte seine Tasche auf das Bett und sah sich zunächst das Ticket an.

Um 6.36 Uhr fuhr der TGV bereits ab. Das hieß für ihn, dass er auf das Frühstück im Hotel verzichten musste. Einmal musste er in Brüssel in den ICE umsteigen und dann in Köln in die Regionalbahn bis Wuppertal. Planmäßig sollte er kurz vor 15 Uhr am Hauptbahnhof in Elberfeld ankommen. Eine lange Reise, dachte er und ging auf den Balkon. Er blickte über die Dächer des Stadtteils Saint Charles, wo auch irgendwo der Bahnhof liegen musste. Insgesamt war alles gut geplant und wenn er bei Ankunft das Geld für den Transfer erhalten würde, wollte er solche Jobs für ABC öfter übernehmen. Die Fahrt in dem schönen Mercedes hatte ihm auch Spaß gemacht. Er ging unter die Dusche, zog frische Sachen an und fuhr herunter in die Lobby. Er bestellte am Empfang für 6 Uhr ein Taxi und fragte nach der Möglichkeit etwas zu essen.

»Bonsoir. Oui Monsieur. Dort hinten befindet sich das internationale Restaurant des Hotels, aber Sie können auch ein paar Kleinigkeiten in der Bar essen«, sagte die Frau in ihrem hoch geschlossenen Kostüm. Seit dem Mittag auf einem Rastplatz hatte er außer einem Schinkenbrötchen nichts mehr gegessen und da er auf das Frühstück im Hotel verzichten musste, betrat er das Restaurant. Ein Kellner führte Karsten zu einem freien Tisch und brachte ihm die Karte. Der Mann empfahl ihm den Hauswein und Karsten nickte zustimmend.

Die Speisekarte erschien ihm mit insgesamt sechs Gerichten außerordentlich übersichtlich und er entschied sich spontan als Vorspeise für das Black Angus Rindertatar mit Gillardeau Austern Cecina de Leon, knusprige Schalotten und als Hauptgang für die gebratene Entenbrust, Kartoffelcreme und karamellisiertem

Chicorée. Kurz überschlug er, wie hoch die Rechnung sein würde und kam zu dem Ergebnis, dass er dafür gute zehn Tage in Wuppertal hätte essen können. Doch das war nun egal, denn er hatte ein Spesenkonto, das er nur für den Mittagssnack genutzt hatte.

Während er darauf wartete, dass er seine Bestellung aufgeben konnte, vibrierte sein Handy. Es war Al Gossarah. Leise sprechend nahm Karsten das Gespräch entgegen. »Hallo Herr Gossarah, ich sitze in dem Hotel Restaurant und kann nur kurz sprechen.«

»Kein Problem«, antwortete er. »Ich habe gehört, dass alles gut gelaufen ist und wollte Sie auf Ihre kleine Begrüßungsprämie aufmerksam machen.«

»Prämie?«, fragte Karsten überrascht.

»Ja. Gehen Sie nach dem Abendessen einfach in die Bar und bestellen auf meine Kosten einen Cocktail Ihrer Wahl. Wir sehen uns dann morgen. Gute Rückreise«, sagte er und legte auf.

Wie nett, dachte er. Aber deshalb rief er ihn noch an? Der Keller schenkte ihm den Wein zum Probieren ein. Er schmeckte köstlich nach Beeren.

»Ein guter Sommerwein. Den nehme ich gerne«, sagte er auf Deutsch.

»Unser Hauswein ist auch sehr beliebt«, antwortete er.

Der Mann sprach tatsächlich seine Sprache, füllte den Kelch und danach sein Wasserglas. Karsten gab seine Bestellung auf und trank einen Schluck Wein, als der Kellner weg war. Er dachte an den gruseligen Typ im Hinterhof und den Anruf. Al Gossarah war schon ein komischer Kerl. Er rief an, damit er in der Bar als Prämie noch einen Cocktail trank? Was sollte das? Karsten verstand das nicht, aber ein Cocktail vor dem Schlafengehen war nicht verkehrt. Auch wenn er spätestens um 5 Uhr aufstehen musste. Vorsichtshalber programmierte er die Weckfunktion seines Handys, als schon seine Vorspeise gebracht wurde.

Der Tartar war in der Mitte des Tellers arrangiert und drei Austern lagen am Rand. Es war liebevoll kredenzt, aber so übersichtlich wie die Speisekarte. Selbst mit kleinen Bissen war der Teller im Nu leer. Doch es war ein Hochgenuss. Der Hauptgang war etwas mehr und so köstlich, dass die einzelnen Aromen ein wahres Feuerwerk seiner Geschmacksnerven verursachten. Zufrieden, aber nicht wirklich gesättigt, gab er dem Kellner 120 Euro mit Trinkgeld und ging in die Bar.

Sanfte Saxophontöne des Songs *Take Five* empfingen ihn, als er zum Tresen ging. Der Barmann polierte gerade ein Glas und kam langsam in seine Richtung.

»Mein Chef sagte, dass ich unbedingt noch einen Cocktail trinken soll bevor ich auf mein Zimmer gehe«, sagte Karsten.

Der Barmann grinste. »Sie müssen Herr Fischler aus Deutschland sein. Was hätten Sie denn gerne?«

Tatsächlich hatte man ihn hier erwartet.

»Ich weiß nicht«, sagte er. »Was können Sie mir empfehlen?«

»Wie wäre es mit einem Negroni? Der ist derzeit sehr gefragt. Er hat einen kräftigen, bittersüßen Geschmack. Oder mögen Sie lieber den Klassiker Dry Martini?«, fragte der Barmann.

»Ich probiere gerne den Negroni«, sagte Karsten.

Während der Mann Gin, Campari, roten Wermut und Eiswürfel in ein Glas füllte, sah sich Karsten um. Viele Gäste waren an dem frühen Abend nicht in der Bar, aber ein paar Meter neben ihm saß eine auffallend hübsche Frau, die lächelnd zu ihm herüberblickte. Sie hatte lange braune Haare mit Pony und trug ein sommerliches Top, das locker über ihre Schultern fiel. Darunter betonte eine enge Jeans ihren schlanken Körper und ihre High Heels ließen sie gewiss 10 Zentimeter größer wirken, wenn sie aufstand. Der Barmann hatte seinen Drink ordentlich gerührt und servierte ihn mit einer Orangenscheibe dekoriert.

Die Frau fixierte Karsten und als sich ihre Blicke erneut trafen, fragte sie mit einem zuckersüßen französischen Akzent. »Bonsoir, Sie kommen aus Deutschland?«

»Ja, das ist richtig«, antwortete er lächelnd.

»Isch abe eine Zeit in Amburg gelebt«, sagte sie. »Darf isch misch zu ihnen setzen?«, fragte sie.

Die Frau war unglaublich anzusehen. Ihre schönen Augen lachten ihn flirtend an und alleine ihr Akzent war so niedlich, dass Karsten weiche Knie bekam. Sie stand auf und kam mit sanft schwingenden Hüften auf ihn zu. Ihr dezent geschminkter Mund lächelte wie ihre Augen und er sah ihre makellosen weißen Zähne.

»Mireille«, sagte sie und hielt ihm die Hand entgegen.

Karsten stand auf und stellte sich auch vor. Er achtete darauf, dass sie seine Stimme angenehm warm und zugleich maskulin wahrnahm. Mireille umhüllte ein dezenter, aber betörender Duft, als sie sich zu ihm setzte.

»Isch abe in Amburg ein wenig Literatur studiert. Aber was machen Sie in Marseille?«, fragte sie und spiele lasziv mit einer Haarsträhne ohne Karsten aus den Augen zu lassen.

»Ich hatte hier beruflich zu tun, aber leider konnte ich von der Stadt nicht viel sehen, da ich morgen schon früh abreisen muss«, erklärte Karsten.

»Das ist schade. Marseille ist eine schöne Stadt. Aber vielleischt kommen Sie mal wieder«, sagte sie mit einem fröhlichen Lächeln. Mireille rutschte das Top über die Schulter und sie zog es beiläufig zurück. *Alles an der Frau ist einfach sexy*, dachte Karsten.

»Und heute sind Sie eine berühmte Journalistin oder Schriftstellerin?«, fragte er flirtend.

»Oh nein. Isch abeite für ein Modeverlag in Marseille. Aba Sie aben gut geraten, Monsieur. Wissen Sie was französische Frauen ausmacht?« fragte sie mit ihrem niedlichen Akzent.

»Ihre Schönheit? Sagen Sie es mir.«

»Französische Frauen wissen, dass man mit einem tollen Haarschnitt weit komme kann. Aba wischtiger ist, dass sie klug und schön sind und ein wenig erotisch wirken«, sagte sie wie selbstverständlich und trank ihren Drink aus.

Und ihr Duft und ihr graziler Gang, dachte Karsten. »Dann sind Sie eine perfekte Französin«, schmeichelte er ihr charmant. »Darf ich Sie zu einem Cocktail einladen?«

»Gerne. Isch hätte gerne das was Sie trinken«, sagte sie und zeigte auf sein Glas.

Karsten bestellte bei dem Barmann, der ihm zuzwinkerte. Er bemerkte, dass sie ihr Top absichtlich über ihre Schulter rutschen ließ und wieder hochzog. *Und einige Verführungskünste beherrschen Französinnen offenbar auch,* mutmaßte er. Es war deutlich sichtbar, dass Mireille keinen BH trug. Ihre Brüste schienen aber dennoch gut in Form zu sein. Es war ein exklusiver sexy Moment, den er mit ihr erlebte. Dumm, dass er so früh raus musste und nicht noch ein paar Tage bleiben konnte.

»Aben Sie ier ein Zimmer?«

»Ja, ich bin ein Hotelgast.«,

Aus den Lautsprechern drang Gute Laune Jazz. »Kommen Sie und lassen Sie uns tanzen«, sagte sie und nahm seine Hand.

Auf der kleinen Tanzfläche schmiegte sie sich an Karsten und legte ihren Kopf an seine Schulter. Er reagierte auf ihre Wärme und den Körperkontakt sofort und es schien Mireille nicht zu stören, denn sie schmiegte sich noch enger an ihn.

Der Song wurde leiser und bevor er zu Ende war, hauchte sie in sein Ohr: »Komm und zeige mir dein Zimmer.«

16

Sein Queue traf kurz und hart die Kugel und gab ihr den erwünschten Effet. Ungläubig sah sein Mitspieler, dass die weiße Kugel unmittelbar nach dem Auftreffen auf die grüne 7 zum Liegen kam. Eine optimale Position, um die nächste Volle einzulochen. Doch sein Handy vibrierte in dem Moment lautlos in seiner Hosentasche. Slavko blickte kurz auf das Display und verließ den Tisch, an dem er schon so gut wie gewonnen hatte.

»Tut mir leid«, sagte er an seinen Mitspieler gewandt, legte einen Hunderter auf den Spieltisch und verließ das Hinterzimmer der Prager Kellerbar.

»Ja?«, meldete er sich.

»Eine neue Reiseempfehlung liegt bereit«, sagte die verzerrte Stimme und beendete sofort das Gespräch.

Der Scharfschütze warf sein Sakko über die Schulter und hielt ein vorbeifahrendes Taxi an. Prag war eine wunderschöne Stadt und nicht weit von Dresden entfernt. Der Auftrag in Cossebaude war im Moment nicht durchführbar und daher war er froh, dass er ein neues Zielobjekt bekam. Er ließ sich zu seinem Hotel fahren und erhielt an der Rezeption den Umschlag, der für ihn abgegeben wurde. Ohne ihn zu öffnen ging er zum Aufzug und fuhr in die dritte Etage, wo sein Zimmer lag. Der schwere dunkelrote Teppich auf dem Flur dämpfte jeden seiner Schritte, bis er die Karte in den Schlitz des Zimmers 315 schob. Die grüne Lampe leuchtete kurz mit einem Piep Geräusch und er betrat den Wohnraum der geräumigen Suite.

Slavko warf den Rolli auf das Bett und zerriss den grauen

Umschlag. Zuerst las er die Beschreibung und lernte die Namen, Alter und Anschriften der Zielobjekte auswendig. Dann prägte sich der Serbe die Gesichter der Brüder Kowalczyk ein und packte die Anzahlung von € 30.000 zurück in den Umschlag, und verstaute ihn im Seitenfach des Rollis. Er nahm eine filterlose Gitanes aus der blauen Packung und ging auf den Balkon. Bis zum Horizont glitzerten die Lichter der Stadt, in der er sich gerne aufhielt. Erst auf dem Stuhl zündete er die starke Zigarette an und sog den blauen Dunst ein. Es war ein angenehmer Sommerabend Anfang August, als er die Fotos und dann das Papier im Aschenbecher verbrannte. Die erkaltete Asche ließ er über dem Geländer in die Nacht rieseln und drückte die Zigarette nach fünf Zügen aus. Mit wenigen Handgriffen packte Slavko alles in den Koffer. Auch das war schon Routine für ihn. Mit dem Aufzug fuhr er runter zur Rezeption, checkte aus und gab dem Mann 20 Euro Trinkgeld. *Nicht zu viel und nicht zu wenig*, hatte ihn sein Mentor einst gelehrt. Mit der Fernbedienung öffnete er den Kofferraum des dunkelblauen Full Size SUV und schmiss den Rolli lässig auf die Ladefläche. Slavko hörte es gerne, wenn der Lincoln V8 wie ein Raubtier nach dem Start schnurrte. Er nahm auf den weißen Ledersitzen Platz und startete sein *Kätzchen*, wie er das Auto beinah liebevoll nannte. Er gab die Zieladresse auf dem riesigen Touchscreen der Bildschirmkonsole ein und fuhr aus der Tiefgarage des Hotels. Als er die zweite Brücke der Moldau überquert hatte, sagte ihm das Navi, dass er Krakau in rund 6 Stunden erreichen würde.

Hendrik Wageners Telefon klingelte schrill. Er ging an den Apparat, der in seinem Büro des LKA Dresden vor ihm auf dem Schreibtisch stand und nahm das Gespräch an.

»*Wagener. Hallo Benno*«, meldete er sich.

»Ist das Fax angekommen?«, fragte Mickerts.

»*Beate und Konstantin prüfen die Namen und haben bereits ein paar Adressen herausgefunden. Soll ich sie dir geben?*«

»Nein. Ich sehe mir das an, wenn ich zurück bin. Es bereitet mir noch immer Kopfzerbrechen, wie dieser verstorben geglaubte Goran Samardzija in das gesicherte Haus der Salmikeits eindringen konnte. Hattet ihr alle befragt, Hendrik?«

»*Außer der Frau und Jürgen war niemand im Haus. Ich weiß nur, dass die Kollegen vor Ort eine halbe Stunde, bevor Jürgen heraus gerannt kam, über den stillen Alarm informiert wurden*«, sagte Wagener.

»Hm. In Frankfurt gab es zwei weitere Tote, die wie ein Unfall aussehen sollten. Die Brüder Forslind könnt ihr von der Liste streichen. Was hat die Fahndung nach dem Killer ergeben?«, fragte Mickerts.

»*Nichts bisher. Aber das Netz rund um Dresden ist dicht. Falls er sich noch hier aufhält, kommt er nicht mehr raus.*«

»Hat Salmikeit eigentlich eine Putzfrau?«

»*Ja, hat er. Aber die weiß nichts und sie erscheint mir recht unbedarft und harmlos zu sein*«, sagte Hendrik.

»Ich werde das Gefühl nicht los, dass sie mehr weiß und womöglich dem Killer den Zugang verschafft hat. Fühlt ihr noch einmal auf den Zahn. Nimm sie fest und lasse sie in einem Verhörzimmer länger schmoren. Dann nimm sie in die Zange. Sieh mal nach ihrem Namen«, sagte Mickerts.

Er hörte, wie Hendrik mit Papier raschelte.

»*Dostana Kovačević*«, las Wagener vor.

»Mensch Hendrik! Das ist es! Sie kommt auch aus Ex Jugoslawien. Schicke sofort einen Wagen zu ihr raus und nehmt sie mit. Wenn ihr nichts aus ihr heraus bekommt, nehme ich sie mir vor, wenn ich zurück bin. Melde dich wann immer es Neuigkeiten gibt«, sagte Mickerts und legte auf.

Goran schob den staubigen Vorhang beiseite und sah den Polizeiwagen vor Dostonas Haus stehen. Im hinteren Teil des alten Schuppens fühlte er sich bislang sicher. Aber jetzt hatte er ein komisches Gefühl. Vorsichtig beobachtete er den Streifenwagen. Als zwei Beamte schließlich mit Dostona herauskamen, schrillten bei ihm sämtliche Alarmglocken. »Verdammt«, murmelte er.

Erst als sie hinten mit einem Beamten einstieg und sie davonfuhren, sprang er in die Ecke, holte seinen Koffer und warf hastig seine Sachen hinein. Mit Handschuhen und einem Lappen beseitigte er seine Fingerabdrücke so gut es möglich war und ging zu dem alten Omega in die Garage. Kein besonderes Auto, aber der Wagen war schnell und gut für seine Flucht. Goran vermutete, dass Dresden weiträumig abgesperrt war und alle Zufahrtsstraßen streng kontrolliert wurden. Aber mit dem Dresdner Kennzeichen, dem gefälschten Pass und der Pudelmütze sollte er nicht so schnell auffallen. Auf dem Rücksitz lag eine Umgebungskarte in großem Maßstab. Goran blätterte und fand einen kleinen Waldweg, der ihn von einer Landstraße über eine weitere Straße über die Grenze nach Tschechien bringen musste. Dort wollte er von Slavko weitere Hilfe bekommen. Goran lenkte den roten Opel rückwärts aus der Garage und fuhr langsam durch die Siedlung. Auf der Landstraße war keine Polizei zu sehen und er beschleunigte den Omega.

»Kaffee, Frau Kovačević?«, fragte Wagener, setzte sich zu ihr und blätterte aufmerksam in einer Akte.

Sie schüttelte den Kopf.

»Frau Kovačević, wie lange arbeiten Sie schon im Haus der Familie Salmikeit?«, fragte er freundlich.

Sie zuckte mit den Schultern. »Das weiß ich nicht. Vielleicht zwei oder drei Jahre.«

Er blätterte in dem Aktenbündel, das nur aus leeren Blättern bestand. »Seit über fünf Jahren. Wurden Sie von den Leuten in der Zeit anständig behandelt?«

»Ich konnte nie meckern«, gab die 40jährige Frau zu.

»Das denke ich auch. Frau Salmikeit war zufrieden mit Ihnen.«

Sie nickte, ohne aufzuschauen.

»Aber trotzdem haben Sie dem Kriegsverbrecher geholfen ins Haus zu kommen, um den Sohn der Familie umzubringen! Warum haben Sie das getan?«, fragte er in hartem Ton.

»Herr Samardzija ist doch kein Verbrecher. Er ist ein netter Mann«, verplapperte sie sich.

»Na also. Sie haben aber meine Frage nicht beantwortet. Warum haben Sie ihm geholfen?«

»Goran kommt wie ich aus Serbien. Ich kenne ihn erst seit zwei Wochen«, weinte sie. »Er war aber immer anständig und wollte dem Politiker nur einen Streich spielen, da er Ausländer abschieben will. Deshalb habe ich die Terrassentür in seinem Büro aufstehen lassen.«

»Dann ist das ja geklärt. Es war nur ein Missverständnis. Wo finden wir Herrn Samardzija jetzt?«, fragte Wagener wieder in freundlicherem Ton.

»Hinter dem Haus habe ich einen Schuppen. Dort hat er sich für ein paar Tage eingerichtet. Er ist wirklich anständig. Das können Sie mir glauben«, sagte sie.

»Ich organisiere uns jetzt einen Kaffee, und für Sie ein paar belegte Brötchen«, sagte Wagener und verließ den Raum.

Beate stand vor ihm. »Bitte kümmere dich um Frau Kovačević und lasse ihr Kaffee und Brötchen bringen«, sagte er und raste an ihr vorbei. Nach zwei Telefonaten hatte Wagener einen SEK Einsatz und weitere Polizisten organisiert. Eine halbe Stunde später war das Gelände rund um das kleine Haus abgeriegelt. Die

Männer des SEK hielten sich noch im Hintergrund und warteten auf ihren Einsatzbefehl.

Wagener sah auf seine Uhr. 22.46 Uhr.

»Hendrik hier. Ich habe Madame weichgeklopft. Du hattest Recht, Benno. Ich stehe mit einem SEK vor ihrem Haus und wir schlagen gleich los. Er hat sich in ihrem Schuppen einquartiert«, erklärte er dem gähnenden Mickerts am Telefon.

»*Das heißt, dass sich Samardzija die ganze Zeit vor unserer Nase versteckt hat? Warum sind wir nicht gleich auf die Möglichkeit gekommen? Schlage verdammt noch mal sofort zu und rufe mich an, wenn es Ergebnisse gibt. Ich bleibe wach.*«

»Zuschlagen!«, befahl Wagener über das Funkgerät.

Die Männer mit ihren schwarzen Sturmmasken, den schusssicheren Westen und Helmen stürmten von zwei Seiten das Grundstück und näherten sich dem Schuppen. Zwei martialisch wirkende Beamte schlugen mit der schweren Ramme auf die Holztür, die sofort krachend aus ihren Angeln fiel. Mit geladenen Gewehren betraten sie den Schuppen und stellten fest, dass er leer war. Hendrik gab den Befehl das Haus zu stürmen, doch auch dort wurde niemand angetroffen.

»Verdammt. Der Vogel ist ausgeflogen«, fluchte er.

»Chef, die Garage steht auf und ist leer«, machte ihn ein Beamter aufmerksam.

Er hatte Dostanas Auto genommen. Über Funk fragte er Marke, Farbe und Kennzeichen ab und gab den Omega in die sofortige Fahndung. Dann erweiterte er den Radius der Straßensperren bis an die tschechische Grenze. Der Killer würde mit Sicherheit versuchen auf die andere Seite zu kommen.

Er hielt den Wagen an, um sich zu orientieren. Der Weg bis zur nächsten Landstraße war noch weit und der Waldweg wurde dem Anschein nach wenig benutzt. Immer wieder lagen Äste im

Weg, die krachend unter dem Omega zerbrachen. Goran hatte es sich einfacher vorgestellt. Aber er wusste, dass sie ihn suchen und wollte nicht riskieren mit Licht zu fahren. Der Mond hing hinter den Wolken und es war stockfinster. Der Serbe leuchtete mit seinem Handy den Weg ab. Vor ihm versperrte ein größerer Ast den Waldweg, über den er nicht einfach fahren konnte. Er stieg aus und zog ihn zur Seite. Hätte er seinen alten Mercedes ML, mit dem er den Bodenabstand in drei Stufen höher stellen konnte, wäre er einfach durchgefahren, doch mit dem alten Omega war das unmöglich. Er fuhr im Schritttempo weiter. Es knackte ständig unter dem Wagen, doch nach 40 Minuten konnte er durchatmen. Er lenkte den Wagen aus dem Wald auf einen Feldweg, der geradewegs auf die Landstraße führte, auf der er rechts abbiegen musste. Nach 3 Kilometern sollte auf der linken Seite der Waldweg kommen, der ihn zur Grenze führen würde. Zwar knirschte Blech, als er durch die tiefen Spurrillen fuhr, aber Goran beschleunigte trotzdem den Wagen und näherte sich der Straße. Nur ein Sattelschlepper fuhr in seiner Richtung. Er schaltete das Abblendlicht ein und folgte ihm eine Weile. Plötzlich wurde der LKW langsamer und Goran scherte nach links aus, um ihn zu überholen. Dann sah er die Absperrung und mehrere Polizeiwagen quer auf der Straße stehen. Voller Schreck scherte er wieder nach rechts und bremste den Wagen hinter dem LKW voll aus. Jetzt konnte er nur wenden und versuchen unauffällig zu verschwinden. Sicher gab es einen weiteren Waldweg, sonst würde er sich zu Fuß durchschlagen müssen. Er schaltete das Fahrlicht wieder aus, schlug das Lenkrad ganz ein und hoffte, dass er in einem Zug wenden konnte. Der LKW hatte den Kontrollpunkt bereits erreicht, als er drehte und langsam ohne Licht in die Gegenrichtung fuhr. Goran ließ den Rückspiegel nicht aus den Augen und erhöhte nur langsam das Tempo. Er holte die Magnum aus dem Handschuhfach und legte sie griffbereit und entsichert in die Mittelkonsole. Als er wieder in den Rückspiegel blickte, sah er, dass mehrere Polizeifahrzeuge mit hoher Geschwindigkeit und Blaulicht näher kamen.

»Verdammt«, fluchte er und gab Gas. Goran holte aus dem alten Omega alles raus und raste jetzt mit 180 km/h über die Landstraße. Mit schweißnassen Händen schaltete er das Fernlicht ein, um den Straßenverlauf besser zu erkennen. Erst kurz vor einer Kurve drosselte er das Tempo. Die Räder rutschten ein Stück über den Seitenstreifen, aber er fing den Wagen wieder ab. Mit Herzklopfen sah er die näher kommenden Polizeiwagen. Mit Vollgas erreichte er ein Dorf, dessen Ortseingangsschild er wegen seiner Geschwindigkeit nicht erkennen konnte. Trotzdem hing ihm der erste Polizeiwagen fast auf der hinteren Stoßstange. Mit unvermindertem Tempo raste er durch das Dorf. Als sich kurz vor ihm eine scharfe Rechtskurve abzeichnete, ging er in die Bremsen. Doch er war mit 110 noch immer zu schnell. Das Auto schleuderte und rutschte mit Wucht gegen eine Bordsteinkante. Goran hatte die Kontrolle verloren. Der Wagen überschlug sich, flog durch einen Metallzaun und knallte scheppernd auf dem Kopf liegend gegen die Backsteinwand eines alten Hauses. Blut lief ihm ins Gesicht und er versuchte sich voller Schmerzen aus dem verklemmten Gurt zu befreien. Aus den Augenwinkeln sah er, dass vier Polizeiwagen zum Stehen kamen und sich Beamte mit gezogenen Waffen näherten. Mit den Fingerspitzen erreichte er das Beinholster, zog das Armeemesser heraus und zerschnitt den Gurt. Goran fiel schmerzvoll auf das Dach des Omegas und erreichte die geladene Magnum. Als die ersten Polizisten das Fahrzeug erreichten, schoss er durch das geschlossene Fenster und traf einen Beamten in den Oberschenkel. Die anderen Polizisten suchten Deckung und nahmen das Fahrzeug sofort unter Beschuss. Nach zwei Minuten Schusswechsel traf eine Kugel den Serben tödlich mitten ins Herz.

Henrik Wagener nahm sein Handy und wählte Mickerts Nummer.

»*Hallo Benno. Nach einer Verfolgungsjagd ist Samardzija verunglückt. Bei dem folgenden Schusswechsel verletzte er einen Kollegen leicht und wurde von uns erschossen.*«

17

Leonie war schon in der Schule, als Jules den ersten Kaffee in der Küche trank. Jan war auf dem Weg, den deutschen Kommissar Benno Mickerts in seinem Hotel abzuholen. Ein paar Dinge gab es noch zu besprechen, bevor sie später nach Venlo fuhren. Um das Gespräch mit Bert Vlaan, dem Mann von Michaela, die angeblich unter Drogeneinfluss mit ihrem Bruder vom Balkon gesprungen war, beneidete sie Jules nicht. Die Fragen, die Mickerts dem Witwer stellen würde, wären ohnehin nicht mehr, als eine Bestätigung dessen, was ihm längst klar erschien. Alle Todesfälle hingen mit der Erbschaft zusammen. Das Au Pair Lena machte den Abwasch. Er bat sie ein paar belegte Brötchen und Teller ins Büro zu bringen. Jules ging mit dem frischen Kaffee in der Isolierkanne in sein Büro und klappte sein Laptop auf. Er musste unbedingt eine Miniküche mit Kaffeeautomaten, Tassen und Geschirr für sein Büro kaufen. Die nächsten Namen auf seiner Liste waren Aldo und Maria Macone. Die Namen hörten sich italienisch an. Diese Familie hatte es tatsächlich in alle Welt verschlagen. Er gab zunächst Maria bei Facebook ein, da es Jules wichtig war, ein Bild zu den Personen zu haben. Zu Maria Macone gab es zwölf Vorschläge. Ohne weiter zu rätseln gab er den Bruder Aldo ein und landete einen Treffer. Der junge Mann gab sein Alter mit 17 an. Sein lustiges Profilbild zeigte ihn über einem Teller Spaghetti. Die Tomatensauce der Pasta war bis auf seine Nasenspitze verteilt. Aldo lachte ausgelassen auf dem Foto. Er suchte nach weiteren Angehörigen des Italieners und fand schließlich ein Foto eines Familientreffens in der Toskana. Wie auf der Hochglanzseite eines Reiseprospektes saß eine Gruppe an einem urigen, langen Holztisch halb im Schatten unter einer Pinie. Im Hintergrund waren weitere Pinien, Zypressen und Olivenbäume im Garten zu erkennen. *Wunderschön*, dachte Jules und sah, dass das Foto eine ausgelassene Feier einfing. Er nahm mehrere, offenbar lebhafte Unterhaltungen an dem Tisch wahr. Es wurde gelacht, gegessen und Wein getrunken. Mehrere Schüsseln mit Tomatensalat, Schalen mit Oliven, Schinken, Salami und Käse standen auf dem Tisch. Zwei jüngere Frauen waren in der Gruppe zu sehen. Eine von ihnen konnte Aldos Schwester sein. Jules prägte sich so gut es ging die Gesichter ein und suchte erneut nach Maria und fand schließlich ihr Profil. Ihr Alter gab sie bei Facebook mit 20 an. Auch wenn sie älter war als Leonie, erinnerte ihn die junge Frau an seine Tochter, denn ihre offene und frohe Persönlichkeit war gut erkennbar. Lächelnd blätterte er in ihren Fotos weiter. Ein Bild zeigte sie mit einer braunen Schlange, die sich um ihren Unterarm gewickelt hatte. Eine andere hing über ihre Schultern. Jules schauderte bei dem Anblick der Reptilien. Für dieses Gewürm hatte er sich noch nie begeistern können. Er musste sich von dem Anblick ablenken und öffnete gerade Google, als es klingelte. Er betätigte den Türöffner und wartete, im Türrahmen angelehnt, auf das Öffnen der Fahrstuhltür.

Mickerts grüßte mit erhobener Hand nur stumm, als er telefonierend ins Büro trat. Jules schenkte frischen Kaffee aus der Isolierkanne ein und wartete das Telefonat ab. Auf dem Konferenztisch standen Teller, belegte Brötchen und Rührei mit Speck. Jan griff gleich zu, da er zum Frühstücken vorher nicht die Zeit hatte.

»Mensch Hendrik!«, sagte der Kommissar. »Ja, es ist gut, dass ihr ihn erwischt habt. Aber lebend wäre er mir lieber gewesen. Wir wissen noch immer nichts über den Auftraggeber.«

Mickerts schob eine graue Strähne aus seinem Gesicht, trank einen Schluck Kaffee und hörte Wagener weiter zu.

»*Fast alle Opfer waren für Samardzija erreichbar, falls die Theorie stimmt, dass es sich bei den Toten um Erben handelt. Venlo, Frankfurt und Dresden sind binnen weniger Stunden für ihn in der Nähe gewesen. Vielleicht gab es in Florida oder Sankt Petersburg einen anderen Täter, aber ich glaube das Problem ist für uns gelöst*«, sagte Wagener »*, deshalb haben wir Jürgen Salmikeit wieder in die Schule gelassen.*«

Mickerts raufte sich die Haare. »Ich hoffe mit Schutz.«

»*Keine Sorge, Benno. Zwei Bodyguards begleiten ihn bis auf den Schulhof*«, sagte Wagener.

»Ein ungutes Gefühl habe ich dennoch dabei. Um 17:15 Uhr lande ich wieder in Dresden. Lasse mich bitte abholen«, sagte er und beendete das Gespräch.

»Guten Morgen erstmal. Ich glaube Ihr Kollege hat da einen großen Fehler gemacht. Zwischen den Morden in Sankt Petersburg und denen in Frankfurt verging nur ein Tag. Ich bin überzeugt, dass mehrere Killer unterwegs sind«, bemerkte Jules.

»Sie könnten damit Recht haben. Ich werde die Zahl der Personenschützer wieder erhöhen. Meine Leute haben übrigens einen unehelichen Sohn gefunden, der nicht auf einer der Listen steht. Davide Hudson aus Brüssel. Die belgische Polizei hat ihm schon Personenschützer vor die Tür gestellt.«,

»Können Sie mir die Kontaktdaten von Hudson geben?«, fragte Jules.

»Für die Erbschaftssache? Ja klar. Haben Sie auch irgendwelche Neuigkeiten für mich, Herr van Dyck?«

»Ich war gerade bei der Suche, als Sie mit Jan kamen. Auf Facebook habe ich ein Geschwisterpärchen in Italien gefunden. Ich will versuchen bei Google mehr über die beiden zu erfahren.«

»Anschriften findet das LKA schneller heraus. Aber die darf ich Ihnen eigentlich gar nicht geben.«

»Eigentlich?«, fragte Jules grinsend.

»Sagen wir es mal so«, meinte Mickerts und zog die Stirn in Falten. »Ich würde eine Menge Ärger bekommen. Deshalb haben Sie Ihre Informationen nie von mir bekommen.«

»Ich spiele gerne den Prellbock, sollte es mal notwendig sein«, ergänzte Jan. »Ich bin pensioniert und habe dann halt zufällig Details von Kollegen erfahren, wenn es brennt.«

»Und was ist jetzt mit den Geschwistern aus Italien?«, hakte Mickerts nach und biss in ein Käsebrötchen.

»Die sind wirklich niedlich«, sagte Jules und teilte den Bildschirm seines Laptops. »Schauen Sie selbst.«

Er warf das Foto der großen Tafel auf die Projektionsfläche und zeigte mit dem Lasermarker auf Maria und Aldo.

»Da möchte man ja gleich in die den Flieger steigen und dort selbst Platz nehmen«, sagte Jan.

»So ging es mir auch. Ein Bild wie aus dem Reiseprospekt.«

»Was sagt Google?«, fragte der Kommissar.

Jules nickte und aktivierte die Suchmaschine sowie ein Übersetzungsprogramm. Gleich erschienen Vorschläge italienischer Zeitungen. Er öffnete den ersten Artikel, der 8 Tage alt war und kopierte den Text in das Übersetzungsprogramm.

Tödlicher Unfall im Reptilienzoo

Am vergangenen Dienstag ereignete sich in einem Terrarium nahe Florenz ein tragischer Unfall, bei der die 20jährige M. Macone durch mehrere Bisse einer entwichenen und hochgiftigen Sandrasselotter getötet wurde. Gemessen an Todesfällen durch Schlangenbisse pro Jahr nimmt diese Schlange den ersten Platz ein. Rund ein Viertel, der jährlichen 40.000 Todesfälle durch Schlangenbisse gehen aufs Konto dieser Viper. Angriff ist für die Gemeine Sandrasselotter

*die beste Verteidigung. Sobald sie sich von einem Menschen gestört
fühlt, greift sie ohne Vorwarnung an. Ihr Gift ist stark hämotoxisch.
Das heißt, dadurch werden die Blutzellen geschädigt. Ein Biss sollte
sofort behandelt werden. Da Maria Macone als letzte Besucherin
in dem Terrarium war, fiel ihre Anwesenheit nicht auf, als die
Türen verschlossen wurden. Ihre Leiche wurde erst am nächsten
Morgen gefunden. Besonders tragisch für die Eltern, die erst drei
Tage zuvor ihren Sohn bei einem Verkehrsunfall mit Fahrerflucht
verloren haben.*

Mickerts war der erste, der reagierte und zu seinem Handy griff.
Nach mehrmaligen Klingeln sprang die Sprachbox an.

»Hendrik. Bitte rufe mich sofort zurück und verstärke den
Personenschutz für Jürgen Salmikeit!«

»Sind Sie sicher, dass der Schutz für Davide Hudson in Brüssel
ausreicht?«, fragte Jules.

»Keine Ahnung. Das liegt nicht in meiner Hand. Aber die
Polizei wurde auch von Europol informiert«, sagte Mickerts.

»Hoffen wir es. Fahrt ihr gleich nach Venlo?«, fragte er.

»Das haben wir vor. Danach bringe ich unseren Kommissar
zum Flughafen«, antwortete Jan.

»Ich werde Davide Hudson mal einen Besuch abstatten. Mal
sehen, was für ein Typ das ist. Danach will ich irgendwie heraus-
bekommen, wie die Killer an die Informationen gekommen sind.
Es muss eine undichte Stelle geben. Wie alt war dieser Hudson
noch gleich, Herr Mickerts?«

»67 Jahre.«

»Erstaunlich. Dem Testament zufolge bekommt der jüngste,
lebende Drittgeborene das gesamte Erbe. Und Hudson ist derzeit der einzige und jüngste lebende Kandidat«, sagte Jules kopfschüttelnd.

Jan nickte. »Lasse uns doch mal die längere Liste gründlich

unter die Lupe nehmen. Vielleicht finden wir da eine Auffällig-
keit, die auf den Auftraggeber hinweist«, schlug Jan vor.

»Da haben Sie eine gute Idee, Herr Bishop. Nach dem Un-
wahrscheinlichen zu suchen, ist auch eine Methode der Fallana-
lytiker des Landeskriminalamts«, sagte Mickerts.

Sie aßen noch die Reste des Frühstücks und Jules legte seiner
Tochter einen Zettel auf den Tisch, dass es spät wurde. Die drei
Männer verabschiedeten sich voneinander und fuhren los.

18

Slavko hatte den Auftrag in Polen unproblematisch erledigt.
Der schwere Bulldog Trecker war schnell geknackt und die Geschwister fuhren voll gedröhnt und ahnungslos in ihn hinein.
Er bevorzugte es, wenn es wie ein Unfall aussah. Dann wurde
auch nicht gefahndet. Er lenkte den SUV auf die A4 seinem Ziel
Kattowitz entgegen. Dort befand sich nahe der polnischen Autobahn ein angenehmes Hotel mit Sauna und Schwimmbad, die er
vor dem Besuch in der Bar und dem Schlafengehen nutzen wollte.
Der ideale Zwischenstopp für ihn. Voller Vorfreude dachte er
daran, ein paar erfrischende Bahnen zu ziehen, als sein Handy
mit unterdrückter Nummer klingelte.

»*Ich freue mich, dass Sie eine angenehme Reise hatten. Unser
Reiseleiter aus Sachsen hat uns nach einem Ausflug leider verlassen.
Sie sind jetzt der neue Reiseleiter. Glückwunsch. Die Vollsperrung
zu dem letzten Reiseziel wurde aufgehoben. Gute Fahrt*«, sagte die
verzerrte Stimme und legte auf.

Seinen alten Kriegskameraden hatte es also erwischt. So schnell
ging das. Obwohl sie nicht immer einer Meinung waren, so war
ihm Goran doch auch nahe gewesen. Aber sie hatten auch einen
gefährlichen Job. Der Serbe beschleunigte und ließ sein *Kätzchen*
schnurren. Der blaue Lincoln war ein Luxus, den er sich genauso
gönnte, wie eine Flasche Remy Martin für 1.200 Euro. Slavko
lebte sein Leben beruflich am Limit, aber er wollte es auch in
vollen Zügen genießen. Der Tod Gorans zeigte, wie schnell es
vorbei sein konnte.

19

Sein Schwager Louis Maybach drängte ihn seit Monaten, endlich sein Testament zu machen. Jakob Stein wusste, dass er geradezu versessen darauf war, zusammen mit seinem Weib sein respektables Vermögen zu erben. Von dem Erbe seines Vaters hatte er als Drittgeborener nichts erhalten und sich bei der Testamentsverlesung vor 40 Jahren geschworen seinen eigenen Weg zu gehen. Das hatte er auch getan. Heute war er ein angesehener jüdischer Diamantenhändler in Antwerpen. Jakob hatte in seinem Leben gut gelebt und sein verdientes Geld bei verschiedenen Banken der Schweiz und der Niederlande angelegt. Seine ältere Schwester war schon in der Kindheit oft gemein zu ihm. Sie wollte alles haben und bekam es dann meist auch. So, wie sie seinen Tod nicht abwarten konnte und sein Geld erben wollte. Da Jakob nur eine Tochter vergönnt war und seine Frau schon vor 15 Jahren verstarb, drängten sie ihn umso mehr, da ohne Testament sein Vermögen an den Staat ging. Jakob stieg grinsend aus der schwarzen Kutsche, betrat das warme Gasthaus und schritt zu einem hinteren Tisch. Der große Herr in feinen Zwirn war seine Verabredung. Der Advokat Cornelius Maassen stand auf und reichte ihm zur Begrüßung seine Hand. Grinsend nahm Jakob Platz.

»Sie scheinen amüsiert zu sein, Herr Stein. Darf ich nach dem Grund fragen?«

»Dürfen Sie! Nun, meine liebe Schwester und ihr Mann können es kaum abwarten, dass ich versterbe. Jetzt schickt sie immer wieder ihren Mann vor, um mich zu drängen endlich mein Testament zu machen.«

»Aber das haben Sie doch längst in meiner Kanzlei getan«, sagte Maassen.

»Das wissen sie aber nicht und das amüsiert mich. Wissen Sie, wie vermögend die Familie Maybach ist?«, begann Jakob. »Schon seit Generationen besitzt Louis Maybach ein geerbtes Chateau in der Normandie mit weit über 20 Zimmern und einem Park. Sie sind selber reich, aber sie kriegen den Hals nicht voll.«

»Und deshalb sollen sie es auch nicht erfahren«, grinste Maassen.

»So ist es. Und nun darf ich Sie zum Essen einladen. Der Wirt hat sowohl Wild, als auch einen köstlichen Schinken, der in Burgunder eingelegt wurde. Den darf ich Ihnen empfehlen«, sagte Jakob und trank einen Schluck Rotwein.

20

Der Weckdienst des Hotels und sein Handywecker hatten vollkommen versagt. Beides konnte ihn nicht aus den Federn holen. Die Fahrt am Vortag war anstrengend und die Nacht mit der kleinen Französin zu aufregend und vor allem zu kurz. Erst als er den warmen Körper Mareiles spürte und sie ihn mit Küssen regelrecht eindeckte, öffnete er die Augen.

»Ich bin müde«, sagte Karsten und wollte sich umdrehen.

»Du darf nich üde sein. Dein Taxi kommt in einer alben Stunde«, sagte sie.

Schlagartig wurde er wach, stand auf und duschte sich erst warm, dann kalt, um wach zu werden. Mareile rekelte sich auf dem Bett und beobachtete ihn, während Karsten sich anzog.

»Es war ein schöner Nacht«, sagte sie zum Abschied.

Mit kleinen Augen checkte er an der Lobby aus und stieg in das wartende Taxi, das ihn zum Bahnhof brachte. Er brauchte nicht lange auf dem Bahnsteig auf den TGV Lyria warten. Er zeigte sein Ticket vor und wurde gleich oben zu seinem Platz in der Business Klasse gebracht. Karsten war hungrig, aber vor allem todmüde. Auf seine Frage nach einem Bordrestaurant, sagte der Stewart, dass er an seinem Platz frühstücken könnte und gab ihm eine Karte. Alles war teuer, aber auch von einem Sternekoch zubereitet. Karsten frühstückte, aber an Schlaf auf dem bequemen Sitz war nicht zu denken. Erst als er in Brüssel in den ICE umstieg und einen Platz in einem Abteilwagen bekam, schlief er sofort ein. Noch schlaftrunken und etwas desorientiert stieg er in Köln ein letztes Mal um und nahm am Bahnhof Elberfeld ein Taxi zu Gossarah, um sich von der Reise zurückzumelden.

»Da sind Sie ja wieder«, begrüßte ihn der Araber in seinem Büro. »Bitte nehmen Sie doch Platz. Kaffee oder Tee?«

»Kaffee. Ich bin noch etwas müde«, antwortete Karsten.

»Dann haben Sie also meine Prämie in Marseille genießen können«, sagte er grinsend.

»Die süße Französin war die Prämie? Nicht der Cocktail?«

»Ach was. Der Cocktail war nur der Grund, Sie in die Bar zu locken. Sie haben Ihre Arbeit gut gemacht und ich bin zufrieden.«

Lächelnd trank Karsten den starken Kaffee und bedankte sich.

»Haben Sie schon ihren internationalen Führerschein, Herr Fischler?«, fragte Gossarah.

Den hatte Karsten ganz vergessen. Er musste das in der Woche in Angriff nehmen.

»Leider noch nicht.«

»Oh. Das ist schade. Ich muss diese Woche einen Carrera und eine gepanzerte S-Klasse nach Libyen transportieren lassen. Aber ich finde auch eine andere Tour für Sie, wenn Sie mögen.«

Lange musste er nicht überlegen. Schließlich hatte es ihm auch Spaß gemacht und es war lukrativ. »Ja, auf jeden Fall.«

»Das ist gut. Ich rufe Sie an, wenn die nächste Fahrt feststeht«, sagte er und griff in die Schreibtisch Schublade.

»Gerne, ich freue mich darauf.«

»Ach ja, das Wichtigste fehlt noch«, sagte Gossarah, zählte 1.200 Euro ab und gab sie Karsten. »Trinken Sie in Ruhe ihren Kaffee aus. Sie sehen müde aus, Herr Fischler. Mohamed wird Sie gleich nach Hause bringen.«

Welch ein Unterschied, dachte Karsten, als er das öde Treppenhaus in der Nordstadt betrat. Nur zwei Tage in Luxus reichten aus, um ihm das deutlich zu machen. Er öffnete die Wohnungstür und sah Michael über der Tageszeitung sitzen.

»Du bist zurück. Wie war es?«, fragte er und blickte auf. »Mein Gott du siehst schrecklich aus.«

»Ist es so schlimm? Aber du hast Recht. Ich habe wenig geschlafen«, sagte Karsten und setzte sich zu ihm an den Tisch.

»Es ist alles gut gelaufen und wahrscheinlich werde ich noch diese Woche eine weitere Überführung machen. Sag mal, wie viel Geld bekommst du noch von mir?«, fragte Karsten.

»300 Euro.«

Er griff in seine Tasche und legte das Geld auf den Tisch.

21

Die Rue de Fuchsias im Stadtteil Molenbeck galt nach Einbruch
der Dunkelheit als absolute No Go Aerea in Brüssel. Jules van
Dyck war vor dem Wohnhaus, in dem Davide Hudson leben
sollte, angekommen. Unter anderen Umständen würde er hier
sein Cabrio nicht parken. Aber er sah gleich zwei Polizisten auf
der gegenüberliegenden Seite, die offenbar zu Hudsons Schutz
im Einsatz waren. Die beiden Männer waren auch die einzigen
Europäer, die Jules in dem Viertel gesehen hatte. Er parkte seinen
Peugeot direkt vor der Tür des verfallen wirkenden Hauses. Vor
manchen Fenstern waren Gardinen zu sehen. Aber mehrheitlich
waren es Pappkartons und irgendwelche Laken.

Kaum war er ausgestiegen, kamen die Beamten auf ihn zu und
verlangten, seine Papiere zu sehen.

»Ein Privatdetektiv aus Antwerpen? Haben Sie sich verfahren?«, fragte der jüngere Polizist schnippisch.

»Ganz und gar nicht. Ich will die Person besuchen, die sie bewachen«, antwortete Jules.

»Woher wollen Sie wissen, ob wir jemanden bewachen?«,
fragte der Beamte erstaunt.

»Weil Sie wegen meiner Meldung hier sind und Davide Hudson beschützen sollen. Weitere Fragen?«

Der ältere Polizist schüttelte den Kopf und gab ihm seine Aus-
weise zurück. »Herr Hudson wohnt im Hinterhof«, sagte er.

»Vielen Dank. Sie machen eine gute Arbeit.«

Jules schritt durch die düstere Hofeinfahrt vorbei an über-
quellenden und stinkenden Mülltonnen. Das Hinterhofgebäude

sah genauso grau und schäbig aus, wie das Vorderhaus. Bloß hing die Haustür nur noch in der obersten Angel, und war gewiss lange nicht mehr geschlossen gewesen. Die Namen auf den Klingeln waren insgesamt ausgeblichen und nicht lesbar. Nur auf einem Briefkasten stand eindeutig Hudson. Der Geruch in dem Treppenhaus war ein Mix aus Erbrochenem, fremdartigen Gewürzen und Schweißfüßen. Jules sah auf die Namensschilder der drei Wohnungen im Erdgeschoss, die alle arabisch geschrieben waren. Er ging die Treppe hinauf, ohne das Geländer zu berühren. Dabei knarzte jede einzelne der ausgetretenen Holzstufen. An der ersten Tür las er den Namen Hudson und klopfte an. Jules vernahm ein kurzes Rumpeln hinter der Tür. Dann öffnete sie sich einen Spalt breit bis zur Sicherheitskette.

»Ja?«, fragte ein älterer Mann mit grauen, aber noch vollem Haar.

Jules gab ihm sein Kärtchen und zeigte ihm den Ausweis.

»Ich komme aus Antwerpen und würde gerne kurz mit Ihnen sprechen, Herr Hudson«, sagte er.

»Wie sind sie an den Polizisten vorbeigekommen?«

»Das war kein Problem Herr Hudson. Die Männer beschützen Sie, weil ich es veranlassen musste.«

Hudson sah ihn prüfend an und glaubte ihm vertrauen zu können. Er löste die Kette und bat Jules herein.

»Nehmen Sie doch Platz, Herr van Dyck. Ich bin gespannt, warum sich im Moment alle für mich interessieren. Wegen meiner üppigen Rente von 620 Euro wird es nicht sein«, sagte er. »Darf ich Ihnen einen löslichen Kaffee, oder einen Tee anbieten? Etwas anderes habe ich leider nicht.«

»Nein, alles gut. Von vielen eines vor 200 Jahren verstorbenen Antwerpeners sind Sie der erste Nachfahre, von dem ich erfuhr, dass er noch lebt«, begann Jules vorsichtig.

»Die anderen sind verstorben, nehme ich an. Wer war dieser Vorfahre eigentlich?«, fragte Davide Hudson.

»Er hieß Jakob Stein und er war recht erfolgreich in seinem Leben«, sagte Jules und ließ die Information erstmal sacken.

»Noch nie von dem Mann gehört. Und meine Großmutter und meine Urgroßmutter anscheinend auch nicht. Dieser Mann, der vor über 200 Jahren lebte, soll der Grund sein, warum ich Personenschutz bekomme? Das verstehe ich nicht!«

Jules sah sich in der kleinen Wohnung um. Der magere Mann war ohne Zweifel arm und kam kaum über die Runden. Die Möbel in seiner Wohnung hatten auch schon bessere Zeiten erlebt. Aber Hudson war ordentlich. Alles war sauber, ein paar Pflanzen standen auf der Fensterbank und es hingen sogar weiße Gardinen vor den Fenstern.

»Sie dürfen mir glauben, dass es so ist, Herr Hudson. Wie kommen Sie eigentlich an diesen Namen?«, fragte Jules.

»Hudson? Meine Großmutter hatte sich nach dem Krieg in einen Briten verliebt, war zu ihm auf die Insel gezogen und hat ihn geheiratet. Meine Mutter ist aber wieder nach Belgien zurück und hatte geheiratet, aber ihren Mädchennamen behalten«, erklärte Hudson.

»Haben Sie Geschwister?«

»Ich habe zwei Halbschwestern. Meine Mutter hatte sich scheiden lassen und ich bin der Sohn einer Affäre.«

»Verstehe«, sagte Jules nachdenklich und kraulte seinen Bart.

»Aber ich verstehe noch immer nicht! Erst bekomme ich eine Nachricht von einem reichen Großonkel aus Frankreich, dem ich nur einmal als Kind begegnet sein muss, aber ihn nicht kenne und jetzt will er mich treffen. Dann steht die Polizei vor meiner Tür und teilt mir mit, dass ich beschützt werden muss und nun kommen Sie und erzählen mir irgendetwas von einem Vorfahren, der seit 200 Jahren unter der Erde liegt. Herr van Dyck, ich hatte nicht viel Glück in meinem Leben und muss meine letzten Jahre mit einer kleinen Rente über die Runden kommen. Ich will damit sagen, dass es bei mir nichts zu holen gibt. Was soll also der ganze Zirkus?«

»Ich erkläre Ihnen gleich alles, Herr Hudson. Aber sagen Sie mir vorher, wie dieser Onkel heißt?«

»Sagen Sie doch einfach Davide zu mir«, schlug er vor. »Großonkel. Es ist ein Großonkel«, korrigierte er ihn. »Ich weiß nicht einmal den Namen, aber ich habe ihn notiert. Warten Sie.«

Davide stand auf und kramte in einer Kommode herum. Schließlich kam er mit einem kleinen Zettel zurück und setzte seine Brille auf, die mit Klebeband am Bügel geflickt war. Der Mann tat Jules leid. Er hätte es verdient etwas zu erben.

»Gregor Maybach heißt er. Seine Anschrift habe ich nicht. Aber ich habe seine Telefonnummer«, sagte Hudson.

Jules notierte beides in seinem Notizbuch und sah auf.

»Und jetzt erkläre ich Ihnen alles, Davide«, begann er.

Jules sprach von dem Testament und einer Erbschaft, ohne deren Ausmaß zu erwähnen und erklärte ihm, dass er von einem Notar beauftragt wurde, einen Erben zu finden und er der erste Nachkomme sei, der nicht ermordet wurde.

»Und jetzt bin ich der Erbe?«, fragte er hoffnungsvoll.

»Nur wenn ich keinen jüngeren Drittgeborenen finde.«

22

Slavko rekelte sich laut gähnend in seinem King Size Bett und streckte seine muskulösen Arme in die Höhe. Der Schlaf hatte ihm nach der Rückreise in sein Prager Hotel gut getan. Er dachte grinsend an das Hotel in Kattowitz. Wie erwartet saßen an der Bar ein paar polnische Nutten und versuchten in körperbetonter Kleidung ihr Glück bei den Gästen. Fast alle hatten lange blonde Haare. Genau seine Zielgruppe. Slavko suchte sich die Jüngste unter ihnen aus, weil sie ihn an die schönen Zeiten während des Balkankrieges erinnerte. Stets waren es die jüngeren Frauen, die das meiste Theater während ihrer Vergewaltigung machten. Das spornte ihn noch heute an.

Er drang zwar gleich heftig in sie ein, aber die junge Frau zeigte nicht die gewünschte Reaktion. Frauen mussten sich schreiend unter ihm winden. Erst dann war Sex für den Serben gut. Also nahm er Ewa, so nannte sie sich, brutaler. Endlich schrie sie und wollte ihn abschütteln. Doch ein paar kräftige Schläge ließen sie gefügig und winselnd alles über sich ergehen, bis er fertig und zufrieden war. Dumm von ihr, dass sie irgendetwas von *Policja* sagte, denn so hatte er keine andere Wahl, als sie im Anschluss verschwinden zu lassen.

Slavko betrat frisch geduscht den Frühstücksraum. Im Hintergrund lief gedämpfte Musik, als er Rührei mit Speck, Würstchen und zwei Brötchen holte. Erst nach dem zweiten Kaffee fühlte er sich fit und gestärkt und fuhr mit dem Aufzug in die Tiefgarage des großen Hotels. Wie gewohnt ließ er sein *Kätzchen* nach dem Start schnurren, lenkte den Lincoln auf die

Autobahn Richtung Dresden und erreichte noch am frühen Vormittag Cossebaude. Gemächlich fuhr er entlang der Weinberge an dem Anwesen des Politikers Salmikeit vorbei. Längst hatte er den vor dem Haus stehenden schwarzen Audi mit zwei Insassen bemerkt. Auffälliger und dämlicher ging es kaum. Ohne sie zu beachten fuhr er vorbei und wieder zur Hauptstraße bis zum Tierheim. Slavko hatte sich dort als Interessent für einen Familienhund ausgegeben und gefragt, ob er einen zum Gassi gehen leihen könne. Erfreut über seine kleine Spende gaben sie ihm eine Leine mit einem jungen Labrador und versicherten ihm, dass der Rüde kinderlieb und unkompliziert sei. Magnum sollte der Hund heißen. Doch Slavko gefiel der Name nicht. Für seinen Zweck brauchte er einen Namen, den er verniedlichen konnte und entschied sich für Paulchen. Der Hund sprang auf Kommando sofort auf die Ladefläche und sah sich neugierig um. Das Verkehrsaufkommen hielt sich in der Kleinstadt in Grenzen und er erreichte kurz darauf eine Seitenstraße des Gymnasiums. Slavko sah auf seine Uhr. In zehn Minuten begann die große Pause und die Kinder würden auf den Schulhof rennen. Er holte *Paulchen* aus dem SUV und ging mit ihm gemütlich um die Ecke in Richtung der Schule. Als er in Sichtweite der Personenschützer kam, machte er eine freundliche Miene, tätschelte und sprach mit dem Hund.

Benno Mickerts hatte zusammen mit Beate Burke und zwei weiteren Beamten, in einem Opel sitzend, die Überwachung am Vormittag übernommen. Als er sich ihnen mit dem gelben Labrador näherte, bemerkte ihn Beate zuerst mit dem Junghund.

»Oh wie niedlich!«, sagte sie gleich.

Mickerts sah zur Seite und musterte den Mann kritisch.

Slavko bemerkte das Lächeln der LKA Frau und sprach sie an.

»Ja, Paulchen ist niedlich«, bestätigte er. »Eigentlich wollte ich kein Haustier, aber meine 10jährige Tochter und meine Frau haben mich so lange bearbeitet, bis ich nicht mehr nein sagen konnte«, log Slavko geschickt und lachte.

Mickerts schenke ihm keine weitere Aufmerksamkeit, sondern hatte die herausströmenden Schüler im Blick.

»Hallo Paulchen«, begrüßte ihn Beate und Magnum schnüffelte neugierig und schwanzwedelnd an ihrer Hose. »Darf ich ihn streicheln?«

»Gerne. Aber dann werden sie Paulchen nicht mehr so schnell los. Er mag Kinder und Frauen besonders gut leiden.«

»Seit wann haben Sie ihn?«, fragte Beate und kraulte ihm hinter den Ohren.

»Ehrlich gesagt, habe ich ihn erst vorhin im Tierheim abgeholt. Ich finde, man sollte auch diesen Tieren eine Chance geben. Ich will meine Tochter heute mit dem Hund überraschen«, sagte er überzeugend und warf einen zufälligen Blick auf den Schulhof.

»Na, die wird sich über dich freuen, Paulchen!«

»Das glaube ich auch«, sagte Slavko. »Jetzt müssen wir aber weiter. Er muss noch sein Geschäft machen«, sagte Slavko, der Jürgen Salmikeit längst entdeckt hatte. »Ich wünsche Ihnen und Ihrem Mann einen schönen Tag. Vielleicht überreden Sie ihn ja auch, einen Hund zu kaufen«, sagte er zwinkernd und deutete auf Mickerts. Beate grinste nur und sah Paulchen noch nach. Slavko ging mit ihm um den Block und verfrachtete den Rüden wieder auf der Ladefläche des Lincoln.

»Ein wirklich netter Hund«, sagte Slavko, als er ihn zurück ins Tierheim brachte. »Ich werde das heute mit meiner Frau besprechen und mich in Kürze wieder bei Ihnen melden.«

Er steuerte den Lincoln zu der alten Fabrik und holte sein G82 aus dem Versteck. Unsichtbar für die LKA Leute setzte er mit wenigen Handgriffen das Gewehr zusammen und stellte es auf den schwenkbaren Fuß. Die Lücke zwischen den Ziegeln reichte ihm, um das Ziel auszumachen. Jetzt musste er nur noch eine

Stunde warten, bis die ersten Schüler wieder die Schule verließen. Er hatte eine olivgrüne Jacke über sich und das Zielfernrohr gelegt, um nicht von der Mittagssonne geblendet zu werden. Slavko stellte den Fokus auf das Eingangsportal und lud auf dem Bauch liegend das Gewehr. Ab jetzt war für den serbischen Scharfschützen alles nur noch Routine. Bis die merkten, was los war, würde er mit seinem *Kätzchen* zurück nach Prag fahren und er konnte in der Bar einen leckeren Remy Martin genießen, lange bevor sie in Sachsen fahnden würden.

Endlich hörte er aus der Ferne die Schulglocke und legte konzentriert den Finger auf den Abzug. Jürgen Salmikeit verließ mit einem Mitschüler das Gebäude und unterhielt sich mit ihm angeregt, als er plötzlich mit weit aufgerissenen Augen an seine Brust fasste und auf der Treppe zusammenbrach.

Slavko packte im Handumdrehen alles in die Tasche, verließ die Ruine und fuhr wieder auf die A4 Richtung Osten.

23

Jans Hilfe war in den letzten Tagen Gold wert, doch er verstand auch, dass sich der Holländer wieder seinen prächtigen Hühnern widmen wollte und er alleine recherchieren musste, wer dieser Gregor Maybach war. Irgendetwas sagte ihm der Name.

Leonie setzte sich auf seinen Schoß. »Och, bitte Paps«, flehte sie ihn schmollend an. »Alle Freundinnen sind auf der Party.«

»Leonie, du bist erst 13 und die sind bestimmt älter als du!«

Sie hat das voll drauf. Wie ihre Mutter, dachte Jules und stöhnte.

»Bitte Paps. Ich verspreche, dass ich mich nach Hause bringen lasse«, bat sie ihn schmollend weiter.

Jules wusste, dass Antwerpen, wie alle belgischen Städte mit hohem Ausländeranteil nach Einbruch der Dunkelheit, insbesondere in den Öffentlichen Verkehrsmitteln, nicht ungefährlich war. Beinah täglich wurde in den Zeitungen von Messerstechereien und Vergewaltigungen junger Frauen berichtet. Leonie war zwar erst 13, aber sie wirkte deutlich älter und passte damit in das Beuteschema arabisch-orientalischer junger Männer, die ihren Testosteronhaushalt nicht im Griff hatten.

»Leonie, ich würde es dir gönnen zu der Geburtstagsparty zu gehen. Aber ich mache mir auch Sorgen. Solange ich keine Sicherheit habe, dass du wohl behalten hin und zurück kommst, bleibt es beim Nein!«

Leonie sprang auf und ging in die Küche. Jules hörte sie mit Lena tuschelte und nach einer Weile kamen beide zurück.

»Und wenn mich Lena begleitet? Sie hat einen Führerschein und … «

»Stopp!«, unterbrach sie Jules. »Ihr bekommt auf keinen Fall mein Cabriolet. Aber ihr könnt den Beatle haben. Der ist noch angemeldet und steht in der Garage.«

Es machte ihm Freude, Leonie jubeln zu sehen. Sie kam zu ihm und gab ihm einen Kuss.

»Ihr seid aber bis 12 Zuhause!«, mahnte Jules.

»Danke Paps. Du hast was bei mir gut. Ich verspreche es!«

Grinsend ging Jules am frühen Abend in sein Büro und klappte sein Laptop auf. Auf seiner Liste standen immer weniger Namen. Als nächstes nahm sich der smarte Detektiv zwei Brüder aus Krakau vor. Er öffnete den Übersetzer und Google. Ohne nach Gesichtern zu suchen, interessierten ihn in erster Linie Artikel aus Zeitungen. Er tippte den Namen des Jüngsten der Geschwister, Viktor Kowalczyk aus Krakau ein. Wie auch bei den vorhergehenden Fällen wurde Jules auf einen nur zwei Tage alten Bericht aufmerksam, den er zum Übersetzen kopierte. Dort hieß es, dass die Brüder Viktor und Adam in der Nacht zu Dienstag von einer Party kommend auf dem Heimweg waren. Warum sie gegen 2:40 Uhr auf der Landstraße ungebremst und mit hoher Geschwindigkeit gegen einen Bulldog Trecker fuhren, war noch unbekannt. Der von einem nahegelegenen Hof entwendete Traktor stand demnach herrenlos mitten auf der Fahrbahn. Die Polizei ging von einem Streich aus, der allerdings tödlich endete.

Warum machen sich die Täter eigentlich immer die Mühe, ihre Morde wie Unfälle aussehen zu lassen?, dachte Jules. Er recherchierte weiter und fand schließlich auch heraus, dass es noch eine ältere Schwester gab. Viktor war erst sechs Wochen vor seinem Tod 28 Jahre alt geworden und sein Bruder 34. Bei Facebook fand er zudem ein paar Fotos der jungen Leute. Wer wollte verhindern, dass irgendein Nachfahre das 200 Jahre alte Erbe antrat? Blieb zum Schluss nur der Täter als Erbe übrig und war er auf der Liste zu finden? Jules ging wieder in die Wohnung um auf Leonies

Rückkehr zu warten. Er gönnte sich einen doppelten karibischen *Ron Anejo* und machte es sich gerade auf dem Sofa bequem, als sein Handy klingelte. Er fragte sich, was Kommissar Mickerts so spät von ihm wollte, aber er nahm das Gespräch an.

»Hallo Herr van Dyck. Entschuldigen Sie die späte Störung.«

»Kein Problem. Ich war noch wach und bin frustriert, weil ich nur Leichen finde. Heute wieder zwei aus Krakau.«, sagte Jules.

»Dann habe ich gleich noch eine für Sie. Jürgen Salmikeit wurde heute früh vor meinen Augen auf dem Schulhof von einem Scharfschützen erschossen«, sagte Mickerts.

»Verdammt.«

»Sie hatten Recht mit Ihrer Vermutung, dass es mehrere Killer sein müssen. Ich frage mich, ob wir Jürgen auf Dauer hätten schützen können, wenn wir ihn nicht wieder zur Schule gelassen hätten«, sagte Mickerts.

»Wahrscheinlich nicht. Irgendwann hätte der Killer eine andere Gelegenheit gefunden. Aber es ist gut, Sie am Telefon zu haben. Sie hatten mir einen Namen genannt, den ich am Telefon nicht wiederholen möchte. Von ihm habe ich einen weiteren Namen mit einer Nummer in Frankreich erhalten. Können Sie über diese Person mehr erfahren?«

»Ich werde mein Bestes geben. Schicken mir was Sie haben als gesicherte E-Mail. Sobald ich etwas herausgefunden habe, melde ich mich wieder.«

»Vielleicht komme ich mal privat nach Dresden. Es muss eine schöne Stadt sein«, sagte Jules.

»Ich würde Ihnen unser Elb-Florenz gerne zeigen, Herr van Dyck. Ich wünsche Ihnen eine gute Nacht.«

Unabhängig von den Informationen wollte Jules am nächsten Tag Hudson davor warnen, von seinem Wissen um das Erbe und über die Toten zu reden. Sein eigenes Leben hing unter Umständen von seinem Schweigen ab.

Schlaftrunken döste er mit dem Drink in der Hand ein, als sich die Tür öffnete und die Mädchen kichernd nach Hause kamen.

»Paps, hast du etwa auf mich gewartet?«, weckte ihn Leonie.

Gähnend öffnete er die Augen. »Ich hatte eben noch mit Kommissar Mickerts telefoniert und bin danach einfach eingenickt, mein Schatz«, sagte er und sah auf seine Uhr.

»Ihr seid tatsächlich pünktlich. Vier Minuten vor Zwölf.«

»Ich hatte es versprochen, Paps!«

Gähnend wünschte der Detektiv den Mädchen eine Gute Nacht und ging in sein Schlafzimmer.

Mit einer Kanne Kaffee kam er am frühen Morgen ins Büro und wählte die Nummer des Notars. Nach dem dritten Läuten hob schließlich jemand ab.

»Hallo. Jules van Dyck. Ich habe dringende Neuigkeiten für Herrn Maassen«, sagte er.

»*Einen Moment, Herr van Dyck. Bleiben Sie in der Leitung*«, begann die Sekretärin und meldete sich nach fünf Sekunden wieder. »*Ich verbinde!*«

»Hallo, Herr Maassen«, begann Jules, »ich muss Ihnen mitteilen, dass alle weiteren von mir ermittelten Personen ebenfalls ermordet wurden«, sagte Jules.

»*Was? Alle?*«, fragte Phillip Maassen glaubhaft erschreckt.

»Nicht alle. Aber alle, die ich bisher finden konnte. Vier Personen fehlen noch. Aber ich befürchte, dass auch diese Opfer irgendeines Unfalls wurden«, antwortete er.

»*Wie ist das möglich?*«,

»Tja, die Frage könnte ich Ihnen stellen, Herr Maassen, denn entweder gibt es einen Maulwurf oder irgendjemand wusste von Anfang an von der Erbschaft und will alle Erben ausschalten.«

»*Ein Leck schließe ich aus. Aber warum sollte jemand versuchen die Erbschaft zu verhindern?*«, fragte der Notar.

»Das versuche ich herauszubekommen und habe vielleicht eine neue Spur. Es gibt einen weiteren möglichen Kandidaten, der nicht auf unserer Liste steht. Ich habe ihn besucht und dabei erfahren, dass es zumindest eine Person gibt, die nicht direkt dem Familienstrang des Stammbaums zugeordnet werden kann«, deutete Jules an. »Und deshalb rufe ich an. Tauchte ein gewisser Gregor Maybach bei Ihrer Ahnenforschung irgendwo auf?«

Maassen überlegte. »*Nicht, dass ich wüsste. Aber dazu sollten Sie Professor Klaus Daniel befragen.*«

»Können Sie mir die Nummer von dem Professor geben?«, fragte Jules.

»*So einen Fall hatte ich noch nie*«, sagte er und gab ihm die Nummer des Ahnenforschers.

Jules musste auch diesen Mann dringend treffen. Aber zunächst wählte er die Nummer von Davide Hudson.

»*Ja, Hudson*«, meldete er sich mit schlechter Verbindung.

»Van Dyck. Sie sind in großer Gefahr und ich möchte Sie vor Fehlern schützen, die auf Sie aufmerksam machen könnten«, sagte Jules.

»*Das ist nett Herr van Dyck. Aber ich wurde mit einer Limousine abgeholt, die mich zu Gregor Maybach bringt*«, sagte er.

»Das ging schnell«, sagte Jules überrascht. »Was ist mit dem Schutz der Polizei?«

»*Die Herren haben die Überwachung schon vor einer Woche eingestellt, weil sie keine Gefahr für mich erkennen konnten,*« sagte Hudson bei schlechter Verbindung.

Das darf nicht wahr sein. Was für Idioten, dachte Jules verärgert. »Hören Sie mir jetzt bitte gut zu, Herr Hudson! Können Sie reden, oder hört jemand mit?«,

»*Die Trennscheibe zum Chauffeur ist geschlossen. Sie können reden. Aber sagen Sie einfach Davide zu mir*«, sagte Hudson.

»Also gut, Davide. Erzählen Sie niemandem, auch diesem

Maybach nicht, dass es unser Treffen gab. Sprechen Sie nicht von dem Personenschutz der Polizei. Vor allen Dingen kein Wort darüber, dass Sie irgendetwas von der Erbschaft oder den Morden wissen. Ihr Leben hängt von Ihrem Schweigen ab!«, warnte ihn Jules eindringlich.

»*Ist es wirklich so ernst?*«, fragte er ungläubig.

»Es ist verdammt ernst. Es gab weitere Morde unter den Nachfahren. Jeder, der als möglicher Erbe auftaucht, wird zum Ziel professioneller Killer. Wundert es Sie nicht, dass ausgerechnet jetzt Ihr Großonkel Kontakt zu Ihnen aufnimmt? Der Mann hätte sich doch schon vor Jahren bei Ihnen melden können, wenn er daran interessiert gewesen wäre. Es gefällt mir nicht, dass Sie jetzt auf dem Weg zu ihm sind. Aber das ist nicht zu ändern«, sagte Jules.

»*Sie übertreiben. Maybach will mich doch nur kennenlernen.*«

»Ich hoffe, dass ich mich täusche und würde es Ihnen gönnen, dass seine Einladung harmloser Natur ist. Ich bitte Sie nur darum, Ihr Wissen unbedingt für sich zu behalten, Davide!«

»*Ist in Ordnung. Ich sage nichts*«, sagte Hudson.

»Gut, dann wünsche ich Ihnen eine gute Fahrt und eine schöne Zeit in Frankreich«, beendete Jules das Telefonat.

Sein Bauchgefühl hatte Jules nur selten getäuscht. Dass dieser Maybach es kaum abwarten konnte Hudson zu treffen, stank zum Himmel. Irgendetwas stimmte da nicht. Wieso tauchte der Mann in keiner Liste auf, wenn er doch irgendwo im Familienstammbaum zu finden sein müsste? Er dachte nicht lange nach, sondern wählte die Nummer von Professor Daniel in Heidelberg. Nach dem 6. Klingeln sprang seine Mailbox an und Jules bat um schnellen Rückruf.

Er klappte die Dokumentenmappe auf und sah sich die vorletzten Namen an. Zwei Brüder sollten in Brasschaat bei Antwerpen leben. Er gab die Namen bei Google ein und fand ein paar

Hinweise zu deren Firma Laurent Technologie van Energiecentrales SRL/BV. Er öffnete die Seite des Unternehmens. André und Noé Laurent waren demnach Ingenieure im eigenem Unternehmen. Die Firma hatte ihren Sitz in Antwerpen. Unter ihren Referenzen fand Jules mehrere Kraftwerke in Skandinavien, Neuseeland, aber noch mehr in Südamerika. Auf einem Foto waren beide während der Einweihung eines neuen Wasserkraftwerkes in Brasilien zu sehen. Die Brüder standen auf dem Staudamm und hielten sich lachend in den Armen. Unter dem Foto stand:

Die Kraft des Wassers wurde schon immer vom Menschen genutzt. Was damals noch Getreidemühlen antrieb, bringt heute in Wasserkraftwerken große Turbinen zum Rotieren und treibt elektrische Generatoren an, sagten die geschäftsführenden Ingenieure und Brüder Laurent bei der Einweihung.

Eine von ihnen weiter entwickelte Technologie waren Gasturbinen, die im Gegensatz zu Dampfturbinen nicht direkt mit dem Brennstoff in Berührung kommen, der sie antreibt. Jules hatte schon immer großen Respekt vor der Ingenieurskunst. Vor allen Dingen hatten es die jungen Männer verstanden eine Firma aus innerer Überzeugung zu gründen und damit überall auf der Welt Arbeitsplätze zu schaffen. Respekt, dachte Jules, als sein Telefon klingelte.

»*Mickerts*«, meldete sich der Kommissar.

»Hallo Herr Kommissar«, sagte Jules.

»*Also, ich habe über diesen Maybach ein paar Dinge herausgefunden. Doch bevor ich loslege möchte ich dir das du am Telefon anbieten. Einverstanden?*«, fragte Benno Mickerts.

»Gerne Benno. Aber nur, wenn wir bei unserem nächsten Treffen darauf anstoßen.«

»*Das machen wir, Jules! Gregor Maybach war 2018 im Fokus der Staatsanwaltschaft. Er wurde illegaler Waffengeschäfte mit dem Iran verdächtigt. Aber es konnte ihm nichts nachgewiesen werden.*

Es müssen damals auch die Medien über ihn berichtet haben. May-
bach ist sowohl Besitzer einer Waffenfabrik, als auch ein bekannter
Reeder in Le Havre. In der Nähe lebt der Mann auch. Und jetzt
halt dich fest! Er wohnt in einem Schloss aus dem 18. Jahrhundert
mit 1.200 qm Wohnfläche, mehreren Gästehäusern und einem
für seinen Hauswart. Das alles auf 110.000 Quadratmetern mit
Park!«,

»Ist der Mann adelig, oder wie kommt er an ein solches Anwesen?«, fragte Jules.

»Das prächtige Schloss wurde zwischen 1762 und 1768 als
Landsitz für einen Grafen erbaut. Allerdings konnte er das An-
wesen nicht halten und verkaufte es 1794 an einen jüdischen Kauf-
mann mit dem Namen Samuel Maybach.«

»Maybach! Und hast du auch Hinweise auf eine Verbindung
zu der Familie Stein gefunden?«, fragte Jules.

»Nein. Da war nichts zu finden. Aber ich habe noch etwas. Es
gibt eine Art Stiftung zum Erhalt des Schlosses.«

»Mit diesem Maybach stimmt irgendetwas nicht. Er hat sich
erst letzte Woche bei Davide Hudson gemeldet und sich als sein
Großonkel vorgestellt. Es muss eine familiäre Verbindung geben.
Warum sonst, hätte er den armen Davide zu sich auf das Schloss
einladen sollen? Benno, ich habe gerade mit Hudson telefoniert.
Er ist auf dem Weg zu Maybach. Sein Chauffeur hat ihn abgeholt
und die belgische Polizei hat den Personenschutz abgezogen«,
informierte ihn Jules.

»Diese Idioten nehmen die Gefahr nicht ernst genug. Ich versuche
mehr zu erreichen und melde mich bei dir, sobald es etwas Neues
gibt«, sagte Mickerts.

Ohne das morgendliche Frühstück knurrte sein Magen. Jules
ging in die Wohnung und ließ sich von Lena ein paar Eier mit
Speck braten. Nach dem kleinen Mahl fühlte er sich schon besser
und fragte das Au Pair nach dem gestrigen Abend. Sie erzählte,

dass die Party lustig war und es ihr gefallen habe, mit Leonie den Abend zu verbringen. Jules nickte. Da Leonie noch immer schlief, ging er nach dem Essen wieder an die Arbeit. Wegen des Lehrerausflugs hatte Leonie an diesem Freitag frei und er gönnte es seiner Tochter, dass sie länger liegen blieb. Er stöberte weiter auf der Seite der Ingenieure, als das Telefon erneut klingelte.

»*Hallo, Herr van Dyck. Hier ist Daniel. Sie baten um Rückruf*«, meldete sich der Ahnenforscher.

»Schön, dass Sie zurückrufen konnten, Herr Professor. Ich habe ein kleines Problem und hoffe, dass Sie mir helfen können.«

»*Ich versuche es. Um was geht es?*«

»Ich habe eine Querverbindung zu einem möglicherweise anderen Verwandtschaftsstrang gefunden, zu dem ich aber keine Hinweise auf Ihrer Liste finde«, erklärte Jules. »Sind Sie bei Ihrer Arbeit auf den Namen Maybach gestoßen?«

»*Da müsste ich erst nachsehen. Hm, Moment! Ja sicher. Es fällt mir wieder ein. Es gibt da ein Ehepaar Maybach. Er heißt, glaube ich Georg und sie Nancy*«, begann er.

»Könnte es auch ein Gregor Maybach gewesen sein?«, unterbrach er den Professor.

»*Ja richtig. Der Mann lebt mit seiner Frau in Frankreich. Warum fragen Sie?*«

»Das ist mal erst nicht wichtig«, sagte Jules. »Ich bin mehr zufällig über den Namen gestolpert. Aber der Mann gehört nicht zu den potentiellen Erben, richtig?«

»*Nein. Sonst hätte ich ihn auf die Liste gesetzt. Die Maybachs hatten sich vor 190 Jahren durch eine Eheschließung von dem Ahnenstamm des Erbgebers getrennt. Der Mann ist auch schon über 80 Jahre alt*«, sagte Professor Daniel.

»Danke, Sie haben mir sehr geholfen, Herr Professor.«

24

Die Zwischenscheibe der Limousine fuhr surrend herunter.

»Herr Hudson, wir sind fast da«, weckte ihn der Chauffeur.

»Oh, danke. Entschuldigung, ich bin eingeschlafen«, sagte er.

»Das ist doch kein Problem.«

Davide hatte während der Fahrt in dem Barschränkchen verschiedene Snacks und Getränke gefunden. Er hatte etwas gegessen und einen französischen Cognac getrunken und war danach benebelt auf den bequemen Sitzen eingeschlafen. Der Fahrer lenkte den Wagen vor ein großes, schmiedeeisernes Tor, dessen Flügel sich wie durch Geisterhand öffneten. Augenblicklich knirschte unter der Limousine heller Kies, mit dem der lange Weg belegt war. Davide beugte sich nach vorne, um mehr erkennen zu können. Weit vor ihnen breitete sich eine gepflegte Rasenfläche aus, hinter der das Schloss zu sehen war.

»Hier wohnt Herr Maybach?«, fragte Davide ungläubig.

Der Chauffeur grinste. »Das ist richtig, Herr Hudson.«

Solche Anwesen kannte er nur aus Dokumentationen oder Spielfilmen. Daher war seine Überraschung groß. Schließlich hatte er noch nie ein Schloss von innen gesehen. Es war wie im Traum. Noch vor einer Woche hatte er keine Ahnung, dass er einen reichen Großonkel hatte und jetzt lud er ihn auf sein Schloss in der Normandie ein. Über eine ausgedehnte Schleife führte der Weg, entlang der Grünfläche bis zum Eingang. In der Mitte des davor liegenden Rondells führte ein kleiner, von Rosen umsäumter Weg zu einer gut 3 Meter hohen Bronzestatue. Noch bevor der Wagen vor dem Portal zum Stehen kam, öffnete sich die Tür und ein hochnäsig wirkender Herr im schwarzen Anzug und ein Dienstmädchen mit weißer Schürze und Haube traten rechts und links neben die Tür. Davide war sprachlos. Während ihm der Chauffeur die Tür aufhielt, öffnete der Mann in Schwarz den Kofferraum und holte seinen alten, verschrammten Koffer hervor.

»Wenn Sie mir bitte folgen würden«, sprach er ohne eine Regung erkennen zu lassen und schritt die fünf Stufen empor. Davide folgte ihm und die Frau machte einen Knicks.

»Ich zeige Ihnen jetzt Ihr Zimmer, Herr Hudson. Dort können Sie sich von der Reise frisch machen. Herr Maybach erwartet Sie dann später in der Bibliothek«, sagte sie und führte ihn durch den riesigen Eingangsbereich zu der runden, breiten Treppe, die ins Obergeschoss führte.

Entlang des Ganges, der mit dunkelblauem Teppichboden ausgelegt war, hingen unzählige Gemälde mit Portraits ihm unbekannter Personen. Davide folgte der Frau in einen riesigen Raum mit offenem Kamin und edlen Möbeln.

»Ich hoffe, dass Ihnen diese Unterkunft für die nächsten Tage genehm ist«, sagte sie. »Der Schlafraum befindet sich rechts hinter dieser Tür und das Badezimmer gleich links. Wenn Sie etwas benötigen, dann betätigen Sie einfach diese Glocke.«

»Vielen Dank«, sagte er und die Frau verschwand wieder.

Vollkommen verdattert sah er sich um. Ein großer Kronleuchter hing in der Mitte der Decke und sein warmes Licht verstromte eine angenehme Atmosphäre. Er öffnete die Tür zum Schlafraum und stand unerwartet in einem fast ebenso großen Raum, in dessen Zentrum ein großes Himmelbett stand. Schwere Vorhänge vor dem hohen Fenster schienen aus Seide zu sein. Davide ließ sich auf das Bett fallen. *Mein Gott*, dachte er. *Hier werde ich so gut, wie lange nicht schlafen!* In dieser Umgebung fiel es ihm schwer, sich seine erbärmliche Bleibe in Brüssel vorzustellen.

Miete musste dort niemand bezahlen, da der Eigentümer dieses Haus offenbar vor Jahren vergessen hatte. Er konnte es noch nicht fassen, dass er jetzt in einem richtigen Schloss in Frankreich, unweit der Küste war. In seiner Jugend wollte er immer mal an die Küste des Ärmelkanals und die Alabasterfelsen bestaunen. Aber es war nie dazu gekommen, da ihm meistens das Geld dazu fehlte. Davide drehte sich aus dem Bett und holte sein einziges Sakko und ein weißes Hemd hervor. An einem Herrendiener fand er zwei Bügel, hing beide Teile dort auf und ging ins Bad. Auch hier staunte er über die Größe. Er musste grinsen, als er feststellte, dass dieser Raum größer war, als seine gesamte Wohnung in Brüssel.

Nachdem er eine Weile vor dem Spiegel verbrachte und sich frisch gemacht hatte, zog er sich an und trat vor die Tür. In gebührendem Abstand stand dort wartend schon eine andere junge Bedienstete und begrüßte ihn mit einem Knicks.

»Wenn Sie mir bitte folgen würden. Herr Maybach erwartet Sie in der Bibliothek«, sagte sie und Davide ließ ihr den Vortritt ins Erdgeschoss. Sie öffnete die Tür und ließ ihn eintreten.

»Danke Laura, Sie können gehen«, sagte ein alter und gebrechlich wirkender Mann in seinem Hochlehner und rückte die Brille auf seiner Nase zurecht. »Davide, nehme ich an. So komm doch näher, damit ich dich richtig sehen kann!«

Er schritt auf den Mann zu, der sein Großonkel sein sollte und sah sich dabei um. An drei, der bis zu fünf Meter hohen Wände standen bis zur Decke gefüllte Bücherregale. Eine Leiter stand davor, um an höher gelegene Lektüre herankommen zu können. Mit 67 Jahren war Hudson nicht mehr der Jüngste, doch Maybach schien weit über 80 zu sein. Neben seinem Sessel stand ein Gehstock. Der Mann versuchte ein Lächeln, was ihm jedoch gründlich misslang.

»Willkommen in meinem bescheidenen Heim, lieber Davide«, sagte er stattdessen und hielt ihm seine Hand zur Begrüßung hin.

»Verzeih mir, dass ich nicht aufstehe, aber mich quält mal wieder die Gicht.«

»Sei gegrüßt, lieber Großonkel und danke für deine Einladung«, erwiderte Davide und nahm seine Hand.

Dafür, dass der Mann ziemlich gebrechlich aussah, hatte Maybach einen erstaunlichen Händedruck.

»Papperlapapp Großonkel. Sag einfach Gregor zu mir.«

»Gerne. Also, Gregor«, antwortete er lächelnd. »Naja, und bescheiden kommt mir dein Schloss so gar nicht vor. Ich habe ganz schön gestaunt, als ich her kam«, sagte Davide ehrlich.

»Jetzt nimm´ doch erstmal Platz und erzähle, wie deine Anreise war«, begann Maybach. »Als ich dich bei dem letzten Familientreffen vor über 50 Jahren sah, warst du noch ein Lausbub«, versuchte er zu scherzen und kicherte.

»Ehrlich gesagt kann ich mich nicht recht daran erinnern.«

»Es ist ja auch verdammt lange her. Deine Halbgeschwister waren mir schon damals zu blöde vorgekommen und ich konnte nie verstehen, wieso deine Mutter diesen asozialen Proleten heiraten konnte. Das ist auch einer der Gründe, warum es keine weiteren Treffen gab. Deine Kindheit war sicher nicht die Beste«, mutmaßte Maybach, nahm das Glöckchen von seinem Tisch und klingelte. Das junge Dienstmädchen öffnete die Tür und knickste mal wieder. »Sie wünschen, Herr Maybach?«

»Es ist 5 Uhr. Bringen Sie uns Tee und sagen Sie Bertrand er soll uns Cognac reichen«, sagte er in Befehlston.

»Du hast Recht, Gregor. Meine Kindheit war nicht die Beste. Daher bin ich früh ausgezogen und habe mich zuerst mit einem Job in einem Stahlhandel über Wasser gehalten. Mir war das damals egal. Hauptsache raus«, antwortete Davide.

»Ja, das kann ich durchaus verstehen. Was hast du denn danach mit deinem Leben angefangen?«

Zeigte dieser bisher unbekannte Onkel ehrliches Interesse an ihm? Er konnte sich das kaum vorstellen. Seine hinterlistigen, kleinen Augen hinter seine Brille sprachen eine andere Sprache. Gregor saß in seinem Sessel und wirkte auf Davide längst nicht mehr so gebrechlich und alt, wie zu Anfang. Seine Lederschuhe waren auf Hochglanz poliert und seine dunkelbraune Hose zierte eine deutliche Bügelfalte. Das strahlend weiße Hemd unter seiner Weste war kaum öfter als einmal gewaschen worden. »Nach etwa einem Jahr hatte ich eine Lehre als Koch begonnen und später in den Sommermonaten auf einem Ausflugsschiff gearbeitet. Im Herbst und Winter musste ich mir immer etwas anderes suchen, da in dieser Zeit die Touristen ausblieben. Aber ich hatte es geschafft, mich von der Familie zu lösen«, sagte Davide und sah Maybachs manikürten Hände, die nicht danach aussahen, als hätte er damit jemals körperlich gearbeitet.

Das Hausmädchen kam mit einem Tablett herein und brachte edel anmutende Porzellantassen, eine Zuckerdose und eine große Kanne Tee herein. In Bertrand, der ihr folgte, erkannte Davide den in schwarz gekleideten Mann, den er schon bei seiner Ankunft gesehen hatte. Er füllte zwei Kristallgläser mit Cognac aus einer Karaffe und drehte sie unter der Flamme eines silbernen Cognacwärmers. *Den Mann umgibt die typisch abgehobene Aura eines Dieners und ist durch und durch versnobt*, dachte Davide als er ihnen die feine Spirituose auf einem Tablett brachte.

»Ich hoffe, es ist Ihnen so recht«, sagte er mit hochgezogenen Augenbrauen. »Den Tisch würde ich um 6 Uhr eindecken lassen, wenn es den Herrschaften genehm ist.«

»Mein Gast wird hungrig sein. Dann lassen Sie mal ordentlich was auftragen, Bertrand«, sagte Maybach.

Mit einem gedehnten, »sehr wohl, wie Sie wünschen«, verschwand der Mann wieder. Davide musste grinsen, wenn er an den rauen Ton in seinem Viertel dachte.

»Ich hätte da auch mal eine Frage, Gregor«, sagte er.

»Ja bitte.«

»Dieses Schloss ist sicher sehr kostspielig. Hast du das gekauft? Und von welchen Geschäften lebst du?«

»Das sind schon zwei Fragen«, grinste Maybach. »Das Anwesen habe ich von meinem Vater geerbt und dieser von seinem. Es ist seit über 200 Jahren im Besitz meiner Familie. Kostspielig ist auch der Unterhalt. Aber dafür gibt es einen gut gefüllten Fond, in dem das Geld Zinsen erwirtschaftet«, begann er. »Aber interessiert dich das wirklich?«

»Natürlich interessiert mich auch dein Leben.«

»Ich habe mich immer bemüht, das Anwesen nicht nur zu erhalten, sondern auch der Zeit entsprechend zu restaurieren. In den letzten Jahren wurde das Schloss einer umfassenden Restaurierung unterzogen, um den hohen Standards französischer historischer Denkmäler gerecht zu werden, wobei ich bei der Qualität der verwendeten Materialien, der verwendeten Handwerkskunst und der Liebe zum Detail keine Kosten gescheut habe.«

Davide trank den warmen Darjeeling und dachte nach. »Ich bin neugierig. Und wovon lebst du?«, fragte er.

Maybach lachte, aber ließ sich Zeit mit der Antwort.

»Nicht weit von hier, in Le Havre, besitze ich eine Reederei und es gibt noch eine Maschinenbau- und Waffenfabrik in Antwerpen. Auch diese habe ich geerbt. Du siehst, ich hatte Glück im Leben. Aber weniger Glück hatte ich mit meiner Frau, die vor vier Jahren verstarb.«

»Das tut mir leid, Gregor.«

»Danke. Aber lass uns mal erst anstoßen«, sagte er und deutete auf den Cognacschwenker.

Davide bestaunte die erdene Farbe in dem vorgewärmten Glas. Schon der aromatische Duft ließ ihn ahnen, dass Welten zwischen dem billigen Weinbrand-Fusel, den er sich gelegentlich leisten konnte, und diesem Cognac lagen. Der erste kleine

Schluck war schon ein Hochgenuss. Davide schloss die Augen. »Mein Gott. So etwas Köstliches habe ich noch nie getrunken!«

»Ich werde dir davon eine Flasche mitgeben, wenn du ihn magst«, sagte Maybach und strich durch sein gewelltes graues Haar.

»Hast du Kinder, Gregor?«, hörte er sich sagen und bereute sofort die Frage, die sich anhören musste, als würde er sich nach möglichen Erben erkundigen.

»Es gibt eine Tochter und ich habe sogar schon Enkel, wenn ich richtig informiert bin.«

Davide bemerkte, dass es ihm schwer fiel, darüber zu reden. Doch nach einem Schluck Cognac fuhr er fort. »Sie hat geheiratet und lebt in Kanada. Nach dem Tod meiner Frau hat sie mit mir gebrochen.«

»Oh, das tut mir leid!«, sagte er ehrlich.

»Das ist ein Grund, weshalb ich nach Kontakt zu Verwandten gesucht habe und auf dich gekommen bin. Aber jetzt erzähle mal von dir. Gibt es eine Frau in deinem Leben und hast du Kinder?«

»Ich war nie verheiratet, wenn du das meinst, und ich habe auch keine Kinder. Trotzdem gab es Frauen in meinem Leben«, sagte Davide. »Aber in den letzten zehn Jahren lebte ich zumeist allein. Nicht, weil es an Gelegenheiten fehlte. Nein, die gab es schon. Aber ich bin gerne frei.«

Stöhnend richtete sich Maybach auf und stützte sich auf seinen Stock. »Ich muss mich zwischendurch bewegen, sonst rosten meine 82jährigen Knochen noch ganz ein«, sagte er lachend und ging langsam zu einem Schränkchen vor einem der großen Fenster. »Davide, schau mal«, sagte er und hielt ihm ein gerahmtes Bild entgegen. »Das war meine liebe Frau Nancy«, sagte er. »Eine hübsche Frau, nicht wahr?«

Davide nahm das Schwarz-Weiß-Foto und sah eine junge, rassige Frau, die eine Südländerin sein konnte.

»Oh, ja. Eine sehr attraktive Frau.«

»Nicht nur attraktiv. Sie hatte Feuer! Nancy war halbe Italienerin und ich brauchte lange, um sie halbwegs zu bändigen«, sagte Maybach lachend. »Aber selbst im Alter war mir das nur bedingt gelungen. Sie hatte ihren eigenen Kopf und so mancher Teller ist in unseren Ehejahren an der Wand gelandet.«

Bertrand trat zu ihnen. »Im Salon ist für Sie angerichtet.«

»Dann wollen wir mal, Davide!«, sagte Maybach und folgte humpelnd dem Butler.

Er fragte sich, was es in diesem Schloss voller Luxus zu essen gab. In Brüssel musste Davide gelegentlich vor einem Discounter betteln, wenn die Rente bis zum 1. eines Monats nicht ausreichte.

Im Salon stand mittig ein riesiger Tisch, der an den Kopfenden eingedeckt war. Davide ging zu dem hinteren Ende und Bertrand schob ihm den Stuhl an den Tisch. Dienstmädchen hoben die Speiseglocken über ihren Tellern und entfernten sich damit.

Er staunte, als er auf seinen fast leeren Teller sah.

»Als Vorspeise eine Gänseleberpastete in Cidre Gelee. Als warme Vorspeise eine Hummersuppe mit vier verschiedenen Garnelenspießen. Danach folgt als Zwischengang Lobster-Bisque mit Spargelspitzen und Hummerfleisch. Der Hauptgang mit pochiertem Rinderfilet auf Perigord – Senfschaum und Honigzwiebeln. Und zum Schluss das Dessert mit Mini-Éclaires mit Mango-Orangen-Mousse. Ich wünsche den Herrschaften einen guten Appetit«, sagte Bertrand gewohnt versnobt und entfernte sich.

»Ich hoffe, du magst das kleine französische Menü«, sagte Maybach und steckte sich mit seinen gekrümmten Händen etwas umständlich die Serviette in den Kragen.

Davide nickte freundlich, obwohl er von keiner der Speisen zuvor überhaupt etwas gehört hatte. »Ja, gerne.«

Neben der Tür warteten zwei Dienstmädchen, die auf Maybachs

Anweisung neuen Wein brachten oder das Geschirr eines Ganges abräumten. Davide versuchte während er die fremdartigen, aber köstlichen Speisen aß, vornehm zu wirken.

»Ich hoffe, es hat dir gemundet, lieber Großneffe«, sagte Maybach und erhob sich. Bertrand stand ihm sofort zur Seite.

»Jetzt kommt der gemütliche Teil des Tages, Davide. Lass uns in den Clubsesseln am Kamin Platz nehmen. Bertrand, bringen Sie uns bitte zwei weitere Cognac und Zigarren.«

Die Sonne begann an dem frühen Spätsommerabend bereits unterzugehen, aber die elektrischen Kronleuchter verbreiteten zusammen mit flackernden Kerzenständern ein warmes Licht. Bertrand kam zu ihnen und stellte den warmen Cognac zu ihnen auf den Tisch.

»Du magst doch eine Zigarre?«, fragte Maybach.

»Das ist nett. Aber ich bin Nichtraucher.« ,

»Du musst kein Raucher sein, um eine Zigarre zu genießen, Davide. Versuche es mal mit einer milden Davidoff. Aber nicht inhalieren!«, mahnte er.

Bertrand öffnete einen kleinen Humidor und knipste die Spitze einer Cohiba und einer leichten Davidoff ab. Maybach steckte sich die kubanische Zigarre in den Mund und der Diener entzündete sie mit einem Zedernspan, der ein angenehmes Aroma verbreitete. Davide machte es ihm etwas ungeschickt nach und musste gleich nach dem ersten Zug heftig husten.

Maybach lachte. »Nicht inhalieren! Nur paffen. Den Rauch hast du nur auf der Zunge. So entfaltet sich das Aroma des Tabaks am besten.«

Er wischte sich eine Träne aus den Augen und versuchte es noch einmal. Davide sah Bertrand zum ersten Mal lächeln, als er sich dezent entfernte. Diesmal sog er vorsichtiger an der Zigarre, und sie schmeckte gar nicht so schlecht, wie er befürchtete.

»Es geht doch. Du bist zwar auch nicht mehr der Jüngste, aber

dein Greis von Großonkel muss dir erst das Zigarrenrauchen bei-
bringen«, scherzte er. »Eingefleischte Zigarrenraucher auf Kuba
benutzen übrigens keine Aschenbecher.«

»Keine Aschenbecher?«, fragte er ungläubig.

»Nein. Die Zigarre wird so geraucht, dass die Asche nicht
herunterfällt. Sie soll den Rauch kühlen. Wenn sie abgebrannt
ist, lässt man sie einfach ausgehen und wirft sie dann auf den
Boden. Aber das machen wir hier natürlich nicht«, erklärte Maybach lachend.

»Das hört sich auch unglaublich an. Woher weißt du das?«

»Als ich jünger war, bin ich gerne gereist und war auch auf
Kuba in einer Zigarrenmanufaktur.«

»Verstehe. Du scheinst weit herum gekommen zu sein, Gregor.«

»Die Welt ist auch schön und es lohnt sie zu bereisen. Wenn du
weder Frau noch Kinder hast, gibt es denn weitere Verwandte, zu
denen du Kontakt hast?«, fragte er und fixierte Davide.

Das war eine der Fragen, vor denen ihn van Dyck gewarnt
hatte. Dennoch erschien ihm der Großonkel vertrauenswert und
freundlich. »Nein. Und wie schon gesagt, habe ich auch keinerlei
Kontakt zu meinen Stiefbrüdern und meiner Mutter.«

»Das ist schade. Aber ich verstehe das. Trotzdem braucht der
Mensch auch ein wenig Familie. Gibt es denn keine Neffen, Onkels oder Tanten, mit denen du gelegentlich Kontakt hältst?«

»Leider nicht. Ehrlich gesagt, habe ich es gar nicht versucht.«

»Traurig. Aber es ist auch nicht zu ändern. Jedenfalls haben
wir jetzt Kontakt und es würde mich freuen, wenn wir uns gelegentlich sehen, Davide. Deine Anwesenheit ist angenehm und
tut mir gut«, sagte Maybach, legte die Havanna zur Seite und
umklammerte mit beiden Händen den Cognacschwenker.

Anscheinend tat die Wärme des Glases seiner Gicht gut.

»Ich muss sagen, dass es mir auch so geht. Es ist nicht nur der

137

ungewohnte Luxus und deine Gastfreundschaft, die ich wirklich genieße. Vielmehr ist es deine Gesellschaft, lieber Gregor«, sagte er und betrachtete die Zigarre, die er zwischen den Fingern drehte. »Du hast mir in wenigen Stunden vieles gezeigt, was ich nicht kannte und meinen Horizont erweitert. Und«, sagte Davide lachend, »ich habe Gefallen an Zigarren gefunden.«

»Ach, Papperlapapp«, sagte Maybach. »Ich bin ein alter Mann und fast 20 Jahre älter als du. Mache doch morgen nach dem Frühstück einen Ausflug. In der Normandie gibt es viel zu sehen. Gilbert könnte dich nach Le Havre fahren. Das sind nur 80 Kilometer. Eine aufregende Hafenstadt. Du kannst auch meine Reederei besichtigen, wenn du magst«, schlug er vor.

»Gilbert?«

»Mein Chauffeur, der dich abgeholt hat. Auch das hübsche Dorf Le Tôt ist in der Nähe und lohnt zum Erkunden und Einkaufen. Von da aus ist es nicht weit bis zur Küste mit prächtigen Sandstränden und den berühmten Alabasterfelsen.«

»Gerne. Nur zum Einkaufen habe ich kein Geld.«

»Gilbert wird alles bezahlen, was du kaufst. Du bist mein Gast.«

25

Sie betraten fast gleichzeitig das Treppenhaus. Karsten schob sein Rad durch den Hausflur zum Hintereingang und Michael raste schon die Treppe hoch. Kopfschüttelnd stellte er fest, dass die Glühbirnen noch immer nicht erneuert waren. Die Hausverwaltung legte offenbar keinen Wert auf die Instandhaltung der Immobilien in der Elberfelder Nordstadt.

Als er die Wohnung betrat, hatte Michael schon Kaffee aufgesetzt.

»Den kann ich jetzt gut gebrauchen«, sagte Karsten und holte zwei Tassen aus dem Schrank.

»Ich habe uns zwei Pizzen in den Ofen geschmissen«, sagte Michael.

»Pizza um 11 Uhr?« Karsten grinste.

»Junggesellenleben. Außerdem ist es fast Mittag. Das passt doch. Wie war dein Termin?«, fragte Michael.

»Naja, es geht so. Für die Werbung im Radio bekommt der Sprecher nicht mehr so viel. Aber die Agentur will mich für einen TV Spot einsetzen. Dafür zahlen die schon im mittleren vierstelligen Bereich«, sagte er.

»Wow. Wieder Fischstäbchen?«, fragte Michael grinsend und füllte die Tassen mit Kaffee.

»So ist es. Kannst dann wieder Fischkopp oder so zu mir sagen! Das Problem ist, dass ich nach ein paar Wochen als Fisch-Heini bekannt werde. Ich weiß nicht, ob mir das gefällt.«

»Naja, wenn die gut bezahlen. Geld stinkt nicht und ich muss mir um deine Mietzahlungen keine Sorgen mehr machen.«

»Ich esse nur eine halbe Pizza. Packe den Rest in den Kühlschrank. Ich lege mich nochmal hin, bevor ich zu Gossarah fahre«, sagte Karsten.

»Müde?«, fragte Michael und holte die Pizzen aus dem Ofen.

»Und wie. Ich bin letzte Nacht erst um 3 nach Hause gekommen. Veronikas Mann hatte Dienst«, sagte er grinsend. »Und heute früh bin ich wegen der Agentur schon um 6 wieder raus.«

Karsten brauchte im Normalfall nicht viel Schlaf. Aber drei Stunden waren doch zu wenig. Leise gähnend ließ er den größten Teil der Pizza stehen und ging in sein Zimmer. Überall auf dem Boden, dem Stuhl und auf dem Bett lagen Klamotten von ihm herum. Dringend musste er eine Maschine anwerfen, wenn er wach wurde. Er hasste dieses Chaos und fand in seinem Schrank kaum noch saubere Sachen. Nur in dieser Bleibe kam es weiß Gott nicht darauf an, ein sauberes Zuhause zu haben. Ohne feste Freundin und Job war es ihm ebenso egal wie Michael. Er ließ sich einfach aufs Bett fallen, zog die dünne Decke bis zur Nasenspitze und schloss die Augen. Nur drei Minuten später fiel er in einen tiefen und erholsamen Schlaf und erst um 18 Uhr weckte ihn das klirrende Radio des alten Klappzahlenweckers. Gähnend streckte er sich und sah sich in dem Chaos seines Zimmers um. *Das muss sich ändern*, dachte er und stand auf. Mit einem Griff holte er den Wäschekorb vom Schrank und sammelte seine Klamotten ein. Karsten erkannte, dass eine Maschine damit nicht ganz gefüllt wäre und zog kurz entschlossen sein Bett ab. Mit dem zweiten Bettzeug, duftete es angenehm frisch in dem Zimmer. Motiviert räumte er weiteren Krimskrams in Schubladen und Schränke. Veronika hatte ihm in ihrer Nachbarschaft ein freies Appartement empfohlen. Doch er war sich nicht sicher, ob das etwas für ihn war. Er stopfte die Wäsche in die Maschine und stellte den Teller mit seiner restlichen Pizza in die Mikrowelle.

»In Ronsdorf könnte ich ein eigenes Appartement mit Küchenblock und Terrasse haben«, sagte er zu Michael.

»Dann willst du ausziehen?«

»Ich bin mir nicht sicher. Einerseits wäre es reizvoll, im Grünen mit Terrasse zu wohnen. Doch der Weg ins Zentrum ist weit.«

»Dann bleibe doch und spare zuerst Geld. Das wirst du brauchen, wenn du eine Wohnung einrichtest«, sagte Michael.

»Das denke ich auch und warte einfach ab«, sagte er und stellte die aufgewärmte Pizza auf den Tisch.

»Eigentlich verstehen wir uns doch gut. Und wenn du deine Miete zahlen kannst, haben wir auch keine Probleme.«

»Klar«, sagte Karsten mit vollem Mund und trank einen Schluck Wasser. »Vielleicht schafft es die Hausverwaltung auch mal, für Licht im finsteren Treppenhaus zu sorgen.«

Michael lachte. »Stimmt. Ich trete denen mal auf die Füße.«

»Eine gute Idee. Du, ich fahre jetzt zu dem Autohändler. Ich glaube, der hat eine neue Tour für mich. Soll ich dir was mitbringen?«

»Danke, aber ich brauche nichts«, sagte Michael.

Er fuhr bis auf den Hof des Händlers. Der September war noch sommerlich warm. Aber der bevorstehende Herbst und der Winter standen vor der Tür. Er musste bald ein neues Rad haben, oder besser ein Auto kaufen können. Als Karsten das Büro betrat, nahm er die Sonnenbrille ab.

»Hallo Herr Fischler«, begrüßte ihn Frau Krüger. »Sie können gleich durchgehen. Herr Gossarah erwartet Sie.«

Karsten klopfte an die Glastür seines Büros.

»Kommen Sie rein«, sagte der Araber.

Karsten trat ein und ging freundlich lächelnd zu seinem Schreibtisch. »Guten Tag, Herr Gossarah.«

»Guten Tag Herr Fischler. Wie immer pünktlich. Das gefällt

mir«, sagte er und reichte ihm die Hand. »Nehmen Sie doch Platz. Kaffee oder Tee?«

»Ich nehme gerne einen Kaffee«, sagte Karsten.

Gossarah drückte die Sprechanlage und orderte zwei Kaffee.

»Ich hoffe, es geht Ihnen gut. Sie haben doch einen gültigen Reisepass, oder?«

Vier Jahre war es her, dass er eine günstige Pauschalreise in die Karibik unternahm. Damals brauchte er den teuren Reisepass und hätte nicht gedacht, ihn einmal beruflich zu brauchen.

»Nicht nur den. Ich habe jetzt auch den Internationalen Führerschein«, sagte er und legte ihm das graue Dokument auf den Schreibtisch.

»Sehr gut. Sie werden beides bald brauchen«, sagte Gossarah, als ihnen der duftende Kaffee gereicht wurde.

»Und wohin schicken Sie mich diesmal?«, wollte er wissen.

»Nach Navoiy.«

Karsten zuckte mit den Schultern. »Navoiy?«

»Die wenigsten wissen damit etwas anzufangen«, sagte Gossarah grinsend. »Doch es ist eine schöne Stadt in Usbekistan und es lohnt sich, ein paar Tage Zeit zu nehmen.«

»Usbekistan! Die Reise ist nicht ungefährlich, oder?«

»Keine Sorge, Herr Fischler. Die Menschen in dem Land sind sehr freundlich und es gibt sogar einige, die Deutsch sprechen. Sie fahren über Polen, Belarus, Russland und Kasachstan. In allen Ländern buchen wir sichere Übernachtungen für Sie. Einzig für Russland werden Warnungen herausgegeben. Aber das ist völliger Blödsinn, um politisch geschürte Angst zu verbreiten. Es ist eine für Sie sichere Reise, sofern Sie nicht in Moskau an einer Anti-Putin Demo teilnehmen«, erklärte Gossarah.

»Trotzdem hört es sich für mich recht abenteuerlich an. Wie weit ist das eigentlich?«

»Gute 5.700 Kilometer. Aber mit dem Wagen schaffen Sie

das locker in fünf Tagen. Das ist in jedem Fall eine Fahrt in eine andere Welt, die Ihren Horizont erweitern wird. Insofern ist es auch abenteuerlich«, sagte Gossarah.

Karsten hatte bei dem Gedanken an diese Länder, fernab jeglicher Touristenziele, ein merkwürdiges Bauchgefühl. »Auch wenn es sich reizvoll anhört, Herr Gossarah, möchte ich mir das erst überlegen. Ist es für Sie okay, wenn ich Ihnen morgen meine Entscheidung mitteile?«

»Herr Fischler, Ihr Führerschein muss vorher ins Russische und Usbekische übersetzt werden, der Rückflug und die Hotels müssen auch gebucht werden. Kurz, die Zeit drängt. Hilft es Ihnen, wenn ich Ihnen sage, welches Auto Sie überführen sollen?«, versuchte er seine Neugier zu wecken.

»Hm. Um welches Auto geht es?«

»Ein schwarzer Porsche Cayenne Turbo E-Hybride mit 739 PS und 295 km/h Höchstgeschwindigkeit. Neu kostet der Wagen über 200.000 Euro und dieser hat nur 22.000 Kilometer auf der Uhr. Ich will nicht drängen. Aber ich brauche jetzt Ihre Entscheidung.«

Karsten tippte in sein Tablett und gleich kamen seine gewünschten Informationen. Gossarah hatte die Sicherheitsaspekte nicht schöngeredet.

»Okay. Ich mache es. Wann soll es los gehen?«

»Die Übersetzungen sollten bis morgen vorliegen und die Buchungen werden noch heute erledigt. Ich plane so, dass Sie in Usbekistan noch drei bis vier Tage zum Erkunden und Erholen zur Verfügung haben, bevor Sie zurückfliegen«, sagte Gossarah.

»Ich hoffe, dass ich damit keinen Fehler mache.«

»Sie müssen sich wirklich keine Sorgen machen. Es ist in meinem Interesse, dass der Porsche heil am Ziel ankommt.«

Das war einleuchtend. Aber sein mulmiges Bauchgefühl blieb, als er wieder auf seinem Rad saß und in die Luisenstraße, in der

Elberfelder Altstadt fuhr. Das früher anrüchige Viertel hatte sich über Jahrzehnte zum Guten verändert. Da Karsten keine Lust auf das öde Zimmer in der Nordstadt hatte, wollte er den schönen Spätsommerabend in einem der Biergärten ausklingen lassen. Er war gerne in dem Viertel mit den engen Gassen, den schicken Altbauhäusern mit hohen Decken und stuckverzierten Fassaden. Ein Besucher aus Hamburg sagte ihm einmal, dass ihn die Kunstgeschäfte und die vielfältige Gastronomie der charmanten Luisenstraße ein wenig an Paris erinnern würde.

Karsten sah im Vorbeiradeln einen freien Tisch in einem Biergarten und legte sein Rad an der nächsten Laterne an die Kette. *Katerfrühstück* las er auf dem Schild über dem Laden. Michael hatte ihm von dem relativ neuen Laden mal erzählt. *Katerfrühstück* war ein Mix aus uriger Kneipe und Restaurant. Er nahm an dem Tisch nahe der offenen Eingangstür Platz und lauschte dem Trompetensolo einer Oberhausener Jazz Band, die zwar nicht heute, aber an manchen Samstagen im *Katerfrühstück* live auftrat. Michael war öfter im Wuppertaler Nachtleben unterwegs, da er über einen finanziellen Spielraum verfügte, den Karsten lange nicht hatte. Seit auch er seinen Kopf rasierte und einen Drei-Tage-Bart trug, war er ihm optisch sehr ähnlich und nicht selten wurden sie sogar verwechselt. Daher wunderte es ihn nicht, als zwei unbekannte junge Frauen lachend an seinen Tisch kamen.

»Hey Michael«, begrüßte ihn die Blondine im kurzen Leoparden-Top mit üppig tätowierten Armen.

»Ich hab dich ja ewig nicht gesehen«, sagte die Brünette mit einem schrecklich aussehenden Pony und drückte ihm einen Kuss auf die Wange. Karsten grinste, als sich die Frauen zu ihm an den Tisch setzten und die Kellnerin ihre Bestellungen aufnehmen wollte.

»Ich nehme ein großes Bier«, sagte Karsten in feinstem

Norddeutsch und stieß mit der Zunge bewusst an die Zähne. »Was möchtet ihr?«

Erst jetzt schienen sie ihren Irrtum zu erkennen. »Du bist gar nicht Michael!«, stellte die Brünette verlegen fest.

»Stimmt«, antwortete Karsten lachend. »Aber wir wohnen zusammen in einer WG. Was möchtet ihr?«

»Wenn wir sitzen bleiben dürfen, nehme ich eine Weinschorle«, sagte die Blondine und musterte ihn aufmerksam.

»Klar dürft ihr. Ich heiße übrigens Karsten«, stellte er sich vor.

»Stefanie«, sagte die Brünette. »Ich nehme auch ein Bier.«

»Lisa«, sagte die Blondine lachend. »Jedenfalls habe ich keinen Grund zu erröten«, sagte sie zu Stefanie. »So schnell küsse ich keine fremden Männer!«

Alle drei verfielen in ein wildes Gelächter.

»Das hat mir aber nichts ausgemacht«, sagte Karsten grinsend. Stefanie war mit ihrer Brille und dem blöden Pony nicht die Hübschere der beiden, aber sie hatte Humor und eine nette Oberweite. Lisa hatte ein hübsches Gesicht, war aber eher mädchenhaft mager.

»Ihr seid euch aber zum Verwechseln ähnlich«, sagte Lisa. »Seid ihr Zwillinge?«

»Wir sind noch nicht einmal Geschwister. Wie man hört, komme ich aus dem Norden. Genauer gesagt aus Flensburg. Michael ist hingegen ein waschechter Wuppertaler«, antwortete er.

»Wie genial! Und ihr wohnt zusammen?«, fragte Stefanie.

Karsten nickte zustimmend, als ihre Getränke kamen. »Ja, wir teilen uns eine kleine Wohnung in der Nordstadt.«

Sie prosteten sich zu und tranken den ersten Schluck.

»Und was hat dich in das ferne Wuppertal getrieben?«, wollte Lisa wissen.

»Ganz einfach. Ich will mich für ein Maschinenbaustudium an der Bergischen Uni einschreiben«, sagte Karsten.

»Dann werden wir uns bald öfter sehen. Wir studieren beide Lehramt.«

»Oh. Lehrerinnen!«

»Lehrerinnen sind nicht so schlimm, wie man es ihnen nachsagt. Oder kannst du dich über Stefanies Kuss beschweren?«, fragte Lisa lachend.

»Nein. Aber ich wäre überzeugter, wenn ich von euch beiden so begrüßt worden wäre«, flirtete er.

»Das lässt sich ändern!« Lisa beugte sich augenblicklich vor und drückte ihm einen Kuss auf die Wange. »Jetzt überzeugt?«, fragte sie und alle drei lachten.

»Absolut! In Zukunft sehe ich Lehrerinnen mit ganz anderen Augen!«

»Hey, das hoffe ich doch sehr«, sagte Stefanie und formte einen Kussmund. »Es wäre doch lustig, wenn Michael jetzt auch hier wäre«, schlug sie vor.

»Hoffentlich könnt ihr uns dann auseinanderhalten.«

»Kommt auf einen Versuch an. Immerhin habt ihr die gleiche Frisur. Rufe ihn mal an«, forderte ihn Lisa auf.

»Ist ganz einfach. Sein Dreitagebart ist dunkler, als meiner«, sagte Karsten und wählte Michaels Nummer.

Während er das Handy an sein Ohr hielt, kam die Kellnerin und brachte ihnen neue Getränke.

»Michael nimmt nicht ab. Vielleicht ist er unterwegs oder eingeschlafen«, vermutete Karsten mit einem charmanten Lächeln und sah auf dem Display, dass es schon nach elf war.

»Ich hoffe, dass du noch nicht müde bist«, sagte Lisa, die das bemerkte.

»Tja, jetzt bleibt uns nichts anderes übrig, als uns Karsten zu teilen«, meinte Stefanie zu ihrer Freundin und trank einen Schluck Bier.

Lisa kicherte über die zweideutige Bemerkung und Karsten

grinste. Es war eine warme Spätsommernacht, doch um diese Uhrzeit wurde es im Biergarten kühler. Er sah, dass die Mädchen mit ihren kurzen Ärmeln froren und winkte nach der Kellnerin.

»Können Sie uns bitte zwei Decken bringen?«, fragte er.

»Lohnt sich das noch?«, fragte sie. »Wir schließen in 20 Minuten. Wenn Sie noch etwas bestellen möchten, dann besser jetzt.«

»Okay. Noch einmal das Gleiche und trotzdem die zwei Decken«, sagte er bestimmt.

»Danke, das ist sehr lieb von dir«, sagte Lisa und legte ihm beiläufig eine kühle Hand auf seinen Unterarm.

»Hui. Wirklich kalt«, stellte er fest.

»Was machen wir mit dem angebrochenen Abend? Ich habe noch zwei Flaschen Wein und ein paar Bier im Kühlschrank«, meinte Stefanie.

»Ich bin dabei«, antwortete Lisa. »Und du, Karsten?«

»Ja, das wäre okay, da ich tagsüber schlafen kann.«

Er sah, dass die Bedienungen die letzten Tische abrechneten und abräumten. »Ich glaube, die wollen uns loswerden. Soll ich ein Taxi rufen?«, fragte er und beide stimmten zu.

Als ihr Wagen näher kam, fragte sich Karsten, ob der Abend auf einen Dreier hinauslief. *Wenn, dann habe ich Michael noch mehr zu erzählen*, dachte er amüsiert.

»Kieler Straße 80«, sagte Stefanie und stieg auf der anderen Seite in das Taxi, so dass Karsten in die Mitte rutschten musste.

Die beiden machten noch ihre Späße über die Hektik der Kellnerin, als der Wagen auf die Bundesallee abbog. Erst jetzt bemerkte Karsten, dass es den Mädchen in ihren sommerlichen Oberteilen kalt sein musste. Sie kuschelten sich beinahe gleichzeitig an ihn und ihr orientalisch wirkender Taxifahrer sah grimmig in den Spiegel. Karsten spürte eine kalte Hand erkundend auf seinem Oberschenkel, dann eine weitere und er verdrehte zu offensichtlich die Augen.

»Nix machen in meine Wagen!«, befahl der Taxifahrer, als er in die Paradestraße abbog.

»Was nix machen?«, provozierte ihn die angetrunkene Stefanie.

»Sage nix machen!«, wiederholte er verärgert und fuhr etwas zu schnell in der Tempo 30 Zone.

Die beiden lachten lautstark und Karsten konnte sich denken, dass der Mann froh war, als sie drei Minuten später ausstiegen. Knatternd lief der Diesel weiter und Karsten bezahlte die Fahrt. Kichernd standen die beiden auf dem Treppenabsatz des weißen Gründerzeithauses und winkten dem Taxi hinterher. Er ahnte, dass es für ihn eine schlaflose Nacht werden konnte, als er die wohlgeformten Hinterteile der Mädchen in engen Jeans auf der Treppe im Blick hatte. Stefanie öffnete ihre Eingangstür und machte Licht, als sie die kleine Wohnung betraten. Im kurzen Flur war rechts eine weitere Tür. *Wahrscheinlich das Bad*, dachte Karsten. Das Wohnzimmer war ein kombiniertes Wohn-Schlafzimmer mit einer modernen Küchenzeile. Der große Raum hatte hohe, mit Stuck verzierte Decken und drei ebenso hohe Fenster hinter zugezogenen Vorhängen.

»Setzt euch schon mal. Ich hole uns was zu trinken und mache es gemütlich«, sagte Stefanie und brachte drei Weingläser aus einem Hängeschrank. Karsten nahm auf dem weißen IKEA Sofa Platz und Lisa folgte ihm. Die Wohnung war liebevoll eingerichtet. Auf zwei Highboard unter den Fenstern, standen Deko Gegenstände, ein Kerzenleuchter und ein Bilderrahmen. Neben dem großen Bett stand eine Stehlampe mit Stoffschirm neben einem vierteiligen Holzparavent, über dem ein rotes Höschen hing. Ein gerahmter Kunstdruck von Kadinsky und einer von Miro zeugten von Stefanies Kunstgeschmack. Lächelnd legte sie eine Jazz CD ein und es ertönten die ersten Sax-Klänge des Songs *Take Five*. Sie hatte die Kühlschranktür kaum geöffnet, als ihn Lisa umarmte und küsste. Stefanie kam mit dem Wein zu ihnen und setzte sich auf die freie Seite neben Karsten.

»Liebe Lisa, ich verstehe ja, dass dir kalt ist. Aber sollen wir nicht mal erst anstoßen?«, fragte Stefanie. »Oder hast du auf etwas anderes Appetit?«, lachte sie.

Schnurrend ließ sie von ihm ab und leckte sich über den Mund. Karsten war nicht schüchtern, aber die frivole Initiative der jungen Frauen machte ihn sprachlos.

»Her mit dem Wein«, sagte Lisa und prostete ihnen zu. Sie trank einen großen Schluck und bestaunte Karstens gewinnendes Lächeln. »So, wo waren wir gerade stehengeblieben?«, fragte sie und schmiegte sich wieder an ihn, um ihn fordernd zu küssen. Stefanie zog ihr Oberteil und den BH aus, ging vor ihm auf die Knie und zerrte an seinem Gürtel, bis er aufging.

Karsten sah zwar nicht was sie machte, aber es zuckte in seinem ganzen Körper. Lisa zog hastig ihr Oberteil über den Kopf und knöpfte sein Hemd auf, ohne auf die Knöpfe Rücksicht zu nehmen. Ihre Blicke ließen ihn für einen Augenblick ihre Lust erkennen und er dachte, *mein erster Dreier, wer hätte das heute früh gedacht.*

»Kommt«, forderte Stefanie, trennte Lisa von ihm und zog ihn an der Hand zum Bett. Rasch zogen beide Frauen ihre restliche Kleidung aus und Karsten betrachtete sie lächelnd.

»Jetzt bist du fällig«, sagte Lisa und schubste ihn rücklings auf das Bett.

»Du wirst staunen, was wir drauf haben«, lachte Stefanie.

Es war fünf Uhr in der Frühe, als Karsten endlich zum Einschlafen kam. Erst um neun Uhr sah er erneut auf die Uhr, da er von dem Geruch frisch gemahlener Kaffeebohnen geweckt wurde. Gähnend rekelte er sich noch immer müde im Bett.

»Ihr habt mich vollkommen geschafft!«, sagte er.

»Gut, dass wir dich gestern verwechselt haben«, lachte Stefanie und reichte ihm einen Becher Kaffee ans Bett. »Eier mit Speck, Toast und Marmelade. Mehr habe ich zum Frühstück nicht da.«

»Das reicht vollkommen. Ich frühstücke nur wenig und manchmal gar nicht«, antwortete Karsten. »Aber wo ist Lisa?«

»Die musste früh raus und ist schon weg«, sagte sie, ging zu den Fenstern und zog die Vorhänge auf.

Sofort erhellte das Tageslicht den Raum und Karsten kniff im ersten Moment die Augen zusammen. Erst auf dem WC wurde ihm klar, dass es eine wilde Nacht gewesen war. Er war wund und es brannte wie die Hölle beim Wasserlassen. Karsten wusch sich, putzte die Zähne mit einer Gäste Zahnbürste und zog sich an. Die Ränder unter seinen Augen waren deutlich erkennbar.

»Nach dem Frühstück muss ich los und mein Rad holen«, sagte er. »Und ich muss noch unbedingt etwas schlafen, da ich in der kommenden Nacht aufbreche und über 5.700 Kilometer in vier Tagen fahren muss.«

»Was? So viel?«, fragte Stefanie ungläubig.

»Ich überführe ab und zu Autos. Ein Job, der sich lohnt. Diesmal bringe ich einen Wagen nach Usbekistan.«

»Wow. Aber schade, denn ich dachte wir hätten noch etwas Zeit«, scherzte sie.

»Himmel. Ihr kriegt wohl beide nicht genug«, sagte er.

»Das liegt daran, dass du gut bist«, sagte sie und küsste ihn. »Aber jetzt fahre ich dich zu deinem Rad«, sagte Stefanie zu seiner Erleichterung.

Als sie in der Luisenstraße vor dem *Katerfrühstück* ankamen, sah Karsten entsetzt, dass sein Rad weg war. Nur das geknackte Schloss lag im Rinnstein.

»Verdammt! Ich dachte diese Arschlöcher haben es nur auf E-Bikes abgesehen«, fluchte er.

»Ärgerlich. War es denn ein teures Rad?«, fragte sie.

»Ich habe es gebraucht für 200 Euro gekauft. Aber es war ein gutes Rad!«

»Jetzt weißt du, dass man in der Stadt Fahrräder nicht über Nacht unbeaufsichtigt lassen kann. Komm, ich fahre dich nach Hause«, sagte Stefanie und sie fuhr ihn in die Nordstadt bis vor seine Haustür. Wild knutschend verabschiedeten sie sich und vereinbarten ein Wiedersehen, nach seiner Rückkehr.

Todmüde und erschöpft freute er sich auf sein Bett und nahm nicht wie sonst zwei Stufen auf einmal. Erstaunt sah Karsten, dass die Wohnungstür offen stand. Michael war in diesen Dingen penibel und ließ sie selbst dann nicht offen, wenn er nur den Müll runter brachte. Langsam schob er mit zwei Fingern die Tür auf.

»Michael?«, rief er und lauschte.

Es war nichts zu hören. Er öffnete die Tür zur Küche und rief ihn erneut. Jetzt hörte Karsten ein leises Röcheln und fand ihn am Boden in seinem Blut liegend.

»Mein Gott! Was ist passiert?«, fragte er.

Als er antworten wollte, hielt er ihm aber den Zeigefinger vor den Mund. »Sage nichts. Ich rufe den Notarzt und die Polizei!«

Reaktionsschnell wählte er die 110, nannte seinen Namen und die Anschrift und erklärte rasch seine Vermutung eines Überfalls, und dass schnellstens ein Notarzt kommen müsse.

Er holte ein Kissen aus Michaels Zimmer und legte es unter seinen Kopf. Er sah die leicht blutende Wunde an seinem Kopf und die schlimmere Verletzung seiner Brust, die weiter blutete. Karsten nahm ein sauberes T Shirt aus der Maschine und drückte es auf seine Wunde. Michael blinzelte mit den Augen und lächelte.

»Du musst wach bleiben! Hörst du? Bleibe wach! Der Notarzt ist unterwegs«, sagte er und hoffte, dass Michael sein Entsetzen nicht bemerkte. Schon hörte er Martinshörner durch die offene Wohnungstür näher kommen. Kurz darauf klingelte es.

»Ich muss nur schnell öffnen und bin gleich wieder bei dir«, sagte er, sprang auf und drückte den Türöffner. »Hier oben. Erstes Obergeschoss«, rief er ins Treppenhaus und eilte wieder zu Michael, der mit den Lippen ein *Danke* formte. Zwei Rettungssanitäter kamen mit einer Trage hinein und schoben Karsten zur Seite. Mit Tränen in den Augen betrachtete er Michael und dachte *wieso ausgerechnet in dieser Nacht?*, als er die nächsten Schritte auf der Treppe hörte. Vier Polizeibeamte kamen herein und sahen sich neugierig um.

»Was ist passiert«, fragte eine Beamtin.

»Ich bin gerade erst nach Hause gekommen und wunderte mich, dass die Wohnungstür offen stand«, sagte er.

»Okay. Sie müssen die Wohnung kurz verlassen. Warten Sie mit den Kollegen bitte draußen, bis die Spurensicherung kommt«, sagte die Frau.

Seine Müdigkeit war verflogen, doch er setzte sich erschöpft auf eine Treppenstufe und hielt beide Hände vor sein Gesicht.

Jetzt erst eilte der Notarzt mit seiner schwarzen Tasche die Treppe hinauf und verschwand in der Wohnung.

Karsten saß über eine halbe Stunde auf den Stufen, als Michael endlich bandagiert, an einem Tropf hängend, aus der Wohnung gebracht wurde. Weinend sah ihm Karsten nach.

»Haben Sie Erste Hilfe geleistet«, fragte ihn der Arzt.

»Ja. Ich hoffe, dass ich nichts falsch gemacht habe.«

»Sie haben das gut gemacht. Mein Name ist Haase«, sagte der Arzt und Karsten musste lächeln. »Mit zwei A«, fügte er hinzu. »Ich brauche noch ein paar Angaben von Ihnen«, sagte er und stellte ihm Fragen. »Danke. Ihr Freund wird ins Arrenberg Krankenhaus gebracht. Sein Zustand ist kritisch, aber er ist wahrscheinlich über dem Berg.«

152

»Dürfen Sie mir sagen, welche Verletzung Michael hat, Herr Doktor«, fragte Karsten. Doch er schüttelte mit dem Kopf.

»Schweigepflicht. Vielleicht erfahren Sie mehr von der Polizei.«

Sein Name ist Haase und er weiß von nichts, dachte er, als ein Mann mit Seehundschnäuzer zu ihm trat.

»Herr Fischler? Mein Name ist Keller. Ich bin Polizeihauptkommissar und ermittle in der Sache«, sagte der breitschultrige Mann mit dem schütteren Haar.

»Guten Morgen, Herr Kommissar. Wann kann ich denn wieder in die Wohnung?«, fragte Karsten.

»Vorläufig nicht. Erstens ist die Spurensicherung noch nicht fertig, zweitens wird die Wohnung danach versiegelt und darf vorläufig nicht betreten werden, und drittens möchte ich Sie bitten, uns aufs Revier zu begleiten. Sie können sich vorstellen, dass wir einige Fragen an Sie haben.«

»Das kann ich mir gut vorstellen«, sagte Karsten. »Aber ich habe kaum geschlafen, bin todmüde und brauche dringend Schlaf, da ich in der Nacht eine lange Fahrt vor mir habe«, antwortete er.

»Wenn Sie meine Fragen beantwortet haben und wir Ihre Fingerabdrücke zum Vergleich haben, können Sie wieder gehen. Können sie irgendwo bei Freunden unterkommen?«

Karsten schüttelte den Kopf. »Eher nicht.«

»Dann organisieren wir ein Hotel für Sie. Aber jetzt begleiten Sie bitte die Kollegen. Wir sehen uns dann im Präsidium«, sagte Keller und verschwand in der Wohnung.

Er folgte zwei Beamten zu ihrem Wagen und stieg hinten ein.

»Schön, dass Sie mich fahren«, scherzte er mit verzweifeltem Unterton. »Denn neben dem Mordanschlag auf meinen Freund, wurde auch noch mein Rad in der Nacht gestohlen.«

»Das tut mir aufrichtig leid«, sagte die Beamtin. »Das dürfen

Sie mir glauben. Wir werden alles unternehmen, um die oder den Täter zu ermitteln. «

Das war sicher ein Standardspruch, dachte Karsten. Nach dieser unglaublichen Nacht befand er sich in einer schrecklichen Situation. Sein Fahrrad war gestohlen, er hatte dunkele Ränder vor Müdigkeit unter den Augen, sein Freund wurde Opfer eines Gewaltverbrechens und er konnte nicht mehr in seine Wohnung. Karsten hatte keine Ahnung, wie ernst Michaels Verletzungen waren und wie lange das Gespräch mit Kommissar Keller dauern würde. Die Beamten lenkten den Passat auf den rückseitigen Parkplatz des Präsidiums an der Friedrich-Engels-Allee und parkten den Wagen.

Sechs Stunden zuvor

Die Uhr im Armaturenbrett zeigte 4:32 Uhr an. Der Berufsverkehr hatte noch nicht eingesetzt und die A46 war bis auf ein paar LKW wenig befahren, als er an der Anschlussstelle Elberfeld von der Autobahn abfuhr und den Anweisungen des Navis folgte. Er war erstmalig in der Stadt an der Wupper, über die dieses einmalige Gefährt fuhr. Nach getaner Arbeit nahm er sich vor, eine Runde mit der Schwebebahn zu fahren. Das war gewiss ein besonderes Erlebnis. Nicht so aufregend, wie das nächtliche Fallschirmspringen im Kriegseinsatz, aber doch ein wenig abenteuerlich. Slavko lenkte den schwarzen Lincoln bergauf durch die schmalen Straßen des alten Wohngebietes.

Es war noch dunkel, als er den Wagen in einer Seitenstraße am Straßenrand parkte. Wichtig war, dass er seine Arbeit sauber, präzise und vor allen Dingen geräuschlos erledigte. Unnötigen Lärm musste er vermeiden. Deshalb kam die Waffe in seinem Holster nicht in Frage. Er zog die schwarzen Handschuhe über und prüfte sein Militärmesser in dem zweiten Holster. Es war ebenso effektiv wie die Magnum, aber lautlos beim Einsatz. Der kleine morgendliche

Spaziergang tat ihm gut. Ein letztes Mal sah er sich das Foto an und warf einen Blick auf seine Breitling. 4:55 Uhr. Gutes Timing dachte er, ging zur Haustür und klingelte mehrmals hintereinander. Das ließ jeden aus dem Schlaf schrecken. Slavko nahm erst dann den Finger von der Klingel, als er das Summen des Türöffners hörte und betrat das Treppenhaus, in dem offenbar die Glühbirnen defekt waren. Perfekt, dachte er und war mit wenigen Schritten im ersten Obergeschoss. Hinter der halbgeöffneten Etagentür erkannte er eindeutig sein Ziel. Größe, rasierter Schädel, Augenfarbe und Dreitagebart. Das war er.

Freundlich lächelnd trat er näher. »Ich habe eine Nachricht für Herrn Fischer«, sagte er bewusst falsch und griff nach dem Messer. Michael öffnete die Tür vollständig und verbesserte ihn.

»Fischler«, korrigierte er den Serben und wollte gerade hinzufügen, dass er nicht Zuhause sei.

Doch schon schlug ihm Slavko den harten Griff des großen Messers gegen die Stirn, verpasste ihm einen gezielten Tritt und schloss die Wohnungstür hinter sich.

Michael lehnte völlig überrascht an dem Küchentisch und blickte auf das riesige Messer. »Das muss ein Irrtum sein«, sagte er entsetzt.

»Das glaube ich allerdings nicht«, antwortete Slavko und stieß die breite und gezackte Klinge mit voller Kraft zwischen seine Rippen. Dorthin, wo sich die meisten Organe befanden. Leise röchelnd ging Michael zu Boden und versuchte mit seinen Händen den Blutschwall zu stoppen. Slavko trat ihm noch kräftig ins Gesicht und er rührte sich nicht mehr.

»Ich muss Ihnen mitteilen, dass Sie jetzt tot sind«, sagte er, ging ins Bad und ließ Wasser über die Klinge laufen.

Slavko sah in den Spiegel und stellte zufrieden fest, dass er von dem Blutschwall nicht getroffen wurde. Ordentlich wie er war, knipste er im Bad das Licht aus und schloss die Tür. Ein Blick durch den Türspion sagte ihm, dass das Treppenhaus leer war und so schloss er die schwergängige Wohnungstür hinter sich. Als Slavko die Haustür öffnete, ging auch die Wohnungstür wieder ein Stück auf, da sie beim Herausgehen nicht ins Schloss gefallen war. Vereinzelt zwitscherten die Vögel und kündigten den Sonnenaufgang an. Der serbische Killer fuhr zu einem Café an der Hardt. In dem schönen Park wollte er ein paar Schritte tun, bevor er eine Runde mit der Schwebebahn fuhr und sich dann auf den Rückweg machen. Doch zuvor wählte er eine ihm bekannte Nummer über eine sichere Leitung. »*Auftrag in Wuppertal erledigt. Ich warte auf weitere Ziele*«, *sagte er und beendete das Telefonat.*

Seit einer halben Stunde saß Karsten schon auf dem unbequemen Stuhl im Vernehmungszimmer, als ihm ein Kaffee und ein halbes Käsebrötchen gebracht wurde.

»Ich hätte nicht gedacht, dass das hier so lange dauert«, sagte er meckernd dem Polizisten.

»Hauptkommissar Keller hat gleich Zeit für Sie.«

»Das ist schön. Aber ich habe nicht ewig Zeit. Darf ich telefonieren?«, fragte Karsten.

»Sicher. So viel Sie mögen«, antwortete der Polizist freundlich.

Karsten tippte im Display die Nummer von Gossarah ein. Es klingelte nur zweimal und der Araber nahm das Gespräch an.

»Guten Morgen Herr Fischler«, begrüßte er ihn freudig. »Alle Hotels sind für Sie reserviert und der Rückflug ist gebucht. Mohamed holt gerade die beglaubigten Übersetzungen ab. Sie können also schon am Nachmittag losfahren!«

»Sie dürfen mir glauben, dass ich das gerne machen würde, aber ich hänge hier im Polizeipräsidium fest«, sagte er und schilderte ihm die Ereignisse der Nacht.

»Verdammt«, hörte er ihn sagen. »Brauchen Sie einen Anwalt?«

»Vorläufig noch nicht. Ich glaube, ich bin nur als Zeuge hier. Wenn ich einen Rechtsbeistand brauche, melde ich mich wieder«, sagte Karsten.

»Sind Sie sicher, dass Sie heute fahren können?«

»Ehrlich gesagt, nein. Ich hatte eine anstrengende Nacht mit zwei Frauen und bin total übermüdet. Eigentlich wollte ich vorschlafen, bevor ich zu Ihnen komme.«

Gossarah lachte. »Zwei Frauen? Großartig. Sie sind noch jung und ich kann Sie gut verstehen. Aber Sie sollten unbedingt vorher schlafen. Ihre erste Station ist ein Hotel in Warschau.«

»Okay. Ich melde mich wieder, wenn es etwas Neues gibt«, sagte er. »Leider kann ich nicht mehr in meine Wohnung, da sie versiegelt ist. Ich hoffe, dass mir die Polizei in der Zeit ein Hotel bucht«, sagte er.

»Kleinigkeiten. Wenn Sie etwas brauchen, Herr Fischler, rufen Sie mich an. Ich habe vielfältige Beziehungen«, sagte Gossarah.

Das halbe Brötchen hatte seine besten Zeiten längst hinter sich. Der Käse mit der Gurkenscheibe wellte sich bereits an den Rändern und das Brötchen war matschig weich. Er ließ es unberührt stehen, nahm seinen Kaffee und lief ungeduldig in dem Raum auf und ab. *Der Stuhl ist so ungemütlich, dass er auch in einem südamerikanischen Verhörzimmer stehen könnte*, dachte er, als sich die Tür öffnete und Kommissar Keller eintrat.

»Es tut mir leid, dass Sie so lange warten mussten. Nehmen Sie doch Platz«, sagte er freundlich.

»Der Stuhl ist sehr unbequem. Trotzdem danke«, sagte Karsten.

»Sie haben Recht. Ich sitze hier auch nie länger als nötig«, sagte Keller. »Bringen wir es hinter uns! Möchten Sie vorher noch einen Kaffee?«

»Ja gerne. Der wird verhindern, dass mir einfach die Augen zuklappen«, antwortete Karsten und der Kommissar orderte frischen Kaffee bei einem Kollegen vor der Tür.

»Also. Wenn ich das richtig verstehe, wohnen Sie mit dem Opfer in einer Art WG und kamen erst am Morgen nach Hause. Was geschah dann?«

»Es muss halb zehn gewesen sein. Mir fiel auf, dass die Tür ein Spalt offen stand. Das war ungewöhnlich«, sagte Karsten.

»Warum ungewöhnlich? Herr Winkels hätte doch kurz zum Mülleimer gegangen sein können.«

»Ausgeschlossen! Michael war in der Beziehung sehr penibel. Die Wohnungstür wurde immer geschlossen, selbst wenn er nur kurz zum Briefkasten ging.«

»Okay, was passierte dann?«, fragte er.

»Irritiert ging ich hinein und rief ihn zweimal, ohne dass er antwortete. Erst als ich die Flur Tür öffnete, hörte ich ein Röcheln und entdeckte ihn schließlich.«

»Und dann riefen Sie uns an?«, fragte Keller.

»Ja, dann holte ich ein Kissen aus seinem Zimmer und legte es unter seinen Kopf. Die Blutung am Kopf erschien mir harmlos, doch am Oberkörper blutete Michael stark. Ich nahm ein frisches T Shirt und drückte es auf die Wunde, um die Blutung zu stoppen«, erzählte Karsten.

»Haben Sie sonst noch etwas angefasst, oder weg gelegt?«

»Nein. Ich habe nicht einmal mein Zimmer betreten«, sagte er.

»Ist Ihnen sonst etwas aufgefallen? Irgendein Gegenstand, der nicht an seinem Platz war oder etwas Neues?«

»Nein. Ich war zu sehr mit Michael beschäftigt und versuchte ihn wach zu halten«, sagte Karsten gähnend und trank einen Schluck Kaffee.

»Das haben Sie auch gut gemacht. Herr Fischler, hatte Michael Winkels Feinde? Hatte er mit Jemandem Streit? Vielleicht ein Nachbar, oder Kollege«, fragte der Kommissar.

»Nein, nicht dass ich wüsste. Er ermahnte einmal die Nachbarn über uns, die Musik etwas leiser zu machen. Aber das liegt über ein Jahr zurück. Michael ist beliebt und umgänglich.«

»Kann es sein, dass der Angriff Ihnen galt? Immerhin haben Sie eine gewisse Ähnlichkeit mit Herrn Winkels«, hakte er nach.

Karsten schüttelte den Kopf. »Wie Sie hören, komme ich aus dem Norden. Aus Flensburg. Ich lebe erst seit wenigen Jahren in Wuppertal und komme mit allen Leuten gut zurecht.«

»Es sieht auf den ersten Blick nicht nach einem Einbruch aus. Auf dem Küchenschrank lagen 170 Euro. Wir rätseln noch nach einem Motiv«, sagte Keller.

»Ich habe dafür auch keine Erklärung«, sagte Karsten.

»Eine letzte Frage, Herr Fischler. Wo waren Sie in der vergangenen Nacht?«

Er hatte gehofft, dass diese Frage nicht gestellt wurde. Doch er antwortete wahrheitsgemäß, dass er in der Wohnung einer Frau war, ohne zu erwähnen, dass er einen Dreier hatte.

»Wie heißt die Dame? Kann sie bezeugen, dass Sie die ganze Nacht bei ihr waren?«

»Ganz sicher kann sie das. Sie hat mich heute früh auch nach Hause gefahren«, sagte er und erst jetzt fiel ihm ein, dass er nur ihren Vornamen kannte. »Sie heißt Stefanie. Aber leider habe ich nicht ihren Nachnamen. Nur die Handynummer«, sagte er peinlich bedrückt und Keller grinste.

»Also ein One Night Stand«, resümierte er.

»Das weiß ich noch nicht. Vielleicht wird auch mehr daraus«, sagte Karsten und trank den letzten Schluck Kaffee.

»Wir werden das prüfen. Jetzt brauchen wir nur noch Ihre Fingerabdrücke zum Abgleich. Dann können Sie gehen. Falls Ihnen noch irgendetwas einfallen sollte, rufen Sie mich an«, sagte Keller und gab ihm seine Karte. »Ach ja. Wie versprochen haben wir für sie ein Zimmer in einem Garni Hotel in Unterbarmen reserviert. Bis Ihre Wohnung freigegeben ist, können Sie dort auf unsere Kosten wohnen, Herr Fischler«, sagte er und reichte ihm einen Flyer des Hotels.

»Haben Sie etwas von Michael, äh, Herrn Winkels gehört?«, fragte Karsten.

»Er liegt auf der Intensivstation, aber sein Zustand scheint nach der Bluttransfusion stabil zu sein. Mehr weiß ich nicht.«

Man nahm ihm noch die Fingerabdrücke ab und er rief sich ein Taxi. Es war bereits 14:30 Uhr, als der Wagen hielt und ihn zu dem Hotel brachte. Die ältere Dame klärte ihn über Frühstückszeiten auf und gab ihm den Schlüssel. Karsten stellte die Einkaufstasche mit den paar Kleidungsstücken, die ihm ein Polizist am Morgen eingepackt hatte, neben das Bett und er rief Gossarah an. Sie verabredeten sich für 21 Uhr auf dem Firmengelände. Das musste an Schlaf ausreichen, dachte er und ließ sich vollkommen erschöpft aufs Bett fallen.

Um 20 Uhr klingelte sein Wecker. Schlaftrunken musste er sich in dem verdunkelten Zimmer orientieren, um zu wissen wo er sich befand. Er fand sein Smartphone auf dem Nachttisch und knipste die Lampe an. Karsten reckte sich. Den Schlaf hatte er dringend gebraucht. Gähnend sah er sich in dem Zimmer um. Es war ein typisches Hotelzimmer, so wie es sie überall gab. Über dem kleinen Schreibtisch mit einem Stuhl hing ein TV an der Wand und die Fernbedienung lag neben ihm auf dem Beistelltisch. Auf dem Schreibtisch lagen für Touristen ein paar Flyer von Wuppertaler Sehenswürdigkeiten und neben einem Wasserkocher lagen ein paar Tütchen mit Tee und Instant-Kaffee. Auf dem Display sah er zwei verpasste Anrufe. Veronika und Stefanie. Veronika konnte warten. Stefanie war sicher von Kommissar Keller kontaktiert worden und wollte wissen, was los war. Er wählte ihre Nummer und nach dem zweiten Klingeln meldete sie sich.

»Endlich erreiche ich dich! Ich habe mir Sorgen gemacht. Was ist passiert?«, fragte ihn die junge Frau.

»Hallo Stefanie. Das ist eine lange Geschichte. Ich habe den halben Tag auf dem Polizeipräsidium verbracht und bin jetzt in einem kleinen Hotel. Ich musste erstmal schlafen. Aber es geht mir gut«, sagte er.

»Die Polizei hat mich angerufen. Ich soll morgen auf die Wache kommen«, sagte sie aufgeregt.

»Das ist keine große Sache, Süße. Du musst nur bezeugen, dass ich die Nacht bei dir war. Lisa habe ich nicht erwähnt. Ich muss jetzt los. Wenn ich im Auto sitze, rufe ich dich wieder an und erzähle dir alles. Ist das okay?«

»Klar. Ich warte dann auf deinen Anruf.«

Karsten stand auf, zog die Schuhe an und rief ein Taxi. Mit seiner Tasche ging er herunter und wartete im Eingangsbereich. Er brauchte dringend zusätzliche Kleidung. Die paar Dinge reichten höchstens für die ersten zwei Tage der Reise und danach benötigte er frische Sachen. Er hatte mal gehört, dass es sich lohne, auf Polenmärkten einzukaufen. In Warschau gab es gleich sieben ständige Märkte und er nahm sich vor, sich dort einzudecken.

Das Taxi fuhr ihn bis vor die Einfahrt der ABC GmbH. Als er das Büro betrat, war Frau Krüger nicht mehr da und die Glastür zu Gossarahs Büro stand offen.

»Kommen Sie gleich durch, Herr Fischler«, rief er von seinem Schreibtisch aus..

»Guten Abend, Herr Gossarah.«

»Ich hoffe, dass Sie noch schlafen konnten«, sagte er.

»Die Polizei hat mich in einem einfachen Garni Hotel untergebracht. Ich bin dort sofort eingeschlafen.«

»Ich verstehe nicht warum Sie in ein Hotel müssen.«

»Ein Horror. Die Wohnung ist versiegelt und darf nicht betreten werden. Die Spurensicherung ist anscheinend noch nicht fertig. Es war ein schrecklicher Tag. Das hat mich sehr mitgenommen. Aber mein Freund Michael hat es überlebt«, sagte er.

»Und was sagt die Polizei?«

»Sie gehen von einem Racheakt aus. Es wurde offenbar nichts gestohlen. Selbst offen liegendes Bargeld wurde nicht angerührt. Da Michael aber keine Feinde hat und er mir optisch ähnelt, könnte der Anschlag auch mir gegolten haben«, sagte Karsten.

»Und gibt es jemanden, dem Sie das zutrauen würden?«

»Nein. Der Einzige wäre der Ehemann meiner Affäre. Aber der ist selbst bei der Justiz beschäftigt. Es bleibt ein Rätsel«, sagte Karsten.

»Wenn das so ist, sind Sie in dem Hotel nicht sicher!«, sagte Gossarah und griff zum Hörer, sprach ein paar Sätze arabisch und legte wieder auf. »Ich habe eine voll eingerichtete Eigentumswohnung auf der Nevigeser Straße, von der Niemand etwas weiß. Dort werden Sie wohnen, wenn Sie zurück sind. Ich habe das gerade veranlasst. Sie bleiben aber dort angemeldet, wo Sie gewohnt haben. Ihre Post wird Mohamed regelmäßig abholen«, sagte der Araber.

»Das kann ich doch unmöglich von Ihnen annehmen.«

»Doch, das können Sie, Herr Fischler. Sie sind zuverlässig und mir in der kurzen Zeit ans Herz gewachsen. Und irgendwie erinnern Sie mich an meine eigene Jugend. Ach was soll's? Darf ich dir das du anbieten? Ich heiße Hamad«, sagte er.

Damit hatte Karsten nicht gerechnet. Aber er hatte auch kein Problem ihn zu duzen.

»Aus meiner anfänglichen Skepsis ist auch bei mir Vertrauen entstanden. Du darfst gerne Karsten zu mir sagen, Hamad.«

»Gerne, Karsten«, sagte Gossarah, stand auf und reichte ihm die Hand. »Mache dir keine Sorgen wegen der Wohnung. Ich helfe dir dabei. Der Fahrrad Diebstahl ist ärgerlich. Ich habe noch einen alten 190er auf dem Hof. Der Wagen ist in Schuss und hat noch ein Jahr TÜV. Du musst beweglich sein. Deshalb schlage ich dir vor, dass du den Wagen für 500 Euro kaufst. Die würde ich in zwei Raten von deinem Geld abziehen. Versicherung und Steuer lasse ich aber weiter über die Firma laufen. Na, was meinst du?«

Karsten strahlte. »Das ist ein tolles Angebot, Hamad.«

»Prima. Aber jetzt solltest du fahren«, sagte er und legte 1.000 Euro auf den Tisch. »Dein Spesen Vorschuss für unterwegs. Und hier das Rückflug Ticket und ein paar Hotel Gutscheine. Jetzt übergebe ich dir noch den Porsche.«

»Ich bin dir sehr zu Dank verpflichtet, Hamad.«

»Komm, ich zeige dir den Wagen«, sagte er und Karsten folgte ihm auf den Hof.

Kaum saß er in dem sportlichen, aber überaus bequemen Sitz, berechnete das Navi seine Route. *1063 Kilometer bis zu Ihrem Ziel. Biegen Sie an nächsten Ampel links ab*, sagte die elektronische Frauenstimme. Im Display stand 12 Stunden Fahrt. Aber das ging schneller.

26

Der Deckenventilator in der Bar verschaffte Noé weniger Abkühlung, als er erhofft hatte. Die Luftfeuchtigkeit war hoch und nur die Zimmer des Hotels in Ciudad Guayana waren klimatisiert. Trotzdem war es der richtige Entschluss zwei Tage vor dem Zusammentreffen mit weiteren Kraftwerks-Ingenieuren und Leuten der Regierung anzureisen, um erste Eindrücke zu sammeln. Lautstark lachten und unterhielten sich Männer an den Tischen, um den ebenso lauten Fernseher und die gleichzeitig dröhnende Salsa Musik beim Kartenspiel zu übertönen. So war es fast überall in Südamerika. Ohne diese Mixtur an Lärm ging nichts. Das kannte er schon von den Besuchen in Brasilien oder Ecuador. Das Polar Bier war eiskalt und erfrischte den Belgier ein wenig. Eine Haarsträhne hing verklebt an seiner Stirn. Aber statt sie zurückzuschieben, versuchte er ein paar der nervigen Moskitos zu erwischen, die hier in Nähe des Ufers des Rio Caroní auf alle Zweibeiner blutlüstern zu warten schienen. Der Fluss mündete in der Stadt in den riesigen Rio Orinoco kurz bevor er sich im Delta fast unendlich verzweigte.

André war noch unter der Dusche und ließ sich Zeit herunterzukommen. Gemeinsam wollten sie in dem kleinen Restaurant hinter dem Hotel zu Abend essen. Endlich erschien auch sein ein Jahr jüngerer Bruder in frischem Hemd und mit Sonnenbrille grinsend in der Bar.

»Es hat gutgetan kalt zu duschen«, sagte er und strich sich durch seine glatten gegelten Haare. »Wie ich sehe, hast du dir die Zeit auch angenehm vertrieben«, sagte André und blickte auf sein Bier.

»Naja, wie man es nimmt. Der Ventilator bringt nicht viel, der Lärm ist nervig und die Moskitos unerträglich. Aber das Bier ist wenigstens kalt«, antwortete Noé.

»Un Polar por favor«, bestellte er ein Bier beim Barmann. »Aber ich habe nicht nur geduscht, sondern mir noch einmal Gedanken zu dem Projekt gemacht und die Karten angesehen«, sagte er.

Der Barmann stellte eine der üblichen eiskalten, grünen 0,33er Bierflaschen vor ihm auf den Tresen.

»Und bist du zu neuen Erkenntnissen gekommen?«, fragte Noé.

»Nicht wirklich. Bis auf wenige Stellen im Delta fließt das Wasser selbst für ein kleines Wasserwerk zu langsam.«

»Das wussten wir schon gestern«, sagte André.

»Richtig. Ich habe mir ein paar Abschnitte hinter Tucapita angesehen. Es scheint innerhalb der vielen Verzweigungen des Wasserlaufs meist sumpfiges Gelände in dichtem Dschungel zu sein. Wie, bitte schön, sollen Stromleitungen in die kleinen Siedlungen der Waraos gebaut werden?«, fragte Noé und trank einen großen Schluck Bier.

André schüttelte den Kopf. »Vieles erscheint auf den ersten Blick einfach unmöglich. Schauen wir uns in den nächsten Tagen mal erst die Umgebung an. Die Pläne des Wirtschaftsministeriums geben bei weitem nicht genug her.«

»Wir wissen auch noch nicht, welche Auflagen uns der Abgesandte des Umweltministeriums morgen um die Ohren haut«, sagte Noé. »Komm, lass uns zahlen. Die lärmende Kakophonie in der Bar ist unerträglich!«

Er legte 30.000 Bolivar auf den Tresen und sie verließen das Hotel. Der Vorgarten, durch den sie zur Straße gingen, war mit den vielen blühenden Pflanzen liebevoll angelegt. Wenn dort in den Morgenstunden die Kolibris eifrig Nektar sammelten, ließen sie sich nicht durch deren Zuschauer stören. Die Brüder Laurent gingen rechts herum zu dem kleinen Einkaufszentrum mit dem gut besuchten Grill-Restaurant. Selbst auf der Straße war es eine Erholung für ihre Ohren im Vergleich zu dem Lärmpegel in der Bar. Dabei schien die Hupe das wichtigste Zubehör der venezolanischen Autofahrer zu sein. Jeder fuhr die kleinste Strecke mit dem Auto. *Kein Wunder*, dachte Noé, *wenn ein Liter Super weniger als einen halben Cent kostet.* Sie erreichten das Einkaufszentrum, dass ihn mehr an eine südeuropäische Markthalle erinnerte, als an eine Shopping Mall. Die meisten Geschäfte hatte keine Eingangstür, alles war offen und nur abends wurden in der Front eiserne Rollos heruntergelassen. Es wurde wieder lauter, als die Brüder die Mall betraten. Neben dem Stimmengewirr, waren es hauptsächlich Fernseher, Radios, leiernde Kassettenrekorder oder CD Player, die für eine erneute Kakophonie des Lärms sorgten.

André öffnete die Eingangstür des Restaurants und eine himmlische Ruhe in dem klimatisierten Raum empfing sie. Weniger betuchte Gäste bestellten eine Empanada mit Hühnchen, oder Reis mit Bohnen und Rührei für umgerechnet weniger als 1,50 Euro. Die jungen Ingenieure waren aber wegen der Fleischgerichte gekommen. Neben den großen gegrillten Steaks und dem Nationalgericht El Pabellón Criollo, war Carne Esmechada auf der Speisekarte. Für dieses gebratene, dann 2 Stunden lang gekochte, und nach dem Zerzupfen erneut gebratene Fleisch war das Restaurant bekannt. Sie bestellten zwei Portionen mit Korianderreis und Tomaten. Dazu gezapftes Bier, das die Qualität belgischer Biere jedoch bei weitem nicht erreichte.

»Ich verstehe die Pläne der Regierung, den Warao Indianern auch in ihren entlegenen Dörfern Elektrizität zu liefern. Aber ohne Eingriffe in die Umwelt geht es nicht«, sagte André.

»Das ist eines der vielen Probleme. Wenn wir für ein kleines Wasserkraftwerk den Wasserlauf verengen müssen, um ihn so zu beschleunigen, damit wenigstens eine kleine Turbine angetrieben werden kann, ist schon ein großer Eingriff in die Natur erforderlich«, stellte Noé fest.

»Tja, zur Lösung dieser Probleme sind wir ja hier.«

Schon nach 15 Minuten kam ihr Essen. Noé betrachtete ungläubig die großen Portionen Fleisch. »Auf die Beilagen hätten wir verzichten sollen«, sagte er lachend.

»Das reicht für eine Familie«, bestätigte sein Bruder.

»Was hältst du von dem Einsatz von Gasturbinen?«, fragte Noé.

André wischte seinen Mund ab. »Die müssen nicht groß sein. Aber womit sollen die angetrieben werden? Kohle fällt aus. Wenn dann auch nur mit Gas. Ist das hier zu haben?«

»Ich weiß es nicht. Das müssen wir klären. Im Delta sollen die größten Erdölreserven der Welt liegen. Und damit müsste auch Gas vorhanden sein.«

»Alternative Energien fallen ebenso aus, wenn man die Natur nicht beeinträchtigen will. Für Photovoltaik müssten riesige Flächen Dschungel gerodet und dauerhaft von Bewuchs freigehalten werden. 50 oder 100 Meter hohe Windkrafträder mit 15 Meter tiefen Betonfundamenten wären reiner Irrsinn in dieser Natur«, stellte André fest.

»Dann bleibt nur ein Wasser- oder Gaskraftwerk.«

»Oder weiterhin ratternde Stromgeneratoren«, ergänzte Noé. »Übrigens müssten bis Tucapita Stromleitungen gelegt sein. Die Elektrizität könnte doch auch noch weiter geleitet werden. Was soll das Ganze also? Ich werde das Gefühl nicht los, dass wir umsonst nach Venezuela gereist sind.«

»Ganz umsonst nicht. Auf diese Weise haben wir ein wenig Erholung von unseren Frauen und sehen etwas vollkommen Neues«, scherzte André.

»Ach, ich vermisse Luisa schon und unseren Wildfang Marie«, sagte Noé, der erst letzten Monat Vater geworden war.

»Aber wir können froh sein, dass unsere Frauen nicht dabei sind und sehen wie es den Warao Männern ergeht.«

André zuckte mit den Schultern, »was meinst du?«

»Ich hatte die Zeit genutzt und ein paar Dinge über sie zu lesen. Bei den Warao hat die Frau die Hosen an. Sie sind eine matrilokale Gesellschaft. Der Mann zieht nach der Heirat zur Familie der Frau«, sagte Noé und trank den Rest aus seinem Glas, bevor er fortfuhr. »Die Geburt einer Tochter wird als wichtiger angesehen als die eines Sohnes, da sie es ist, die Schwiegersöhne und damit eine neue Arbeitskraft in den Haushalt der Eltern bringt. Traditionell muss der junge Mann ein Jahr lang für die Schwiegereltern arbeiten. Er muss ihnen ein Haus bauen, einen Einbaum anfertigen und einen Gemüsegarten anlegen. Findet er dabei nicht das Wohlwollen der Schwiegereltern, können diese ihre Tochter dazu drängen, den Mann wieder zu verlassen.«

»Ich glaube, das würde Luisa gefallen«, sagte André amüsiert.

»Und deinen Schwiegereltern auch! Denn während der Ehe bringt der Mann den Ertrag seiner Tätigkeit in den Haushalt der Schwiegereltern ein. Ein Recht auf das Haus und die Gärten oder die Kinder hat er aber nicht. Bei einer Trennung verbleibt der ganze Besitz bei der Frau.«

»Das könnte unsere Frauen auf ziemlich dumme Gedanken bringen. Lassen wir sie besser daheim!«, sagte André lachend.

»Ich bin auf diese Warao sehr gespannt. Morgen geht es los. Einer von ihnen bringt uns in die Urwald Lodge, in der wir während unserer Erkundungen wohnen werden«, sagte Noé.

Die jungen Belgier hatten vieles gemeinsam und waren auch privat nur schwer voneinander zu trennen. Nicht nur der Beruf und die gemeinsame Firma verbanden sie. André und Noé Laurent gingen regelmäßig in das gleiche Fitness Studio, spielten mit ihren Frauen Golf und teilten ihre Leidenschaft für das Segeln. Ganz anders als ihre ältere Schwester, die schon früh zuhause ausgezogen war und verheiratet in Norwegen lebte. Noé und André kamen eher nach dem Vater. Sie hatten seine athletische Figur, waren durchtrainiert und über 1,90 Meter groß. Mit ihren dunklen Haaren und den symmetrischen Gesichtern hatten sie es schon immer leicht bei den Frauen. Trotzdem hatten beide gleich nach ihrem Studium geheiratet und ihre Zukunftspläne in die Tat umgesetzt. Gemeinsam gründeten sie die Firma und waren mit ihrem Fleiß und Ideenreichtum schnell erfolgreich. Schon in den ersten drei Jahren meldeten sie acht internationale Patente an und verdoppelten den Personalstamm der Firma.

André winkte nach dem Essen den Kellner herbei und sie bezahlten ihre Rechnung. 140 Millionen Bolivar. Eine unglaubliche Summe, in dem Land mit der weltweit höchsten Inflation. Doch das waren nicht mehr als 50 Euro. Da der größte Geldschein 1 Millionen Bolivar war, hatten sie seit ihrer Ankunft in Venezuela immer mehrere große Bündel bei sich. Letztendlich machte der Sozialismus aus dem reichen Land ein armes. Die Brüder standen mehr als einmal vor leeren Supermarktregalen. Keine Milch, keine Babynahrung und kein Toilettenpapier für die Bevölkerung.

»Lass uns noch eine Runde Billard spielen«, schlug André vor.

»Ich glaube, dazu habe ich keine Lust. Lass uns lieber eine Flasche Rum und ein paar Bier kaufen und uns in die klimatisierte Zimmer ohne diese elenden Moskitos verdrücken.«

27

Endlich brannte das Feuer im Kaminofen. Jules beobachtete zufrieden, wie es an den größeren Scheiten züngelte. Normalerweise hatte er keine Probleme das Feuer zu entfachen. Drei Stücke Papier, etwas Anmachholz und ein trockener größerer Scheit reichten immer. Doch diesmal fehlte das Papier, da das Au Pair Lena das Altpapier komplett entsorgt hatte. Zwar hatte sich der Spätsommer bisher von seiner besten Seite gezeigt, doch seit zwei Tagen waren die Temperaturen merklich gefallen und Dauerregen machte es ungemütlich. Jules stand auf und drehte die Luftzufuhr am Ofen niedriger. Er spürte, wie sich wohlige Wärme breit machte. Jetzt passte ein Stück von dem göttlichen Schokoladenkuchen und ein Cognac. Damit würde er es sich genüsslich in dem Ohrensessel gemütlich machen. Leonie und Lena saßen mit einem Glas Milch am Esszimmertisch der Küche und betrachteten kichernd Lenas Fotos aus der Karibik. Die beiden hatten sich in den letzten Monaten mehr angefreundet und Jules tat es leid, dass das Au Pair bald wieder zurück nach Curaçao musste.

»Na, ihr zwei Hübschen«, grüßte er. »Was gibt es Lustiges?«

»Schau mal Paps«, sagte Leonie und lachte erneut. »Das war Lena, als sie mit Windeln am Strand spielte.«

Die Verlegenheit war dem Au Pair ins Gesicht geschrieben und sie klappte das Album zu.

»Ach was. Ich habe noch ein paar lustige Kinderbilder von dir. Soll ich das Album mal holen? Dann haben alle was zu lachen!«, sagte er und legte ein Stück Kuchen auf den Teller.

Erschrocken sah sie ihren Vater an. »Ein anderes Mal, Paps«, sagte sie und warf ihm einen vernichtenden Blick zu.

Grinsend verließ er mit dem Kuchen die Küche und ging ins Wohnzimmer. Es war in der kurzen Zeit dunkel geworden und ein Blick aus dem Fenster verriet Jules, dass ein Unwetter aufzog. Schwarze Wolken verdunkelten den Himmel über Antwerpen. Er knipste die Stehlampe in der Ecke an und holte sich ein Glas Cognac. Jules konnte sich vorstellen, wie schwer den Mädchen der Abschied fallen würde und nahm sich vor, nach Beendigung dieses Falls mit seiner Tochter auf die Karibikinsel zu reisen. Er schloss die Augen und schlief in seinem Sessel ein.

Amüsiert betrachtete Leonie ihren schnarchenden Vater. Bevor sie selber zu Bett ging, deckte ihn zu und drückte ihm einen Kuss auf die Wange.

»Er hat in letzter Zeit viel gearbeitet«, flüsterte sie Lena zu. »Ich bringe es nicht übers Herz, ihn zu wecken.«

Die Mädchen schlossen leise die Tür und gingen auf ihre Zimmer. Es war mitten in der Nacht, als Jules von dem hämmernden Lärm des prasselnden Regens geweckt wurde. Verschlafen sah er zum Fenster und dann auf seine Uhr. 3:27 Uhr. Gähnend streckte er sich, legte die Decke zur Seite und ging ins Schlafzimmer.

Am Morgen war das Unwetter vorüber und es wurde wieder sonnig in Antwerpen. Jules zog die Vorhänge zurück, machte sich rasch fertig und ging mit einem Kaffee ins Büro. Er saß an seinem Schreibtisch und wählte nach kurzer Überlegung die Nummer der Firma Laurent in Brüssel. Zum ersten Mal gab es keine Hinweise in den Sozialen Medien oder Presse zu Unfällen oder Mordanschlägen auf die Brüder. Es meldete sich die Empfangsdame mit freundlicher Stimme.

»Guten Morgen. Hier ist Jules van Dyck aus Antwerpen. Ich hätte gerne Noé oder André Laurent in einer wichtigen privaten Angelegenheit gesprochen«, begann er.

»Da muss ich Sie leider enttäuschen, Herr van Dyck. Die Herren befinden sich in einer geschäftlichen Angelegenheit im Ausland. Kann ich Ihnen weiterhelfen?«, fragte sie.

»Leider nicht. Wie gesagt ist mein Anruf rein privater Natur«, sagte Jules. »Es ist zu dumm. Ich habe ein neues Smartphone, da mein altes mit komplettem Inhalt am Grund der Maas liegt«, seufzte er.

»Das tut mir leid. Aber da kann ich Ihnen auch nicht helfen.«

»Doch. Das könnten Sie. Denn mit dem Handy sind die meisten meiner Kontakte verloren gegangen. Auch die Handynummern von André und Noé Laurent, und ich muss sie wirklich dringend sprechen. Können Sie mir bitte deren Nummern geben?«, säuselte Jules.

»Tut mir leid. Ich habe klare Anweisungen, die Nummern nicht weiterzugeben. Außerdem bekomme selbst ich keine Verbindung in den Dschungel Venezuelas. Aber wenn sie sich melden, teile ich ihnen gerne Ihr Anliegen vor, Herr van Dyck.«

Da war nichts zu machen. Er musste sich etwas anderes einfallen lassen und beendete das Gespräch. Sicher waren die Brüder wegen eines Kraftwerks unterwegs und er wägte sie in einem tiefen Dschungel vorerst in Sicherheit vor den Killern. Immerhin lebten die Brüder Laurent noch, und das war wichtig. Jules wählte die Nummer von Jan Bishop.

»Hallo, mein lieber Mister Wienerwald«, begrüßte er ihn.

»Hallo Sherlock. Was kann ich für dich tun?«, fragte ihn sein Freund.

»Ich brauche in der Erbschaftssache einmal mehr deine Hilfe«, sagte er und erklärte Jan, dass er erstmals Lebende auf der Liste gefunden hatte. »Ich muss die beiden so schnell wie möglich erreichen. Kannst du deren Nummern ermitteln?«

»Hm. Schwierig. Aber ich versuche es. Die Firma ist doch vor deiner Haustür. Warum besuchst du sie nicht einfach?«

»Die Brüder befinden sich gerade im Dschungel in Süd-amerika.«

»Verstehe. Wenn ich etwas erfahre, melde ich mich.«

Er lehnte sich in seinem Bürostuhl zurück und wählte die Nummer von Benno Mickerts. Für das LKA Sachsen war es sicher ein Leichtes, die Nummern der Brüder zu ermitteln.

»Hallo Jules. Das ist ja eine Überraschung. Wann kommst du nach Dresden? Nächsten Monat habe ich ein paar Urlaubs-tage.«

»Wenn ich meinen Fall bis dahin abgeschlossen habe, komme ich gerne!«, antwortete er.

»Hm. Dann schätze ich, dass es einen anderen Grund für deinen Anruf gibt.«

»Leider ja. Ich habe zwei Brüder aus Belgien gefunden, die noch nicht ermordet wurden. Zwei Ingenieure, die sich mit Kraftwerken beschäftigen«, erklärte er. »Sie haben eine erfolgreiche Firma gegründet. Und das, obwohl sie erst 28 und 29 Jahre jung sind.«

»Und?«

»Sie sind gerade mit einem Auftrag irgendwo im Dschungel Venezuelas beschäftigt. Angeblich sind sie dort nicht erreichbar, meinte die Empfangsdame. Aber ihre Telefonnummern wollte sie mir auch nicht geben. Ich will die beiden zumindest warnen, bevor sie zurückkommen und sie brauchen Personenschutz.«

»Ich lehne mich mit privaten Nachforschungen recht weit aus dem Fenster. Ich könnte mächtigen Ärger im LKA bekommen«, meinte Mickerts nicht unbegründet. »Wie heißen die beiden?«

»Noé und André Laurent.«

»Bis heute Abend hast du die Nummern. Aber ob ich nochmals einen Personenschutz bekomme, ist fraglich. Der belgische Kollege war recht ungehalten, da Davide Hudson auf meinen Hinweis hin ohne Bedrohung rund um die Uhr beschützt wurde.

Man lässt sich dort nicht gerne von ausländischen Kollegen vor deren Karren spannen«, sagte Mickerts.

»Benno, du weißt doch von den Morden! Ich möchte nicht nur einen Erben finden, sondern Menschenleben retten!«

»Deshalb habe ich dir auch geholfen. Ich rufe den Mann nach Dienstschluss privat an. Mehr kann ich nicht tun, Jules!«

»Ich verstehe das und danke dir. Dann hören wir uns später.«

Jules schätzte sich glücklich über die hilfreiche Freundschaft des deutschen Polizisten. Er nahm sein Handy und schickte Leonie eine Nachricht, dass er später nach Hause kommen würde.

Davide Hudson musste sein Handy ausgeschaltet haben, da immer die gleiche Durchsage kam, ohne dass er eine Nachricht hätte aufsprechen können. Das Wetter war scheußlich. Der Himmel war grau und es regnete in Strömen. Jules rechnete damit, dass er bis Brüssel bei diesem Wetter eine halbe Stunde länger brauchen würde. Aber er wollte den Rentner unbedingt nach dem Besuch von Maybach befragen und anschließend auf dem Kommissariat eindringlich auf die zuständigen Beamten einreden, damit sie Hudson weiter beschützten.

Die Scheibenwischer schoben die Wassermengen auf höchster Stufe von der Windschutzscheibe des Peugeot, als er die Abfahrt von der A12 nahm. Jules war eine ganze Stunde länger unterwegs gewesen, als üblich. Als er an einer roten Ampel stand, sah er, dass Leonie geantwortet hatte. Sie schrieb, dass es Ärger in der Schule gab und auch sie später nach Hause kommen würde. *Nachsitzen?* dachte Jules. Er war schon gespannt darauf, was los war. Seine Tochter war eine regelrechte Gerechtigkeitsfanatikerin und eckte damit nicht selten an. Aber das war in seinem Sinn und er war stolz auf Leonie. Der Regen hatte etwas nachgelassen, als er den Wagen einparkte. Trotzdem schlug er den Kragen hoch und ging mit großen Schritten zu der Einfahrt, die ihn zu dem heruntergekommenen Hinterhaus führen würde. Der Mief der vollen Mülleimer hatte sich nach seinem letzten Besuch nicht verändert. Die ausgetretenen Stufen knarzten unter ihm, als Jules die Treppe hochging. Auch diesmal bemühte er sich, das schmierige Geländer ungenutzt zu lassen. Jules klopfte an die Tür und lauschte, ob er etwas dahinter hörte. Er nahm ein Stöhnen und leise, näher kommende Schritte wahr.

»Van Dyck!«, sagte er überrascht, öffnete und trat zur Seite. »Bitte treten Sie ein.«

»Danke. Ich versuche Sie seit gestern telefonisch zu erreichen«, sagte Jules und reichte ihm ein Paket gemahlenen Kaffee.

»Mein Handy lässt sich nicht mehr richtig laden. Nehmen Sie doch Platz. Kaffee? Ich bin kein Kaffeetrinker, Herr van Dyck!«

»Damit Sie Ihren Gästen mal einen richtigen Kaffee anbieten können«, sagte er lachend. »Handys. Ja, irgendwann geben die Dinger einfach ihren Geist auf. Ich kenne das«, sagte er verständnisvoll. »Ich wollte nur wissen, ob es Ihnen gut geht, und wie Ihr Besuch bei Maybach war.«

»Das kann man sich kaum vorstellen! Ich kenne so etwas nur aus Filmen, und jetzt habe ich selbst in einem echten Schloss im Himmelbett übernachtet«, sagte er mit leuchtenden Augen und erzählte von dem unglaublichen Schloss.

»Gab es denn keine Fragen, vor denen ich gewarnt hatte?«

»Doch. Irgendwann fragte er nach meinen Kontakten zu anderen Verwandten. Ich habe ihm gesagt, dass es keine gibt. Damit hatte ich nicht einmal gelogen. Jedenfalls wurde ich von vorne bis hinten verwöhnt. Der Großonkel ist über 80 und leidet an Gicht. Aber er hatte viel zu erzählen und er schien sich über einen fernen Großneffen zu freuen. Ich konnte verstehen, dass er sich seit dem Tod seiner Frau in dem Schloss einsam fühlt.«

»Seine Frau ist tot?«

»Ja, seit 4 oder 5 Jahren. Er zeigte mir ein Bild von ihr und erzählte, dass sie recht temperamentvoll in ihrer Ehe gewesen sein musste«, sagte Hudson. »Aber jetzt koche ich erst einmal einen Kaffee. Sie trinken doch eine Tasse?«

Lachend nickte Jules und Hudson verschwand in der Küche.

»Sind Sie sicher, das seine Frau tot ist?«, rief er ihm nach.

»Ganz sicher. Ich spürte seine Trauer. Auf dem Foto war sie eine attraktive und südliche Schönheit.«

Das ist interessant. Wenn Benno Mickerts davon sprach, dass seine Frau noch lebte, log entweder Maybach, oder es war eine Falschinformation. Aber das konnte bei einer Auskunft des LKA nicht sein, dachte Jules, als sein Handy klingelte.

»*Hallo Jules. Benno hier. Ich habe jetzt die Nummern der Brüder und schicke sie dir per WhatsApp*«, sagte der Kommissar. »*Ich habe selbst versucht, die beiden zu erreichen. Aber es gibt keine Verbindung.*«

»Hm. Dann scheint es zu stimmen, dass sie im Dschungel keinen Empfang haben. Aber danke. Ich werde es selber täglich versuchen«, sagte Jules.

»*Ich habe das Innenministerium Venezuelas informiert und darum gebeten, dass sie bei ihrer Ausreise auf eine mögliche Gefahr in Belgien hingewiesen werden.*«

»Bleibt nur zu hoffen, dass das kommunistische Regime wirklich reagiert«, meinte Jules.

»Das bleibt abzuwarten. Deshalb ist es gut, wenn du am Ball bleibst. Wo steckst du gerade? Die Verbindung könnte besser sein«, sagte Mickerts.

»Ich sitze noch bei Davide Hudson und warte auf meinen Kaffee.«

»Das trifft sich gut. Dann informiere ihn, dass er ab sofort wieder beschützt wird. Ich habe mit dem Schnösel vom belgischen Kriminalamt telefoniert und ihn auf die bereits ermordeten Nachfahren hingewiesen. Jetzt müssten schon Beamte vor seiner Tür stehen.«

Jules stand auf und ging zum Fenster. Er sah tatsächlich einen Mann im Schatten unter der Toreinfahrt stehen, als Hudson mit seinem Kaffee kam.

»Oh. Lecker«, sagte er, als er ihm die Tasse reichte. »Schauen Sie, Davide! Sie werden ab sofort wieder beschützt!«

Er sah zum Fenster hinaus und schüttelte den Kopf. »Muss das wirklich sein? Jetzt, da Sie wissen, da von Maybach keine Gefahr ausgeht?«, sagte er.

»Darf ich Ihnen den deutschen Kommissar Mickerts vom Landeskriminalamt Sachsen mal geben?«, fragte er und reichte Hudson das Handy.

»Hallo?«

»*Mickerts, LKA Sachsen. Herr Hudson, Sie befinden sich in größter Gefahr. Bitte glauben Sie Herrn van Dyck und nehmen es so ernst, wie es die belgischen Behörden endlich tun*«, sagte er in eindringlichem Ton.

Erstaunt blickte er Jules an, der sein Handy wieder an sich nahm. »Ich bin es wieder«, sagte er. »Maybach hat ihm erzählt, dass seine Frau schon vor Jahren verstorben sei.«

»*Das ist unmöglich. Ich habe Informationen, dass er noch im Frühjahr mit ihr auf einem Empfang erschienen war. Wir haben sogar ein Foto, das in der französischen Presse erschien*«, sagte Mickerts. »*Warum hat ihn der Mann belogen? Warte, ich schicke dir das Foto von Nancy Maybach sofort.*«

Ein Klingeln signalisierte, dass van Dyck eine Nachricht erhalten hatte. Er öffnete sie und sah das Foto eines Artikels, der im März in einer regionalen Zeitung erschienen war und reichte Hudson wieder sein Handy.

»Davide, erkennen Sie jemanden auf dem Foto?«, fragte er ihn.

»Ja, das ist Gregor«, stellte er fest.

»Und haben Sie die Frau an seiner Seite schon einmal gesehen?«

Hudson setzte seine Lesebrille auf und betrachtete zwinkernd das Bild in der Zeitung. »Das ist eindeutig seine Frau Nancy. Ich habe sie auf dem Foto in seinem Salon gesehen«, sagte er.

»Die Aufnahme wurde erst im März dieses Jahres von der Presse gemacht!«

»Aber ... «, begann er. »Das ist doch unmöglich!«

»Warum hat Maybach Sie belogen, wenn er so offen zu Ihnen war, Davide?« fragte Jules und trank einen Schluck Kaffee.

»Das verstehe ich nicht«, sagte Hudson.

»Jules?«, meldete sich Mickerts erneut. »Einem Kommissar Beehle habe ich versprochen, dass du ihm heute eine Liste mit den Nachfahren übergibst, und ihm diejenigen nennst, die verstorben sind«, sagte Benno.

»Verstorben?«, lachte er. »Du meintest abgemetzelt.«

»Meinetwegen auch das. Ich schicke dir eine Nachricht mit der Adresse, wo du ihn findest«, sagte Mickerts.

»Okay, das mache ich. Bis später, mein Freund«, verabschiedete sich Jules und beendete das Telefonat.

»Darf ich Ihnen noch einen heißen Kaffee anbieten?«

»Sehr gerne. Haben Sie eigentlich einen Computer und einen Drucker, Davide?«, fragte er und ließ sich in den Sessel fallen.

»Nein, aber einen altersschwachen Laptop ohne Drucker.«

»Auch gut. Eine E-Mail-Adresse haben Sie aber?«

»Natürlich«, sagte er und stellte das Gerät neben die Reste seines Frühstücks auf den Küchentisch.

Jules sprang auf und hantierte an dem Gerät, während Hudson in der Küche verschwand. Er versuchte sich die Namen ins Gedächtnis zu rufen. Doch er scheiterte gleich an deren Schreibweise und griff zum Handy. »Leonie?«, fragte er.

»Ja, Paps. Ich kann dir alles erklären«, begann sie.

»Deswegen rufe ich nicht an, mein Schatz. Bist du zuhause?«

»Ich stehe vor der Haustür. In drei Minuten. Warum?«

»Bitte gehe ins Wohnzimmer. Auf dem Tisch neben meinem Sessel liegt eine Liste mit Namen. Bitte fotografiere sie und schicke sie mir gleich rüber. Ich melde mich wieder, wenn ich auf dem Rückweg bin. Tschau«, sagte Jules und beendete das Gespräch.

Hudson stellte den Kaffee neben das Laptop.

»Jetzt wissen Sie, dass Sie Maybach nicht trauen dürfen!«, sagte Jules. »Bleiben Sie wachsam und behalten Sie Ihr Wissen für sich«, riet er ihm und Hudson nickte zustimmend.

Jules sah eine eingegangene Nachricht. Mickerts hatte ihm die Adresse von Kommissar Beehle geschickt. Er verband kurzerhand den Laptop über seinen persönlichen Hotspot, nachdem klar war, dass Hudson kein WLAN hatte. Der arme und liebenswerte Kerl hatte sicher nicht das Geld dafür. Jules öffnete gerade eine leere Word Seite, als er eine eingehende Nachricht von Leonie erkannte. Seine Tochter war ein Schatz. Egal was in der Schule passiert war. Er würde ihr nicht den Kopf dafür abreißen. Er schlürfte den heißen Kaffee und fing an zu tippen. Nach 20 Minuten prüfte er alle Namen nochmals und schickte die Liste an seine eigene Email Adresse.

George Goossen aus North Carolina - alle drei Söhne tot +
Peter Michailwitsch aus Sankt Petersburg +
Alexandra Michailwitsch in Moskau erschossen +
<u>*Noch lebend:*</u> *unehelich geboren: Davide Hudson, Brüssel*
Bo Jannik Forslind aus Frankfurt +
Bruder Björn Forslind, drei Tage später vom Gerüst gestürzt+
Geschwister Michaela Vlaan, Venlo und ihr Bruder +
Guido Grootenborg aus Venlo von Balkon gestürzt +
Aldo Macone und seine Schwester +
Maria Macone aus Siena. Schlangenbisse +
Viktor Kowalczyk + und sein Bruder +
Adam Kowalczyk in Krakau gegen Trecker gefahren +

Jürgen Salmikeit aus Cossebaude erschossen +
Bruder Sven Salmikeit mit Drahtschlinge erdrosselt +
<u>Noch lebend:</u> *André Laurent, aus Beveren*
<u>Noch lebend:</u> *Noé Laurent, aus Brasschaat bei Antwerpen*
Zoé Dubois, Hasselt und ihr Bruder Henri Roux, aus Lüttich ?

»Geschafft! Danke, Davide. Sie haben mir sehr geholfen«, sagte er, trank den Kaffee aus und legte dem Mann einen Hunderter auf den Tisch.

»Das ist nicht nötig, Herr van Dyck«, sagte er.

»Es ist nur eine kleine Anerkennung, die ich über meine Spesenpauschale abrechnen kann«, sagte Jules. »Ich muss jetzt wieder los. Also noch einmal Danke«, sagte er und stand auf. »Passen Sie auf sich auf!«

Jules gab im Navi die Adresse der Direction générale de la Police Judiciaire ein. Eine animierte Frauenstimme bestätigte als Ziel die Rue Royale 202 a.

»… *ist vorübergehend nicht erreichbar. Bitte versuchen Sie es zu einem späteren Zeitpunkt erneut*«, war immer und immer wieder die gleiche Ansage, wenn er eine der Nummern der Brüder Laurent wählte. Jules lenkte den Peugeot durch das Zentrum in die Zielstraße. Er hatte ein unglaubliches Glück, dass er sofort einen Parkplatz vor dem großen Polizeigebäude fand. Mit seiner Dokumentenmappe erstieg er die 8 Stufen bis zum Eingang. Genussvoll stand er in den letzten Sonnenstrahlen des Tages und sah hinauf in die Kamera über der Tür. Mit einem metallischen Summen ertönte der Türöffner und Jules trat ein.

Bevor ihn der Beamte nach seinem Anliegen fragen konnte, sagte er: »Kommissar Maurice Bechle erwartet mich«, und reichte dem Mann sein Kärtchen und den Ausweis.

Der Mann machte ein paar Notizen und griff zum Hörer.

»Maurice, hier unten wartet ein Herr van Dyck auf dich!«

Er gab Jules seinen Ausweis zurück. »Bitte nehmen Sie doch solange Platz. Sie werden gleich abgeholt,«

Lustlos blätterte er in einer der ausgelegten Broschüren, die auf Vorbeugemaßnahmen der Verbrechensbekämpfung aufmerksam machten. *Lassen Sie keine Wertgegenstände offen herumliegen! Schließen Sie alle Fenster, bevor Sie gehen!*, waren gängige Ratschläge, die jede Oma auswendig kannte. Neu war hingegen der Rat nach 18 Uhr nur noch in Gruppen Restaurants in der Innenstadt zu besuchen und manche Gegenden gänzlich zu meiden. Das erinnerte Jules an Warnungen der Reisebüros, wenn man vorhatte in Mexiko City, Bangladesch, oder in Nordkorea Urlaub zu machen. Eine junge Frau betrat den Raum.

»Herr van Dyck?«, vergewisserte sie sich.

»Der bin ich.«

»Fein. Dann folgen Sie mir bitte«, säuselte sie und gehorsam blieb er hinter ihr. Auf der Treppe hatte er einen exzellenten Ausblick auf ihr rundes Hinterteil und staunte, dass solche Frauen im Polizeidienst waren. Sie schritten einen Gang entlang und blieben vor einer Tür stehen. Die Frau klopfte und öffnete die Tür gleichzeitig.

»Herr van Dyck«, sagte sie und verschwand wieder.

»Schön, dass Sie sich die Zeit genommen haben«, sagte der braungebrannte, graumelierte Mann und reichte ihm die Hand.

»Sehr gerne, Herr Beehle«, sagte Jules, reichte ihm seine Karte und holte sein Smartphone aus der Jackentasche. »Ich recherchiere in einer Erbschaftsangelegenheit und bin im Auftrag eines Notariats auf der Suche nach speziellen Erben.«

»Was sind spezielle Erben?«, fragte der Kommissar.

»Es ist komplizierter, als eine normale Erbschaftsangelegenheit. Das Testament ist 200 Jahre alt und es werden Drittgeborene und alternativ Zweitgeborene gesucht. Schwierig war nach der langen Zeit den Stammbaum zu rekonstruieren. Deshalb hatte der Notar einen anerkannten Ahnenforscher hinzugezogen. Er fand 1024 mögliche Erben«, erklärte Jules.

Der Kommissar raufte sich die Haare. »1024?«

»Ja. Und hinzukommen noch mögliche uneheliche Nachfahren, was die Sache noch komplizierter für mich macht. Schließlich konnte ich die Liste zunächst auf 18 reduzieren. Wobei noch der von Ihnen beschützte Davide Hudson, als einzig gefundener unehelicher Sohn, hinzukommt.«

»Und wieso ist Ihrer Meinung nach ein Personenschutz erforderlich?«, fragte der Polizist.

»Geben Sie mir Ihre Email Adresse und ich schicke Ihnen die Liste. Leider hatte ich nicht die Gelegenheit sie zu drucken. Aber ich erkläre Ihnen dann gerne mehr und Sie verstehen, dass höchste Gefahr für alle Nachfahren in Verzug ist.«

Beehle gab ihm ein Kärtchen mit der Email Adresse und nach wenigen Sekunden hatte ihm Jules die Liste geschickt. ,

»Angekommen!«

»Gut. Alle diese ermittelten Personen sind binnen der letzten Wochen unter mysteriösen Umständen zu Tode gekommen. In manchen Fällen sieht es nach einem harmlosen Unfall aus, aber wenn man genauer hinsieht, findet man schnell heraus, dass es Mord war. Bis auf Hudson und die Brüder Laurent sind alle Personen tot! Einzig das letzte Geschwisterpaar habe ich noch nicht gefunden«, sagte Jules.

»Die ermitteln wir schnell«, sagte Beehle und zog die Liste aus dem Drucker. »Haben die Brüder Laurent ausreichenden Schutz?«, fragte er.

»Das ist ein weiteres Problem. Sie haben als Ingenieure einen Auftrag und halten sich derzeit irgendwo im Dschungel Venezuelas auf. Sie sind nicht erreichbar. Warten Sie, ich gebe Ihnen ihre Telefonnummern. Die Telefondame ihrer Firma meinte, dass sie in der nächsten Woche wieder in Belgien zurückerwartet würden.

Ein Freund vom LKA Sachsen hat die venezolanischen Behörden gebeten, die Brüder vor ihrer Ausreise zu warnen.«

Beehle prüfte die Namen auf der Liste.

»Verdammt! Sie haben Recht, Herr van Dyck. Hm. Zoé Dubois aus Hasselt ist vor vier Tagen am Bahnsteig plötzlich auf die Gleise gefallen, während ihr Bruder und Hobbypilot am gleichen Tag mit seiner Cessna im Elsass abstürzte. Welchen Umfang hat das Erbe überhaupt?«, wollte er wissen.

»Mindestens 60 Millionen Euro zuzüglich des Inhaltes diverser Schließfächer in Niederländischen und Schweizer Banken.«

»Das übertrifft alles, was ich in meiner Amtszeit erlebt habe. Auf jeden Fall reicht die Erbschaft als Motiv möglicher Morde aus.«

Jules vermutete in Beehle einen weiteren Verbündeten gefunden zu haben.

»Herr van Dyck, ich veranlasse, dass André und Noé Laurent nach ihrer Landung von uns in Schutzhaft genommen werden und kümmere mich sofort um eine neue Identität. Auch für Davide Hudson. Aber das dauert leider mindestens eine Woche. Ich bin Ihnen dankbar für Ihre Hartnäckigkeit und Hilfe. Wenn Sie mehr erfahren, rufen Sie mich jederzeit an!«, sagte Beehle.

»Sie sollten noch etwas wissen, Herr Kommissar«, sagte Jules und erzählte von Gregor Maybach und seiner Frau.

Er kam auf dem Rückweg nach Antwerpen nicht nur in den Berufsverkehr. Vielmehr in einen endlosen Stau auf der A 12. Aus dem anfänglichen Stopp and Go wurde ein zähes Schrittfahren und schließlich ging gar nichts mehr. Er stand stundenlang im Regen mitten im Nirgendwo. Jules wollte die tote Zeit nutzen und versuchte immer wieder einen der Brüder Laurent in Venezuela zu erreichen, aber es waren vergebliche Versuche. Wenn das so weiter ging, würde er erst nach Hause kommen, wenn Leonie schon schlief. Er wählte ihre Nummer und als sie sich meldete, verbesserte das gleich seine Laune.

»Schatz, es tut mir leid. Ich stecke in einem Stau. Nichts geht mehr und ich weiß nicht, wann ich komme. Warte nicht auf mich, sondern lass uns morgen reden, okay?«, sagte er.

»Klar Paps, kein Problem. Komm gut nach Hause. Bussi!«

28

Zwar war er vor Einsetzen des Berufsverkehrs schon weit hinter
Berlin, doch vor Warschau war es nicht besser als in Deutschland
um diese Zeit. Es war 9:15 Uhr, als er die Ausfahrt nahm und den
Porsche zum ausgeschilderten Hilton lenkte. Sein Vorteil war,
dass er ein wertvolles Auto fuhr, das Gossarah in bewachten Park-
häusern in Sicherheit wägen wollte. Und das war nur in den besseren Hotels möglich. Karsten nahm seine Tasche aus dem Kofferraum und ging zum Aufzug. Bei einer Pause in Michendorf hatte
er nach den berühmten Polenmärkten gegoogelt. Zwar gab es
auf seinem Weg gleich hinter der geteilten Stadt Frankfurt/Oder
einen solchen, aber er wollte zuerst in Warschau ankommen. In
der polnischen Hauptstadt gab es gleich mehrere solcher Märkte
und einer von ihnen befand sich in Nähe des Hotels. Er checkte
ein und brachte seine Tasche in das reservierte Zimmer. *Luxus*,
war sein erster Gedanke, als er eintrat. Es war eher eine Suite mit
separatem Schlafraum und einer kleinen Teeküche. Vom Balkon
hatte er einen schönen Weitblick über die Dächer von Warschau.
Er freute sich schon auf das Kingsize Bett, doch vorher brauchte
er ein paar neue Kleidungsstücke, die er nicht mehr aus seiner
Wohnung hatte holen können. Vorsichtshalber fragte er an dem
Empfang nach dem Weg zur Hala Mirowska.

»Sie wollen einkaufen?«, fragte die Dame am Empfang auf
Deutsch. »Das lohnt sich, Herr Fischler!«

Sie war so, wie man sich eine Polin weitläufig vorstellte. Das
in Deutschland gängige Klischee von der schlanken Blondine
mit ausgeprägten Kurven traf voll auf sie zu. Karsten verließ die

Lobby und folgte der Wegbeschreibung durch die sonnige und belebte Innenstadt und staunte über die gepflegten Gebäude und Grünanlagen im Zentrum. Aber auch die Menschen, die ihm begegneten, waren insgesamt besser gekleidet, als in Wuppertal. Die Hala Mirowska war schon von weitem gut zu erkennen. Etliche kleinere Marktbuden standen auf dem Platz vor dem Gebäude und die Händler präsentierten ihre Waren. Hier gab es alles zu kaufen, was in Deutschland verboten war. Rolex Blender, Hilfiger Blender und gefälschte edle Düfte in großer Bandbreite. Er verschaffte sich einen ersten Überblick und betrat zuerst die riesige Halle. Über ihm sah er das halbrund gewölbte Glasdach und er lief über einen nicht enden wollenden Gang, der von Obst- und Gemüsehändlern gesäumt war. Auf einer Seite waren Supermärkte sowie weitere Geschäfte. Auf der anderen Längsseite waren einige kleine Stände, auf denen die unterschiedlichsten Produkte aus China angeboten wurden. Unnützer Plastik Schnickschnack, Plüschtiere, Ladegeräte, Dildos und Hornhauthobel. Lächelnd lief Karsten wieder zum Ausgang und auf den eigentlichen Markt. Hier fand er auch wieder Gemüse und Obst, aber auch polnische Räucherwürste und Wodka. Hinter einer Ecke gab es endlich eine große Auswahl an Kleidung. An nur zwei Ständen deckte er sich für 200 Euro mit Pullis, einer Regenjacke, Jeans und T-Shirts ein. Socken und Unterhosen kaufte er für Kleingeld im 10er Pack und eine Baseball Kappe von Hilfiger für drei Euro. Nach einer halben Stunde war er fertig und mit vier prall gefüllten Einkaufstaschen auf dem Rückweg, als ihm der Duft von Fisch in die Nase stieg und er Hunger bekam. Vorbei an Bäckern, Metzgern und Blumenständen folgte er dem Geruch und fand schließlich den Stand, an dem man frischen Fisch, Meeresfrüchte jeder Art und sogar russischen Kaviar kaufen konnte. In der Auslage wurden vielerlei belegte Brötchen und Snacks angeboten, aber es war auch Backfisch zu haben. Karsten bestellte ein großes

Stück mit Knoblauchsoße und ein Lachsbrötchen mit Ei. Er hatte den köstlichen Geschmack noch im Mund, als er an der Lobby vorbeikam.

»Wie ich sehe, haben Sie gefunden was Sie suchten, Herr Fischler!«, sagte lachend die Dame der Rezeption.

»Das kann man so sagen«, antwortete Karsten und zwinkerte ihr zu, bevor er den Aufzug betrat. Erschöpft, aber gesättigt ließ er die Taschen fallen und zog die Vorhänge im Schlafzimmer zu.

17:20 Uhr zeigte ihm der Wecker seines Handys an, als er wach wurde. Ein Anruf in Abwesenheit mit Wuppertaler Vorwahl zeigte ihm sein Handy. Karsten setzte sich auf und wählte.

»Herr Fischler«, meldete sich der Kommissar. »Ich hatte gehofft, dass Sie zurückrufen!«

»Guten Tag Herr Keller«, meldete sich Karsten.

»Ihr Freund Michael Winkels ist aufgewacht.«

»Das ist gut. Wie geht es ihm?«

»Es geht ihm besser. Winkels ist bei Bewusstsein, muss aber noch ein paar Tage auf der Intensivstation bleiben. Die Ärzte konnten die inneren Verletzungen stillen und warten auf weitere Stabilisierung, damit sie ihn weiteres Mal operieren können.«

»Endlich eine gute Nachricht!«, sagte Karsten erleichtert.

»Wie man es nimmt. Wo sind Sie gerade, Herr Fischler?«

»In Warschau und ich muss gleich weiterfahren. Warum fragen Sie?«

»Weil Ihnen der Überfall galt. Ihr Freund hat berichtet, dass der Killer Ihren Namen nannte. Er muss Herrn Winkels wegen seiner Ähnlichkeit mit Ihnen verwechselt haben«, sagte Keller.

»Mein Gott! Wieso wollte man mich ermorden?«, fragte er.

»Das wollte ich Sie fragen. Haben Sie Feinde? Gibt es jemanden, der einen Grund dazu haben könnte?«

»Nein. Nicht das ich wüsste.«

»Seien Sie auf der Hut, Herr Fischler und melden Sie sich, wenn Sie zurückkommen. Wir können Sie beschützen!«

»Danke, Herr Keller. Ich weiß das zu schätzen. Ich werde Anfang der kommenden Woche wieder in Wuppertal sein und mich melden«, versprach er und beendete das Gespräch.

Verdammt, dachte er ängstlich. Wer könnte ihn töten wollen? Schulden hatte er keine mehr. In Wuppertal gab es mafiöse Strukturen. Doch er hatte sich stets von diesem Milieu ferngehalten. Aus Erzählungen wusste er, dass Wuppertal in den 70er und 80er Jahren eine Hochburg der italienischen Mafia war. Michaels Vater erzählte einmal, dass Raub und Mord auf Bestellung unter der Schwebebahn Alltag waren. Leichenteile, die auf Folterungen hinwiesen und Schutzgelderpressung bei Wirten, gehörten dazu. Mit einem Sprengstoffanschlag wurde 1980 ein als *Erzengel* benannter Mafioso aus dem Gefängnis Bendahl befreit. Er floh in dem Alfa Romeo mit einem anderen Mafioso namens *Engelsgesicht*. Die Geschichte war so unglaublich, dass sich Karsten zumindest die Namen merken konnte. Lachend stellte er sich vor, wie *Erzengel und Engelsgesicht* auf der Flucht im Alfa durch Wuppertal rasten. Aber das war über 40 Jahre her. Die Mafia war inzwischen längst in türkischer, marokkanischer oder russischer Hand und zu diesen Leuten hatte Karsten keinen Kontakt. Er hatte kein Geld, ging nicht zu Prostituierten und spielte auch nicht. Wer wollte ihn also umbringen?

Karsten löste die Etiketten der neuen Kleidung, packte einen großen Teil in seine Tasche und beließ den Rest in einer Plastiktüte. In einer weiteren Tasche hatte er Wasser, etwas Brot und ein paar Würste und Käse für unterwegs. Umgezogen verließ er sein Zimmer, checkte aus und brachte alles in den Kofferraum des SUV. Die nächste Etappe bis Moskau hatte es in sich. Zwar hätte Karsten auch einen Zwischenstopp in Minsk oder irgendwo anders in Belarus einlegen können, doch die 15 Stunden Fahrt traute er sich zu. Zur Not würde er eine Pause einlegen, doch er wollte am frühen Morgen Moskau erreicht haben und dort, so wie in Warschau, tagsüber ausschlafen. Er schickte Veronika eine SMS und eine weitere an Gossarah, dass er auf dem Weg nach Moskau sei.

Noch in Warschau stand er an einer Ampel, als ein Anruf einging. Über die Freisprechanlage nahm er Veronikas Anruf entgegen.

»Hallo Häschen, schön dass Du anrufst«, sagte er.

»Hallo Hase. Was ist so wichtig? Reinhard ist zu Hause und er reinigt gerade den Teich. Ich kann nicht lange reden«, sagte sie.

»Ich habe nur eine Frage. Meinst du, dass dein Mann etwas bemerkt hat?«

»Nein. Er ist wie immer. Warum fragst du?«

»Weil der Überfall auf Michael ein Mordanschlag war, der mir gegolten hat«, sagte Karsten.

»Was? Wie kann das sein?«

»Keine Ahnung. Die Kripo Wuppertal rief mich gerade an und informierte mich darüber«, sagte Karsten.

»Verdammt! Passe nur auf dich auf. Du, ich muss Schluss machen. Ich glaube er kommt gleich wieder rein. Melde mich später. Kuss«, sagte sie und beendete das Gespräch.

Reinhard nicht. Karsten hätte sich das auch kaum vorstellen können, dass dieser eher langweilige und pedantische Mensch zu so etwas überhaupt in der Lage wäre. Wahrscheinlich würde er nur mit den Schultern zucken, wenn er von ihrem Verhältnis erfuhr. Er fuhr auf die Beschleunigungsfahrspur und wählte eine CD von Santana für den Anfang der Etappe. Er fasste einen Beschluss, den er schon längst hätte treffen sollen. Das Verhältnis mit Veronika würde er nach seiner Rückkehr beenden. Er lehnte sich in den sportlichen Sitz und dachte an sein nächstes Ziel. In dem *Intercontinental* Moskau wollte Karsten eine Nacht länger bleiben, um sich wenigstens ein paar der Sehenswürdigkeiten ansehen zu können. Viele interessante Dinge lagen in Nähe des Hotels. Selbst der Kreml und das Puschkin Museum waren zu Fuß erreichbar. In eine der angesagten Bars oder Diskotheken wollte er auch unbedingt. Schon alleine aus diesem Grund, musste er durchfahren, um Zeit zu sparen. Nach Moskau würden ohnehin nur langweilige Orte in verlassenen Gegenden folgen.

Sein Handy klingelte und das Display des Autos kündigte den Anruf von Gossarah an.

»Hallo Hamad«, begrüßte er seinen Chef, der ihm das Du angeboten hatte.

»Hallo Karsten. Geht es dir gut?«, fragte er.

»Ja, Warschau ist eine schöne Stadt, aber jetzt bin ich auf dem Weg nach Moskau. Ich habe vor die Strecke durchzufahren.«

»Aber du hast Zeit genug für eine Übernachtung in Minsk.«

»Ich weiß«, antwortete Karsten. »Aber dann hätte ich nicht die Gelegenheit etwas mehr von Moskau zu sehen und keine Zeit für die Clubs und Bars der Stadt.«

Gossarah lachte. »Ja, das verstehe ich.«

»Hamad, ich muss dir noch etwas erzählen. Die Kripo in Wuppertal hat inzwischen die sichere Erkenntnis, dass der Mordanschlag mir gegolten hat«, sagte er.

»Was? Wer hat Grund dich zu töten?«, fragte Gossarah.

»Diese Frage stelle ich mir auch und mir fällt nichts dazu ein.«

»Der gehörnte Ehemann von dieser ... «, begann er.

»Veronika? Nein. Der Mann hat das Temperament einer Schlaftablette. Der würde sich eher heulend verkriechen.«

Es kam ihm ein Gedanke. *Konnte es sein, dass dieser Job mit dem Mordanschlag zu tun hat?* »Hamad, ich habe keinerlei Kontakte ins Milieu, gehe weder spielen noch zu Nutten. Aber könnte es etwas mit diesem Job zu tun haben? Ich frage mich, ob jemand verhindern möchte, dass deine Autos geliefert werden. Der Typ, der in Marseille den Mercedes in Empfang nahm, machte nicht gerade den besten Eindruck auf mich.«

Gossarah machte eine Pause. »Hamad, bist du noch da?«

»Ja, ich überlege«, begann er. »Karsten, ich weiß zwar nicht immer, womit meine Kunden ihr Geld verdienen und frage auch nicht danach. Aber eines weiß ich genau. Auch sie wollen das Geschäft sauber abwickeln. Das passt nicht.«

»Und was ist mit der Konkurrenz?«, hakte Kasten nach.

»Unmöglich. Bei dem Geschäft kommt man sich nicht in die Quere. Jeder hat seinen eigenen Kundenstamm und wir haben sogar freundschaftliche Verbindungen.«

»Dann habe ich keine Erklärung für ein Motiv.«

»Karsten. Jetzt höre mir mal genau zu und unterbreche mich nicht!«, begann Gossarah. »Wir Araber ticken anders, als die Deutschen. Ich mag dich nicht nur, sondern habe dich in mein Herz geschlossen. Du bist so, wie ich es in meinen jungen Jahren war. Du hast das, was einen Vater stolz sein lässt, obwohl ich nie einen Sohn hatte«, sagte er und machte eine Pause. »Ich brauche kein amtliches Papier, das geduldig ist. Du bist für mich mein adoptierter Sohn und verdienst den Schutz der Familie, Karsten. Daher interessiert mich auch kein Motiv. Mir ist es egal, ob der Kerl nur irre ist. Es ist mir egal, ob er ein Motiv, eine Scheiß Kindheit oder Jugend hatte. Ich werde dich beschützen, Karsten. Das zählt, und das sollst du wissen!«

Gossarahs Worte hatten ihn berührt. Karsten hatte nie den Vater, der das für ihn getan, oder auch nur gesagt hätte. Er spürte, wie seine Augen feucht wurden.

»Du hast Recht, Hamad. Nur wenigen Deutschen ist die Familie wichtig im Leben. Deine Worte bewegen mich und ich würde dich jetzt gerne umarmen!«, sagte Karsten.

»Dazu musst du zuerst zurückkommen«, lachte Hamad. »Warst du eigentlich beim Militär?«

»Wie kommst jetzt darauf?«, fragte Karsten verwirrt. »Ich war bei der Bundeswehr, wenn du das meinst«

»Gut. Ich hatte Sorgen, als du los bist und habe vorgesorgt. Hör mir zu. Unter dem Reserverad liegt ein CETME versteckt.«

»Was ist das?«

»Ein geladenes spanisches Schnellfeuergewehr. Eine Maschinenpistole, die von der Guardia Civil benutzt wird.«

»Was? Du schickst mich mit so einem Ding über mehrere Grenzen? Wenn die mich filzen bin ich fällig! Falls mich die Russen damit erwischen, sehe ich schon die ehemaligen Folterknechte des KGB sabbernd ihre Instrumente schärfen, während ich in einem dunklen Loch sitze.«

»Keine Sorge! Ich habe dafür gesorgt, dass es keine Kontrollen gibt!«

»Das ist Wahnsinn! Mache so etwas nie wieder! Ich werde versuchen das Ding unterwegs loszuwerden!«

»Nein! Das wirst du nicht. Das CETME dient nur deiner Sicherheit und ist für Notfälle. Der Porsche ist gepanzert und nicht so einfach zu knacken. Aber wenn es sein muss, kannst du dich wenigstens verteidigen«, sagte Gossarah, während Karsten einen Parkplatz ansteuerte.

»Ehrlich gesagt, bin ich sprachlos. Ich renne doch nicht mit einer Knarre herum und schieße auf irgendwelche Leute!«

»Nicht auf irgendwelche. Nur auf den, der dich sonst sofort töten würde!«, sagte Gossarah. »Karsten, mache dich unterwegs mit der Waffe vertraut und deponiere sie wieder da, wo du sie finden wirst. Das beruhigt mich ein wenig!«

»Okay«, stöhnte er und ließ sich in den Sitz fallen. »Ich bin gleich an der Grenze zu Belarus und mache eine kurze Pause. Ich lasse das Ding wo es ist und versuche nicht daran zu denken, wenn ich die Grenze passiere. Ich melde mich wieder wenn ich in Moskau bin«, sagte er und beendete das Gespräch.

Karsten holte die Tüte mit den Lebensmittel vom Rücksitz. Er brach ein Stück Brot ab, nahm das Wasser und zwei Krakauer Würstchen heraus und überlegte, was eigentlich passiert war. Er dachte an Michael, der vollkommen unschuldig mit ihm verwechselt wurde und nun im Arrenberger Krankenhaus auf der Intensivstation lag. Er durfte die Wohnung nicht mehr betreten und das unbekannte Appartement von Gossarah würde ihn noch mehr von dem Mann abhängig machen. Sein Ziel war es in Wuppertal zu studieren und ein eigenes kleines Appartement zu finden. Und jetzt saß er in dem Luxusauto eines Arabers, auf einem Parkplatz in Polen, kurz vor der Grenze zu Belarus mit einer spanischen Maschinenpistole im Kofferraum. Angesichts der tragischen Komik musste Karsten lachen und hustete ein Stück Brot heraus. Die Wasserflasche deponierte er vorne in der Halterung und legte den Rest zurück auf den Rücksitz.

Karsten wollte gerade wieder den Motor starten, als ein weiterer Anruf einging. Stefanie las er im Display. An die Nacht mit den Mädchen hatte er gar nicht mehr gedacht, dabei war er nur noch deshalb am Leben, weil sie ihn daran gehindert hatten, früher nach Hause zu kommen.

»Hallo Süßer«, begrüßte sie ihn. »Wo bist du gerade?«

»Auf einem Parkplatz vor der Grenze zu Belarus«, sagte Karsten.

»Mein Gott. Am Ende der Welt«, lachte Stefanie. »Ich habe mit Lisa gesprochen. Die Sache mit dem Fahrrad tut uns leid.«

»Schwamm drüber. Ich wollte dich längst anzurufen. Aber ich hatte viel zu tun. Wie war es bei der Polizei?«, fragte Karsten.

»Halb so wild. Wie du schon sagtest, wollten die nur bestätigt haben, dass du die Nacht bei mir warst. Nichts war leichter, als das zu bestätigen. Aber was ist eigentlich passiert?«

»Michael, der Freund mit dem ich in der WG wohne, liegt auf der Intensivstation. Du weißt, dass er mir sehr ähnlich ist. Er wurde in unserer Nacht überfallen und schwer verletzt.«

»Das ist ja entsetzlich«, sagte Stefanie.

»Noch schlimmer ist, dass der Angriff mir galt. Irgendjemand hatte vor, mich zu töten und keiner weiß warum. Die Wohnung wurde von der Polizei versiegelt. Ich musste mich in Polen neu einkleiden. Stefanie, solange ich nicht weiß, wer Killer auf mich ansetzt, können wir uns nicht sehen. Ich will weder Lisa noch dich gefährden.«

»Das macht mir aber Angst!«, sagte sie.

»Keine Sorge. Solange wir uns nicht sehen, bist du sicher. Ich muss weiter und melde mich wieder von unterwegs.«

29

Als Jules zurückkam, schlief Leonie schon. Auf dieser A12 stand laufend der Verkehr und er hatte das Pech einen totalen Stillstand nach einem Unfall zu erleben.

Er war früh wach und Lena war dabei das Frühstück zu machen, als er seinen ersten Kaffee trank. Eier brutzelten in der Pfanne und gebräuntes Brot sprang knusprig aus dem Toaster, als auch Leonie etwas zerknittert zum Tisch kam und Jules einen Kuss gab.

»Guten Morgen Paps«, sagte sie und setzte sich. »Ist spät bei dir geworden. Hallo Lena«, sagte sie und gähnte.

»Stau auf der Autobahn. Nichts ging mehr. Du wolltest mir etwas erzählen.«

»Gleich, Paps. Ich brauche einen Moment, um wach zu werden«, sagte sie und goss sich einen Orangensaft ein.

Das hatte Leonie von ihm. Auch Jules brauchte morgens fünf bis zehn Minuten, bevor er sich an Gesprächen beteiligen konnte. Es gab Frauen, die das nicht verstanden und versuchten ihn in die wildesten Diskussionen zu ziehen. Nicht selten endete dies mit schlechter Laune und Streit. Mitunter sogar mit einer Trennung. Deshalb ließ er ihr ein paar Minuten. Lena stellte den Rest für das Frühstück auf den Tisch und nahm selber Platz.

Endlich sah Leonie auf. »Paps, es gab Ärger in der Schule«, sagte sie. »Ich musste nachsitzen und meine Lehrerin will dich dringend sprechen.«

Jules wusste, dass Leonie eine gute Schülerin war, die sich auch für andere einsetzte und sogar zweimal Klassensprecherin war.

»Was ist passiert?«, fragte er und stellte seinen Becher auf den Tisch.

»Ich habe einem Jungen Haare ausgerissen und einen Zahn ausgeschlagen. Aber ich würde das wieder tun!«, sagte sie.

»Was hat der Junge vorher gemacht?«, fragte Jules.

»Er hat etwas Gemeines gesagt, dass ich nicht wiederholen möchte.«

»Doch. Sage es«, forderte sie Lena auf.

Leonie holte Luft. »Ein Junge aus einer Klasse unter mir sagte, als mich Lena abholte: *Da wird wieder das Schnüfflertöchterlein von der Schlampe abgeholt, die mit ihrem Vater fickt.*«

Leonie weinte und Lena bestätigte nickend ihre Aussage.

Jules stand auf und nahm Leonie in den Arm. »Denkst du, dass ich dir böse bin? Nein, Leonie! Ich verstehe, was du gemacht hast, auch wenn es falsch war. Ich werde mich mit deiner Lehrerin besprechen. Mache dir keine Sorgen, mein Schatz«, sagte er. »Und du hast das mitbekommen, Lena?«

»Es war genauso, wie es Leonie erzählte. Der marokkanische Junge hat das vor seinen Kumpels laut genug gesagt.«

»Ich hoffe, du nimmst dir das nicht zu Herzen, Lena!«

»Ach was. Er ist nur ein Trottel ohne Bildung und Niveau. Der kann mich nicht beleidigen«, sagte sie stolz.

»Sage deiner Lehrerin, dass ich heute nach Schulschluss zu ihr ins Lehrerzimmer komme.«

»Ja, Paps«, sagte sie und wischte sich eine Träne weg.

Ohne das Thema weiter zu behandeln, frühstückten sie und Jules brachte Leonie sogar mit ein paar witzigen Bemerkungen zum Lachen. *Was für ein Elternhaus mag der Junge haben,* dachte er und nahm an, dass sein Frauenbild dort seinen Ursprung hatte.

Kopfschüttelnd betrachtete Jules den vor ihm liegenden Ausdruck der nun 19 möglichen Erben für die Testamentseröffnung. Zusammen mit seinen Randbemerkungen fügte er diese in eine neue Excel Datei ein, und ergänzte sie um die jeweiligen Todesursachen und dem Datum der Morde. In einer weiteren Zeile fügte er deren Kontaktdaten ein, speicherte die Datei nach ein paar Korrekturen und druckte sie zweimal aus.

Es verblieben nur drei Personen und um deren Sicherheit würde sich Kommissar Beehle aus Brüssel kümmern.

Jules wählte die Nummer von Phillip Maassen und schickte ihm gleichzeitig eine E-Mail mit der neuen Liste im PDF Format.

»*Notariat Maassen. Guten Tag, was kann ich für Sie tun?*«, meldete sich die vertraute Stimme der Empfangsdame.

»Jules van Dyck. Guten Morgen. Ich muss Herrn Maassen sprechen«, sagte er.

»*Es tut mir leid. Herr Maassen ist bei Gericht. Ich erwarte ihn erst am Nachmittag zurück. Am besten, Sie versuchen es ab 14 Uhr noch einmal*«, sagte sie.

»Gut, das mache ich. Danke.«

Da Jules um 13 Uhr den Termin mit Leonies Lehrerin hatte, war es besser, wenn er den Notar danach anrief. Im Grunde war der Fall für ihn erledigt. Es verblieben nur drei Personen, um die er sich nicht weiter kümmern musste.

Endlich hatte er Zeit, sich um seinen nächsten Fall zu kümmern. Er sollte den geschiedenen Mann einer Petra Schwarzenberg aus Aachen finden, der mit seinen Unterhaltszahlungen säumig war. Das deutsche Gericht hatte den Ehemann dazu verurteilt, monatlich 3.800 Euro Unterhalt zu zahlen. Er blätterte durch die Akte und sah, dass das kinderlose Paar 9 Jahre verheiratet gewesen war. Neben den monatlichen Unterhaltszahlungen wurden der Frau allerdings das eheliche Haus, zwei weitere Mehrfamilienhäuser in Düsseldorf und Krefeld sowie eine 32 Meter lange Yacht, die in Antibes an der Côte d'Azur vor Anker lag, zugesprochen.

Na, so lässt es sich leben, dachte Jules und hatte spontan Mitleid mit Ehemann, den er nun finden sollte. Kein Wunder, dass die arme Ehefrau sein Honorar problemlos bezahlen konnte. In den Ehejahren, so vermutete er, wird sie seine Kreditkarte nicht selten für Shoppinggelüste genutzt, und auch das eine oder andere wertvolle Schmuckstück bekommen haben. *Was ein Kontrast zu dem rechtschaffenen, armen Rentner Davide Hudson aus Brüssel und dieser geldgierigen Frau aus Aachen*, dachte Jules und ärgerte sich darüber, den Auftrag angenommen zu haben, als sein Handy klingelte.

»Detektei van Dyck«, meldete er sich.

»Hier ist Benno. Guten Morgen, Jules«, meldete sich Mickerts.

»Hallo, Herr Kommissar.«

»Hast du einen Moment Zeit?«

»Ich arbeite mich gerade in einen neuen Fall ein, aber ich lege ihn gerne zur Seite«, antwortete er.

»Das solltest du auch. Wir haben einen neuen Nachfahren und damit einen potentiellen Erben gefunden«, sagte Mickerts.

»Jetzt noch? Ich wollte den Fall schon zu den Akten legen.«

»Ich bin auch mehr zufällig durch einen Mordanschlag mit einer Personenbeschreibung auf einen jungen Mann aus Wuppertal gestoßen. Du erinnerst dich an den Fall Jürgen Salmikeit?«

»Klar. Aus Cossebaude«, antwortete Jules.

»Nach dem gescheiterten ersten Anschlag hatten wir Goran Samardzija ermittelt. Der Mann war im Balkankrieg Offizier und sein engster Verbündeter war ein Scharfschütze aus Serbien. Slavko Jovanovic. Kurz darauf wurde Jürgen trotz unserem Schutz durch einen Scharfschützen auf dem Schulhof erschossen.«

»Soweit kann ich dir folgen. Aber was hat das mit dem Fall in Wuppertal zu tun?«, fragte Jules.

»Der Nachfahre heißt Karsten Fischler und er war in der Nacht nicht Zuhause. Seine Ähnlichkeit mit seinem Mitbewohner wurde ihm aber zum Verhängnis. Schwer verwundet überlebte er und konnte den Kollegen eine Beschreibung geben. Ich bemerkte die

Ähnlichkeit zu dem Phantombild, das wir von Jürgen Salmikeit aus Cossebaude haben, und schickte der Kripo in Wuppertal ein Foto von Slavko, den Schlächter, wie er genannt wurde. Das Opfer identifizierte den Mörder auf Anhieb. Jetzt war es leicht, auch in Karsten Fischler einen weiteren unehelichen Nachfahren zu finden, denn sein leiblicher Vater ist auf der langen Liste des Ahnenforschers.«

»Mein Gott! Also die Akte wieder aufschlagen«, sagte Jules. »Kannst du mir Infos über den Mann schicken?«

»Nicht nur das. Ich komme wieder nach Antwerpen, denn ich möchte mit dir und Kommissar Keller reden und vor Ort weiter fahnden«, sagte Mickerts.

»Ist dieser Fischler denn wenigstens in Sicherheit?«

»Leider nicht. Der junge Mann überführt Autos und ist gerade irgendwo nach Usbekistan unterwegs. Aber Keller hat mit ihm telefoniert. Er müsste in einer Woche zurück sein. Bis zu einer neuen Identität hat man zu seinem Schutz alles vorbereitet.«

»Wann wirst du kommen, Benno?«

»Um 18:56 Uhr soll mein Flieger in Antwerpen landen. Holst du mich wieder ab?«

»Klar. Du brauchst diesmal auch kein Hotel. Mein Gästezimmer ist frei für dich, wenn du magst«, schlug Jules vor.

»Das wäre mir lieber. Dann bis später«, sagte Mickerts und beendete das Gespräch.

Maassen konnte er nun nicht mehr mitteilen, dass der Fall erledigt sei. Aber dank Bennos Aufmerksamkeit, war der zweite Auftragskiller ermittelt und ein weiterer Nachfahre konnte auch nicht schaden. Jules versuchte erneut die Brüder Laurent zu erreichen, doch es kam wieder die gleiche Ansage.

Er fügte den Namen Fischler in die Excel Datei und sendete die Ergänzung an das Notariat. Im Eingangsfach lag eine neue Nachricht von Benno Mickerts mit Einzelheiten zu Karsten Fischler.

Mit seinen fast 27 Jahren war er ledig und kam ursprünglich aus Flensburg. Der Wuppertaler Kripo hatte er seine Absicht erklärt studieren zu wollen. *Etwas spät mit 27*, aber noch im grünen Bereich, dachte Jules. Er lebte mit einem guten Freund in einer Art WG. Beide trugen den Ermittlungen zu Folge einen Dreitagebart, hatten den Kopf kahl rasiert und waren etwa gleich groß. Das erklärte die Verwechslung des Killers, als er Michael Winkels fast getötet hatte. Wäre Fischler nur eine halbe Stunde später gekommen, wäre Winkels verblutet. Er blätterte weiter. Kommissar Keller hatte mit Fischler telefoniert und erfahren, dass er für einen Händler Fahrzeuge überführt. Der Wuppertaler Händler war die Firma ABC KFZ Export GmbH & Co. KG. Irgendetwas klingelte bei ihm, als er den Namen las, aber so sehr er auch nachdachte, kam er nicht darauf. Also weiter.

Als Geschäftsführer der Firma ABC KFZ Export GmbH & Co KG war Hamad bin Abdul Al Gossarah bin Hamad Abbas eingetragen. Dem Namen nach zu urteilen, ein Araber. Jetzt fiel es ihm wieder ein. Jules griff zum Handy.

»*Bishop*«, meldete sich sein Freund.

»Hallo Jan. Du hattest doch vor deiner Pensionierung einen Fall von internationaler Autoschieberei und Steuerhinterziehung.«

»*Allerdings. Damit landete ich fast eine Woche auf den ersten Seiten der großen Zeitungen*«, sagte er.

»Sagt dir in dem Zusammenhang die Firma ABC KFZ Export aus Wuppertal etwas?«

»*Hm. Da muss ich überlegen. Es waren viele Firmen beteiligt.*«

»Hamad bin Abdul Al Gossarah bin Hamad Abbas heißt der Geschäftsführer«, ergänzte Jules.

»*Ja, sicher. Die Firma ist international tätig, kauft in Westeuropa Autos und verkauft sie entweder nach Osteuropa, Russland oder in den arabischen Raum. Den hatte ich im Fokus. Allerdings konnte dem Mann nichts nachgewiesen werden. Wie kommst du auf den?«*, fragte Jan.

»Ich habe einen neuen Nachfahren gefunden, auf den schon ein Anschlag verübt wurde. Der junge Mann überführt gerade ein Auto für die Firma nach Usbekistan.«

»Das hört sich ernst an. Ich frage gleich mal nach Neuigkeiten zu der Firma. Wenn es da etwas gibt, informiere ich dich.«

»Das wäre gut. Danke, Jan. Schöne Grüße an die Hühner und bis bald«, verabschiedete er sich.

Er sah, dass er in 25 Minuten den Termin mit der Lehrerin hatte und klappte sein Laptop zu.

Er lief über den langen Gang zum Lehrerzimmer. Schon auf dem Weg waren immer wieder Stellen an den Wänden zu sehen, an denen der Putz abbröckelte. Die Schule war längst in die Jahre gekommen und es wurde nichts, oder wenig für den Erhalt der Substanz investiert. Seit Leonie hier zur Schule ging, waren es nur private Elterninitiativen, die Spenden sammelten, damit wenigstens die Fenster in den Klassenräumen nicht aus den Angeln fielen. Seitens der Stadt wurden in Schulen nur energetische Investitionen getätigt. Jules betrat das Sekretariat und fragte nach ihrer Lehrerin.

»Van Dyck. Ich habe einen Termin mit Frau Meyer.«

»Sie können gleich durch gehen. Frau Meyer erwartet Sie«, sagte die Tippse.

Die flachbrüstige Frau in ihrem flatternden Oberteil unter der giftgrünen Latzhose schätzte er auf Mitte 30. Frau Meyer war schmächtig, und ihre rotgefärbten kurzen Haare passten zu dem Gesamteindruck einer alternativen Zicke.

»Guten Tag, Frau Meyer«, grüßte Jules betont freundlich.

»Guten Tag. Nehmen Sie Platz«, sagte sie, ohne aufzusehen. Ihr Tonfall ließ ihn nichts Gutes ahnen.

»Schön, dass Sie so schnell kommen konnten. Sie wissen, was vorgefallen ist?«

Jules nickte. »Leonie hat mir davon berichtet.«

»Ihre Tochter hat gestern einem jüngeren Mitschüler einen Zahn ausgeschlagen!«, sagte sie und rückte ihre Brille zurecht. »Wir lehnen an dieser Schule Gewalt ab und gehen konsequent dagegen vor.«

»Das ist mir neu, Frau Meyer. Aber schön, wenn seitens der Schulleitung ein Umdenken stattgefunden hat.«

»Was soll daran neu sein?«

»Bekommen Sie das nicht mit? Es vergeht doch keine Woche, in der mir meine Tochter nicht von Schlägereien, Bedrohungen und Beleidigungen unter den Mitschüler berichtet. Immer öfter werden auch jüdische Schüler gepeinigt. Nach dem letzten Vorfall hat die Schulleitung den Eltern dazu geraten, ihre Söhne ohne die Kippa zum Unterricht zu schicken.«

Die Frau wirkte schon vorher zickig. Doch jetzt war ihr Gesichtsausdruck geradezu biestig.

»Die Pausenaufsicht kann nicht alles sehen. Aber wenn ein Zahn ausgeschlagen wird, geht es zu weit, Herr van Dyck.«

»Da gebe ich Ihnen vollkommen Recht, Frau Meyer. Das hätte Leonie nicht tun sollen. Aber haben Sie auch nach der Vorgeschichte gefragt?«, hakte Jules nach.

»Das ist nicht relevant. Suchen Sie nach Entschuldigungen für das Verhalten Ihrer Tochter?«

Langsam platzte ihm der Kragen. Jules spürte seinen Puls in den Hals aufsteigen. »Natürlich nicht. Aber offenbar sind Sie mit Ihrer Sorgfaltspflicht komplett überfordert, Frau Meyer. Ich kann es nicht gutheißen, wenn Leonie von dem marokkanischen Jungen beschimpft wird: *Da wird ja wieder das Schnüfflertöchterlein von der Schlampe abgeholt, die mit ihrem Vater fickt*, hatte er zu zuvor gesagt. Derart rassistische und sexuelle Nötigungen haben Sie zu unterbinden, Frau Meyer! Auch das ist eine Form von Gewalt, die Sie an der Schule nicht zu dulden haben!«

Die Frau schnappte nach Luft. Doch bevor sie etwas erwidern konnte, ergriff Jules erneut das Wort. »Es mag sein, dass Sie derartige Dinge verharmlosen oder damit entschuldigen, dass sie kulturell begründet sind. Aber deshalb entsprechen sie noch lange nicht unseren Wertvorstellungen. Rassismus, Frauenfeindlichkeit und auch Antisemitismus dürfen nicht toleriert werden. Meine Tochter hat ein stark ausgeprägtes Gerechtigkeitsgefühl, Frau Meyer. Aus diesem Grund wurde sie auch zweimal zur Klassensprecherin gewählt«, sagte Jules in ruhigem, aber festen Ton. »Sie wollte unser schwarzes Au Pair Mädchen und mich beschützen, als sie auf diese Frechheit reagierte. Es mag sein, dass dem Jungen in seinem Elternhaus eine solche Einstellung vermittelt wird. Aber das rechtfertigt noch lange nicht sein Verhalten!«

Die Gesichtsfarbe der Lehrerin nahm die ihrer Haarfarbe an.

»Ich wollte Sie sprechen, damit Sie mit Ihrer Tochter reden«, sagte sie.

»Das habe ich getan. Erfüllen Sie künftig Ihre Aufsichtspflicht und urteilen Sie, nachdem Sie sich über die Hintergründe informiert haben, Frau Lehrerin! Ich empfehle mich«, sagte Jules, drehte sich um und verließ den Raum.

Er hatte genügend Zeit bis er Benno am Flughafen abholen musste. Um sich nach dem Gespräch innerlich zu beruhigen, beschloss er auswärts zu Mittag zu essen und fuhr zu dem Italiener am Rand einer schönen Parkanlage.

Das *Il Mulino* war selbst in der Mittagszeit gut besucht und gehörte nicht zu den einfachen Pizzerien, von denen es in Antwerpen Unzählige gab.

Er nahm an der Fensterfront Platz und bestellte Saltimbocca mit Zitronen Risotto und Zucchini. Der Ausblick auf rankende Rosenstöcke war wunderschön und wirkte beruhigend auf Jules. Diese Lehrerin war schrecklich. Doch schlimmer fand er, dass in den Schulen immer häufiger belgische und jüdische Kinder beschimpft, beleidigt oder gar verprügelt wurden. Angeblich waren die Schulen überfordert, wenn man den Kommentaren in der Presse glaubte. Dabei ging die Gewalt meist von muslimischen Kindern aus. Jüdischen Kindern wurde oft die Kippa heruntergeschlagen und christliche als Schweinefleischfresser beschimpft. Das hatte zur Folge, dass die Kinder ohne religiöse Kennzeichen zur Schule gingen. Aus Rücksicht auf kulturelle Befindlichkeiten, sollten die Eltern darauf achten, dass ihre Kinder zum Frühstück keine Wurst mit Schweinefleisch aßen, keine Kippa oder ein Kreuz trugen und Mädchen im Sommer Hosen statt Röcke anzogen. Jules empfand das als grundverkehrt. Doch es war der Trend der Zeit, dass man in Belgien auf alles und jeden Rücksicht nahm.

Der Kellner brachte ihm ein Glas Frascati zu dem Gericht mit dem köstlichen Kalbfleisch. Nach dem Essen schickte er Leonie eine SMS, dass das Gespräch mit Frau Meyer gut verlaufen sei.

Auf dem Weg zum Flughafen versuchte er wieder einen der Brüder in Venezuela zu erreichen und vernahm unerwartet ein leises Freizeichen.

»*Noé Laurent*«, meldete sich eine junge Stimme.

»Hallo Herr Laurent. Jules van Dyck aus Antwerpen«, meldete er sich voller Erstaunen. »Ich hatte schon fast aufgegeben, Sie in Venezuela zu erreichen.«

»*Das glaube ich gerne. Wer, sagten Sie, sind Sie?*«

»Jules van Dyck. Ich bin Privatdetektiv aus Antwerpen.«

»*Wir sind gerade in einer neuen Lodge angekommen. Ich kann Sie leise, aber gut verstehen. Was will ein Detektiv von mir?*«

»Ich muss Sie leider informieren, dass Sie und Ihr Bruder in Lebensgefahr sind. Es geht um eine Erbschaft. Aber Kommissar Beehle von der Kripo Brüssel wird Ihnen nach ihrer Rückkehr schon am Flughafen Schutz geben.«

»*Erbschaft? Lebensgefahr? Ich verstehe nicht*«, sagte Noé.

»Einer von Ihnen ist wahrscheinlich der Erbe eines großen Vermögens. Es gab schon 18 Tote in dem Fall! Seien Sie bitte gewarnt und nehmen es ernst«, empfahl Jules.

»*Ich wüsste nicht, wer mir was vererben sollte. Aber gut. Ich bespreche das mit André. Danke.*«

Wenigstens war den beiden bislang nichts zugestoßen und er hatte sie vor ihrer Rückreise warnen können. Beruhigt lenkte er das Cabrio auf den ersten freien Parkplatz im Flughafenparkhaus und betrat den Terminal der Ankünfte. Auf der Anzeigetafel sah Jules, dass sich die Maschine der Lufthansa noch im Anflug befand und er Zeit für einen Kaffee hatte. Er konnte bequem am Tresen sitzend darauf warten, dass Benno durch das Portal trat.

Er nippte an dem heißen Cappuccino, als er eine Hand auf seiner Schulter spürte.

»Hallo Jules«, begrüßte ihn Mickerts lächelnd.

Überrascht schreckte er hoch. »Ich habe gar nicht bemerkt, dass du schon raus gekommen bist, Benno!«

»Macht nichts. Wir Polizisten lernen, uns anzuschleichen«, antwortete er amüsiert.

»Schön, dich zu sehen, Benno. Komm, gehen wir zum Wagen.«

Als sie den Flughafen verließen, schien wieder die Sonne. »Ich genieße jeden Moment, in dem ich offen fahren kann«, sagte er. »Was meinst du?«

»Sehr gerne. Ich mag die Sonne. In Dresden hatte es geregnet, als ich los bin.«

»Dann geht es dir wie mir. Ich habe auch Neuigkeiten«, sagte Jules als sie einstiegen. »Diese Firma ABC in Wuppertal, für die Fischler Autos überführt, steht in den Ermittlungsakten der europäischen Steuerbehörden.«

»Um was ging es?«

»Der Fall machte Schlagzeilen, Benno. Es ging um internationalen Betrug und Steuerhinterziehung. Es wurden einige Millionen Euro Schwarzgeld und etliche Luxusautos beschlagnahmt«, begann Jules während er das Dach des Peugeot öffnete. »Jedenfalls konnte der Firma in Wuppertal nichts konkret nachgewiesen werden, was nicht unbedingt heißt, dass dort alles mit rechten Dingen zugeht.«

»Verstehe. Dann sollten wir uns morgen auch einmal die Firma ABC ansehen«, meinte Mickerts.

»Wie bist du eigentlich auf diesen Killer Slavko gekommen?«

»Im LKA machen wir immer wieder den Abgleich mit gesuchten Personen und Phantombildern. Bei einem Foto von Interpol wurde meine Kollegin mit zwei Zeichnungen fündig. Eine davon kam aus Wuppertal.«

»Von dem Mitbewohner des neuen Nachfahren?«, fragte Jules.

»Richtig. Michael Winkels. Seine Ähnlichkeit zu Fischler machte ihn zum Opfer. Aber das ist noch nicht alles. An dem Tag, als Jürgen Salmikeit auf dem Schulhof erschossen wurde, habe ich das Gelände mit einer Kollegin überwacht. Etwa zwei Stunden vor dem Mord kam ein Mann in Begleitung eines Hundes vorbei. Er wirkte sehr vertraulich, doch ich bemerkte, dass er immer wieder das Gelände der Schule im Auge hatte. Ich habe ihn auf dem Phantombild erkannt.«

»Wie dreist! Und danach hat er ihn erschossen?«

»Von dem Dach einer über 1.500 Meter entfernten alten Fabrik, wie wir inzwischen wissen«, sagte Mickerts.

»Hört sich nach einem Profi an.«

»Im Kosovo Krieg war er einer der besten serbischen Scharfschützen und oft an Seite des toten Killers Samardzija.«

Jules parkte den Peugeot ein und schloss das Dach.

»Wurde nach ihm nie gefahndet?«, fragte er.

»Slavko Jovanovic war für die Behörden zuerst nur ein Phantom. Erst später bekam Interpol ein Foto und den Namen durch den Mossad«, erklärte Mickerts, während sie mit dem Aufzug fuhren.

»Der Mann bewegt sich doch über Grenzen hinweg. Ich verstehe nicht, dass man ihn nicht irgendwann gefasst hat.«

»Jules, er ist ein Profi und wird mit gefälschten Papieren und geändertem Aussehen unterwegs sein. Er wird sich zudem in manchen Ländern sicher bewegen können, da sie seine Dienste verdeckt in Anspruch nehmen. Wenn ein solcher Mann verhaftet wird, ist es meist purer Zufall.«

Sie betraten sein Besprechungszimmer und Jules schaltete die Kaffeemaschine ein. »Es ist frustrierend, dass man die Zielpersonen meist nur warnen kann, besonders aufmerksam zu sein. Ich habe einen der Brüder Laurent in Venezuela erreichen können und den Brüsseler Kommissar Beehle überzeugt, den Brüdern schon bei ihrer Einreise Schutz zu bieten. Den von dir gefundenen Davide Hudson habe sogar persönlich aufgesucht, und trotzdem sind wir hilflos«, sagte Jules und stellte Kaffee und Tassen auf den Tisch.

»In der Tat. Meistens ist die Arbeit beim LKA nicht anders. Vor unserer Nase spielen Verbrecher Katz und Maus mit uns.«

Jules schenkte ihnen Kaffee ein und strich in Gedanken durch seinen Bart, der unbedingt wieder geschnitten werden musste.

»Müsste man nicht nur den Zielen folgen, um diesen Killer zu stellen?«, fragte er.

»Das ist eine unserer Strategien. Und trotzdem hat der Mann in Cossebaude frech mit uns gespielt und Jürgen Salmikeit vor meinen Augen eliminiert.«

»Hm. Ich glaube, er fühlte sich vollkommen sicher. Er braucht diese Sicherheit, um seine Aufträge zu erfüllen. Was wäre, wenn man ihn in eine unsichtbare Falle lockt?«, fragte Jules.

»Wie meinst du das?«, fragte Benno.

»Seine Ziele bewegen sich. Also kundschaftet er vorher nach Möglichkeit alles aus. So wie er in Cossebaude vorher das alte Fabrikgelände auswählte und vor deiner Nase die Überwachung Salmikeits prüfte. Ich denke, dass er ähnlich bei allen Morden agiert«, resümierte Jules. »Gebt ihm doch diese Sicherheit und schlagt dann zu.«

Mickerts schüttelte den Kopf. »Dazu brauchen wir einen Köder. Das macht keiner, wenn es um sein Leben geht.«

»Muss er denn wissen, dass er ein Köder ist?«

»Das kannst du vergessen. So eine Aktion kostet meinen Kopf. Aber lass uns morgen mit Kommissar Keller darüber reden.«

»Okay«, sagte Jules und wählte die Nummer von Beehle.

Er teilte ihm mit, dass er Noé Laurent erreichen und warnen konnte. »Was hältst du davon, wenn wir jetzt mit den Mädchen etwas essen gehen?«, fragte Jules.

»Eine gute Idee. Ich habe Hunger und hätte ganz einfach Lust auf belgische Pommes«, sagte Mickerts.

»Da werden sich auch die Mädchen freuen. Gehen wir in das *Fritten-Atelier*. Das wirst du nie vergessen. Übrigens bekommen wir dort auch leckere Drinks und Cocktails.«

»Dann nehmen wir besser ein Taxi«, riet Mickerts.

Stöhnend öffnete er langsam die Augen. Das Tageslicht fiel schräg durch die Vorhänge. Daher konnte es nicht spät sein. »*The day after*«, kommentierte Mickerts den Zustand seines Kopfes. Das Fritten Atelier war besser, als er sich das vorgestellt hatte. Zwei ausgefallene Portionen hatte er geschafft, bevor er mit Jules dazu übergangen war Gin Tonic Variationen auszuprobieren. Er wusste nicht mehr wie viele Gläser es waren und wann sie nach Hause kamen. Darum war es kein Wunder, dass es dem Detektiv nicht besser ging. Auf dem Flug nach Düsseldorf hatten sie trotz des zweiten Aspirins kaum ein Wort gesprochen. Die Maschine landete pünktlich um 13:25 Uhr und sie gingen mit ihren Rollis gleich zum Schalter der Autovermietung.

»Du verstehst, dass ich ein größeres Auto reserviert habe«, spielte Mickerts auf das kleine Cabrio des Detektivs an.

Jules zuckte mit den Schultern. »Wer die Musik bestellt, bezahlt sie auch«, sagte er.

»In dem Fall das LKA Sachsen.«

Eine dreiviertel Stunde später parkte Mickerts den schwarzen A6 Kombi vor dem Wuppertaler Polizeipräsidium.

Jules und Benno mussten nicht lange warten, bis sie abgeholt wurden. Polizeihauptkommissar Friedrich Keller erwartete sie bereits und führte sie in einen hellen Besprechungsraum.

»Herzlich willkommen«, sagte Keller. »Sie wissen, dass eine Zusammenarbeit auf direktem Weg nicht möglich ist? Sie sind für mich als Polizist des LKA Sachsen auf fremdem Boden tätig. Noch mehr allerdings Herr van Dyck aus Belgien.«

»Der Fall macht aber eine Zusammenarbeit auch für Sie erforderlich«, meinte Jules.

»Nur wenn es mich in meinem Fall weiterbringt«, sagte Keller.

»Das ist nur bedingt richtig. Der Fall berührt ebenso die Interessen des LKA Sachsen, wie auch die der belgischen Polizei, Herr Kollege. Ohne Herrn van Dyck hätten wir in keinem der Fälle einen Zusammenhang erkannt und würden weiter im Dunkeln tappen. Unsere Informationen helfen zudem auch Ihnen von der Mordkommission in Wuppertal weiter. Wissen Sie wo sich Fischler derzeit aufhält?«, fragte Mickerts.

Keller schüttelte den Kopf. »Als ich kurz mit ihm telefonierte, war er auf dem Weg nach Moskau. Dort müsste er inzwischen angekommen sein. Ich denke, dass ich eine Zusammenarbeit rechtfertigen kann, wenn ich zusätzliche Informationen erhalte«, sagte Keller.

»Deshalb sind wir auch hier. Jules, gib Herrn Keller doch deine Todesliste«, forderte ihn Mickerts auf.

»Todesliste?«, Keller zog die Augenbrauen hoch und nahm von Jules das Papier entgegen.

»Eigentlich war es die Liste der ermittelten Nachfahren in meinem Erbschaftsmandat. Aber inzwischen sind 16 Personen von Miami bis Moskau ermordet worden. Nur vier konnten bisher überleben«, sagte Jules.

»Und einer davon ist Karsten Fischler, der nur durch Zufall und aufgrund einer Verwechslung noch am Leben ist«, sagte Mickerts. »Herr Kollege, wir wissen, dass mehrere Killer an den Ermordungen beteiligt sind. Einen von ihnen haben wir in Sachsen erwischt. Er ist aber bei seiner Flucht und einem Schusswechsel erschossen worden. Auf die Spur eines weiteren Killers haben Sie mich durch die Phantomzeichnung des Herrn Winkels gebracht. Ein Datenabgleich ergab einen Volltreffer.« Mickerts reichte dem Kommissar erneut ein Foto von Slavko Jovanovic.

»Gibt es Erkenntnisse, wo er sich aufhält?«, fragte Keller.

»Wo sich Jovanovic derzeit aufhält, wissen wir nicht. Aber ich gehe davon aus, dass er mit unterschiedlichen gefälschten Papieren unterwegs ist. Als Scharfschütze gilt er als Spezialist unter den Killern und bietet seine Dienste auf einschlägigen Seiten im Dark Net an«, sagte Mickerts.

»Gibt es einen internationalen Haftbefehl?«

»Leider nicht. Das LKA Sachsen hat den zwar beantragt, aber die Staatsanwalt tut sich schwer damit, weil ihnen nur eine Phantomzeichnung für mindestens zehn Fälle zugrunde liegt.«

»Für drei der vier lebenden Nachfahren haben wir Schutz in Belgien erwirkt. Haben Sie etwas zum Schutz von Karsten Fischler unternommen? Schließlich gab es auf ihn schon einen Anschlag«, fragte Jules.

»Sobald er wieder in Wuppertal ist, sollte er Personenschutz bekommen«, sagte Keller.

»Ich fürchte, das reicht nicht, Herr Kollege«, meldete sich Mickerts zu Wort. »Er braucht Schutz, sobald er die Grenze übertritt. Also schon am Flughafen.«

»Ich werde sehen, was sich machen lässt. Gibt es Erkenntnisse zu den Auftraggebern?«, wollte Keller wissen.

Mickerts sah Jules an und schüttelte den Kopf. »Leider nein. Dazu müssten wir an Jovanovic herankommen.«

»Und der lässt die Morde gerne als Unfälle aussehen, damit er sich bequem aus dem Staub machen kann. Er hinterlässt keine Spuren und ist nach der Tat unsichtbar. Wir müssen nicht ihm, sondern den Opfer folgen, um ihn zu erwischen«, sagte Jules.

»Naja, mehr als Fischler zu schützen und Spuren zu sichern kann man nicht tun, Herr van Dyck«, sagte Keller belehrend und trank einen Schluck Kaffee.

»Ich denke doch. Und da kommen Sie ins Spiel, Herr Kommissar«, sagte Jules.

Keller zog die Stirn in Falten. »Da bin ich aber gespannt.«

»Man muss ihm eine Falle stellen. Mit einem Köder, dem er nicht widerstehen kann. Slavko Jovanovic arbeitet stets nach dem gleichen Muster. Das heißt, dass er zuvor das Opfer ausspioniert oder gar den Ort des geplante Attentates.«

»So wie im Fall von Jürgen Salmikeit. Dort hatte er zuvor als Hundebesitzer sogar meine Kollegin in ein harmloses Gespräch verwickelt, um unsere Sicherheitsmaßnahmen zu checken. Da er in keiner Fahndungsliste steht, war es für ihn auch kein Risiko«, sagte Mickerts.

»Aber jetzt wissen wir mehr und haben sogar ein Foto von ihm«, sagte Jules.

Keller hob beide Hände. »Meine Herren. Ich habe Ihnen bisher aufmerksam zugehört und Sie haben mir die Tragweite des

Falls und die erhöhte Gefahr für Karsten Fischler deutlich gemacht. Aber glauben Sie allen Ernstes, dass ich Herrn Fischler als Köder missbrauchen würde?«, sagte der Kommissar.

»Genau darüber möchten wir uns mit Ihnen beraten, Herr Keller«, sagte Jules. »Drei Personen und Ziele kommen aus Belgien und dort sind Polizeiaktionen mit menschlichen Ködern verboten. Bleibt nur Herr Fischler.«

»Nein, und nochmals Nein!«, sagte Keller. »Ermitteln Sie die Täter und Hintermänner auf andere Art. Über diese verrückte Idee brauchen wir uns nicht zu beraten. Im Übrigen warne ich Sie davor, in Wuppertal auf eigene Faust zu ermitteln. Unser Gespräch ist auch hiermit beendet«, sagte Keller schroff.

Jules und Benno verließen das Präsidium. »Was für ein Arschloch! Lass uns zu diesem Gossarah fahren«, sagte Jules.

30

»Schön, dass ihr alle Zeit habt und pünktlich an unserer Zoom-Konferenz teilnehmt. Aber bitte haltet euch weiterhin daran, keine Namen zu nennen. Die Vorsichtsmaßnahme hat uns bisher nicht geschadet und wird es auch heute nicht. Ich habe die Konferenz einberufen, weil wir eine Entscheidung zu treffen haben«, sagte die rauchige Stimme der Versammlungsleiterin.

Die grauhaarige Frau benebelte das Bild eines Sandstrandes auf der Fototapete in ihrem Hintergrund mit Qualm und hielt mit zwei Fingern die Zigarettenspitze umklammert.

»Wir machen doch Fortschritte, *Sandstrand*. Nur noch zwei der Nachfahren sind zu erledigen. Warum also diese Konferenz?«, fragte die auf Jugendlich gestylte Rothaarige vor der Fototapete mit einem grünen Wald.

»Das werde ich gleich erklären, *Wald*«, sagte Sandstrand.

»Aber *Wald* hat recht. Wir wollten erst ein halbes Jahr nachdem alles erledigt ist wieder zusammenkommen«, sagte die älteste von ihnen mit der Knollennase vor der Mohnblumen Fototapete.

»Wartet doch erst ab, um was es geht«, mischte sich die Jüngste vor der Unterwasserwelt Fototapete zu Wort.

»*Korallenriff* hat Recht«, begann Sandstrand. »Die Brüder werden noch diese Woche verunglücken. Aber leider hat der Alte einen Narren an dem Trottel aus Brüssel gefressen. Er will, dass er verschont bleibt.«

»Wollen wir das Risiko eingehen und die schlechteste Variante in Kauf nehmen?«, fragte Mohnblume.

»Das ist die Frage. Er hatte keinen Kontakt zu den anderen und weiß nichts von dem Testament. Und solange die Schnüffler aus Dresden und Antwerpen keinen Kontakt zu ihm aufnehmen, sollte nichts passieren«, sagte Sandstrand.

»Mein Gott. Dieser senile Spinner war schon immer romantisch veranlagt. Lasst uns das Problem wie geplant beseitigen, sobald die Brüder aus dem Weg sind«, sagte Wald.

»Gut. Dann lasst uns darüber abstimmen, bevor ich von dem zweiten Problem berichte«, sagte Sandstrand. »Wer ist dafür Brüssel wie geplant zu beseitigen?«, fragte sie und bekam gleich darauf das Votum. Mit drei Ja Stimmen und einer Enthaltung wurde für die Beseitigung gestimmt.

»Damit steht die Prophezeiung wieder in einem guten Licht«, sagte Mohnblume.

»Dem Veteran ist ein bedauerlicher Fehler unterlaufen«, begann Sandstrand. »Er hat statt des Pizzaboten seinen Mitbewohner erwischt und der hat überlebt. Sie müssen sich sehr ähnlich sein. Das Problem ist, dass er ihn beschreiben kann und der Pizzabote vorgewarnt ist.«

»Na und? Der Veteran muss seinen Fehler korrigieren und sich nun um beide kümmern«, sagte Korallenriff.

Sandstrand blies Qualm in die Kamera ihres Laptops.

»Ich bin dafür, dass er zuerst den Trottel aus Brüssel erledigt und sich dann sofort um die beiden in Wuppertal kümmert«, sagte sie mit einem Hustenanfall.

Bei dieser Abstimmung wurde diese Vorgehensweise einstimmig von ihnen entschieden und die Zoom Verbindung beendet.

31

Die Straße bis Tucapita war holperig, aber trocken und befahrbar.
Der Toyota Geländewagen zog eine große gelbe Staubwolke hinter sich her. Slavko war Hitze gewohnt, aber die Luftfeuchtigkeit im Orinoko Delta trieb ihm den Schweiß nicht nur auf die
Stirn. Sein Hemd war vollkommen durchnässt und die Jeans
klebte an seinen Beinen. Er musste dringend duschen, wenn
er mit dem Por Puesto Jeep und sechs weiteren Fahrgästen angekommen war. In Tucapita endete ohnehin Straße. Danach
kamen nur noch Siedlungen der Warao, die ausschließlich mit
dem Boot erreichbar waren. Die Schaukelei zwischen den In-
dios, die ihn aufmerksam musterten, ging ihm auf die Nerven.
Deshalb war er froh, als der Toyota sein Tempo reduzierte und
erste Häuser des kleinen Ortes in Sicht kamen. Direkt am hübschen Plaza Bolivar hielt der Wagen schließlich und alle stiegen
aus. Slavko zog seinen olivgrünen 70 Liter Rucksack bis zur
Ladekante und schulterte ihn. Damit, und mit einer Kamera
um den Hals hielt ihn jeder für einen Rucksacktouristen, von
denen einige ins Delta kamen. Nahezu 90 Prozent Luftfeuchtigkeit bei 42 Grad machten ihm das Atmen schwer. Er fragte sich,
wie man hier nur leben konnte und ging zu einer Gruppe Männer, die diskutierend vor einer Tienda standen und ein Polar
tranken. Er war sicher, dass der Kiosk neben ein paar Süßig-
keiten und Lebensmitteln seinen Hauptumsatz mit kaltem Bier
machte. Slavkos Spanisch war miserabel, aber er konnte den
Gesprächen trotzdem halbwegs folgen und auch ein eiskaltes
Polarbier für umgerechnet 12 Cent bestellen. »Caballeros. Por

favor, donde está un Hotel cerca de aqui?«, fragte er nach einem Hotel in der Nähe.

Trotz seiner schlechten Aussprache hatte man ihn verstanden und er bekam die gewünschte Auskunft. Ein großes Hotel, sagte ein Bauer, gäbe es in Tucapita nicht. Aber eines mit Klimaanlage und Dusche wäre in der nächsten Seitenstraße zu finden. Er bedankte sich, trank sein Bier aus und ging zu dem Hotel, das letztendlich nichts anderes als eine etwas bessere Posada, einer Art Pension, war. Erleichtert checkte er für drei Tage ein, gab ein großzügiges Trinkgeld und ging auf sein Zimmer. Die alte, ratternde Klimaanlage war auf die höchste Stufe gestellt und es war saukalt in dem Raum. Von einem Extrem ins nächste. Ganz oder gar nicht. Auch das war typisch für Südamerika. Der Serbe riss zuerst ein Fenster auf und ließ warme Luft herein, bis es erträglicher wurde. Wie erwartet konnte die Wassertemperatur in der Dusche nicht reguliert werden. Aber eine Abkühlung war ohnehin dringend angesagt. Deutlich länger als sonst blieb Slavko unter dem Wasserstrahl und beendete das Duschen erst, nachdem er abgekühlt war und legte sich anschließend nackt auf das Bett. Entspannt lag er auf dem Rücken, schloss die Augen und dachte an den Vortag in Maturin. Interessant fand er einen Laden in der Straße des Hotels. Dort bot eine Bruja, eine Hexe, ihre Waren und Dienstleistungen an. Die Regale waren voll von Tinkturen und Pulvern zu allen möglichen Zwecken. Obwohl die Venezolaner zu 98 Prozent Katholiken waren, ging jeder auch zu den Brujas, um dort Hilfe für alltägliche Probleme zu finden, hatte er in dem Reiseführer gelesen. Slavkos Großmutter hatte ihm Respekt für Magie vermittelt und noch heute nahm er besonders die Kunst der Schwarzen Magie ernst. Er fand das Angebot erstaunlich. Neben harmlosen Mitteln gegen Warzen, Fußpilz und Tinkturen, um Geister zu besänftigen oder die Angebetete verliebt zu machen, fand er schließlich ein Pulver, das ungeliebte Menschen verschwinden lassen sollen, sofern man das Pulver nachts und bei Vollmond vor deren Tür streut. Er kaufte eine große Packung eines weißen Pulvers, das den Tod anderer Menschen kurzfristig herbeiführen sollte. Grinsend dachte er, dass er es noch in Venezuela anwenden würde und schlief trotz dem Geknatter und Quietschen der Klimaanlage entspannt ein und wachte zwei Stunden später erholt wieder auf.

Slavko hatte Durst, musste noch ein paar Einkäufe tätigen und für den nächsten Tag ein stabiles Boot buchen. Doch zuvor brauchte er ein paar Auskünfte. Er gab seine Fragen in den Google Übersetzer ein und lernte den spanischen Text auswendig. Mit einem frischen, aber langärmeligen Hemd ging er aus dem Hotel, um seine Tattoos zu verbergen. Vor dem Laden standen noch immer die Männer. Sie erzählten, tranken und lachten lautstark. Slavko gesellte sich zu ihnen und bestellte für alle ein Polar. Die Männer prosteten ihm dankend zu. Er sagte ihnen halb spanisch, halb englisch, dass er Anschluss zu den Ingenieuren suche.

»Ich bin ein britischer Energie Wissenschaftler«, erklärte der Killer, »und bin hier, um das Projekt der Regierung kritisch zu beobachten.«

»No problemo«, sagte einer der Männer. »Ich habe gehört, wo die hin wollen und weiß in welcher Lodge die Ingenieure übernachten.«

»Das ist ein Glück für mich«, sagte Slavko. »Ich hatte meinen Flug verpasst und bin ein paar Tage zu spät gekommen.«

Der Mann hatte glasige Augen und legte ihm kameradschaftlich einen Arm um die Schulter.

»Die belgischen Ingenieure wollen die Umgebung von La Esperanza erkunden. Die Amis und Kanadier El Toro und Sacoroco«, sagte er.

»Und wo übernachten die Belgier? Ich kenne die beiden recht gut.«

»Sie wollten ins Camp Maraisa. Das liegt vor San Francisco de Guayo«, erklärte er Slavko.

»Das ist ziemlich weit draußen«, sagte ein jüngerer Warao. »Am besten wird es sein, wenn Sie einen kundigen Guide nehmen«, riet er ihm.

Slavko nahm einen großen Schluck und schüttelte den Kopf. »Ach was. Mit der richtigen Karte schaffe ich das schon. Außerdem wollte ich anhalten können, wann mir es gefällt und ein wenig die Natur bewundern.«

»Wie Sie meinen. Aber mancher hat sich in den vielen Kanälen schon verfahren«, sagte der Warao.

»Wenn Sie auf den Hauptkanälen bleiben, geht es schon«, sagte der Alte. »Nur wenn Sie zu oft abfahren, wird es schwierig. Wer keine geführte Venezuela-Gruppenrundreise macht, kann im Ort Safaritouren mit Boot und eine Unterkunft in einem Camp buchen. In Reisebüros oder im Hafen finden Sie alles was Sie brauchen.«

»Wenn Sie Zeit haben, sollten Sie auf jeden Fall noch eine Dschungel Walk-Tour und einen Nachtausflug einplanen. Und natürlich Piranhas angeln. Die schmecken übrigens ausgezeichnet«, sagte der Alte.

»Das ist viel auf einmal«, sagte Slavko grinsend. »Auf jeden Fall Danke für die Ratschläge. Ich spendiere noch eine Runde und dann mache ich ein paar Einkäufe.«

Alle wichtigen Informationen hatte er bekommen. Jetzt brauchte er noch ein Boot, eine Machete, eine Karte, einen Kompass sowie eine Angelausrüstung mit Ködern.

Nach drei Stunden hatte er alles eingekauft und ein Boot mit Stahlrumpf und PS starkem Außenbordmotor für den nächsten Morgen gemietet. Die Machete prüfte er auf seinem Zimmer auf die Schärfe und verstaute sie zusammen mit seinem übrigen Einkauf in seinem Rucksack. Vier zerlegte Hühnchen deponierte er in der kleinen Zimmerbar.

Slavko war fasziniert von der Naturwelt des Deltas. Am Morgen hatte er seine Ausrüstung auf das große und schnelle Stahlboot gebracht und fuhr bis kurz vor die Lodge Camp Maraisa. In sicherer Entfernung wartete er darauf, dass ihr Boot ablegte. Erst als sie den Einbaum bestiegen und ablegt hatten, warf er den Motor an und fuhr langsam zu der Anlegestelle der Lodge. Er band sein Boot an, nahm einen kleinen Rucksack mit alten T-Shirts und ging zu dem Camp.

»Guten Morgen, mein Name ist John Higgins und ich komme aus England. Ich hoffe, hier die Brüder Noé und André Laurent anzutreffen«, sagte er freundlich.

Der Mann an der Rezeption musterte Slavko kritisch. »Warum fragen Sie nach ihnen?«, sagte er nur.

»Entschuldigung, ich habe das nicht gesagt. Ich bin, wie die beiden, Kraftwerks Ingenieur, aber auch Wissenschaftler. Ich kenne die Brüder seit vielen Jahren. Leider hatte ich meinen Flug verpasst und komme etwas verspätet ins Delta, Ich hoffe, Sie haben noch ein Zimmer für mich.«

»Die Laurents sind gerade eben aufgebrochen. Ja, ein Zimmer habe ich frei. Entweder Sie haben ein schnelles Boot, oder warten hier bis heute Abend oder morgen auf sie. Aber wenn Sie sich beeilen, müssten Sie die Brüder noch erreichen. La Esperanza ist gute drei Stunden entfernt«, sagte der Mann.

Slavko legte den gefälschten Ausweis zusammen mit Hundert Dollar auf den Tresen. »Länger als drei Nächte bleibe ich auch nicht. Danach muss ich wieder nach Caracas«, log er.

Er notierte seinen Namen und die Ausweisnummer, holte einen Schlüssel hervor und begleitete ihn zu dem Zimmer.

»Frühstück gibt es von 7 bis um 10 und wenn Sie etwas trinken möchten, können Sie an der Rezeption Wasser oder Bier kaufen. Die Gäste teilen sich zwei Duschen am Ende des Flurs«, sagte er und gab ihm den Schlüssel.

»Vielen Dank. Ich freue mich darauf gleich ein paar Piranhas zu angeln und werde auf die Brüder Laurent warten. Auf einen Tag mehr oder weniger kommt es nicht an«, sagte Slavko gelassen.

Der mürrische Mann ging nach vorne und Slavko wartete einen Moment. Dann ging er mit dem Pulver der Bruja in den Gang, verstreute es auf den Fußmatten der sieben Zimmer und legte die leere Tüte auf den Tisch seines Zimmers. Seit gestern war Vollmond und er war überzeugt, dass das Pulver Wirkung zeigte. Ohne den Rucksack mit den Altkleidern verließ er die Lodge und legte ab. 35 Minuten Vorsprung holte er schnell auf.

Juan José lebt von dem Glück der Besucher im Orinoko Delta. Naturfreunde, Ornithologen, Touristen und Naturforscher waren seine Kunden.

»Ich bin heute euer Vater und eure Mutter, eure Krankenschwester und euer Rettungsschwimmer, euer Naturkundelehrer und euer Fremdenführer«, stellte er sich den Brüdern Laurent vor.

Der drahtige Mann durfte um die Mitte 50 sein, stammte aus Barcelona und lebte seit gut zwei Jahrzehnten im Dschungel – erst als Bauunternehmer in Ciudad Guayana und jetzt als Guide im Delta, hatte ihnen der Inhaber in der Lodge erklärt. *Jedes Dorf der Warao und jeden Nebenarm im Delta kennt er. Er weiß, wo sich die rosa Delfine aufhalten und kennt ihren Zeitplan.* Er wisse, wo sich die Piranhas tummeln, die in Venezuela Caribe genannt werden. *Er angelt sie für euch,* sagte der Mann aus der Lodge, *und er bereitet sie über dem Lagerfeuer zu.*

»Ich warne euch vor den bissigen Piranhas, aber noch mehr vor den Bissen der 24 Stunden Ameise. Die Körperstellen, in die sie beißt, verharren starr für 24 Stunden in ihrer letzten Stellung«, warnte er die Brüder, als sie in seinem Boot waren.

»Das wäre ja billiger als Viagra und hält auch noch länger an«, scherzte André.

»Ich glaube nicht, dass du die Erfahrung machen möchtest. Die Schmerzen sind mit nichts vergleichbar«, sagte Juan José und löste die Taue des schmalen Bootes, das sie zu den nächsten möglichen Standorten für Gasturbinen bringen sollte. Nur diese von den Brüdern entwickelte Turbinenart mit einem Wirkungsgrad von 76 Prozent konnte für die Stromerzeugung im Delta geeignet sein. Ihr Boot teilte rasant das Wasser des ruhig fließenden Orinokos. Gleich nachdem sie ihre Lodge am Ufer verlassen hatten, empfing sie die wilde Natur des Dschungels entlang der Uferseiten. Trotz des Motorengeräuschs vernahmen die Brüder das gelegentliche Rufen der Brüllaffen und ein leuchtend blauer Morphofalter mit einer Spannweite von mehr als 10 cm flatterte direkt an Noés Nase vorbei.

»Hast du den gesehen?«, fragte er André. »Einen so schönen und riesigen Schmetterling habe ich noch nie gesehen!«

»Ich habe sogar ein paar Fotos von ihm gemacht. Die kannst du deinen Kindern zeigen, wenn wir zurück sind«, sagte André.

Grinsend nahm Juan José ihre Bewunderung wahr und drosselte kurz darauf den Motor. »Schaut, dort rechts in den Bäumen«, sagte er leise und deutete auf eine Stelle am Ufer. Noé entdeckte ihn zuerst. Der Riesentukan saß auf einem Ast und war mit seinem großen gelben Schnabel kaum zu übersehen. Der Guide beschleunigte wieder und sie sahen dem paradiesischen Vogel nach. André war sich bewusst, dass sie gerade unberührter und gewaltiger Natur begegneten. Er verstand nicht viel von der Flora und Fauna, aber der Artenreichtum musste im Delta gigantisch sein.

»Sie sind fast blind«, sagte Juan José beinah beiläufig und sie entdeckten das rosafarbene Delfinpärchen erst im letzten Moment als es an dem Boot vorbeischwamm. Die Hitze und die enorme Luftfeuchtigkeit nahm André nicht mehr wahr. Zu intensiv hielten ihn die vielen Eindrücke in ihrem Bann.

Als er nochmals den Motor drosselte hielt Juan José den Zeigefinger vor den Mund, ließ den Motor komplett ersterben und zeigte auf die linke Uferseite. Mehrere hängende Nester der Webervögel hingen ihnen zugewandt in den Ästen. Die Brüder sahen, wie die kleinen gelben Vögel von unten in ihre auffälligen Nester flogen. Nur ein Stück weiter saß ein schwarz-gelb gefiederter Troupial in einem Baum. Doch die Stille wurde von einem sehr schnell vorbeifahrenden Boot unterbrochen und scheuchte die Vögel auf.

»Das muss das Mekka für jeden Ornithologen sein«, stellte Noé fest. »Mit dieser Natur muss man sorgsam umgehen!« sagte er und blickte verärgert dem schnellen Boot nach. »Und solche Typen kümmert das gar nicht!«

»Das sehe ich auch so«, sagte André und meinte damit ihr künftiges Handeln in diesem Projekt.

»Dann solltet ihr mal mit den beiden kanadischen Ornithologen sprechen, die heute früh in der Lodge angekommen sind. Vielleicht lassen sie euch an einem Bird Watching in den Morgenstunden teilnehmen. Oder ihr nehmt an einer spannenden Jungle Walk-Tour teil«, empfahl Juan José.

»Das sollten wir noch vor unserer Abreise unbedingt machen«, sagte André und Noé nickte zustimmend.

»In etwa eineinhalb Stunden erreichen wir La Esperanza.«

»Vor dem Ort müssen ein paar Caños, abgehen. Nur diese Seitenarme sind für uns von Interesse«, sagte Noé dem Skipper.

Sie wollten sich das Gebiet zwar ansehen. Doch beiden war klar, dass sie den Auftrag so oder so ablehnen würden. Diese Natur durfte nicht durch ein Kraftwerk zerstört werden.

Er nahm die Abzweigung in einen Caño, einem kleinen Seiten-arm des Orinokos. Wie erwartet war das Wasser vor dem schwimmenden Pflanzenteppich voller Piranhas. Trotzdem fütterte er sie mit dem Fleisch der Hühnchen an. Immer wenn er größere Stücke ins Wasser warf, brodelte die Oberfläche des Hauptarms von den wilden Fleischfressern. Er warf einen Haken mit Hühnerhaut an einer Schnur ins Wasser und in weniger als einer Minute hatte Slavko einen Fisch gefangen. Doch der Haken war zu schwach. Der Stahl wurde trotz der mehrfachen Windungen durch das starke Gebiss des Tieres einfach durchgebissen. Mit einem größeren Haken fing er schließlich ein Exemplar von 30 cm Länge. Aus Angst um seine Finger schlug er den Fisch mehrfach hart gegen den Kopf und löste erst dann den Haken. Nach dem Vergnügen zog er sich lauernd in den Caño zurück. Auf dem Hauptarm waren nur wenige Boote und Einbäume der Waraos vor La Esperanza unterwegs. Motorboote mussten sehr langsam durch die schwimmenden Pflanzenteppiche hinter dem Seitenarm fahren, da sich diese schnell in den Schrauben verfingen. Umso mehr hungrige Piranhas fanden unweit der Schwimmpflanzen ihre Nahrung. Endlich hörte er das Motorengeräusch eines näher kommenden Bootes. Mit dem Fernglas erkannte er die Brüder Laurent. Der Serbe griff in den Eimer und warf blutiges Hühnerklein weit vor ihm in das Wasser, bis der Eimer leer war. Das Motorengeräusch kam näher und er fuhr ein Stück zurück. Ein paar Minuten musste er warten und er warf einen letzten Blick auf die bereitliegende geschärfte Machete neben ihm. Als das kleine Boot mit den belgischen Ingenieuren und ihrem Guide in Sichtweite kam, drehte Slavko den starken Motor seines Bootes voll auf und fuhr mit Hochgeschwindigkeit mitten in das Boot hinein. Wie mit der Kraft einer Sense zerbrach krachend das Holz des Einbaums unter dem Stahl seines Rumpfes. Der Guide fiel sofort ins Wasser. Geschickt verletzte er André und

Noé mit der brutalen Gewalt seiner Machete am Oberkörper. Mit schreckverzerrten Gesichtern sahen sie zu ihm, als Slavko nur etwas weiterfuhr, um das Geschehen zu beobachten. Die erbärmlichen Reste ihres Bootes füllten sich binnen Sekunden mit Wasser und beide fielen in den Strom. Ihre Versuche sich an Land zu retten scheiterten durch die gierigen Bisse der Fleischfresser augenblicklich. Slavko nahm mit Genuss ihre Schreie im Todeskampf wahr, bis die Brüder nach zwei Minuten schließlich untergingen. Danach ließ er die Machete ins Wasser gleiten und startete den Außenbordmotor. Mit seinen vier geangelten rotbäuchigen Piranhas machte er sich auf den Rückweg nach Tucapita. In der Lodge mit dem Pulver der Bruja und dem Rucksack voller Altkleider würde man auch die Tüte des Pulvers finden und den Polizisten zusätzliche Rätsel aufgeben. Bei gemütlicher Fahrt durch das Delta hatte der Serbe endlich die Zeit, die Tiere in den Bäumen am Ufer zu beobachten. Nach einer Stunde präsentierte er dem Bootverleiher seinen Fang.

»Das hat sich ja gelohnt«, sagte der Mann, als er das große Exemplar sah. »Und noch alle Finger dran?«, fragte er amüsiert.

»Oh ja. Ich war vorsichtig. Es hat mir viel Freude gemacht. Es ist hier wunderschön und werde nicht zum letzten Mal im Delta gewesen sein. Aber ich habe leider einen schwimmenden Baumstamm gerammt. Ihr Boot hat vorne eine kleine Beule. Selbstverständlich komme ich für den Schaden auf«, sagte Slavko und gab dem Mann dreihundert Dollar.

32

Das Intercontinental lag zentral im Herzen Moskaus fußläufig
entfernt zu den großen Sehenswürdigkeiten der Stadt. Die Ausstattung seines einfachen Zimmers mit 35 qm war eine kleine
Sensation nach der 17stündigen Fahrt von Warschau. Vom frischen Bademantel bis zur gefüllten Minibar unter dem Kaffee-
kocher fehlte es an nichts. Doch bevor er sich den großen Kreml-
palast und die mit ihren bunten Zwiebeltürmen weltberühmte
Basilius Kathedrale ansah, brauchte Karsten eine Runde Schlaf.
Er konnte sich um 10 Uhr den Luxus leisten, ein paar Stunden
zu ruhen, bevor er die Metropole erkundete. Auf dem Weg nach
Moskau hatte er noch vor dem Grenzübertritt nach Belarus die
Waffe in einem Graben verschwinden lassen.

Ausgeschlafen weckte ihn ein Anruf aus Deutschland. Kommissar Keller informierte ihn, dass Michael aus der Intensivpflege
entlassen sei, aber weiter geschützt wurde. Die Gefahr für Karsten
rückte greifbar nahe und er musste alle Warnung ernst nehmen.
Alleine deshalb würde er diesen Auftrag nach dem Zwischenstopp in Moskau schnellstens zu Ende bringen und sich mit
Hamad über seine Sicherheit beraten.

Miniröcke, Stöckelschuhe, hautenge Blusen, figurbetonte
Jeans und Röcke, Knallroter Lippenstift, perfekte Schminke
und makellos gepflegte Fingernägel. *Unfassbar, wie weiblich die
sich anziehen*, dachte Karsten als er gegen Mittag ein Restaurant
in der Nähe des Hotels betrat. Ganz anders, als in Deutschland
kleidete sich jede Russin, die er sah bewusst feminin. Keine der
Schönheiten trug flache Latschen, so wie es 80 % der Frauen

in Wuppertal taten. Und sie bewegten sich auch anders. Geschmeidig wie Katzen schritten zwei Blondinen an seinem Tisch vorbei. Karsten konnte sich an ihnen gar nicht sattsehen und bemerkte erst nicht, dass der Kellner schon länger schweigend neben ihm stand und auf seine Bestellung wartete.

»Oh, verzeihen Sie«, entschuldigte er sich verwirrt bei dem Mann auf Deutsch.

Unerwartet antwortete er lächelnd in seiner Sprache. »Das geht den meisten Männern so, wenn sie zum ersten Mal in eine russische Stadt kommen. Was darf ich Ihnen bringen?«

»Ich habe noch nicht in die Karte gesehen. Aber ich nehme zuerst einen Gin Tonic«, sagte Karsten und sah sich neugierig weiter um. Lag es an dem Restaurant, oder war das Auftreten russischer Frauen tatsächlich so anders? Er brauchte keine Gedanken darüber verlieren, denn der Kellner kam mit dem Gin.

»Danke«, sagte er höflich, als er das Glas brachte.

»Wenn Sie länger bleiben und ausgehen wollen, kann ich Ihnen paar Ratschläge zu den Frauen geben, wenn Sie mögen.«

»Sehr gerne. Ich wollte heute was unternehmen«, sagte Karsten.

»Jetzt ist viel zu tun. Aber in einer halben Stunde werde ich abgelöst und habe dann etwas Zeit.«

»Perfekt. Dann bestelle ich einfach das Tagesmenü.«

Noch kauend stellte er sich die Frage, warum sich Russinnen so viel mehr mit ihrem Outfit beschäftigen, als sein Smartphone eine eingehende Nachricht meldete. Obwohl Karsten es vermied in Restaurants das Ding überhaupt nur zu berühren, sah er kurz nach. In einer SMS bat ein Jules van Dyck aus Antwerpen um seinen dringenden Rückruf.

»Also«, sagte der Kellner und stellte ein neues Glas Gin Tonic zu ihm auf den Tisch. »Ich heiße übrigens Vladimir, wie unser in Deutschland wenig beliebter Präsident«, ergänzte er lachend. Der schmächtige Mann setzte sich an seinen Tisch. Er musste Anfang 40 sein, hatte kurzes braunes Haar und gepflegte Hände. »Ich habe mal in Berlin gelebt und gearbeitet. Daher kenne ich auch den Unterschied zwischen russischen und deutschen Frauen. Und das, obwohl ich schwul bin«, sagte Vladimir lachend.

»Oh. Das hätte ich nicht gedacht! Ich heiße Karsten«, sagte er und hielt ihm seine Hand entgegen.

»Angenehm. In Deutschland konnte ich in der Öffentlichkeit meine sexuelle Neigung zeigen. Das geht in Russland nicht ohne weiteres. Deshalb war es dort für mich leichter. Aber Heimat ist Heimat. Das Heimweh hatte mich schließlich wieder zurück nach Moskau geführt.«

»Jeder sollte seine Sexualität leben können! Aber auch als das was sie ist, behandeln. Als reine Privatsache«, sagte Karsten. »Und was ist an den russischen Frauen so anders?«

»Gutes Aussehen ist für Russinnen gleichbedeutend mit einem, für deutsche Begriffe, hemmungslos weiblichen Aussehen. Als essenziell gelten Schuhe mit hohen Absätzen, Figur betonende, hautenge Kleidung, makellos gepflegte Fingernägel und eine aufwendige Frisur.«

»Details, die mir hier sofort auffielen«, sagte Karsten.

»Richtig. Aber das würdest du überall so bemerken. Selbst in der U-Bahn oder auf dem Markt ist das so«, sagte Vladimir.

»Erstaunlich. Und woran liegt das?«

»Die Frauen betrachten sich als gleichwertig. In der ehemaligen UdSSR war Gleichberechtigung selbstverständlich. Gleichzeitig gibt es einen größeren Frauenüberschuss, als in Deutschland und das macht Druck im Konkurrenzkampf. Während im Schnitt russische Frauen 70 Jahre alt werden, sind es bei Männern nur 57 Jahre. Das mag an dem Vodkakonsum der Russen liegen«, mutmaßte der Kellner lachend.

»Das hätte ich nicht gedacht. Aber es leuchtet mir ein.«

»Anders als in Deutschland begrüßt man Frauen weniger mit Küsschen, sondern reicht ihnen die Hand, wie einem Mann. Und es gibt noch ein paar Dinge, die du wissen solltest«, sagte er.

»Wenn du die beherzigst, wirst du heute Abend nicht alleine zurück ins Hotel müssen«, lachte er.

»Eigentlich wollte ich nur das Nachtleben ein wenig kennenlernen. Cocktails, gute Musik und Unterhaltung. In der übernächsten Nacht breche ich wieder auf. Ich muss bis Usbekistan fahren, Vladimir«, erklärte Karsten.

»Dann solltest du hinter Moskau eine andere Strecke wählen, denn nur 30 Kilometer hinter der Stadt ist die Straße gesperrt und es gibt keine ausgeschilderte Umleitung.«

»Danke für den Hinweis. Ich plane das ein«, sagte Karsten.

»Also, wieder zu den Frauen. Geiz gilt in Russland überhaupt nicht als geil. Auch nicht geil ist es, als Frau einen Mann direkt oder indirekt zum Sex aufzufordern, wie es das landläufige Vorurteil der *nuttigen Russin* verbreiten will. Vielmehr bedeutet das Flirten für russische Frauen noch immer ein Spiel nach den Regeln der alten Schule, bei dem der Mann ein Mann sein muss, also Initiative zeigt und der Dame den Hof macht«, sagte er.

»Das gefällt mir«, sagte Karsten.

»Russinnen geben intensiv und offensiv verschiedene Zeichen, spielen zum Beispiel mit ihren Haaren und sprechen betont weiblich, sind ein bisschen zickig, oder sie spielen den lockenden Vamp.«

»Wow. Das hört sich aufregend an. Und wohin gehe ich am besten?«, fragte Karsten.

»MIX Afterparty«, sagte Vladimir nickend. » Dies ist einer der angesagtesten Clubs in unserer Hauptstadt! Ich kann den Club wärmstens empfehlen. Tolle Atmosphäre, hochwertiger Alkohol, gute Musik und schöne Frauen.«,

»Vladimir, ich danke dir für diese Infos. Das erklärt mir vieles. Jetzt werde ich mir noch ein paar Sehenswürdigkeiten ansehen und wie alle Touristen ein paar Fotos schießen«, sagte er lachend und bezahlte mit stattlichem Trinkgeld seine Rechnung.

Karsten verließ das Lokal mit den vielen Schönheiten. Auch wenn es etwas kühler als in Deutschland war, wärmte die Sonne unter dem wolkenlosen Himmel über Moskau. Er trug über dem weißen T-Shirt ein Sakko, das er in Warschau gekauft hatte und darunter eine Jeans. Mit seiner Sonnenbrille schritt er wieder an seinem Hotel vorbei und bewegte sich dem Roten Platz entgegen. Nur zwei Kilometer entfernt lagen dort laut Hotel-Info viele der Sehenswürdigkeiten. Nach dem langen Sitzen während der Fahrt tat ihm der kleine Spaziergang richtig gut. Er kam an einem kleinen und schön angelegten Park vorbei. Ein barocker Springbrunnen plätscherte im Hintergrund, als er eine freie Bank in der Sonne entdeckte. Perfekt, um das Telefonat nach Antwerpen zu erledigen, dachte er sich und wählte die Nummer.

»*Detektei Van Dyck*«, meldete sich Jules.

»Hallo, hier ist Karsten Fischler. Sie hatten mir eine Nachricht geschickt«, sagte Karsten.

»*Hallo Herr Fischler. Es ist gut, dass Sie sich so schnell gemeldet haben. Wo sind Sie gerade?*«

»Ich bin auf dem Weg zum Roten Platz und möchte ein paar Sehenswürdigkeiten Moskaus besichtigen. Aber jetzt sagen Sie mir mal erst, was Sie von mir wollen. Ich kenne niemanden aus Antwerpen«, sagte Karsten.

»*Moskau. Beneidenswert. Herr Fischler, ich wurde von einem großen Notariat damit beauftragt, nach möglichen Erben zu suchen. Es geht dabei um eine Hinterlassenschaft, die vor 200 Jahren angelegt wurde*«, antwortete Jules.

»Donnerwetter. Und ich soll ein Erbe sein?«, fragte Karsten.

»*Ihr leiblicher Vater ist einer der Nachfahren. Als sein*

unehelicher Sohn erfüllen Sie alle Voraussetzungen, das Erbe an-
zutreten. Vorausgesetzt, dass Sie bis zur Eröffnung des Testamentes
überleben, Herr Fischler.«

»Überleben?«, fragte Karsten.

»Sie wissen doch, dass der Anschlag auf Ihren Mitbewohner
Michael Winkels Ihnen galt! Kommissar Keller hat Sie darüber
informiert. Von möglichen Nachfahren, die hätten erben können,
sind bereits sechszehn ermordet worden. Sie mitgerechnet leben noch
vier. Von denen sind Sie als Jüngster derzeit der rechtmäßige Erbe.«

»Herr van Dyck, ich habe lange überlegt, wer Grund hätte
mich töten zu wollen. Jetzt weiß ich es. Wie geht es weiter?«

»Zuerst ist es wichtig, dass Sie zurück nach Wuppertal kom-
men. Hauptkommissar Benno Mickerts vom LKA Sachsen arbeitet
an dem Fall eng mit mir zusammen und Kommissar Keller aus
Wuppertal hat für Sie Personenschutz veranlasst, der Sie in Emp-
fang nimmt, nachdem Ihre Maschine gelandet ist.«

Karsten war sprachlos. Das hatte ihm bisher niemand erklärt.

»Das haut mich um! Nie hätte ich gedacht, dass ich einmal
etwas erben würde. Um welche Summe geht es überhaupt?«

»Das sage ich nicht am Telefon. Nur können Sie sicher sein, dass
es sich um eine große Erbschaft handelt. Sie werden nie wieder
arbeiten müssen, Herr Fischler«, sagte Jules.

Was konnte das bedeuten, überlegte Karsten. Noch vor ein
paar Wochen wusste er nicht, wie er seine Miete bezahlen sollte
und nun sollte er so viel erben, dass er nie wieder arbeiten musste?

»Herr van Dyck, ich kenne Sie nicht, aber Sie machen mich
sprachlos. Ich muss noch ein Auto nach Usbekistan überführen
und kann erst dann zurück«, sagte Karsten.

»Das weiß ich. Ich habe mit Herrn Gossarah gesprochen, der
seine Hilfe angeboten hat, Sie sicher unterzubringen. Sie können al-
lerdings auch eine neue Identität bis zur Eröffnung des Testaments
in Antwerpen haben«, schlug Jules vor. *»Ansonsten dürfen Sie bis*

zu dem Termin das Haus nicht verlassen und Sie werden rund um die Uhr von mindestens vier Männern des Landeskriminalamtes beschützt.«

»Muss ich mich jetzt entscheiden?«, fragte Karsten.

»Nein, das können Sie, wenn Sie zurück sind. Wir werden uns dann kennenlernen und uns beraten, Herr Fischler. Wann werden Sie abfliegen können?«

»Ich schätze, dass ich den Wagen in drei Tagen überführt habe. Aber die von Herrn Gossarah gebuchte Maschine geht erst einen Tag später. Moment ich sehe eben nach«, sagte er und sah auf dem Smartphone nach den Abflugdaten. »Sun Express und Turkish Airlines. Abflug um 15:40 Uhr in Buxoro über Kayseri und Istanbul nach Düsseldorf. Ankunft am nächsten Morgen um 5:15 Uhr«, sagte Karsten.

»So war es geplant. Aber nun wird Sie die Konsulatsmaschine nach Deutschland bringen. Ohne Zwischenstopp und ohne Checkout in vier Stunden bis Düsseldorf. Also schaffen Sie es in drei Tagen mittags abzufliegen?«, fragte Jules.

»Ich werde am Freitagmittag am Flughafen sein.«

»Vielen Dank. Ich wünsche eine gute Heimreise, Herr Fischler.«

Karsten stand auf und ging weiter dem Roten Platz entgegen. Eine große Erbschaft. Wie groß mochte die Erbschaft sein? An eine Millionen Euro wollte er nicht glauben. Doch, wenn Auftragskiller deswegen unterwegs waren und fast zwanzig Menschen bereits getötet hatten, musste es viel Geld sein. Es hatte keinen Zweck, sich darüber den Kopf zu zerbrechen. Karsten verdrängte die Gedanken und konzentrierte sich auf die Eindrücke der russischen Metropole. Während in der Ukraine Krieg herrschte, war hier nichts davon zu merken. Das Leben ging einfach weiter und niemand schien sich in Moskau Gedanken darüber zu machen. Oder die Leute trauten sich nicht, darüber öffentlich zu diskutieren. Karsten hatte seine eigene Meinung zu dem Krieg. Er war der Meinung, dass der Westen und die Nato kein Interesse daran hatte, dass sich die Parteien an den runden Tisch setzten. Vielmehr machte ihm das offensive Säbelrasseln der deutschen Regierung und der Medien mehr Sorgen, selbst wenn Putin die Konfrontation mit der Ukraine gesucht haben sollte. Entgegen aller Versprechen seit 1989 hatte die EU und die Nato ihr Einflussgebiet fast bis vor Putins Haustür ausgedehnt. Dass er sich nicht gefallen lassen würde, dass auch noch die Ukraine hinzukommt, war irgendwie verständlich. Die Amis hätten nicht so lange gefackelt, wie man an Grenada und Kuba gesehen hatte. Er hätte sich gewünscht, dass wenigstens die angeblich friedensliebenden Grünen die Länder zu Verhandlungen drängen würden. Aber genau das Gegenteil war der Fall. Jedenfalls hatte sich Karsten geschworen, über das Thema mit niemandem zu diskutieren. Nicht in Deutschland und schon gar nicht hier.

Endlich kam der Rote Platz in Sicht. Die Aussicht war schon aus der Ferne atemberaubend. Östlich sah er die hohen Mauern des Kremls und davor das Lenin Mausoleum. Dahinter entdeckte er ohne große Anstrengung die phantastische Basilius Kathedrale mit ihren wunderschönen Zwiebeltürmen. Größer, als er annahm stand sie am Rand des Platzes, wie aus einem Märchen aus Tausend und Einer Nacht. Auch die gigantische Front des GUM überwältigte ihn. Das Kaufhaus mit seinen Luxusartikeln dominierte eine Seitenfront des Platzes. Alles würde er sich nicht ansehen können. Nur die Kathedrale mit der Waffenausstellung von Iwan des Schrecklichen würde er besichtigen und vielleicht noch das Mausoleum besuchen. Mehr schaffte Karsten an dem Nachmittag eh nicht mehr. Er schoss ein paar Fotos und schwor sich noch einmal mit mehr Zeit nach Moskau zu kommen. Er beendete seine Tour und nahm ein Taxi zurück ins Intercontinental Hotel. Nach dem Duschen legte er sich wieder auf das Bett, schlief 3 Stunden und zog frische Sachen an.

Sein Sakko passte wie maßgeschneidert, auch wenn es an dem Marktstand in Warschau nur 35 Euro gekostet hatte. Sollte er tatsächlich ein kleines Vermögen erben, wollte Karsten zumindest ein hochwertiges Sakko und einen Anzug kaufen. Er nahm den Hörer ab und bestellte ein Taxi bei der Rezeption, bevor er runter ging. Er hatte Hunger, aber Karsten wusste, dass er in dem Club auch essen konnte.

»Wohin?«, fragte der Taxifahrer mit tiefer Stimme.

»MIX, 1. Brestskaya, 2«, sagte Karsten.

Der Laden lag unweit des Flusses Moskwa in einem Altbau. Freundlich lächelnd ließ ihn der Türsteher um 23 Uhr passieren. Es war kaum zu glauben, aber ihn empfing Musik seiner österreichischen Lieblingsband Kruder und Dorfmeister, als er eintrat. Futuristisch marmorierte Wände und eine breite Treppe zierten den Eingang in die Bar. *Wow*, dachte Karsten. Schon der erste Eindruck ließ ihn vermuten, dass der Kellner Vladimir eher untertrieben hatte. Angenehmes, indirekt blaues LED Licht spiegelte sich auf dem Marmorboden vor der langen Bar. Der dahinterliegende Raum war atmosphärisch mit satt gepolsterten Bänken vor den Wänden. Ein paar Tische in der Mitte waren mit Stühlen ausgestattet. Zwischen den Bänken leuchteten hinter Plexiglas zeitgenössische Bilder als dezente räumliche Abtrennung. Er entdeckte eine Lounge Sitzgruppe vor einer üppig begrünten Wand in einer kleinen Nische. Überall gab es solche Nischen und weitere Sitzgruppen mit eleganten, farbenfrohen Möbeln standen an dem Wänden vor der zentralen Tanzfläche. Karsten nahm an der Bar Platz und gleich fragte ihn eine Dame irgendetwas auf Russisch. Als Karsten charmant lächelnd den Kopf schüttelte und die Schultern hob, wusste sie Bescheid.

»Deutsch?«, fragte die kurvenreiche Brünette.

»Ja, richtig«, antwortete Karsten lächelnd.

Sie reichte ihm ein deutsches Exemplar der Karte und fragte nach seinem Wunsch.

»Ich nehme gerne einen Moscow Mule«, sagte Karsten und war gespannt, ob sie den Drink kannten und stilgerecht mit Limettensaft und Ginger Beer in einem Kupferbecher mit Minze und Gurke servierten.

Karsten blätterte in der Karte und las gleich zu Anfang:

Machen Sie sich bereit für das ultimative Partyerlebnis im MIX Club! Mit seiner lebendigen Atmosphäre, toller Musik und erstklassigen Drinks ist dieser Club der ideale Ort für einen epischen Abend. Vom eleganten Design bis zum freundlichen Publikum ist hier jeder Moment voller Spannung und Spaß. Vertrauen Sie mir, Sie werden das unvergessliche Erlebnis im MIX Club nicht vergessen!

Er wünschte sich ein unvergessliches Erlebnis in diesem Club. Ein epischer Abend? Nun, das blieb abzuwarten, dachte Karsten während ihm die Brünette seinen Drink im Kupferbecher servierte. Er bestellte Pasta mit einer Safransahnesoße und Gambas. Der Club füllte sich so langsam und es kamen immer mehr Gäste. Die meisten waren Frauen zwischen Anfang 20 bis Mitte 30. Die Männer allerdings zwischen 30 und 60. Russland ist halt anders dachte Karsten. Er war in dem Club einer der jüngsten Männer. Eine unglaublich hübsche Blondine servierte ihm lächelnd seine Pasta und beugte sich zu ihm. »Magst du noch etwas trinken?«, säuselte sie mit sanfter Stimme.

»Ich nehme gerne noch einen Moscow Mule.«

Mein Gott, ist die Frau niedlich, dachte Karsten *und sie flirtet ganz offen mit mir.* Aber wahrscheinlich war das nur geschäftsmäßig, vermutete er und aß die Pasta.

Drei weitere Blondinen kamen an den Tresen. Jede von ihnen bewegte sich geschmeidig, sehr aufrecht und selbstsicher auf hohen Hacken. Sie strahlten ein Selbstbewusstsein aus, ohne arrogant zu wirken. Aus den Augenwinkeln bemerkte er, dass sie ihn unauffällig taxierten. Was sagte Vladimir noch gleich? Sie wollen, dass Männer männlich sind und erwarten, die erste Initiative vom Mann ausgehend. Beiläufig musterte er die Frauen in ihren Miniröcken und den Pumps. Sie zeigten aber nicht nur ihre makellos schönen und langen Beine, sondern trugen enge Oberteile mit Ausschnitt und waren perfekt geschminkt. Ihr knallroter Lippenstift war kontrastreich zu ihrer hellen Haut.

Lächelnd kam die Barfrau mit dem Kupferbecher zu ihm.

»Du bist so schön, so schön groß«, hauchte sie und reichte ihm den Drink. In engen Hüft-Jeans, mit tief dekolletierter Bluse und geschminkten Augen sah sie einem Seite-eins-Mädchen des Playboy Magazins ähnlich. Provokant beugte sie sich zu ihm und spielte dabei mit einem Zeigefinger in ihren Haaren.

»Hui«, sagte Karsten erstaunt. »Danke für das Kompliment. Aber, wenn ich das sagen darf, du bist doch viel schöner als ich«, entgegnete er mit seiner besten Werbespot Stimme. Allem Anschein nach war sein Kompliment zu flach. Ihr Lächeln erstarb und sie wendete sich wieder ihrer Arbeit zu. Verlegen nippte Karsten an seinem Drink. Die Barfrau beugte sich zu den Blondinen neben ihm und redete lachend wahrscheinlich über ihn. Die drei Russinnen kicherten ausgiebig. Sie machten sich vermutlich über ihn lustig. Es machte heute keinen Sinn mehr. Karstens gute Laune war weg und er wollte zurück ins Hotel. Er trank seinen Drink aus und winkte die Bedienung heran.

»Die Rechnung bitte«, sagte er mit ernster Miene. »Ich hoffe ihr hattet euren Spaß!«

»Was? Nein. Das hast du vollkommen falsch interpretiert. In Russland warten Frauen oft vergeblich auf ein Kompliment der Männer. Darüber habe ich auch mit Olga, Katherina und Ludmilla gesprochen, die dich zum Anbeißen süß finden«, erklärte sie Karsten.

Doch er hatte längst beschlossen, noch in der Nacht aufzubrechen, da er keine Ahnung hatte, wie lange der Umweg hinter Moskau wegen der gesperrten Straße in Anspruch nehmen würde. Die eigene Lebensgefahr war Grund genug, sofort aufzubrechen.

»Das ist sehr schade. Aber ich muss trotzdem los. Kannst du mir bitte ein Taxi rufen?«, bat Karsten.

»Ab 0:00 Uhr stehen vor der Tür immer Taxen bereit«, erklärte sie. Er bezahlte mit Trinkgeld die Rechnung und verließ bedauernd den Club. Nach einer Stunde hatte er gepackt, ausgecheckt und saß in dem Porsche. Das Navi hatte für die andere Route einen Umweg von 156 Kilometern errechnet, der aber eine über drei Stunden längere Fahrtzeit bedeutete. Karsten fuhr den Wagen aus der Tiefgarage und folgte den Anweisungen des Navis für seinen nächsten Halt in Atyrau, am Kaspischen Meer in Kasachstan.

»Ach du heilige Scheiße!«, entfuhr es ihm. Ein Blick aufs Display des Navis ließ Karsten die Augen verdrehen. 1.744 Kilometer bis Atyrau über Buckelpisten war eine besondere Herausforderung. Aber auch der letzte Abschnitt bis Navoiy in Usbekistan, seinem eigentlichen Ziel, mit weiteren fast 1.600 Kilometern war nicht leicht. Jedenfalls brauchte Karsten nach der Tour dringend Erholung. Er fuhr ein Stück durch die ruhige Innenstadt und lenkte den Porsche auf die gewünschte Landstraße.

33

»*Ein dringender Anruf auf 1 für Sie, Frau Tychon*«, meldete sich die Empfangsdame.

»Danke ich nehme das Gespräch an.«

»Laurent Technologie van Energiecentrales, Tychon«, meldete sich Nicole Tychon am Telefon.

»*Gomez, Camp Maraisa, Venezuela. Mit wem spreche ich?*«

»Mein Name ist Tychon. Ich bin die kaufmännische Betriebsleiterin. Um was geht es, Herr Gomez?«

»*Ich leite das Camp Maraisa. Es gab vor zwei Tagen einen tragischen Zwischenfall, bei dem Ihre Geschäftsführer André und Noé Laurent ums Leben kamen*«, berichtete Gomez.

»Mein Gott! Sind Sie sicher, dass beide umkamen? Was ist passiert?«, fragte Nicole Tychon.

»*Die Brüder waren in einem Boot mit einem erfahrenen Guide zur Erkundung unterwegs und sind nicht mehr ins Camp zurückgekommen. Am nächsten Tag hatten wir eine Suche eingeleitet und ein kleiner Warao Junge erzählte, er hätte gesehen, wie sich ein Unglück ereignete, bei dem ein Boot gesunken sei und alle drei Männer über Bord gingen. Wir haben das Gelände daraufhin nach Überlebenden abgesucht, aber nur ein paar Frackteile des Bootes gefunden*«, berichtete Gomez.

»Wieso sind Sie sicher, dass es sich um das Boot handelt, mit denen die Laurents unterwegs waren?«, fragte Tychon,

»*Wir haben eine Planke mit dem Namen des Bootes gefunden. Frau Tychon, an der Stelle des Unfalls wimmelt es von Piranhas. Es tut mir sehr leid!*«

Nicole bedankte sich kreidebleich und legte auf. Sie erinnerte sich an den Anruf eines Detektives, der die Brüder vor einer Woche dringend erreichen wollte, und ließ sich mit ihm verbinden.

»Detektei Jules van Dyck«, meldete er sich und hörte der weinenden Frau aufmerksam zu.

»Mein Beileid! Frau Tychon, ich hatte die Nummern der Brüder, und erst vor ein paar Tagen erhalten und mit Noé Laurent telefoniert, um sie zu warnen. Die Polizei wollte ihnen in Brüssel sofort Personenschützer zur Seite stellen. Es war kein Unfall, sondern kaltblütiger Mord! Ich gebe Ihnen die Nummer von Kommissar Beehle. Von ihm erfahren Sie mehr«, sagte er und legte auf.

Jules spielte an seinem Anchor Bart. Es war zum Verzweifeln. Die Mörder unternahmen alles, um zu verhindern, dass irgendwer das Erbe antreten konnte. Aber warum? Da inzwischen alle potentiellen Nachfahren ermordet wurden, konnte niemand, der auf der Liste stand hinter den Morden stecken. Aber es musste ein Motiv geben. Jetzt lebte nur noch der 67jährige Davide Hudson aus Brüssel, der das alles nicht sonderlich ernst nahm, obwohl er rund um die unter polizeilichem Schutz stand. Und dann der 26jährige Karsten Fischler aus Wuppertal, gegen den es bereits einen missglückten Mordanschlag gegeben hatte. Sie zu schützen hatte oberste Priorität. Als jüngster Nachfahre war Fischler der Erbe, sofern er nicht ermordet wurde. Auch ihn wollte man aus dem Weg haben. Aber wieso gab es noch keine Versuche Hudson aus dem Weg zu räumen? Jules wählte die Nummer des Notariats und ließ sich sofort mit Phillip Maassen verbinden.

»*Maassen*«, meldete sich der Notar.

»Hallo, Jules van Dyck. Ich habe schlechte Neuigkeiten. Von der Liste der Nachfahren wurden inzwischen alle Personen ermordet. Die Brüder Laurent fielen vor drei Tagen einem

Anschlag zum Opfer und wurden in Venezuela mutmaßlich von Piranhas gefressen.«

»*Mein Gott! Das ist ja schrecklich. Was ist mit den unehelichen Nachfahren?*«, wollte er wissen.

»Davide Hudson aus Brüssel hat rund um die Uhr polizeilichen Schutz und Karsten Fischler wird in Kürze aus Usbekistan zurück erwartet.«

»*Usbekistan?*«

»Er überführt gelegentlich für eine Firma Autos. Ich habe aber seine Rückreise mit Kommissar Mickerts vom LKA Sachsen in einer Konsulatsmaschine gesichert. Zusammen mit der Wuppertaler Polizei und dem LKA NRW soll ihm eine neue Identität bis zur Testamentseröffnung Sicherheit bieten. Falls er davon keinen Gebrauch machen will, steht ihm auch eine gesicherte Wohnung zur Verfügung«, erklärte Jules.

»*Wann ist er wieder zurück?*«

»Fischler soll morgen kommen. Wir brauchen dann so schnell wie möglich einen Termin in Ihrer Kanzlei!«

»*Das dauert ein paar Tage. Aber ich werde alles in die Wege leiten.*«

»Okay. Ich kümmere mich dann darum, dass die beiden nach Antwerpen kommen«, sagte Jules.

»*Informieren Sie mich, wenn Sie alles vorbereitet haben.*«

Er beendete das Gespräch und wählte Karstens Nummer.

»*Fischler*«, meldete er sich mit Knacken in der Leitung schon nach dem dritten Klingeln.

»Hallo Herr Fischler. Schaffen Sie es morgen den Rückflug zu nehmen?«

»*Hallo Herr van Dyck. Ich werde schon in zwei Stunden in Navoiy den Wagen übergeben. Theoretisch kann ich schon heute am Flughafen sein.*«

»Das ist überraschend. Ich kläre das und melde mich wieder

bei Ihnen. Bis dahin bleiben Sie bitte in Ihrem Hotel. Wir haben organisiert, dass Sie dort abgeholt werden!«

»*Alles klar. Vielen Dank und bis später*«, sagte Karsten.

Als nächstes wählte er die Zimmernummer Mickerts. Doch er hob nicht ab. Jules wählte die Rezeption des Golfhotels und hinterließ eine kurze Nachricht für ihn. Er vermutete, dass Benno zum Joggen unterwegs war und wählte die Nummer der Wuppertaler Polizei. Kommissar Keller war sofort am Apparat.

»Van Dyck. Hallo Herr Keller«, begann Jules. »Es gibt Neuigkeiten. Die letzten zwei Nachfahren wurden nun auch ermordet. Somit ist Karsten Fischler der vorrangige Nachrücker. Ich habe gerade mit ihm telefoniert und er sagte, dass er in wenigen Stunden am Ziel in Usbekistan ist. Das LKA Sachsen hat den Rückflug mit der Konsulatsmaschine organisiert. Besteht die Möglichkeit, dass er schon heute in Düsseldorf Personenschutz bekommt, wenn er gleich seine Rückreise antritt?«, fragte er.

»*Das ist sehr kurzfristig, Herr van Dyck. Ich weiß nicht, ob ich so schnell Beamte zu seinem Schutz frei habe.*«

»Ich werde es so einrichten, dass ich mit Kommissar Mickerts vor Ort bin. Wir werden Herrn Fischler zu schützen wissen.«

»*Sie wissen, was ich von Einmischung in laufende Ermittlungen halte!*«, sagte Keller unfreundlich.

»Natürlich. Aber Informationen, die Sie in dem Fall nach vorne bringen, sind doch in Ordnung, oder halten Sie auch davon nichts?«, sagte Jules. Er hatte den Unterton wahrgenommen. »Im Übrigen wären die meisten Morde weiterhin als Unfälle behandelt worden, hätte ich mich nicht eingemischt und den Behörden Dampf gemacht!«

»*Sind Sie der Meinung, dass Sie auch mir Dampf machen müssen, Herr van Dyck?*«

»Nein. Und ich hoffe, dass es so bleibt. Sie melden sich, wenn Sie mehr wissen, Herr Kommissar?«

»*So ist es. Guten Tag*«, sagte Keller knapp und legte auf.

So ein arrogantes Arschloch, dachte Jules und klappte sein Laptop auf. Gute 5.500 Kilometer war die Entfernung mit dem Auto. Luftlinie nur 3.500 Kilometer. Also würde die Maschine rund 4 Stunden für den Flug bis Berlin benötigen. Unter guten Bedingungen eine weitere Stunde bis Düsseldorf. Da es erst 7:30 Uhr war, könnte er auch früher in Düsseldorf ankommen.

»*Moin, Jules*«, meldete sich Mickerts. »*Mein Gott, bist du schon lange wach? Ich hatte noch geschlafen, als du anriefst.*«

»Bonjour, Benno. Ich dachte, du wärst schon zum Joggen im Bergischen Land unterwegs. Es gibt Neuigkeiten«, sagte Jules und berichtete von dem Tod der Brüder Laurent. »Fischler kommt vielleicht schon heute zurück. Dieser Keller ist sich nicht einmal sicher, ob er bei Fischlers Ankunft Leute zu seinem Schutz frei hat«, sagte Jules.

»*Puh. Dieser Kommissar geht mir auf die Nerven. Hätte ich die Möglichkeit, würde ich ihn in irgendein Dorf schicken, in dem er einen Nachbarschaftsstreit über die Höhe einer Hecke bearbeiten könnte.*«

»Ein arrogantes Arschloch. Ich habe stets das Gefühl, dass er mit einem Detektiv aus Belgien gar nicht erst reden will! Benno, kannst du dem Konsulat in Usbekistan Druck machen, oder zumindest die Dringlichkeit deutlich machen? Ich will Fischler lebend nach Deutschland gebracht sehen und dem jungen Mann gerne vor seiner Ankunft in Navoiy Näheres sagen können.«

»*Geht klar. Ich nehme sofort Kontakt auf.*«

»Noch etwas. Ich vertraue diesem Keller nicht. Können wir ihm nicht Schutz geben, wenn er in Düsseldorf ankommt?«

»*Oh, Jules. Du bringst mein Leben ganz schön durcheinander. Wenn ich weiß, ob und wann er kommt, bringen wir Fischler in die Wohnung von diesem Gossarah. Dort können wir mit ihm alles Weitere besprechen.*«

»Okay. Danke, Benno«, sagte Jules und beendete das Gespräch.

Trotz des Mordversuchs an Michael Winkels erkannte der Wuppertaler Kommissar weder die tatsächliche Tragweite der Mordserie, noch die Gefahr, in der sich Karsten Fischler befand. Auf ihn konnte sich Jules nicht verlassen. Er holte die Visitenkarte Gossarahs aus der Sakkotasche und wählte seine Nummer. Der Araber schien einen Narren an Fischler gefressen zu haben.

»Hallo Herr Gossarah«, meldete sich Jules. »Sie hatten in unserem letzten Gespräch erwähnt, dass Sie für Herrn Fischler eine sichere Unterkunft zur Verfügung stellen können. Gilt Ihr Angebot noch?«

»*Natürlich. Wann wird er kommen?*«

»Heute. Wo und in welcher Lage ist die Wohnung?«

»*Es ist eine 105 qm große Eigentumswohnung, die ich eine Zeit lang genutzt habe. Sie wissen, was ich meine*«, sagte er. »*Jetzt steht sie leer. 2 Schlafzimmer. Voll ausgestattet an einer großen Straße und am Rand einer Einfamilienhaussiedlung. Zweigeschossig. Unten Geschäfte, oben die Wohnung.*«

»Das hört sich gut an, Herr Gossarah. Wenn Herr Fischler ankommt, werde ich ihn zusammen mit Kommissar Mickerts zum Schutz begleiten. Bis zum Notartermin wollen wir bei ihm bleiben und ihn beschützen.«

»*Dann muss einer von Ihnen auf dem Sofa schlafen. Aber es ist groß und bequem. Melden Sie sich, dann werden meine Männer alles für Sie vorbereiten und Sie empfangen. Ich schicke Ihnen die genaue Anschrift der Wohnung.*«

»Vielen Dank, Herr Gossarah.«

Jules schickte Leonie eine Nachricht und informierte sie, dass er für ein paar Tage nicht Zuhause sein würde. Er sah zur Uhr. 9:35 Uhr. Die Zeit raste davon. Am Nachmittag mussten sie wahrscheinlich zum Flughafen und er hatte vorher noch ein paar Sachen zu packen. Er wollte gerade Beehle anrufen, als das Telefon läutete.

»*Deutsche Botschaft Taschkent. Herr van Dyck?*« meldete sich eine Frau.

»Ja, guten Morgen.«

»*Einen Moment. Ich verbinde Sie mit dem Sekretär des Botschafters.*«

»*Löhrwald. Guten Tag. Wissen Sie eigentlich, dass Sie unsere Planungen über den Haufen werfen?*«

»Ich weiß das, Herr Löhrwald. Aber es geht auch um das Leben des jungen Mannes.«

»*Lange Rede kurzer Sinn. Wir holen Herrn Fischler gegen 13 Uhr in seinem Hotel ab. Unsere Maschine startet um 14 Uhr. Herr Fischler müsste nach dem Zwischenstopp in Berlin dann gegen 20 Uhr in Düsseldorf sein.*«

»Ich danke Ihnen vielmals, und glauben Sie mir, dass ich Ihre Hilfe zu schätzen weiß«, sagte Jules und beendete das Gespräch.

Es war bereit kurz vor 10 Uhr, sein Magen meldete sich und er war müde. An diesem Morgen war der Detektiv ungewohnt früh aufgestanden. Doch bevor er zum Frühstück gehen konnte, informierte er noch Karsten, Benno und Gossarah. Gähnend ging Jules zum Aufzug. Bis zum Nachmittag hatten er und Benno Zeit. Diesen Keller wollte er nicht informieren, da er vermutete, dass ihnen der Kommissar nur unnötige Probleme bereiten würde, wenn sie sich in seine laufenden Ermittlungen einmischten. Der Mann war nur ein Bremsklotz. Jules begrüßte Benno und ging zum Büffet. Mit knurrendem Magen nahm er zwei Brötchen mit Lachs und Käse und ging zurück an ihren Tisch.

»Kaffee?« fragte Benno und hielt schon die Kanne in der Hand.

»Gerne. Ich schicke Beehle schnell eine SMS und informiere ihn über den Tod der Brüder Laurent und bitte nochmals um den maximalen Schutz von Hudson. Während sie in Ruhe ihr Frühstück in Oberbarmen zu sich nahmen, rollte die Boeing aus Caracas auf der Landebahn des Charles de Gaulle Airports aus.

34

Der Notar schloss das Fenster zur Straße. Das frühlingshafte Wetter des 5. April 1823 lud zwar dazu ein, die Wärme der Sonne und frische Luft in den voll besetzten Raum zu lassen, doch zu dem Anlass, so schrieb es das französische Gesetz, durften nur die Hinterbliebenen anwesend sein, um von dem Testament des Jakob Stein zu erfahren. Bevor Cornelius Maassen das Testament verlas, prüfte er erneut deren Anwesenheit.

»Marie Aurore Stein?«, fragte er.

»Ich bin hier«, antwortete die 58jährige Witwe.

»Louis Stein?«

»Ich bin hier«, meldete sich ihr jüngster Sohn.

»Carolus Stein?«

»Anwesend«, sagte der älteste Sohn des Verstorbenen selbstsicher.

»Eleonore Maybach?«

»Hier bin ich«, sagte sie und hob vorsichtshalber ihre Hand. Die brünette 47jährige Schwester des Verstorbenen hatte reich geheiratet. Wie üblich ging ein Erbe stets an den Ehemann.

»Charlrés Maybach?«

»Auch ich bin hier«, sagte ihr Gatte hochnäsig.

»Dann stelle ich fest«, sagte Maassen, »dass alle zur Testamentseröffnung geladenen Personen erschienen sind. Haben Sie alles?«, fragte er den Schreiber.

»Jawohl.«

»Dann werde ich jetzt diesen Umschlag öffnen und das Testament des verstorbenen Jakob Stein verlesen. Dieser letzte Wille kann nicht angefochten werden und hat bindende Wirkung«, sagte der Notar und blickte in die Runde.

Cornelius Maassen wusste im Vorfeld, dass sich die beiden Söhne bereits auf ein luxuriöses Leben freuten und auch von der Geldgier seiner Schwester und ihres Gatten hatte ihm der verstorbene Erblasser zu seinen Lebzeiten berichtet.

»Dann öffne ich jetzt den versiegelten Umschlag und verlese das Testament«, sagte er und hielt den Umschlag zur Demonstration des Siegels in die Höhe. »Falls jemand Einwände zu der Echtheit des Siegels hat, so möge er jetzt nach vorne treten!«

Der Notar wartete einen Moment.

»Niemand. Haben Sie das?«, fragte er den Schreiber, der nickte.

Der Notar brach das Siegel und öffnete das Kuvert. Ihm entging nicht das siegessichere Grinsen der Hinterbliebenen.

»*Ich, Jakob Stein, verfüge meinen letzten Willen in vollem Besitz meiner geistigen Kräfte*«, las Maassen deutlich vor.

»*Der Zehnte meines Vermögens geht wie üblich, an die jüdische Gemeinde der Chassiden in Antwerpen.*«

Charlrés Maybach verzog sein Gesicht zu einer Fratze.

»*Mein geliebtes Eheweib Marie Aurore Stein soll mein Haus erhalten.*«

Ein zufriedenes Lächeln umspielte ihren Mund.

»*Mein weiteres Vermögen sowie der Inhalt der Schließfächer in den Banken von Bern und Rotterdam soll aber der jüngste Drittgeborene meiner Nachfahren in genau zweihundert Jahren erhalten.*«

Ein empörtes Raunen ging durch den Raum, doch Maassen hob die Hand.

»Ich bitte um Ruhe!«, sagte er. »Ich lese weiter. *Mein Vater Samuel Stein verfügte nach seinem Tod, dass sein Vermögen nur an den Erstgeborenen und ein kleinerer Anteil an den Zweitgeborenen*

ging. Als Drittgeborener ging ich damals, anno 1782, leer aus.
Während meine älteren Brüder im Luxus des Erbes lebten, hatte
ich es nicht leicht im Leben. In der Hoffnung, dass sich in zwei-
hundert Jahren die Umstände geändert haben, soll der noch nicht
geborene, dritte und jüngste Nachfahre das gesamte Erbe antreten.
Bis dahin mögen die Notare Maassen mein Vermögen verwalten
und gewinnbringend anlegen. Falls es keinen drittgeborenen Nach-
fahren geben sollte, rückt der jüngste Zweitgeborene an seine Stelle.
Ansonsten vermache ich mein Vermögen der Gemeinde der Chas-
siden in Antwerpen.«

Das Raunen in dem Raum nahm bedrohliche Ausmaße an.

»Warten Sie«, sagte der Notar. »Ich bin noch nicht fertig. Es
folgt noch ein Schlusswort des Verstorbenen.«

Es kehrte augenblicklich verhaltene Ruhe ein. Während es
Charlrés Maybach mit hochrotem Kopf schwerfiel ruhig zu bleiben, las Maassen den letzten, persönlichen Teil des Testaments
vor.

»Meine geliebte Frau und Mutter meiner Söhne, Marie Aurore.
Du hast mich in meinem Leben auch in schweren Zeiten glücklich
gemacht. Deshalb sollst du unser Haus erben. Meine lieben Söhne,
ihr bekommt zwar nichts von meinem Vermögen, doch habe ich
euch zur Sparsamkeit und Strebsamkeit erzogen. Damit habt ihr,
so wie ich damals, die besten Voraussetzungen euren eigenen Weg
zu gehen. Meine liebe Schwester Eleonore, du hast entgegen meines
Ratschlags in die Familie der Maybachs eingeheiratet. Ganz be-
sonders überheblich und geldgierig kam dein Ehemann Charlrés
daher. Dir ist bekannt, dass ich ihn nicht mag. Aber es wird dir in
der Familie nicht schlecht ergehen. Daher wirst du nicht berück-
sichtigt.«

Maassen legte das Schreiben zurück in dem Umschlag und gab
es dem anwesenden Gerichtsschreiber.

Wutschnaubend meldete sich Maybach zu Wort. »Herr

Maassen, auch ich möchte heute bei Ihnen meinen letzten Willen bekunden!«, sagte er.

»Dagegen spricht nichts. Möchten Sie, dass zuvor alle den Raum verlassen?«

»Nein. Alle sollen von meinem Willen erfahren«, sagte Maybach.

Maybach verfügte, dass ein Viertel seines Vermögens in einen Fond zur Erhaltung des Schlosses in der Normandie angelegt wird. Dieses dürfe nicht durch die Nachfahren verkauft werden, sondern musste gepflegt, unterhalten und ständig renoviert werden. Ferner verfügte er, dass das Vermögen und der Besitz an den Staat Frankreich zu übertragen sei, sofern auch nur ein Nachfahre des Jakob Stein das Erbe antreten würde.

35

Beehle nahm die Gefahr für Hudson ernst und verstärkte noch einmal seine Sicherheitskräfte. In Brüssel lief alles rund. Doch ob Keller Polizisten für Fischlers Schutz geschickt hatte, wusste Jules nicht und der Wuppertaler Kommissar hatte sich auch nicht wieder bei ihm gemeldet.

»Wo steckt der Personenschutz?«, fragte Benno Mickerts.

Jules hob die Schultern. »Ich weiß es nicht Benno. Und ehrlich gesagt, verspüre ich wenig Lust, das Arschloch in Wuppertal noch einmal anzurufen. In einer Stunde landet die Maschine mit Fischler. Der Mitarbeiter der Botschaft hat mir versprochen, dass er von zwei Security Mitarbeitern nach der Landung zu uns begleitet wird.«

»Okay. Ich rufe Keller an«, sagte Mickerts und wählte die Durchwahl.

»*Kommissariat vier, Keller*«, meldete er sich ordnungsgemäß.

»Hallo Herr Keller«, grüßte Mickerts freundlich. »Ich hoffe, es geht Ihnen gut. Eine bescheidene Frage unter Kollegen. Wo sind denn ihre Sicherheitsbeamten am Flughafen Düsseldorf? Die Maschine mit Herrn Fischler wird gleich landen.«

Betretenes Schweigen am Ende der Leitung. »*Herr Kollege, auch wenn es Sie vom LKA Sachsen nichts angeht, in der Kürze konnte ich kein Personal dafür freistellen*«, sagte Keller.

»Natürlich. Dann ist es doch gut, dass ich mit Herrn van Dyck am Flughafen bin und Herrn Fischler sicher nach Wuppertal begleiten kann.«

»*Herr Mickerts. Sie überschreiten Ihre Kompetenzen. Ich werde*

Ihre Vorgesetzten umgehend darüber informieren. Sie sind hier nicht zuständig. Ihr Vorgehen ist gegen jede Dienstvorschrift!«

»Dienstvorschrift. Ach ja. Wie viele Mordfälle hatten Sie mit Ihrer Dienstvorschrift denn im letzten Jahr aufgeklärt? Nur zu Ihrer Information, Herr Kollege. Ich bin rein privat mit Herrn Fischler verabredet. Er will mir sogar die Schwebebahn zeigen. Und da ich nun mal hier bin, begleite ich ihn natürlich auch. Sie müssen sich mit Ihrer Dienstvorschrift also keine weiteren Gedanken über seine Sicherheit machen.«

»Ihr Ton gefällt mir nicht. Sollte ich erfahren, dass Sie hier ermitteln, mache ich Ihnen das Leben zur Hölle, Herr Mickerts!«

»Wie gesagt, ich bin hier rein privat. Schönen Tag«, sagte Mickerts und beendete das Gespräch.

Jules konnte sich ein Grinsen nicht verkneifen. »Ein nettes Kerlchen, nicht wahr? Und so kooperativ.«

»Das sind die Typen, die manche Fälle unnötig in die Länge ziehen! Ich habe den gefressen!«, sagte Mickerts wütend.

»Dort hinter dem letzten Schalter ist der separate Ausgang, wo wir Fischler in Empfang nehmen können«, sagte Jules.

Sie fixierten zwei weiße Türen vor der ebenso weißen Wand des Vorraumes. Die Maschine der deutschen Botschaft war gelandet und sie konnten sie vor einem kleinen, beleuchteten Hangar rangieren sehen. Wartend, dass sich eine der Türen öffnete, standen sie vor Flatterbandabsperrung, als sie zwei aufmerksame Flughafen Polizisten fragten, was sie dort zu tun hätten. Mickerts zückte seinen Dienstausweis und sie verschwanden wieder.

»Gut, dass Keller hier keinen Dienst hat«, sagte Jules. »Der würde uns glatt die Nacht in einem Vernehmungszimmer einbuchten.«

Mickerts lachte und eine Tür öffnete sich. Zusammen mit zwei muskulösen Männern in schwarzen Anzügen und schwarzen

Schnurrbärten kam Fischler heraus. Mickerts gab sich winkend zu erkennen und zeigte erneut seinen Ausweis.

»Wie aufregend, einmal Schultz und Schultze persönlich kennenzulernen«, sagte Karsten lachend.

»Ja, aber wo waren ihre Melonen?«, fragte Jules grinsend.

»Wovon redet ihr?«, fragte Mickerts.

»Tim und Struppi!«

»Ach ja. Das ist Kult!«, sagte der Kommissar.

»Ich hole jetzt den Wagen«, meinte Jules.

»Okay. Wir warten hier, bis er vorfährt«, sagte der Kommissar und sah sich um. »Wie war denn Ihre Reise nach Usbekistan?«

»Darf ich ehrlich sein?«, fragte er. »Es war schrecklicher, als ich es mir vorgestellt hatte. Tausende Kilometer durch trostlose Gegenden. Ärmliche Menschen und Häuser entlang der besseren Feldwege. Schilder oder Beleuchtungen fehlten vollständig und natürlich gab es sprachliche Hindernisse. Kurz, es war Horror!«

»Ich kann Sie beruhigen. In einer Woche sind Sie so reich, dass Sie solche Arbeiten nicht mehr machen müssen, Herr Fischler!«

»Nur wenn ich diese Woche überlebe. Ich habe Sie doch richtig verstanden, dass in kürzester Zeit alle Nachfahren ermordet wurden?«, fragte Karsten, als Jules mit dem A6 vorfuhr.

»Bleiben Sie dicht hinter mir. Es geht los«, sagte der Kommissar und ging auf den gläsernen Ausgang zu.

Karsten folgte Mickerts. »Aber Sie haben meine Frage nicht beantwortet«, beklagte er sich.

»Sie haben Recht. Damit Ihnen das nicht auch passiert bin ich mit Jules van Dyck hier!«, sagte er.

Die Glastür öffnete sich automatisch und nachdem Mickerts die nähere Umgebung gecheckt hatte, öffnete er die seitlichen Türen des schwarzen Audi und nickte Karsten auffordernd zu.

»Los jetzt. Steigen Sie schnell ein!«, sagte Mickerts und verstaute Karstens Taschen im Auto.

Ohne Zwischenfälle startete Jules den Wagen und sie fuhren erleichtert auf die A 44 Richtung Mettmann. Karsten nahm sein Smartphone und tippte eine Nachricht.

»Darauf sollten Sie vorläufig verzichten!«, sagte Mickerts.

»Warum? Ich schreibe nur einer Freundin, dass ich zurück bin.«

»Nur? Vor ein paar Tagen wurden zwei Ingenieure im Dschungel Venezuelas von denen ausfindig gemacht und ermordet. Meinen Sie nicht, dass es für die Mörder ein Kinderspiel ist, auch Ihre Nachrichten abzufangen? Nehmen Sie bitte die SIM Karte heraus! Die können uns sonst orten«, sagte Jules.

Karsten schluckte und reichte Mickerts sein Handy.

»Sie werden Recht haben. Wie geht es Michael Winkels? Ist er noch in der Klinik?«

Jules und Mickerts sahen sich an. Verdammt, daran hatte er nicht gedacht. »Zuletzt hatte Kommissar Keller zwei Männer vor seiner Tür postiert. Er war auf dem Weg der Besserung. Aber wenn es Sie beruhigt, frage ich nach.« Jules war sich nicht sicher, ob Winkels noch Schutz im Krankenhaus hatte.

»Das ist okay. Wohin fahren wir?«, fragte Karsten.

»In die Wohnung von Gossarah. Wir werden dort zusammen mit Ihnen bleiben, bis wir Sie zur Testamentseröffnung nach Antwerpen bringen. Gossarah wird dort sein, um alles für uns vorzubereiten.«

»Ich will nur noch duschen und dann schlafen«, sagte Karsten gähnend. »Die letzte Woche war anstrengend.«

Nach vierzig Minuten erreichten sie die angegebene Adresse. Jules lenkte den Wagen links in eine Einfamilienhaussiedlung und parkte den Audi ein. Karsten blieb mit Jules im Auto, während Mickerts das umliegende Gelände in Augenschein nahm. Im Erdgeschoss waren nur eine Apotheke und eine Arztpraxis. Im Obergeschoss sah er Licht brennen. Auf der anderen Straßenseite befanden sich hinter einer Mauer nur die Gärten von Einfamilienhäusern. Links neben dem Haus stand ein Zweifamilienhaus und rechts war eine weitere Straße. Er ging zurück zum Auto. »Ihr könnt kommen«, sagte er.

Auf den zwei Klingeln standen die Namen Krämer und Ebbing. Das Treppenhaus hatte helle Natursteinböden und sah freundlich aus. Jules wollte schon klingeln, als geöffnet wurde. Vor ihnen stand strahlend Hammad Gossarah. Er umarmte Karsten väterlich und erfreut, so als wäre er sein Sohn, den er seit vielen Jahren nicht gesehen hatte.

»Bitte kommen Sie herein«, sagte er und stellte sich vor.

Im Wohnzimmer saßen drei weitere Männer.

»Mohamed kennst du bereits aus dem Büro, Karsten. Und das sind meine Neffen Kaya und Nidal aus Saudi Arabien. Sie werden rund um die Uhr das Haus bewachen«, stellte er sie lächelnd einander vor.

Mickerts wusste nicht, ob er sich darüber freuen sollte und ein Blick zu Jules verriet, dass es ihm ähnlich erging. Doch sie waren dank dieses ignoranten Kommissars Keller nicht in der Situation, über genug Personal zum Schutz von Fischler zu verfügen zu. An seiner Miene schien Gossarah seine Gedanken gelesen zu haben.

»Haben Sie keine Sorgen, Herr Kommissar. Beide haben eine militärische Ausbildung und sie werden nur im Notfall, unter Ihrem Kommando eingreifen.«

»Sie scheinen sich der Gefahr für Herrn Fischler bewusst zu sein, Herr Gossarah. Aber soweit ich weiß, arbeitet er nur für Sie. Warum dann diese Unterstützung?«, fragte Jules trocken.

»Weil er mir ans Herz gewachsen ist und er mich an meine eigene Jugend erinnert, Herr van Dyck. Die gleiche Frage hatte mir Karsten auch schon gestellt. Wissen Sie, ich habe leider keinen Sohn. Aber der junge Mann ist nach meinem Geschmack«, sagte er, drehte sich zum Sofa um und sprach arabisch zu den

Männern. »Ich habe meinen Neffen erklärt, dass sie Ihren Anordnungen Folge leisten müssen. Sie gehen jetzt und wachen im Auto vor dem Haus. Mögen Sie etwas trinken? Mohamed hat alles für Sie eingekauft. Tee, Kaffee?«

»Danke, aber ich glaube, wir kommen mal erst zurecht«, sagte Mickerts. »Wenn Sie nichts dagegen haben, würden wir jetzt lieber alleine sein.

»Okay. Wenn Sie etwas brauchen, haben Sie meine Nummer«, sagte der Araber und übergab Karsten ein prall gefülltes Kuvert. Die Männer standen auf und folgten Gossarah durch die Wohnungstür.

»Puh. Ich weiß nicht, was ich davon halten soll«, sagte Jules. »Aber jetzt schaue ich erstmal, was ich in der Küche finde.«

»Setzen wir uns doch«, meinte Mickerts. Karsten legte seine Taschen ab und nahm ihm gegenüber am Esszimmertisch Platz. Mickerts sah ihn ernst an.

»Ich bin sehr müde, Herr Kommissar«, sagte er.

»Das glaube ich Ihnen gerne. Wenn wir ein paar Dinge besprochen haben, können Sie auch sofort schlafen gehen, Herr Fischer. Wie lange waren Sie heute auf den Beinen?«

Er sah auf die Uhr seines Handys. »Seit letzter Nacht. Dann bin ich die restlichen 1.650 Kilometer gefahren, kurz ins Hotel und dann zum Flughafen in die Maschine nach Deutschland. Also seit 28 Stunden«, antwortete Karsten.

»Der Kühlschrank ist voll«, rief Jules aus der Küche. »Wollt Ihr ein Bier?«

»Eins nehme ich noch«, sagte Karsten.

»Klar gerne, Sherlock Homes«, rief Mickerts.

»Ich habe auch Tiefkühlpizzen entdeckt«, sagte er und kam mit drei geöffneten Flaschen. Karsten schüttelte den Kopf. »Ich bin zu müde. Aber tun Sie sich keinen Zwang an«, sagte er.

»Okay. Dann mache ich es kurz«, sagte Mickerts und nahm einen Schluck Bier. »Wie gut kennen Sie Gossarah?«

»Hm. Ich arbeite seit einiger Zeit für ihn.«

»Noch nicht allzu lange, nehme ich an.«

»Seit fast zwei Monaten«, sagte Karsten.

»Wundert es Sie nicht, dass er sich für Sie derart bemüht und sich beinahe väterlich um Ihre Sicherheit und Wohlbefinden sorgt? Ich meine, das alles hier. Seine Neffen zu Ihrem Schutz und so weiter«, fragte ihn Mickerts.

»Ja, schon. Er meinte neulich vor meiner Fahrt, dass er mich wie seinen eigenen Sohn sehen würde. Er bot mir diese Wohnung und einen alten Mercedes an, da mein Rad gestohlen wurde.«

»Er weiß, dass Sie bedroht werden. Weiß er auch, dass Sie eine Erbschaft erwarten? Hat er Sie unerwartet beschenkt, seit Sie von der Gefahr für Ihr Leben wissen?«, fragte Jules.

Karsten dachte schmunzelnd an die kleine Französin in Marseille. »Ja, wie man es nimmt. Besonders besorgt zeigte er sich bei meiner letzten Fahrt, nachdem Sie mit ihm gesprochen haben«, sagte Karsten. »Zu meinem Schutz hatte er ein Schnellfeuergewehr unter dem Reserverad deponiert.«

»Was?«, fragte Mickerts entsetzt.

»So habe ich auch reagiert und das Ding kurzer Hand in einem Graben entsorgt!«

»Mein Gott, Herr Fischler. Das stinkt doch zum Himmel. In einer Woche sind Sie ein sehr wohlhabender Mann und Gossarah wird sich an allen Fingern abzählen können, dass es aufgrund der Morde ein beträchtliches Erbe sein wird.«, warnte Mickerts.

»Wussten Sie, dass Gossarah vor Jahren bei internationalen Ermittlungen der Geldwäsche verdächtigt wurde?«, fragte Jules.

»Nein.«

»Ihm konnten die Behörden damals nichts nachweisen. Aber das heißt nicht, dass er eine reine Weste hat«, sagte Jules.

»Ich verstehe. Ich weiß bis heute nicht, wie hoch die Erbschaft eigentlich sein soll«, sagte Karsten.

»Mindestens 70 Millionen Euro und hinzu kommt noch der unbekannte Inhalt einiger Schließfächer in der Schweiz und in den Niederlanden. Da Ihr Vorfahre mit Diamanten handelte, ist es nicht unwahrscheinlich, wenn sie dort solche finden.«

Die Müdigkeit war aus seinen Augen gewichen. Stattdessen sah Karsten mit offenem Mund Mickerts und Jules an.

»Sie werden sehr reich sein und tun gut daran, nichts oder sehr wenig darüber verlauten zu lassen, sonst haben Sie plötzlich Freunde, von denen Sie vorher nichts wussten. So wie diesen Gossarah«, sagte Mickerts.

»Ich kann Ihnen einen guten und neutralen Vermögensberater nur dringend empfehlen, Herr Fischler. Sonst ist Ihr Erbe schneller aufgebraucht, als Sie denken«, empfahl ihm Jules.

»Ich bin noch immer fassungslos«, sagte Karsten erfreut. »Und das alles habe ich einem Vorfahren meines Erzeugers zu verdanken, den ich gar nicht kenne?«

»So ist es«, sagte Jules lachend.

Er gönnte dem jungen Mann die Erbschaft, hatte aber so wie Mickerts auch Sorge, dass er bald angebettelt wurde. Sie prosteten sich zu und Karsten fiel nach der Dusche übermüdet in sein Bett. *Ein paar Tausend Euro*, dachte er, wären schnell verbraucht. Auch ein solcher Betrag hätte ihm geholfen. Eine Millionen schienen ihm aber schon weit entfernt. 70 Millionen Euro gehörten eindeutig ins Reich der Phantastereien und in die Märchenwelt. Seiner Mutter und seinen Schwestern würde er von einem kleinen Lottogewinn erzählen, wenn er ihnen etwas Geld geben würde. Michael und seine Freunde und Bekannten in Wuppertal würde er gar nichts davon sagen. Es reichte schon, wenn Gossarah davon wusste. Der Polizist und der Detektiv hatten schon recht mit ihrer Annahme. Er hatte keine Ahnung, was er zuerst mit dem

Geld anfangen sollte, als er einschlief. Aber Stefanie würde er mit ihrem schrecklichen Pony zum Friseur schicken.

36

Ausgeschlafen streckte er Arme und Beine von sich. Der letzte Auftrag war anstrengend und der Rückflug lang. In einem oder zwei Jahren wollte er sich zur Ruhe setzen. Seine Jobs forderten volle Konzentration, gute Vorbereitung und waren nicht ungefährlich. Er gähnte ausgiebig und betrachtete die beiden Schönheiten im Bett, die ihm in der letzten Nacht viel Freude bereitet hatten. In der Bar des Luxushotels war Prostitution verboten und er musste die beiden Nutten über eine Agentur in seine 75 qm große Suite des En Rose Hotels in Paris ordern. Es war fast Mittag und es machte keinen Sinn noch zum Frühstücksbuffet zu gehen. Slavko war sicher, dass bereits alles abgeräumt war und griff zum Hörer. Er bestellte einen Brunch mit Kaffee, frischen Säften, Kaviar und Lachsschnittchen, Pasteten, Eiern und Obst auf das Zimmer. Die beiden devoten Nutten standen ihm noch bis zum Abend zur Verfügung und er freute sich auf die Morgennummer im Whirlpool seiner Suite, als sein Handy vibrierte. Er nahm das Gespräch mit der unterdrückten Nummer an.

»*Ihre letzte Reise war erfolgreich. Das freut mich*«, sagte die verzerrte Stimme. »*Dennoch haben Sie Ihr Reiseziel in Wuppertal verfehlt. Und das ist mehr als ärgerlich!*«

»Verfehlt? Das kann nicht sein«, sagte Slavko erstaunt.

»*Sie haben das Ziel wegen einer Ähnlichkeit verwechselt. Das verwechselte Ziel hat den Reiseleiter erkannt und im Visier. Korrigieren Sie den Fehler! Das richtige Reiseziel ist zurück, aber nicht mehr an seinem Platz.*«

»Das ist kein Problem. Ich werde mich darum kümmern«,

»*Ein letztes Reiseziel wird in Kürze von Brüssel in die Norman-die reisen und muss ebenfalls besucht werden. Das alles ist innerhalb einer Woche zu erledigen! Schaffen Sie das?*«

»Selbstverständlich. Sie können sich darauf verlassen. Ich treffe noch heute alle Vorbereitungen«, sagte Slavko.

»*Instruktionen sind wie immer für Sie hinterlegt.*«

Das war knapp. Was war in Wuppertal geschehen? Er war sicher, dass er diesen Fischler erledigt hatte. Verdammt. Den Brunch mit den Nutten konnte er vergessen. Er griff zum Hörer und stornierte es. Slavko sah zu den jungen Frauen, von denen keine älter als zwanzig war. Sie hatten sich gar nicht so dumm angestellt und jaulten wie Welpen, als er sie brutal nahm. Für ihre blauen Augen musste er der Agentur ein paar Euro mehr geben. Aber das war ihm der Spaß wert.

»Aufstehen, Ihr Schlampen«, brüllte er sie an und zog ihnen die Decken weg. »Ich gehe jetzt duschen und wenn ich fertig bin, seid Ihr verschwunden, sonst gibt es ordentlich was auf euer hübsches Maul«, drohte der Serbe.

Als Slavko wieder aus dem Bad kam, waren die Mädchen verschwunden und er holte den Umschlag bei der Rezeption ab.

Davide Hudson, 67, darf seinen Großonkel Gregor in der Normandie nicht erreichen, las er. *Morgen fährt der Chauffeur los, um ihn abzuholen. In Brüssel hat er Personenschutz. In Frankreich nicht.* Er startete den Leihwagen und gab die Adresse in der Normandie ein. Das war ein leichter Auftrag für ihn. Aber zuerst würde er den GPS Sender an dem Wagen des Onkels anbringen. Sicher war sicher.

37

Davide freute sich darauf, seinen Großonkel Gregor Maybach wieder zu sehen. Aber er nahm sich auch vor, ihn auf seine angeblich verstorbene Frau anzusprechen. Schließlich ging sogar ein Foto von den beiden durch die Presse. Staunend beobachteten die Polizisten, wie ihm Gilbert die hintere Tür des auberginefarbenen Bentleys aufhielt. Die beiden Personenschützer, die zu seinem Schutz postiert waren, zögerten nicht lange und informierten ihre Dienststelle von Hudsons Abreise und Kommissar Beehle gab den Polizisten die Anweisung, dem Wagen zu folgen.

Slavko folgte dem, sich der Grenze nähernden GPS Signal auf seinem Smartphone. Getarnt wartete er geduldig mit seinem Gewehr und der panzerbrechenden Munition in einem Waldstück nahe der Landstraße, als Beehle die Nummer Mickerts wählte.

»Beehle. Hallo, Herr Mickerts. Schlechte Nachrichten. Hudson wurde abgeholt und fährt Richtung französische Grenze.«,

»Das darf nicht wahr sein. Können Sie ihn nicht aufhalten?«

»Meine Männer folgen ihm nur so weit sie dürfen. Aber vielleicht rufen Sie ihn mal an«, schlug Beehle vor.

Kurz und knapp informierte er seine Kollegin Beate, die Kontakt mit den französischen Behörden aufnehmen sollte. Da Jules noch immer mit seiner Tochter telefonierte, rief er Hudson an.

»Mickerts LKA Sachsen. Hallo Herr Hudson«, meldete er sich.

»Hallo Herr Kommissar. Was kann ich für Sie tun?«

»Sagen Sie, Davide. Wie alt sind Sie eigentlich? 67 oder doch 87 Jahre?«, fragte er ihn.

Hudson lachte. »Das wissen Sie nicht? 67.«

»Und warum wollen Sie schon mit 67 Jahren sterben?«

»Wer sagt, dass ich sterben will? Mir geht es gut und ich bin auf dem Weg zu meinem Großonkel.«

»Nein. Sie fahren geradewegs Ihrem Tod entgegen, Davide«, sagte Mickerts unverblümt, als Gilbert die Bodenwellen an der Grenze überfuhr.

»Er hat einfach aufgelegt! Warum geht der Mann nur so leichtsinnig mit seinem Leben um?«

»Warum rauchen und trinken so viele und gehen bei Rot über die Ampel?«, fragte Karsten.

»Lasst uns überlegen, wie es weitergeht«, sagte Jules und spielte in seinem Bart. »Meine Tochter ist seit gestern alleine und unser Au Pair muss in einer Woche zurück nach Curaçao. Will damit sagen, dass ich nicht ewig hier bleiben kann.«

»Hudson und Fischler sind die letzten Nachfahren und damit werden sie im Fokus des Killers sein. Was würdest du in der Kürze der Zeit tun? Wie würdest du vorgehen?«, fragte Mickerts.

»Er hat nicht viel Zeit. Also zuerst das einfachste Ziel. Hudson. Keine Bewachung, alter Mann und leicht zu erledigen.«

»Dann erst Wuppertal? Vielleicht denkt er genau umgekehrt«, sagte Mickerts und sah Fenster hinaus. »Jedenfalls sind es nur noch die beiden. Die französischen Behörden sind informiert. Mehr kann ich für Hudson derzeit nicht tun.«

»Nicht ganz«, sagte Karsten. »Sie haben meinen Freund Michael vergessen. Er kann den Killer jederzeit identifizieren und er hat überlebt.«

»Verdammt! Sie haben Recht. Wird sein Krankenzimmer noch beschützt?«, fragte Jules.

Mickerts sah hinaus und beobachtete die beiden Araber in dem schwarzen Audi.

»Keine Ahnung. Aber bevor ich diesen Keller anrufe, müssen

wir alle Jalousien herunterlassen. Er ist ein ziemlich guter Scharf-schütze. In Cossebaude hatte er trotz der Anwesenheit von sechs Polizisten, Jürgen Salmikeit aus fast zwei Kilometern Entfernung auf dem Schulhof getötet.«

»*Sie sind es wieder! Wollen Sie einen Geheimtipp für Wupper-taler Sehenswürdigkeiten? Besuchen Sie doch mal den Zoo. Die haben jetzt auch sächsische Murmeltiere*«, meldete sich Keller, während Jules und Karsten die elektrischen Jalousien herunter-ließen.

Ohne auf die Frechheit einzugehen sagte Mickerts, »Wie geht es eigentlich Herrn Winkels? Hat er noch Personenschutz?«

Schweigen in der Leitung. »Herr Keller sind Sie noch da?«, fragte Mickerts.

»*Ich dachte, dass ich Ihnen deutlich gemacht habe, dass ich keine Einmischung in ein laufendes Verfahren dulde*«, knurrte er. »*Ich werde Ihnen ein Scheiß an Informationen geben. Und jetzt genießen Sie Ihren Urlaub, oder ich lasse Sie verhaften, Herr Kollege!*«, sagte Keller und legte einfach auf.

Wütend knallte Mickerts sein Handy auf den Tisch und knirschte mit den Zähnen.

»Meine Vernehmung lief bei Herrn Keller sachlich ab«, sagte Karsten.

»Penibel nach Dienstvorschrift. Bei diesem Korinthenkacker wird das ganze Leben so laufen«, sagte Jules. »Jeden Donners-tag um 21 Uhr fünf Minuten Missionarsstellung mit seiner Frau. Ohne Licht. Freitags von 14 Uhr bis 15.25 Uhr putzt sie das Treppenhaus. Die Hecke schneidet der Arsch gewiss mit der Nagelschere und wehe das Essen steht am Sonntag nicht Punkt 12 auf dem Tisch!«

Alle mussten lachen und Karsten stellte drei Flaschen Bier auf den Tisch.

»Auch wenn ich es ungern mache. Ich rufe jetzt Ihren Chef

an, Herr Fischler!«, sagte Mickerts. »Dieser Keller kann mich mal!«

Sie tranken einen Schluck und er wählte Gossarahs Nummer.

»*Was kann ich für Sie tun?*«, fragte er.

»Michael Winkels. Wir wollen wissen, wie es ihm geht und ob er noch Personenschutz hat«, antwortete er.

»*Wer?*«

»Sie wissen schon. Der ehemalige Mitbewohner von Karsten, auf den der Anschlag verübt wurde und der jetzt im Arrenberger Krankenhaus liegt. Ich möchte, dass Sie ihn besuchen und mich sofort informieren, Herr Gossarah.«

»*Kein Problem. Ich bringe ihm Blumen und bestelle ihm Grüße von Karsten, der sich nach ihm erkundigt*«, sagte Gossarah.

»Und damit sagen Sie sogar die Wahrheit. Aber wenn es ihm gut geht, dann möchte ich, dass sie ihn zu uns bringen!«

»*Das wird schwieriger!*«

»Nur, wenn man ihn nicht auf eigenen Wunsch entlassen will. Sie müssen ihm deutlich machen, dass er in großer Gefahr ist und wir sein Leben nur dann schützen können, wenn er die Klinik sofort verlässt. Falls ihn die Ärzte nicht gehen lassen wollen, überlasse ich es Ihnen, wie Sie ihn raus holen!«

»*Gut. Ich melde mich, wenn ich ihn gesehen habe.*«

38

Unablässig tropfte der Regen von dem Blätterdach. Der Wald-
boden war nicht nur feucht, er durchnässte seine Kargo Hose
und die Militärjacke bis auf die Unterwäsche. Es war saukalt und
seine Finger wurden taub. Doch er musste weiter so verharren.
Das GPS Signal kam näher und bald schon musste er den Bentley
sehen können. Ein plötzliches Knacken gleich hinter ihm ließ
ihn augenblicklich herumfahren. Ein Fuchs sah ihn erschrocken
einen Augenblick an und verschwand wieder im Unterholz.
»Mist«, sagte Slavko. Die Decke war bei der Aktion vom Ob-
jektiv gerutscht und nun war die Linse nass. Das Signal kam
näher. Er wischte sie trocken und deckte das Gewehr wieder ab.
Zwei Quetschkopfgeschosse waren geladen. Das musste reichen.
Slavko kannte diese spezielle Munition aus dem Kosovo Krieg
und war von ihr begeistert. Die Munition explodierte zwar auf
der Außenseite, aber die Schockwelle war im Inneren so stark,
dass umherfliegende Splitter die Insassen innerhalb von Sekunden töteten. Eine weitere Explosion zerstörte schließlich jede
Panzerung. Voller Vorfreude auf das sich bald bietende Bild der
Zerstörung sah er schließlich die sich nähernde Limousine. Ein
paar Sekunden später kamen aber ein davor und ein dahinter
fahrender Motorrad Gendarm in Sicht. Slavko fluchte innerlich.
Doch für eine neue Planung war es zu spät. Er legte den behand-
schuhten Finger auf den Abzug und zog ihn durch, als der Bentley
im Fadenkreuz erschien. Sekunden nach dem dumpfen Aufprall
sah er die blutüberströmten Männer im Inneren der Limousine,
bevor der Wagen durch die zweite Explosion vom Boden abhob

und erst an einem Baum brennend zum Stehen kam. Zufrieden zielte er auf das letzte, sich nähernde Polizei Motorrad und drückte ab. Das Fahrzeug wurde samt Fahrer augenblicklich zerfetzt und flog durch die Luft. Slavko lud großkalibrige normale Munition nach und verpasste dem Polizisten mit Funkgerät in der Hand einen Kopfschuss. Die Waffe ließ er liegen und eilte zu der Enduro, die er ein paar Stunden zuvor geklaut hatte. Er trat sie an und fuhr zufrieden grinsend über den schmalen Waldweg bis zu der Landstraße, die ihn zu seinem Leihwagen in Verville bringen würde. Mit der Identität des vollbärtigen, buckeligen Claude würde er ausreisen und seine letzten Ziele eliminieren.

39

Mickerts lachte und beendete das Gespräch. »Das muss man ihm ja lassen«, sagte er kopfschüttelnd. »Gossarah lässt sich was einfallen. Er ist mit Winkels auf dem Weg hierher.«

»Die Ärzte wollten ihn wohl nicht gehen lassen? Wie hat er das gemacht?«, fragte Karsten.

»Er hat die Stationsschwester nach einem Rollstuhl gefragt und da sie viel zu tun hatte, bekam er einen. Es fiel niemandem auf, als er mit Winkels im Fahrstuhl nach unten fuhr. Ein kurzer Weg an der frischen Luft und am Ausgang wartete bereits Mohamed auf sie«, sagte er.

»Jedenfalls bringt ihn dieses ignorante Arschloch Keller nicht in Lebensgefahr. Der hat die Beamten doch tatsächlich abgezogen!«, sagte Jules verärgert.

»Ich freue mich auf Michael«, sagte Karsten.

Sein Handy klingelte erneut und er sah auf das Display. »Hallo, Beate«, sagte Mickerts. »Was gibt es Neues?«

»*Leider nichts Gutes. Die Kollegen aus Paris waren erbost.*«

»Warum?«

»*Sie hatten dem Wagen von Maybach eine Eskorte mit zwei Motorrad Polizisten hinterher geschickt. Aber kurz vor Verville wurde der Wagen mit Hudson und dem Chauffeur in die Luft gejagt und beide Polizisten wurden ermordet.*«

»Verdammt! Ich ahnte es. Warum hat Hudson auch nicht auf mich gehört?«

»*Das Gute ist, dass endlich Europol ermittelt. Alle*

Grenzübergänge, Bahnhöfe und Flughäfen werden kontrolliert und überall hat man Fotos von Slavko Jovanovic«, sagte sie.

»Na und? Das weiß der doch auch und wird sein Äußeres und seine Identität ändern, wenn er ausreist«, sagte Mickerts. »Wir müssen jetzt noch wachsamer sein, Beate.«

»*Pass bitte auf dich auf, Chef*«, sagte sie und legte auf.

»Der Killer ist auf dem Weg zu uns«, informierte sie Mickerts.

»Er muss aber noch herausfinden wo wir sind. Also haben wir noch etwas Zeit.«

»Wie soll er erfahren, wo wir sind?«, fragte Karsten.

»Ich weiß es nicht. Aber er ist Profi und wird kommen!«

»Verdammt«, sagte Jules nachdem er mit Maassens Büro telefonierte. »Wir haben am Freitag um 15 Uhr einen Termin. Und jetzt ist erst Montag.«

Mickerts prüfte seine Heckler & Koch. »Hast du eine Waffe, Jules?«

»Nur ein Schweizer Messer in meinem Koffer«, sagte er.

»Wir müssen uns vorbereiten und brauchen Waffen«, sagte Mickerts nervös und zielte auf den Eingang, als sich die Wohnungstür plötzlich öffnete.

Gossarah hob die Hände. »Langsam, Herr Kommissar«, sagte er und trat mit Michael Winkels ein.

»Du bist blass«, stellte Karsten fest und umarmte seinen Freund.

Michael trug noch immer den weißen Bademantel der Klinik und sah fürchterlich aus. Seine Augen hatten dunkle Ränder und er schien sich kaum auf den Beinen halten zu können.

»Hallo Fischstäbchen«, begrüßte er ihn.

»Fischstäbchen?«, fragte Jules lächelnd.

»Er macht Werbung für Tiefkühl Fisch«, erklärte Michael.

Karsten umging ein Gespräch dazu. »Willst du dich hinlegen, oder möchtest du was trinken? Ein Bier?«, fragte er.

»Oh nein. Kein Bier. Nur ein Schluck Wasser und dann ins Bett. Was ist eigentlich los?«, fragte er.

»Ein Killer ist zu uns unterwegs und hat auch Sie als lästigen Zeugen im Visier«, erklärte Mickerts und stellte sich vor.

»Weil er dich mit mir verwechselt hat«, erklärte Karsten.

»Und warum habe ich meinen Kopf für dich hingehalten? Hast du Spielschulden?«, fragte Michael.

»Nein! Jemand will verhindern, dass ich etwas erbe. Aber das ist jetzt unwichtig. Hauptsache ist, dass du hier und in Sicherheit bist. Hast du Hunger?«

»Nein. Zeige mir einfach, wo ich schlafen kann.«

»Du kannst in meinem Zimmer schlafen. Folge mir.«

Gossarah sah sich im Wohnzimmer um und ging in die Küche.

»Haben Sie alles? Oder kann ich noch etwas für Sie tun?«

Jules und Mickerts sahen sich fragend an.

Jules hob die Schultern. »Ein oder zwei Kisten Wasser wären gut. Das Geld gebe ich Ihnen«, sagte er.

»Eine Kamera auf dem Flur und im Treppenhaus und eine zusätzliche Waffe«, sagte Mickerts grinsend.

Gossarah hob die Schultern. »Wasser ist im Keller. Ich lasse es gleich hochbringen. Aber eine Waffe, Herr Kommissar? Hätte ich eine, dann wäre ich womöglich wegen illegalem Waffenbesitz dran, oder?«, fragte er.

»In dem Fall würde ich nicht danach fragen.«

Gossarah nahm das Handy und gab auf Arabisch Anweisungen. »Das Wasser bringen die Jungs gleich rauf. Kameras habe ich nicht«, sagte er und bückte sich vor einer Vitrine. Mit zwei Handgriffen zog er eine Walther PK 380 aus dem Holster auf der Unterseite hervor. »Munition ist in der roten Keksdose im Küchenoberschrank«, sagte er und Karsten flitzte gleich in die Küche.

Leicht gebückt schritt Claude alias Slavko mit dem kleinen Gesteck über den Flur des Krankenhauses. Auf der Station der Inneren suchte er das Zimmer 322. Vom Alter gezeichnet trug er über dem zerzausten grauem Haar eine Schirmmütze. Das Gehen fiel dem Alten offenbar schwer, erkannte eine der Schwestern auf dem Gang. Doch der Mann mit der altmodischen Brille lächelte sie nur freundlich an und ging weiter. Er klopfte an und öffnete die Tür. Von dem jungen Mann war nichts zu sehen. Er ging zu dem Schalter der Station. »Sagen Sie«, sagte er mit krächzender Stimme, »ich wollte meinen Nachbarn, Herrn Winkels auf dem Zimmer 322 besuchen, aber der Raum ist leer. Ist er in Behandlung oder wurde er verlegt?«

»Er müsste draußen im Park sein«, sagte sie freundlich.

»Oh vielen Dank. Ich gehe dann solange in die Cafeteria und esse ein Stückchen Kuchen«, sagte Slavko.

Die Rolle des alten gebrechlichen Claude kaufte ihm jeder ab. Er fragte sich, ob er im Alter tatsächlich so gebrechlich sein würde wie er jetzt einstudiert vorgab. Slavko fuhr mit dem Fahrstuhl ins Erdgeschoss und suchte den Park ab. Aber weder dort, noch in der Cafeteria war etwas von Winkels zu sehen. Erst als man sich auf der Station Sorgen um seinen Verbleib machte, wusste er, dass der Vogel ausgeflogen war und fuhr zu einem Baumarkt am Steinbecker Bahnhof. In seinem Hotelzimmer hing er das Akku an die Ladestation, legte die Verkleidung vorläufig ab und duschte.

»Wie geht es ihm«, fragte Jules, als er aus dem Zimmer kam.

»Ich glaube, er schläft jetzt«, sagte Karsten.

Im Treppenhaus hörten sie Flaschengeklapper und kurz darauf klingelte es. Gossarah sah durch den Türspion und öffnete Kaya die Tür. »Das Wasser ist da«, sagte er und schickte den Mann weg. »Mohamed musste zurück in die Firma, aber Kaya und Nidal bewachen weiter das Haus.«

269

»Sind die beiden bewaffnet?«, fragte Mickerts.

Gossarah grinste.

»Also ja. Wenn das hier rauskommt, bin ich meinen Job los und kann froh sein, wenn ich noch als Parkhauswächter arbeiten kann«, sagte der Kommissar.

»Das wird schon nicht passieren. Wenn das vorbei ist, wissen Sie von nichts.«

»Ich danke Ihnen zwar für Ihre Hilfe, Herr Gossarah. Aber wenn etwas passiert, kann ich Sie nicht decken!«

»Das ist mir klar. Wer möchte etwas trinken? Ich hätte einen vorzüglichen schottischen Malt im Angebot«, sagte Gossarah.

»Wenn wir das überstanden haben, komme ich gerne darauf zurück«, sagte Jules und setzte sich zu Karsten auf das Sofa.

»Sie sagten eben, dass wir am Freitag in Antwerpen zur Testamentseröffnung sein müssen.«

»Das ist richtig«, antwortete Jules.

»Glauben Sie, dass danach alles vorbei ist, Herr van Dyck?«

»Davon gehe ich aus. Danach muss ich mich auch wieder um meine Tochter kümmern.«

»Sie leben auch in Antwerpen. Ist Ihre Tochter jetzt alleine? Wie alt ist sie, wenn ich fragen darf?«, fragte Karsten.

»Leonie ist dreizehn Jahre alt, aber selbstständig. Wir haben zuhause ein Au Pair Mädchen. Das macht es leichter. Aber ich habe trotzdem ein schlechtes Gewissen, dass ich nicht da bin.«

»Aber Sie sind doch gewiss oft unterwegs, Herr van Dyck.«

»Ich hatte nach dem Tod meiner Frau das Büro in der Stadt aufgegeben und habe ein kleineres im Haus, damit ich mehr Zeit mit ihr verbringen kann«, sagte Jules und zog ein Bild aus der Brieftasche. »Das war sie vor einem halben Jahr in Koksijde an der Nordsee«, erklärte er.

»Sie ist sehr hübsch!«

»Ja, das ist sie. Leonie erinnert mich an ihre Mutter. Vielleicht lernen Sie sie kennen, wenn wir in Antwerpen sind«, sagte Jules.

»Sehr gerne. Wissen Sie, mir kommt das hier alles sehr unwirklich vor. Es ist fast so, als wäre ich mitten in einem James Bond Film. Ich kann auch diese Erbschaft gar nicht fassen.«

»Das kann ich mir vorstellen. Können Sie denn gut schlafen, seit Sie wissen, wie viel es ist?«

»Nicht wirklich. Das wirft mein Leben ziemlich durcheinander. Ich hatte vor, Maschinenbau zu studieren und wollte mir danach etwas aufzubauen. Aber jetzt? Ich weiß es nicht.«

Er dachte an Veronika. Ihre Ehe war eine Farce und sie war unglücklich. Das Verhältnis mit ihr hatte keine Zukunft. Doch mit welcher Frau konnte er glücklich werden? Bis jetzt hatte er seinen Charme und seine Jugend. Aber schon bald war er ein sehr reicher Mann. Ein Umstand, der sich schwer verbergen ließ und die Frauen anziehen würde, wie ein Magnet. Aber das wollte Karsten unter keinen Umständen. Keine Klunker Hasen! Stefanie? Irgendwie war sie ja niedlich mit ihrem hässlichen Pony. Keine Schönheit, aber sie war klug und hatte Humor.

»Mir würde es auch so ergehen. Sie sollten einen renommierten und seriösen Vermögensberater hinzuziehen, Herr Fischler. Auf jeden Fall freue ich mich für Sie«, sagte Jules.

»Was halten Sie von Spaghetti mit Garnelen?«, fragte Gossarah in die Runde und vernahm zustimmendes Gemurmel.

Der leichte und feine Stoff des Armani Anzugs kühlte angenehm seine Haut, als Slavko mit frisch gegelten Haaren in den Ford stieg. Seine ockerfarbene Umhängetasche passte zwar nicht zu seinem übrigen Outfit, doch das war ihm egal, solange sie auf dem Beifahrersitz lag. Alles was er voraussichtlich für den letzten Auftrag brauchte, war darin enthalten. Er fuhr lässig über die Bundesallee durch Elberfeld und beobachtete ein letztes Mal die hell erleuchtete quietschende Schwebebahn über der Wupper. Schon nach zwölf Minuten erreichte er sein erstes Ziel und bog in den Hof der Firma ABC KFZ Export GmbH & Co. KG ein. Ein letztes Mal prüfte er die Glock mit dem Schalldämpfer in dem Holster und stieg mit der Akkumaschine aus. Als er das Containerbüro betrat, saß ein arabisch aussehender Mann am Schreibtisch und hämmerte mit zwei Fingern unbeholfen auf seinem Laptop herum. Der Mann sah nur kurz auf und widmete sich gleich wieder der Elektronik. Links saß eine junge Blondine in einem eng anliegenden Kleid und lächelte ihn freundlich an.

»Hallo, was wünschen Sie?«, fragte sie Slavko.

»Ich möchte Herrn Gossarah sprechen«, sagte er.

»Das tut mir leid. Herr Gossarah ist heute nicht im Hause.«

»Dann wird er bei Herrn Fischler sein. Wie war noch gleich die Anschrift?«, fragte er und Mohamed blickte grimmig auf.

»Du neugierig. Gossarah nix da! Jetzt gehen sofort!«, sagte der Araber und öffnete die Schreibtischschublade.

Slavko löste in Sekundenbruchteilen den Verschluss des Holsters. »Das sehe ich aber ganz anders, Arschloch«, sagte er, zog die Glock hervor und schoss ihm in die Stirn. Nur ein leises *Plopp* war zu hören und Melanie Krüger heulte auf, als Mohamed hinter dem Schreibtisch zu Boden ging.

»Halte sofort die Klappe!«, brüllte sie Slavko an und richtete das Bolzenschussgerät auf die Sekretärin. »Die Adresse!«, forderte er erneut und stellte sich vor sie.

»Die habe ich nicht«, sagte Melanie.

»Gut. Dann wirst du so lange genagelt, bis es dir einfällt, Schlampe«, sagte er und schob sie auf den Schreibtisch.

Sie versuchte sich zu wehren und schrie um Hilfe. Slavko schlug ihr aber mit der Faust ins Gesicht und brach ihre Nase, die sofort zu bluten begann. Er drückte ihre rechte Hand auf die Tischplatte und schoss einen Bolzen hindurch. Melanie schrie entsetzt auf, doch schon wiederholte er den Vorgang mit ihrer linken Hand und sie wand sich mit schmerzverzerrtem Gesicht.

»Hör auf zu heulen«, sagte er und schlug ihr mit der flachen Hand ins Gesicht. »Jetzt kommt der schöne Teil des Nagels, junge Frau«, sagte er und zog ihr den Tanga herunter.

Melanie stöhnte und wimmerte unter ihm.

»Das ist zu langweilig, oder? Du hast Recht«, sagte er. Slavko drückte ihre Beine nach oben und stieß hart in ihren Anus. Melanies Schmerzenslaute gefielen ihm.

»Du warst gut und ich habe gemerkt, wie sehr es auch dir gefallen hat«, sagte er. »Aber jetzt hatten wir genug Spaß, Schlampe. Jetzt gib mir die Adresse!«

Melanie schüttelte weinend den Kopf.

»Wie du meinst. Dann wirst du jetzt ein letztes Mal genagelt«, sagte er und drückte das Gerät auf ihre Stirn.

»Nevigeser Straße 364«, schrie sie heraus.

»Na also«, sagte der Killer lächelnd. »Das war doch gar nicht so schwer, oder?«

Slavko drückte dreimal den Auslöser der Maschine und betrachtete zufrieden drei dicke Bolzen in Melanies Stirn.

Gossarah stellte die Schüssel mit den dampfenden Spaghetti auf den Tisch. »Ich hoffe, Sie mögen alle Knoblauch. Damit habe ich nicht gespart«, sagte er und stellte die Edelstahlreibe mit dem Parmesan dazu.

»Ein Gläschen Wein gehört aber dazu«, bestimmte er und füllte vier Gläser mit einen eiskalten sizilianischen Alagna Moscato. »Übrigens bin ich kein Moslem, meine Herren. Deshalb trinke ich gelegentlich auch Alkohol«, erklärte Gossarah.

Mickerts wischte sich den Mund ab. »Soweit ich weiß, gibt es in Saudi Arabien keine Kirchen und die Ausübung des Christentums ist streng verboten«, sagte er.

»Das ist richtig. Der Grund dafür ist, dass der Übertritt vom Islam zum Christentum nach islamischem Recht inakzeptabel ist – er gilt sogar als eine der größten Sünden, die ein Muslim begehen kann. Männer werden, wenn ihr christlicher Glaube entdeckt wird, meist von zu Hause vertrieben, während Frauen und Mädchen in der Regel zu Hause isoliert werden. Alle Konvertiten laufen Gefahr, getötet zu werden, um die Familienehre wiederherzustellen. Deshalb kann ich auch nicht zurück.«

»Aber du hast mir auch von deiner Familie erzählt, Hamad. Wie kannst du noch Kontakt zu ihnen haben?«, fragte Karsten.

»Meine Familie ist gebildet. Alle meine Brüder haben studiert und man hält, zwar inoffiziell, Kontakt zu mir.«

»Das hört sich kompliziert an«, sagte Jules.

»Was ist schon unkompliziert im Leben, Herr van Dyck?«, sagte er lachend und trank einen Schluck von dem Rosé.

»Ich glaube, ich schlafe heute im Wohnzimmer, jetzt wo Michael hier ist«, sagte Karsten.

»Auf keinen Fall. Sie sind das Ziel und müssen zu Ihrem Schutz in das Schlafzimmer. Wir bleiben hier«, sagte Mickerts.

»Sie können damit umgehen, Herr van Dyck?«, fragte Gossarah und gab ihm die Glock und einen Karton Patronen.

»Kein Problem. Ich bin mit der Waffe vertraut«, sagte Jules.

Sein primäres und sein sekundäres Ziel mussten in den nächsten drei Tagen erledigt werden. Das Finale wollte sich Slavko auf der Zunge zergehen lassen. Die Hindernisse kamen ihm dabei lächerlich vor. Zwei Araber saßen wie auf dem Präsentierteller in dem Audi direkt vor der Tür. Er grinste wegen derer mangelnder Professionalität. Die Ziele selbst waren ein Kinderspiel. Der gesundheitlich angeschlagene Winkels und der junge Bursche Fischler. Dennoch musste er mit Gegenwehr rechnen. Sicher war dieser Gossarah in der Wohnung und ihn konnte Slavko nicht einschätzen. Vielleicht war auch noch dieser Antwerpener Detektiv anwesend. Über seine Spitzfindigkeit hatte er sich in den vergangenen Wochen mehrmals geärgert und ihm eine Kugel in den Kopf zu jagen, würde ihm Freude bereiten. Aber es konnte auch dieser Ossi Kommissar aus Cossebaude da sein. Slavko hatte den Mann zwar schon einmal ausgetrickst, aber er war nicht zu unterschätzen. Die Verkleidung des gebrechlichen Claude war in dieser Nacht ein letztes Mal hilfreich. Er parkte den Wagen in einer Seitenstraße, nahm wieder die gebückte Haltung an und ging auf den Audi zu. Er öffnete den Holster, prüfte Waffe und Schalldämpfer und holte eine Packung Zigaretten hervor. Freundlich lächelnd hielt er mit zitternden Händen eine Zigarette. Claude klopfte an die Seitenscheibe. Überrascht fixierte ihn Kaya. Er machte mit Daumen und Zeigefinger ein Zeichen, dass er Feuer brauchte und tippte auf seine Zigarette. Der Araber griff in seine Jackentasche und ließ das Seitenfenster herunter, um ihm das Feuerzeug zu geben.

Slavko ließ die Zigarette fallen, griff nach der Glock und schoss Kaya direkt in die Stirn. Bevor Nidal reagieren konnte, verpasste er auch ihm eine Kugel. Ihre Leichen drapierte Slavko in ihren Sitzen mit dem Gurt und verschloss die Türen. Er ging ein paar Schritte und zündete eine neue Zigarette an, als ein Taxi vorbeifuhr. Um diese Zeit war nicht mehr viel los auf den Straßen. Er dachte an seinen ersten Besuch in Wuppertal mit einer Fahrt in der schaukelnden Schwebebahn. Fast war es ihm vorgekommen, wie auf hoher See, als die Bahn über der Wupper in eine Kurve ging. Irgendwann wollte er einmal wiederkommen und eine Aufführung von Pina Bausch auf der Bühne sehen. Doch dazu war jetzt nicht die Zeit. Er drückte die Zigarette aus und sah hinauf zu den Fenstern. Er erkannte einen schwachen Lichtschein zwischen den zugezogenen Lamellen. Sie waren noch wach oder einer hielt Wache. Aber das nütze ihnen auch nichts mehr. Mit dem Schlüssel von Nidal öffnete er leise die Haustür und ließ sie nur langsam wieder ins Schloss fallen, bevor er die Kellertür öffnete und herunterging.

Mickerts und Jules saßen eingenickt auf dem Sofa und Karsten unterhielt sich leise mit Gossarah über die aufregende Fahrt nach Usbekistan, als plötzlich alles Licht erstarb und sie im Dunkeln saßen. Mit dem Handy machte Gossarah Licht und Karsten weckte mit Herzklopfen Mickerts und Jules.

»Er kommt! In das Nebenzimmer!«, sagte Jules zu Karsten.

Ängstlich schloss er die Tür hinter sich und sah sich nach einer möglichen Waffe um. Da war nichts! Er verließ den Raum und rannte in die Küche. Aus einer Schublade nahm er ein Fleischermesser an sich und lief damit zurück ins Zimmer.

Bis auf wenige Geräusche aus dem Inneren der Wohnung war nichts hören. Er klebte das kleine Päckchen mit dem Plastik Sprengstoff unter die Türklinke und ging mit dem Nachtsichtgerät auf dem Kopf hinter die Ecke im Treppenhaus. Slavko zog sein Smartphone aus der Tasche und öffnete die App. Er hatte drei Sekunden Verzögerung eingestellt. Bevor er den Auslöser drückte, holte er zwei Rauchgranaten aus der Tasche. Die Druckwelle der Explosion war beeindruckend. Selbst hinter der Ecke spürte er die Macht des Sprengstoffs und rannte zur Tür. Jetzt hieß es schnell zu sein und den Überraschungsmoment für sich zu nutzen. Er löste die Stifte aus beiden Granaten und warf sie um die Ecke in die Wohnung. Sofort fielen zwei Schüsse. So hatte er es geplant. Sie schossen einfach drauf los, ohne ihn oder irgendetwas sehen zu können. Auf allen Vieren robbte Slavko hinter die Tür und warf einen Blick in den Raum. Das Sofa lag umgekehrt vor dem Fenster und ebenso ein Sessel rechts vor der Wand. Dahinter hatten sie sich verschanzt und er hörte sie in dem dichten Qualm husten.

Wieder peitschten zwei Kugeln an ihm vorbei und trafen die

Wand im Treppenhaus. Er sah wie eine Pistole für den nächsten Schuss über das umgekippte Sofa gehalten wurde. Slavko zielte, schoss und traf. Er sah, dass die Waffe zu Boden fiel und hörte einen Fluch. Ein Mann sprang hinter dem Sessel hoch und feuerte in schneller Folge in seine Richtung. Der Serbe duckte sich im Schutz der Wand. Das Klicken des leer geschossenen Magazins war sein Signal. Er sprang in die Hocke und gab zwei Schüsse auf den Mann ab, der sofort stöhnend zu Boden ging. *Das muss der Araber gewesen sein*, dachte er zufrieden. Mickerts sah, dass Karsten die Tür ein Stück geöffnet hatte und jetzt mit dem Messer in der Hand aufgeregt lauerte. Er zeigte ihm im Licht des Handys seine Dienstwaffe und den Hebel zum Entsichern. Seine rechte Hand war getroffen und blutete. Er gab Karsten ein Zeichen und schob mit Schwung seine Heckler & Koch über das Laminat zu ihm herüber. Er erinnerte sich an seine Grundausbildung und entsicherte die Waffe. Jules feuerte weitere zweimal in Richtung der Tür, doch Slavko hatte Gossarah ausgeschaltet und er wusste, dass einer der Männer hinter dem Sofa getroffen war. Er sprang auf, kam in die Wohnung und feuerte mit zwei Pistolen auf die Rückwand des Sofas. Karsten erkannte im Licht des Mündungsfeuers seine Gestalt, zielte und schoss sein Magazin in kurzer Folge leer. Überrascht blieb Slavko stehen und zielte auf Karsten. Doch er schaffte es nicht mehr abzudrücken, sondern fiel blutüberströmt auf die Knie. Jules sprang auf, trat ihm die Waffe aus der Hand und versetzte dem Killer einen kräftigen Tritt auf den Kiefer. Slavko brach tot vor ihm zusammen.

»Das Schwein ist erledigt!«, stellte er fest.

Jules hielt noch die Glock in seiner Hand und kam mit Karsten hervor, als Männer des SEK plötzlich vor ihnen standen.

»Waffen sofort fallen lassen!«, forderten sie ihn auf.

»Kommissar Mickerts braucht sofort einen Arzt«, sagte Jules und ließ die Pistole fallen.

Erst jetzt sah Karsten im Licht der Scheinwerfer, dass Gossarah am Boden lag.

»Ein Arzt!«, rief einer der Polizisten mit Sturmhaube nach draußen.

»Keine Sorge Kollegen. Der Killer ist erledigt«, sagte Mickerts und hielt seine verletzte Hand nach oben.

Mit dem Notarzt kam auch Kommissar Keller in die Wohnung. Kleinlaut unterrichtete sie der Mann von den bestialischen Morden in den Büroräumen der Firma ABC und den tot aufgefundenen Arabern in dem Audi.

»Fünf Tote in wenigen Stunden!«, sagte Keller. »Das ist auch für die Mordkommission in Wuppertal eine neue Erfahrung.«

»Ich denke, das steht so nicht in Ihren Dienstvorschriften, Herr Kommissar«, sagte Jules. »Aber dank Gossarah konnten wir Michael Winkels aus dem Krankenhaus holen und vor seiner Hinrichtung retten, da er nicht mehr beschützt wurde!«, sagte er mit bissigem Unterton.

Mickerts Verwundung war schnell verarztet und die folgende Vernehmung im Polizeipräsidium verlief zügig während Michael zurück ins Krankenhaus transportiert wurde.

Um halb fünf morgens erreichten sie den Düsseldorfer Flughafen und frühstückten gemeinsam mit Sekt, bevor sie gegen neun eine Maschine der KLM nach Antwerpen und Mickerts zwei Stunden später eine der Lufthansa nach Dresden bestiegen.

40

Übermüdet versuchte Karsten an Bord der Maschine zu schlafen. Die letzte schlaflose Nacht und auch die Usbekistan Fahrt zerrten an ihm. Doch es verfolgte ihn auch das Bild des toten Gossarah und er fand es schrecklich, dass er einen Menschen getötet hatte. Zwischendurch sah er zu Jules herüber, der trotz geschlossener Augen immer wieder zusammen zuckte.

Erst als sie ein Taxi bestiegen, schien er ruhiger zu werden.

»Ich bin zum ersten Mal in Antwerpen«, sagte Karsten und sah neugierig aus dem Fenster.

»Es ist die zweitgrößte Stadt Belgiens. Antwerpen hat über eine Millionen Einwohner und es lohnt die Stadt kennenzulernen. Im Mittelalter war die Stadt eine der größten der Welt und schon früh wurden die Bürger durch Handel reich.«

»Und aus Antwerpen kommen meine Vorfahren?«

»Jakob Stein, der Ihnen sein Vermögen vererbt hat, war hier Diamantenhändler. Noch heute werden weltweit 60 Prozent aller Diamanten in Antwerpen gehandelt.«

Staunend betrachtete Karsten die prächtigen Fassaden am Straßenrand. »Ich würde gerne mehr von Antwerpen sehen.«

»Wenn Sie mögen, zeige ich Ihnen die Stadt des Vincent van Gogh und wir machen eine Hafenrundfahrt«, schlug er vor.

»Das wäre phantastisch!«

»Aber zuerst steigen wir jetzt aus. Hier wohne ich«, sagte er, als das Taxi anhielt.

»Danke, dass ich die nächsten Tage bei Ihnen wohnen darf«,

sagte Karsten nachdem Jules das Taxi bezahlt hatte und sie zur Haustür gingen.

»Ach, Herr Fischler. Ich bin nur froh, dass die Morde nun ein Ende haben und ich diesen Fall abschließen kann«, sagte Jules während sie nach oben fuhren. »Sie machen mir keine Umstände und ich hoffe, dass Sie sich bei mir wohlfühlen.«

Lena zeigte strahlend ihre weißen Zähne, als sie in die Wohnung kamen. Sie stellte den Staubsauger aus und begrüßte Jules mit einem Küsschen auf die Wange.

»Darf ich vorstellen? Das ist Lena Boahma und das ist Karsten Fischler.«

Karsten blieb die Spucke weg. Die schwarze junge Frau mit ihren lachenden Augen und den vollen Lippen bezauberte ihn. Ihre Rasterlocken fielen sanft auf ihre Schultern. In ihrem türkisfarbenen Pulli und der schwarzen Jeans sah sie phantastisch aus. Karsten war so beeindruckt von ihrer karibischen Schönheit, dass er nervös nicht mehr als ein »Hallo« hervorbrachte. Aber auch Lena schien Gefallen an ihm zu finden, obwohl er sich müde und niedergeschlagen fühlte.

»Kommen Sie. Ich zeige Ihnen Ihr Zimmer«, sagte Jules und ging in den kleinen Flur. Das Gästezimmer war sparsam eingerichtet, aber das Bett war groß und sah gemütlich aus.

»Ich glaube, dass ich gleich etwas schlafe, wenn Sie keine anderen Pläne haben«, sagte er mit unterdrückten Gähnen.

»Das verstehe ich nur zu gut. Ich bin selber müde. Aber ich warte noch, bis meine Tochter aus der Schule kommt und lege mich erst danach hin«, sagte Jules. »Später werde ich Ihnen noch ein paar wichtige Details über Ihr Erbe, das Prozedere beim Notar und ein paar unverbindliche Ratschläge geben«, sagte Jules, ging ins Wohnzimmer und wartete auf Leonie.

Vier Stunden Schlaf hatten ihn deutlich erholt. Frisch geduscht kam Karsten mit einem weißen Hemd und Jeans ins Wohnzimmer. Jules stellte ihm seine Tochter vor, die mit Lena bei ihrem Vater saß.

»Konnten Sie gut schlafen, Herr Fischler?«, fragte er.

»Ausgezeichnet. Aber ich war auch so geschafft, dass ich selbst auf einer harten Holzbank eingeschlafen wäre.«

»Was halten Sie davon, wenn wir einen kleinen Spaziergang machen? Lena hat einen Kuchen im Ofen. Den können wir danach essen«, schlug Jules vor.

»Gerne. Ich ziehe mir schnell eine Jacke über.«,

Die Blicke von Lena und Karsten konnte Leonie nicht übersehen. Ihr gegenseitiges Interesse war offensichtlich. »Er gefällt dir?«, fragte sie mit einem Augenzwinkern.

»Und wie. Wow, er hat schöne Augen. Ein großer und hübscher Mann«, sagte Lena leise und Jules grinste.

»Und er hat einen hübschen Arsch«, sagte Leonie leise und ging grinsend zu ihrem Vater.

»Wer ist das eigentlich, Paps?«, fragte Leonie neugierig.

»Karsten hat mit meinem letzten Fall zu tun. Ich muss jetzt los und erzähle später mehr.«

»Ich denke, dass uns ein wenig Bewegung und frische Luft gut tun«, sagte Jules als Karsten kam.

»Absolut. Ich bin ein Bewegungsfreak und erledige fast alle Wege mit dem Fahrrad.«

»Und das in Wuppertal mit den Bergen?«

Karsten lachte. »Nicht immer. Es gibt Strecken, da nehme auch ich ein Taxi oder den Bus.«

»Herr Fischler, wie geht es Ihnen eigentlich mit dem Tod von Gossarah? Er stand Ihnen doch nahe«, fragte er, als sich die Haustür ihnen schloss.

»Tja, darüber bin ich mir selbst nicht im Klaren. Einerseits kannte ich ihn ja gar nicht so lange. Aber andererseits war mir der Mann schon ans Herz gewachsen. Wir hatten uns sogar geduzt.«

»Ich weiß. Aber meine Meinung dazu sagte ich Ihnen bereits. Möglich wäre, dass er Sie irgendwann nach Geld gefragt hätte. Aber jetzt ist das egal. Für mich ist der wohl anstrengendste Fall seit Jahren so gut wie erledigt und ich kann mich wieder um meine pubertierende Tochter kümmern«, sagte Jules und Karsten lachte.

»Ich kenne das von meinen Halbschwestern und ich weiß, wie anstrengend Mädchen in dem Alter sein können.«

Sie gingen über die Straße und erreichten einen großen Park mit einem See, in dem die tiefstehende Sonne glitzerte.

»Lena gefällt Ihnen, habe ich bemerkt«, sagte Jules.

»Mein Gott. Sie ist unglaublich schön, Herr van Dyck!«

»Ja, das ist sie. Aber besonders schade ist, dass sie in der nächsten Woche wieder zurück muss. Sie war drei Monate unser Au Pair Mädchen und Leonie hat sich mit ihr angefreundet.«

»Woher kommt sie denn?«, fragte Karsten.

»Curaçao. Niederländische Antillen.«

»Wow! Das muss ein karibischer Traum sein.«

»Ich will Leonie damit überraschen und in den Winterferien mit ihr Lena besuchen«, sagte Jules.

»Das wird eine tolle Überraschung für sie. Setzen wir uns dort auf die Bank? Ich möchte mal meinen Blick über den Park schweifen lassen.«

»Gerne. Sagen Sie mal, haben Sie sich mal Gedanken darüber gemacht, wie es in Ihrem Leben weitergehen soll? Bleiben Sie in Deutschland?«

»Nicht wirklich. Ich kann es noch gar nicht fassen, dass ich plötzlich so reich sein soll. Aber Deutschland muss es nicht sein, Herr van Dyck. Ich bin nicht konservativ. Aber Gendersprache, drittes Geschlecht nach Wahl, die künstlich erzeugte Steigerung der Energiekosten und die hohe Inflation. Damit kann auch in meiner Generation niemand etwas anfangen. Es fehlen Kindergärten, Pflegekräfte, Fachkräfte und die Straßen sind schlimmer, als in Kambodscha. Dabei zahlen wir immer höhere Steuern und lassen Leute aus aller Welt ungebremst in unser Sozialsystem.« Karsten schüttelte den Kopf. »Ich habe den Eindruck, dass Leistung bestraft wird. Gleichzeitig fehlen seit ein paar Jahren Wohnungen und sehe ich immer mehr Rentner, die Leergut sammeln. Nein, Deutschland muss es nicht sein.«

»Hier in Belgien ist es auch nicht viel besser. Herr Fischler, in zwei Tagen ist der Notartermin bei Herrn Maassen. Das wird locker ablaufen, da sich der Notar im Vorfeld bereits um den Erbschein beim Gericht gekümmert hat. Grundsätzlich benötigen Sie den Erbschein, wenn Sie sich offiziell als Rechtsnachfolger des Verstorbenen ausweisen wollen. Das ist zum Beispiel vor ihrer Bank und ihren Versicherungen notwendig.«

»Also muss ich nicht mehr zum Nachlassgericht?«

»Dafür haben Sie den Notar. Sie müssen nur Ihren Pass und Ihr Stammbuch vorlegen. Dann wird das Testament verlesen.«

»Ich hatte mir das schwieriger vorgestellt. Pass und Stammbuch habe ich bei mir.«

»Normalerweise brauchen Sie auch die Sterbeurkunde des Erblassers, das Testament im Original und die Geburts- und ggf. Sterbeurkunden aller Erben. In Ihren Fall ist das nicht nötig.«

»Sie erwähnten, dass Sie mir auch Hinweise geben wollten, die ich nicht vom Notar oder dem Vermögensberater bekomme.«

»Deshalb hatte ich Sie nach Ihren Plänen gefragt«, sagte Jules nachdenklich. »Herr Fischler. Sie erklärten nachvollziehbar, warum sie nicht unbedingt in Deutschland bleiben wollen. Es wird Sie nicht wundern, dass es durchaus Länder gibt, in denen das Leben anders und angenehmer verläuft.«

»Unter Palmen an irgendeinem schönen Strand zu leben zum Beispiel«, sagte Karsten.

Jules nickte. »Wenn Sie Ihren Wohnsitz weiterhin in Deutschland haben, bedeutet dies auch, dass Sie als Single von 72 Millionen Euro 36 Millionen an das Finanzamt zahlen müssen. In Antwerpen sind sogar 65 Prozent Erbschaftssteuer und in Brüssel 80 Prozent fällig.«

Karsten musste schlucken.

»Wer Geld erbt, muss das deutsche Finanzamt innerhalb von drei Monaten darüber informieren«, sagte er. »Sie können sich aber auch in Deutschland komplett abmelden und selbst entscheiden, wem Sie von dem Vermögen etwas abgeben möchten, Herr Fischler.«

»Hm. Den Gedanken irgendwo ein sinnvolles Projekt ins Leben zu rufen, eine Schule oder einen Brunnen zu bauen, hatte ich sofort. Ich würde auch gerne Kindern helfen, aber ich möchte auch nicht irgendwo im Dschungel in der Dritten Welt ohne medizinische und soziale Sicherheit leben«, erklärte Karsten.

»Das müssen Sie auch nicht. Denken Sie nur an Florida. Wenn Sie sich an einer amerikanischen Firma beteiligen, bekommen Sie mit Glück ein unbegrenztes Aufenthaltsrecht und können mit Ihrem Geld machen was Sie wollen. Unter Palmen am Strand können Sie Ihr Projekt zum Leben erwecken, ohne dem Staat die Hälfte abgeben zu müssen.«

»Aber die Erbschaftssteuer zahle dann doch dort.«

»Eben nicht. Nur Einkommenssteuer müssen Sie bezahlen. Aber die beträgt nur zwischen zehn und fünfunddreißig Prozent. Die Mehrwertsteuer beträgt im Schnitt nur sechs Prozent und Sie müssen nicht im Dschungel leben. Solche Ratschläge darf Ihnen ein Vermögensberater oder Notar nicht geben. Im Net finden Sie unzählige junge amerikanische Firmen. die nach Investoren suchen. Gönnen Sie sich den besten Vermögensberater. Zum Beispiel Peter Lauterbach.«

»Das ist ein grandioser Ratschlag! Danke Herr van Dyck. Ich werde Sie und Ihre Tochter natürlich gerne zu mir einladen, wenn ich das verwirklichen kann«, sagte Karsten.

»So war das nicht gemeint«, sagte er. »Aber wenn Sie sich ein Haus kaufen, dann bitte irgendwo auf den Keys oder am Golf. Da gibt die schönsten Sonnenuntergänge der Welt«, lachte Jules. »Ach, lassen wir das Sie. Auch ich biete dir das du an. Leonie und Lena wirst du ohnehin duzen.«

»Sehr gerne, Jules. Wie wäre es, wenn wir mit den beiden heute essen gehen? Du wählst das Restaurant aus und ich lade euch ein«, schlug Karsten vor.

Sie gingen zurück und Jules bestellte einen Tisch in dem *Fritten-Atelier*, das Benno schon so gut gefallen hatte.

»Bevor ich es vergesse«, sagte Jules. »Die Mädchen wissen nicht, dass du wegen einer Erbschaft in Antwerpen bist. Ich überlasse es dir, ob du das erzählen möchtest. Besonders wegen Lena.«

»Ich werde nur darüber reden, wenn es zum Thema wird.«

Das Fritten-Atelier war wie immer gut besucht. Aber sie hatten dennoch einen schönen Platz am Fenster. Die Mädchen saßen ihnen nebeneinander gegenüber. Um das Flirten des Au Pair zu unterbrechen, fragte Leonie, »Weißt du warum die Belgier im 18. Jahrhundert die Pommes erfunden haben, Karsten?«

»Keine Ahnung, aber das würde mich interessieren.«

»Die Leute im Tal der Maas pflegten Gründlinge, also diese kleinen Fische, in Öl zu braten. Aber in der Zeit um 1750 folgte ein harter Winter dem anderen. Der Fluss war zugefroren, und man konnte nicht fischen. In ihrer Not nahmen die Leute Kartoffeln und schnitten sie in Fischform zurecht. So wurden die Fritten erfunden. Stimmt doch Paps, oder?«

»Ja, so soll es gewesen sein.«

»Und wieder habe ich etwas dazu gelernt. Ich dachte, Pommes wären eine Erfindung der Franzosen«, sagte Karsten.

»Stimmt es, dass ihr in Deutschland meist Mayonnaise und Ketchup zu den Fritten nehmt?«, fragte Leonie.

»Ja, das stimmt.«

»Aber das ist doch langweilig. Schau mal in der Karte, welche Saucen du wählen kannst.«

Karsten warf einen Blick in die Karte. Tatsächlich war die Auswahl enorm.

»Erdnusssauce?«, fragte er skeptisch.

»Warum nicht? Das schmeckt sehr lecker«, sagte Lena. »Bei uns in der Karibik gibt es zum Beispiel kaum ein Gericht ohne Kokosraspeln, oder Kokosmilch.«

»Das stelle ich mir auch köstlich vor. Aber ich nehme wohl doch die Andalusische Soße«, entschied Karsten.

»Die ist scharf. Aber probiere sie mal«, sagte Jules.

Sie gaben die Bestellung auf und nahmen vorweg Cocktails. Jules achtete darauf, dass Leonie einen alkoholfreien bestellte. Karsten war von den außen knusprigen und innen weichen Pommes begeistert und bestellte alleine wegen der Soßen eine zweite Portion. Die Mädchen kicherten, als er zur Toilette ging.

»Er ist wirklich süß«, sagte Leonie und Jules blickte auf.

»Du bist 13!«, sagte er, als er das hörte.

»Ach Paps. Mache dir keinen Kopf. Lena ist an ihm interessiert, aber auch mit 13 habe ich Augen im Kopf.«

»Das weiß ich. Karsten ist auch von Lena angetan.«

Noch zeigte Leonie wenig Interesse am anderen Geschlecht, doch Jules wusste auch, dass sich das bald ändern würde.

Nach dem Essen tranken sie weitere Cocktails und fuhren zurück.

Am nächsten Tag unternahmen sie die geplante Hafenrundfahrt

und besichtigten im Anschluss ein paar Sehenswürdigkeiten Antwerpens. Als sie aus einem Café am Großen Markt gegenüber des prächtigen Gildehauses kamen, hakte sich Lena spontan bei Karsten unter. Leonie sah nickend zu ihrem Vater. »Siehst du Paps!«, sagte sie altklug.

»Du hattest recht«, sagte er und beobachtete, wie sie sich angeregt unterhielten und lachten.

»Schade, dass Lena nächste Woche zurück fliegt«, sagte Jules.

»Das macht mich ganz traurig, Paps. Sie ist meine beste Freundin geworden und ich werde sie sehr vermissen.«

Leonie wischte sich ein paar Tränen von den Wangen und seufzte. Jules nahm seine Tochter in den Arm.

»Du wirst Lena sicher wiedersehen«, sagte er andeutungsvoll.

Als sie nach Hause kamen, war von Leonies Trennungsschmerz nichts mehr zu merken. Die Mädchen kochten albernd Tee und Jules zündete den Kaminofen an. Es hatte sich enorm abgekühlt und war früh dunkel geworden. Zusammen mit einem Nusskuchen brachten sie den Tee ins Wohnzimmer. Lena schlang frierend ihre Arme um den Oberkörper.

»Lange brauchst du nicht mehr zu frieren«, sagte Karsten.

»Aber trotzdem werde ich Leonie und das hier alles vermissen.«

Jules sah, dass seine Tochter wieder mit den Tränen kämpfte. Aber bis zu ihren nächsten Schulferien musste sie noch warten. Das Kaminfeuer brannte und er zündete mit dem Stabfeuerzeug die beiden großen Stand-Kerzenständer und ein paar kleinere auf den Schränken an. »So, jetzt wird es gemütlich. Trinkst Du mit mir einen Cognac, Karsten?«, fragte er.

»Gerne. Und die Mädchen?«

»Leonie auf keinen Fall! Und Lena mag nur gelegentlich einen Cocktail oder Longdrink.«

Nachdem er eine CD eingelegt hatte, füllte Jules die Gläser und setzte sich zu ihnen. Sanfte Blues Musik ertönte. Zusammen mit dem Knistern des Feuers, dem Cognac und dem warmen Licht der Kerzen entstand die Stimmung, die Jules in vollen Zügen zu genießen verstand.

»Ray Charles«, erkannte Karsten den Interpreten.

»Du kennst seine Musik?«, staunte Jules.

»Meine Mutter und mein Stiefvater waren mit uns oft in Jazz und Blues Kneipen.«

»Dann magst du Jazz und Blues?«

»Ja, aber auch alte Rockklassiker, Musik zum Chillen und die Charts«, sagte Karsten.

»Was ist mit Salsa, Merengue und Bachata?«, fragte Lena.

»Ist das eure Musik in der Karibik? Ich habe mal einen Salsa Tanzkurs in Flensburg gemacht. Ist ein paar Jahre her. Aber Merengue finde ich schrecklich.«

»Ach, da bist du schnell wieder drin«, sagte sie. »Was hattest du denn überhaupt mit Leonies Vater zu tun? Wie ein Privatdetektiv kommst du mir nicht vor.«

Karsten lachte und überlegte einen Moment, bevor er antwortete. »Nein. Eigentlich nennen mich in Wuppertal viele Bekannte Fischstäbchen, weil ich einige Male Radiowerbung für Fisch-Tiefkühlprodukte gesprochen habe. Im Grunde wollte ich aber Maschinenbau studieren«, sagte Karsten.

»Fischstäbchen?«, Lena lachte mit den anderen auf.

»Aber Maschinenbau finde ich toll.«

»Ich weiß aber nicht, ob ich das jetzt noch machen soll. Es haben sich ein paar Dinge in meinem Leben verändert«, sagte er und trank einen Schluck Cognac.

Jules war auf den Verlauf des Gesprächs gespannt. Leonie hatte irgendwann aufgehört ihn nach seiner Arbeit zu fragen, aber bei Lena war das etwas anderes.

»Und diese Dinge haben mit meinem Vater zu tun?«, fragte sie jetzt neugierig.

»Ja und nein. Ihr werdet es nicht glauben, aber Jules hat mein Leben gerettet. Ohne ihn würde ich heute hier nicht sitzen.«

»Was? Du sprichst in Rätseln, Karsten«, sagte Leonie.

»Dein Vater arbeitet für einen Notar. Ich habe eine Erbschaft gemacht und deshalb bin ich jetzt auch in Antwerpen«, gab er zu. »Er wird morgen das Testament verlesen. Es war ein Killer auf mich angesetzt, weil jemand verhindern wollte, dass ich das Erbe antrete.«

Leonie sah ihren Vater böse an. »Du hast einen so gefährlichen Auftrag übernommen, Paps?«, fragte sie.

Jules schüttelte den Kopf. »Es war nicht von Anfang an gefährlich. Erst nachdem ich mit Benno beschlossen hatte ihn zu beschützen. Der Kommissar stand mir zur Seite und Karsten hat auch mich beschützt. Er hat den Killer erledigt«, erklärte er.

Die Mädchen sahen sie staunend an.

Der Nachmittag des folgenden Tages war wieder sonnig und warm, als Jules mit Karsten in dem offenen Cabrio in die Transvaalstraat im schönen Stadtteil Zurenborg fuhr. Er bemerkte, dass Karsten die prächtigen Häuser bestaunte.

»Hier hatten bürgerliche Antwerpener schon immer gezeigt, wie vermögend die gutsituierten Bürger der Stadt waren«, erklärte Jules. »Wir sind fast da.«

»Du hast bemerkt, dass ich begeistert bin«, sagte Karsten. »Aber was macht der Notar jetzt mit dem Testament?«

»Im Rahmen eines notariellen Testaments wird der Sachverhalt und der Wille des Erblassers durch ihn verlesen.«

»Das hört sich harmlos an. Dann sind wir hier schnell fertig.«

»Naja, du bekommst auch die Aufstellung der Banken auf denen das Geld für dich zur Verfügung steht und die Zugangsdaten der Konten und Schließfächer«, erklärte Jules.

Als sie den Fahrstuhl verließen, bemerkte Jules seine Nervosität.

»Keine Angst Karsten. Phillip Maassen ist ein freundlicher Notar. Es wird nicht schlimmer, als ein Besuch beim Zahnarzt.«

»Um Himmels willen! Ich glaube, ich gehe besser wieder«, sagte er lachend, als sie das Notariat betraten.

»Wir sind pünktlich und es ist Freitag. Herr Maassen wird dich nicht lange warten lassen«, sagte Jules, als sie Platz nahmen.

Karsten war noch immer nervös und wollte nicht wahr haben, dass er jetzt so unglaublich viel erben sollte. Nach fünf Minuten öffnete sich die Glastür zum Wartezimmer und Phillip Maassen stand geschäftsmäßig freundlich lächelnd und braungebrannt in seinem Maßanzug vor ihnen.

»Hallo, Herr van Dyck. Sie müssen Herr Fischler sein«, sagte er.

»Wenn Sie Ihren Ausweis und ein Stammbuch bei sich haben, dann können Sie mir jetzt folgen.«

»Guten Tag, Herr Maassen. Darf mich Herr van Dyck als mein Body Guard begleiten?«, scherzte Karsten.

»Body Guard ist gut«, lachte der Notar. »Wenn Sie das so wünschen, ist das kein Problem, Herr Fischler.«

Jules stand grinsend auf und folgte den beiden. Karsten musterte den Notar und nahm sich vor, nach der Erbschaft zu shoppen und sich maßgeschneiderte Anzüge machen zu lassen.

»Mögen Sie Kaffee? Kalte Getränke stehen dort auf der Anrichte«, sagte er. »Bitte bedienen Sie sich.«

Sie nahmen beide eine Coke und setzten sich an den großen Tisch. Karsten legte Maassen die gewünschten Papiere vor und nach einem kurzen Blick darauf, sah er wieder auf.

»Gut, das scheint alles in Ordnung zu sein und Ihr Pass ist noch ausreichend lange gültig. Es war für Sie noch recht aufregend, wie ich hörte. Aber ich bin froh, dass es wenigstens ein Erbe geschafft hat heute hier zu sein«, sagte er zufrieden. »Noch eine Sache vorher. Herr van Dyck, ich bin mit Ihrer ungewöhnlichen Arbeit zufrieden, auch wenn es mich traurig stimmt, dass so viele Menschen wegen dieser Erbschaft zu Tode kamen.«

»Es war ein außergewöhnlicher Auftrag und hätte ich vorher gewusst, was alles den Nachfahren widerfahren ist und in welche Gefahr ich mich selbst begeben musste, hätte ich den Auftrag wahrscheinlich nicht angenomen. Aber die Rechnung schreibe ich gerne!«, sagte Jules.

Maassen ließ Kopien von Karstens Ausweis und Stammbuch machen und fragte seine persönlichen Daten ab.

»Gut, Herr Fischler. Dann werde ich jetzt das Testament des verstorbenen Jakob Stein verlesen. Dieser letzte Wille hat bindende Wirkung. Alle Formalitäten hat unser Notariat bereits im Vorfeld beim Gericht erledigt und im Anschluss erhalten Sie den beglaubigten Erbschein. Übrigens hatte mein Vorfahre Cornelius Maassen das Testament mit dem Erblasser gefertigt. Über Ihnen hängt ein Gemälde mit seinem Portrait«, sagte der Notar und deutete auf das Bild.

Karsten drehte sich um und nickte. Das Notariat hatte eine lange Geschichte und es musste von Generation zu Generation weitergegeben gegeben worden sein.

»Bevor ich das Testament verlese, möchte ich noch darauf aufmerksam machen, dass wir durch genaue Einsicht in die Beurkundung auch die Anweisung haben, im Anschluss eine weitere Willensbekundung öffentlich vorzulesen. Durch Herrn Van Dyck ist diese Öffentlichkeit gegeben. Diese Bekundung hat aber keinen Einfluss auf Ihr Erbe, Herr Fischler.«

Der Notar öffnete das Kuvert.

»*Ich, Jakob Stein, verfüge meinen letzten Willen im vollen Besitz meiner geistigen Kräfte*«, las Maassen deutlich vor. »*Der Zehnte meines Vermögens geht, wie üblich, an die jüdische Gemeinde der Chassiden in Antwerpen. Mein geliebtes Eheweib Marie Aurore Stein soll mein Haus erhalten. Mein weiteres Vermögen sowie der*

Inhalt der Schließfächer in den Banken von Bern und Rotterdam soll aber der jüngste Drittgeborene meiner Nachfahren in frühestens zweihundert Jahren erhalten.«

Maassen sah auf. »Und das sind Sie, Herr Fischler. Ich lese weiter. *Mein Vater Samuel Stein verfügte nach seinem Tod, dass sein Vermögen nur an den Erstgeborenen und ein kleinerer Anteil an den Zweitgeborenen ging. Als Drittgeborener ging ich anno 1782 leer aus. Während meine älteren Brüder im Luxus des Erbes lebten, hatte ich es nicht leicht im Leben. In der Hoffnung, dass sich in zweihundert Jahren die Umstände geändert haben, soll der noch nicht geborene, dritte und jüngste Nachfahre das gesamte Erbe antreten. Bis dahin mögen die Notare Maassen mein Vermögen verwalten und gewinnbringend anlegen. Falls es keinen drittgeborenen Nachfahren geben sollte, rückt der jüngste Zweitgeborene an seine Stelle. Ansonsten vermache ich mein Vermögen der Gemeinde der Chassiden in Antwerpen.«*

Maassen machte eine Pause und trank einen Schluck Kaffee. »Dann öffne ich jetzt den versiegelten Umschlag und verlese das weitere Testament, Herr Fischler. Dieses ist noch unwirksam, da wir es erst zur Prüfung dem Gericht vorlegen müssen«, sagte er.

»Ich, Charlrés Maybach verfüge hiermit, dass ein Viertel meines Vermögens in einen Fond zur Erhaltung des Familien Schlosses in der Normandie angelegt wird. Dieses darf nicht durch meine Nachfahren verkauft werden, sondern muss gepflegt, unterhalten und ständig renoviert werden. Ferner verfüge ich, dass der gesamte Besitz an den Staat Frankreich zu übertragen ist, sofern auch nur ein Nachfahre des Jakob Stein das Erbe antritt. Dies betrifft auch mein Barvermögen, welches nach zweihundert Jahren noch in großen Teilen erhalten sein wird.«

»Der Name Maybach sagt mir aber nichts«, meinte Karsten.

»Mir aber umso mehr«, meldete sich Jules zu Wort. »Auch er gehörte zu der Familie. Aber die Maybachs stehen nicht in

292

direkter Erbfolge des Jakob Stein. Herr Maassen, ich hatte Sie doch vor ein paar Wochen nach einem Gregor Maybach gefragt. Er hatte den Kontakt zu Davide Hudson, einem weiteren möglichen Erben, aufgenommen«, erklärte Jules. »Er war aber bereits 67 Jahre alt und wäre nur ohne Herrn Fischler als Erbe in Frage gekommen.«

»Dann deutet alles darauf hin, dass jemand aus der Familie Maybach hinter den Auftragsmorden steckt«, sagte Maassen.

»Eine oder mehrere Personen. Ich werde noch heute diese Information an Europol weitergeben lassen«, sagte Jules.

Nachdem Karsten den Erbschein und in weiteren Umschlägen Zugangsdaten zu den Schließfächern und Konten erhalten hatte, fuhren sie zurück. Jules stand kurz davor, die Verantwortlichen für die Morde zu finden. Noch während der Fahrt rief er Mickerts an.

»Guten Tag Benno. Ich habe Neuigkeiten für dich!«, begann er aufgeregt und erzählte ihm von dem zweiten Testament.

»*Damit scheinen die Täter aufgeflogen zu sein! Aber solange ich nichts in der Hand habe, fehlen mir die Beweise*«, sagte er.

»Du wirst noch heute eine E-Mail mit dem Testament von den Notaren erhalten. Eine kleine Genugtuung ist, dass die Familie trotz der vielen Morde nun doch ihr gesamtes Vermögen verliert! Übrigens, wie geht es deiner Hand, mein Freund?«

»*Schön, dass du daran denkst. Ich trage eine hübsche Armschleife und der pochende Schmerz nervt mich. Ohne Tabletten kann ich nachts nicht schlafen und ich kann mich auch nicht alleine anziehen und waschen*«, sagte Mickerts.

»Hätte es mich erwischt, könnte ich auch mit der linken Hand belgische Fritten essen«, scherzte Jules.

»*Haha. Aber ab und zu mag ich ein Schnitzel und das muss ich mir kleischneiden lassen.*«

»Und wie kommst du zurecht? Wer hilft dir?«

»Ich hatte dir doch mal von meiner Kollegin Beate erzählt. Es hat zwischen uns gefunkt und sie hilft mir«, erklärte Mickerts.

»Das ist doch eine gute Nachricht. Ich freue mich für dich, Benno. Du bist doch sicher noch arbeitsunfähig. Wie wäre es, wenn ich dich am nächsten Wochenende mit Leonie in Dresden für ein paar Tage besuche?«, fragte Jules.

»Gerne. Ihr seid hier sehr willkommen! Danke, dass du angerufen hast. Bestelle Herrn Fischler schöne Grüße von mir.«

41

Als Lena im Flugzeug nach Willemstad saß, war Karsten zusammen mit einem international tätigen Unternehmens- und Vermögensberater in Miami. Peter Lauterbach war nicht nur in Deutschland bekannt, sondern hatte auch in den USA einen Namen. Mit seinen Büros in Frankfurt, Hamburg, London und New York war sein Rat gefragtes Gut. Nicht zuletzt deshalb fiel Karstens Wahl auf ihn. Lauterbachs Honorarforderung in Höhe von 150.000 US$ war nicht alles. Er verlangte einen Monat lang ein Luxushotel, weitere 350 US$ täglich für Spesen, Leihwagen der Oberklasse und First Class Flüge. Das war viel, aber er garantierte Karsten sogleich, dass er durch seine guten Kontakte zu den Behörden in Florida ein EB-5 Greencard Visum schneller als üblich erhalten würde. Sie waren erst am Vortag mit einem Lufthansa Flug in Miami angekommen und Lauterbach war in seinem Eifer kaum zu bremsen. Schon im Flugzeug saß er fast ohne Unterbrechung an seinem Laptop. Er gab Daten in Excel-Dateien ein, befragte Karsten gelegentlich. Er schrieb E-Mails und füllte mehrere Antragsformulare aus.

Der graumelierte Mann war um die Fünfzig. Er trug einen Designer Anzug, eine blau gepunktete Krawatte und handgefertigte italienische Schuhe, als er am Morgen den Frühstücksraum betrat.

Er setzte seinen Kaffee ab, öffnete seinen schmalen Aktenkoffer mit einem Doppelklick und reichte ihm ein Hochglanzmagazin. »Lesen Sie das Herr Fischler, während ich meinen ersten Termin mit der USCIS wahrnehme«, sagte er und rückte seine schwarze Brille zurecht.

»Florida Sun?«, fragte Karsten.

»Ein deutschsprachiges Magazin. Interessant dürfte für Sie ein Artikel über den *US Cititzenchip and Immigrations Service*, kurz USCIS, sein. Aber auch mit anderen Artikel über das Leben in Florida können Sie sich beschäftigen. Nach dem Treffen mit einem Herrn der Behörde habe ich noch zwei Termine mit Firmen in Miami und Fort Lauderdale. Also erwarten Sie mich erst am späten Nachmittag zurück«, sagte Lauterbach und warf einen Blick auf seine Lange & Söhne Armbanduhr.

»Danke. Ich werde mir mit dem I-Pad ein paar Informationen holen, Herr Lauterbach.«

»Machen Sie das am Pool und kurieren Sie den Jetlag aus. Ich muss jetzt los. Ach ja, in der Lobby finden Sie auch einige Broschüren von Maklern. Vielleicht ist etwas für Sie dabei. Und probieren Sie zu Mittag unbedingt den Lobster, der wird im Hotel bestens zubereitet«, sagte er und verließ den Speisesaal.

Mit seinem Outfit und der Aura, die er ausstrahlte, hätte Lauterbach auch auf der Titelseite eines Managermagazins oder als Model eines Herrenausstatters sein können, dachte Karsten und holte sich noch einen Toast mit Eiern. Für das EB-5-Visum musste Karsten mindestens 800.000 Dollar in ein US-Unternehmen investieren und wenigstens 10 amerikanische Arbeitsplätze schaffen, hatte ihm der Unternehmensberater während des Fluges erklärt. Karsten sagte ihm noch beim Hinflug, dass er an eine fünffache Investition und deutlich mehr Arbeitsplätze dachte. Doch Lauterbach hatte den Kopf geschüttelt. »*Nehmen Sie zehn Millionen. Das erhöht Ihre Chancen deutlich. Denn je interessanter Ihre Investition auf die Behörde wirkt, je eher kommen Sie für das EB-5-Visum in Frage und erhalten eine Greencard mit der Sie in den USA leben dürfen. Und diese werde ich Ihnen schon bald sichern*«, versprach er. Doch Karsten wusste, dass die USA pro Jahr nur 10.000 EB-5 Investitionsvisa, einschließlich der Visa für Familienangehörige, ausstellten. Zufrieden zog er in seiner Suite Badehose und Poolschlappen an, und ging im Bademantel nach unten. Mit einem Stapel Real Estate Broschüren vom Empfang suchte er sich eine Liege am Pool. Vorbei an perfekt gepflegten Rasenflächen führte links ein Weg zu einem kleinen Tor, hinter dem der breite Strand und das Meer lag. Obwohl Karsten noch nicht viel gesehen hatte, gefiel ihm schon jetzt Miami Beach. Lachend schüttelte er den Kopf, als er an sein kleines Zimmer in der Wuppertaler Nordstadt dachte. Nie wieder würde er Sorgen haben, seine Miete oder die Handy Rechnung bezahlen zu können. Er setzte seine Sonnenbrille auf und machte es sich auf einer der Liegen bequem.

»Can I get you a drink?«, fragte ihn eine Hotelangestellte der Poolbar und Karsten bestellte einen Orangensaft.

Wie schön doch das Leben sein kann, dachte er und sprang in das kühle Wasser. Erfrischt kam er nach zehn Bahnen wieder heraus und sah beim Abtrocknen, dass ihm der Saft mit vielen Eiswürfeln und ein paar Erdnüsse gebracht worden war. Das vollklimatisierte Fünf Sterne Hotel war eine der besten Unterkünfte am Ocean Drive und zugleich eine von Lauterbachs Forderungen. Karsten nahm die Florida Sun und fand einen Artikel, der sich mit einer leichten Gebührenerhöhung für die Greencard beschäftigte. Nur 85 Dollar mehr sollte die Verlängerung künftig kosten. Er legte das Magazin zur Seite und blätterte in den Katalogen der Makler. ihm fiel auf, dass die Wohnflächen in Quadratfuß, statt Metern angegeben wurden. Aber das ließ sich umrechnen. So wie die Temperatur in Fahrenheit, Entfernungen in Meilen und Flüssigkeiten in Gallonen angegeben waren. Daran würde er sich gewöhnen, sofern es Lauterbach mit der Greencard schaffte.

Einige zunächst interessante Objekte erschienen ihm in Miami und Miami Beach dann aber doch zu teuer. Zwar hätte er sich auch ein teures Objekt leisten können, doch er wollte noch ein eigenes Hilfsprojekt ins Leben rufen und er wusste auch nicht, wie man in den USA am besten strategisch handelt. Plötzlich fand er ein interessantes Angebot zur Miete. *Erleben Sie brandneues, luxuriöses Wohnen mit unvergleichlichem Meerblick* las er. Ein Penthaus an der Biscayne Bay wurde zur Miete angeboten. Es war zweigeschossig und die Fotos versprachen einen unvergleichlichen Meerblick. Er nahm sein I-Pad zur Hand und fand schließlich die Seite des Anbieters. Das Mietobjekt wurde nicht nur mit mehr Fotos und besserer Beschreibung, sondern auch mit einem Video präsentiert. *Genießen Sie bei Sonnenaufgang, das Putting Green und das Yoga-Deck an der Bucht. Ausgestattet mit einem Pool im Resort-Stil und einem hochmodernen Fitnesscenter ist luxuriöses Wohnen nur wenige Schritte entfernt* las er weiter. Karsten war begeistert und verliebte sich gleich in das Objekt. Zudem blieb er bei einer Anmietung unabhängig. *Exklusive Wohnerlebnisse mit Smart-Home-Technologie, Samsung-Geräten und bewussten Designdetails. Die 2.200 Quadrat Feed Wohnung verfügt über Soft-Close-Schränke, Quarzarbeitsplatten, begehbare Kleiderschränke, Holzböden, Glasrückwände und über einen weitläufigen Balkon mit Blick auf die Bucht. Wohnen Sie nur fünf Minuten von den örtlichen Einkaufsmöglichkeiten im Miami Design District und The Shops at Midtown Miami.*

Das waren über 200 qm, wenn er richtig gerechnet hatte. Karsten nahm sich vor, das Angebot mit Lauterbach zu besprechen und legte den Prospekt zur Seite. Er sonnte sich bis Mittag und zog sich für das Mittagsessen um. Die Empfehlung Lobster zu essen war genau richtig. Eine Köstlichkeit, die in Florida beinahe ein Grundnahrungsmittel war. So wie der fruchtige Key Lime Pie, der seine Erwartungen an ein Dessert weit übertraf. In jedem Fall ließ sich die Zeit angenehm totschlagen. In leichter Baumwollhose und einem Polo verließ er das Hotel und erkundete die nähere Umgebung des Ocean Drive. Schon nach den ersten Schritten glänzte die Straße prunkvoll und zugleich bescheiden. Malerische Art Deco Häuser säumten in Pastellfarben die Prachtstraße mit Restaurants, Cafés und Boutiquen. In dem Hotel informierte man Karsten, dass sich in näherer Umgebung zahlreiche Bars und Clubs befanden, in denen man den Tag perfekt ausklingen lassen konnte, wenn man genug Geld hatte. In der Außengastronomie eines Hotels fand er einen freien Tisch und nahm Platz. Am Straßenrand neben ihm standen ein knallroter Ferrari und dahinter gleich ein schwarzer Lamborghini und ein weißer Carrera. Er bestellte einen Mojito und beobachtete gebannt das bunte Geschehen. Anscheinend zeigte hier jeder was er hatte. Selbst tagsüber schien es hier wichtig zu sein, zu sehen und vor allen Dingen auch gesehen zu werden. Die meisten, die direkt an seinem Tisch vorbei flanierten, hätten einem Modemagazin der High Society entspringen können. Männer zeigten sich in ihren Armani Anzügen und perfekt gestylte Frauen präsentierten wie selbstverständlich ihre Louis Vuitton Handtaschen. Kaum Jemand schien hier nur ein Gramm Fett zu viel am Körper zu haben. Fast alle Frauen präsentierten sich in leichter und körperenger Kleidung, wenn sie hüftschwingend in aufrechtem Gang vorbeischritten. So etwas hatte Karsten noch nie zuvor gesehen. Die Kö in Düsseldorf war für ihn immer etwas Besonderes gewesen, aber sie lag meilenweit hinter der Exklusivität des Ocean Drive im Art Deco Viertel zurück. Genussvoll lehnte sich Karsten zurück und schlürfte seinen Cocktail. Er beobachtete interessiert einen Mann mit einem tragbaren CD Player, aus dem lateinamerikanischer Gesang ertönte. Als er an seinen Tisch kam, erklärte er, dass er versuchte entdeckt zu werden und gleichzeitig wollte er seine Musik verkaufen. Karsten kaufte ihm schließlich eine CD ab. Vier unglaubliche Schönheiten kamen näher. Sie präsentierten ihren flachen Bauch und viel Haut mit ihren atemberaubenden Rundungen. Karsten hielt die Luft an und war sogleich froh, dass er ohne weibliche Begleitung hier war. Sonst wären seine Blicke auch mit dunkler Sonnenbrille aufgefallen. Nach drei Cocktails und zwei Stunden ging er schließlich zu seinem Hotel zurück und nahm sich vor, Lauterbach am Abend auf dem Ocean Drive in einen Club einzuladen. Er hatte das Gefühl, sich in einer anderen Welt zu befinden, was ja auch irgendwie stimmte. Noch vor wenigen Wochen musste er sich Gedanken darüber machen, ob er sich einen Burger in Elberfeld leisten konnte, und heute hatte er fast 80 Dollar für drei Cocktails am Nachmittag ausgegeben, ohne über Geld nachdenken zu müssen. Mit einer deutschen Tageszeitung unter dem Arm ging er in seine Suite und telefonierte zuerst mit Michael, dann machte er mit Veronika Schluss und plauderte eine Weile mit Stefanie. Zu ihr wollte er zumindest Kontakt halten, wenn er hier lebte.

Jules nahm das Gespräch sofort an, als es klingelte.

»*Hallo Karsten. Ich freue mich, dass du anrufst. Wie geht es dir in Florida?*«, fragte Jules.

»Ich war gerade auf dem Ocean Drive und werde von den Cocktails langsam müde«, sagte er.

»*Miami Beach. Da war ich vor Jahren. Es ist sehr schön dort. Wie gefällt dir dein neues Leben denn? Was ist mit der Greencard?*«

»Ich warte auf die Rückkehr des Vermögensberaters. Der Mann ist zwar teuer, aber er arbeitet intensiv und ich bin guter Dinge.«

»*Auch hier gibt es gute Neuigkeiten. Ich bin mit Leonie gerade in Dresden zu Besuch bei Kommissar Mickerts. Er ist zwar noch eingeschränkt mit seiner Hand, aber er hat jetzt weibliche Hilfe, die ihn für meinen Geschmack zu sehr verwöhnt. Seine neue Freundin ist eine Kollegin aus dem LKA*«, sagte er.

»Und was ist mit Lena? Ist sie abgereist?«

»*Sie ist gestern zurück geflogen und müsste jetzt wieder auf*

Curaçao sein. Ich schicke dir gleich ihre Nummer. Dann kannst du sie fragen, wie es ihr geht. Ich glaube, dass sie sich sehr über deinen Anruf freuen würde.«

»Das mache ich gerne. Welche Nachrichten gibt es sonst?«

» Gute! Nancy Maybach, die Frau von Gregor, seine Schwestern und seine Tochter in Kanada wurden verhaftet. Phillip Maassen hat das Testament den französischen Behörden übermittelt. Das gesamte Vermögen einschließlich des Schlosses geht demnach an den Staat«, sagte Jules voller Genugtuung.

»Das freut mich angesichts der vielen Morde«, sagte Karsten.

»Ich bleibe noch vier Wochen und komme dann zurück, um alles zu erledigen und Abschied von meiner alten Heimat zu nehmen. Bei der Gelegenheit würde ich Dich gerne wiedersehen, Jules.«

»Das würde mich freuen, Karsten. Du bist bei mir immer willkommen«, sagte Jules.

»Ohne dich könnte ich nicht dieses neue Leben genießen und hätte wahrscheinlich gar keins mehr. Bitte grüße den Kommissar von mir. Bleibt es eigentlich dabei, dass du Leonie mit einer Reise zu Lena überraschen willst?«

»Ja, auf jeden Fall«, sagte Jules.

»Hm. Vielleicht sehen wir uns dann ja wieder!«

»Ich glaube, das würde nicht nur mich freuen. Genieße die Zeit im Sunshine State und gehe alles mit Ruhe an, Karsten.«

Dem Belgier hatte er beinahe alles zu verdanken und wollte sich ebenso dankbar zeigen. Bevor er nach unten fuhr, um auf Lauterbach zu warten, rief er noch seine Mutter und Schwester an. Er erklärte ihnen, dass er finanziell etwas Glück hatte und gerade für ein paar Tage in Miami wäre. Von seiner Erbschaft erzählte er jedoch niemanden. Auf Michaels Frage, was er denn weiter machen werde, antwortete er, dass er ein wenig durch die Welt tingeln wolle.

» Typisch Fischstäbchen!«, hatte Michael gesagt. *»Kaum hast du mal ein paar Euro in der Hand, schon verprasst du das Geld. Komm doch zurück und spare das Geld. Sei einmal im Leben vernünftig, oder wirst du niemals schlau?«*

Karsten dachte grinsend an seine Worte, als sich Aufzugstür hinter ihm schloss. Wenn er zurückkam, um alles aufzulösen, wollte er ihm eine kleine Eigentumswohnung kaufen. Schließlich hatte Michael für ihn unfreiwillig seinen Kopf hingehalten.

Lauterbach kam und kam nicht. Sein Magen knurrte schon und Karsten sah auf seine Uhr. Zwanzig nach acht. Er wollte gerade aufstehen, als er ihn die Lobby betreten sah. Mit smarten Siegerlächeln kam er auf ihn zu.

»Das habe ich noch nie erlebt, Herr Fischler. Ich habe für Sie die vorläufige Zusage für die US Greencard nach nur einem Gespräch«, sagte er und setzte sich zu ihm an die Bar.

»Ich hatte Zweifel, ob ich die überhaupt bekomme«, sagte Karsten. »Aber bevor wir ins Detail gehen. Was halten Sie davon, wenn ich Sie zum Essen einlade, Herr Lauterbach. Mir knurrt der Magen.«

Der Vermögensberater schüttelte den Kopf. »Gerne ein anderes Mal. Lassen Sie uns etwas ins Hotel bestellen. Wir haben viel zu besprechen, Herr Fischler!«

Karsten stand auf, ging zur Lobby und ließ sich die Karte von Pizza Hut geben. Sie einigten sich auf zwei Rodeo Lover´s und er bestellte die Pizzen in die Hotelbar.

»Ich habe heute auch zwei Firmen aufgesucht, die nach Investoren suchen und eine halte ich für besonders vielversprechend. Ein Startup Unternehmen mit zwei jungen kreativen Tüftlern, die mit ihrer Firma Elektronikgeräte aller Art, wie Laptops, Kameras, Klimaanlagen oder Smartphones monatlich zum Ausleihen anbieten. Der Markt boomt und bietet ein nahezu unerschöpfliches Potential im privaten, wie auch im geschäftlichen

Bereich«, begann er. »Die Firma hat den Umsatz um über 700 Prozent nur binnen eines halben Jahres steigern können. Ihre Investition wäre dort gut aufgehoben, zumal damit auch zusätzlich dreißig neue Arbeitsplätze geschaffen würden. Eine Voraussetzung für Ihre Greencard, Herr Fischler.«

»Das soll gut laufen?«, fragte Karsten ungläubig.

»Sicher. Denken Sie nur an das Leasing Geschäft in Europa. Fast alle hochwertigen Geräte und Fahrzeuge werden inzwischen geleast«, sagte Lauterbach.

»Okay, ich verstehe. Also, wie geht es weiter?«

»Sie müssen morgen mindestens drei Konten in Miami eröffnen und gleich größere Überweisungen veranlassen. Sie beantragen zudem Kreditkarten. In Amerika hat man immer mehrere gleichzeitig. Passende Institute zu finden dürfte in dieser Bankenstadt kein Problem sein. Wir können das gerne gemeinsam machen. Wieviel Geld könnten Sie sofort transferieren?«

»Ich hatte nur die Bank in Rotterdam aufgesucht. Dort sind rund einunddreißig Millionen auf dem Konto. Zusätzlich noch Diamanten im Schließfach. Wenn ich also zehn oder elf Millionen überweise, reicht es doch für den Anfang.«

Lauterbach schüttelte den Kopf. »Ich empfehle Ihnen, dass Sie Ihr Geld schnellstmöglich komplett in die USA holen, um es einem Zugriff und der Einsicht der europäischen Behörden zu entziehen. Lösen Sie das Konto auf und verkaufen die Diamanten.«

»Was ist mit der Bank in Bern? Zu der bin ich noch nicht gekommen.«

»Das sollten Sie gleich nach Ihrer Rückkehr nachholen und genauso verfahren. Schaffen Sie alles aus Europa heraus. Das ist mein dringender Rat.«

Karsten erschien das schlüssig und er stimmte Lauterbach zu. Bei ihrer Pizza erzählte er noch von der Idee, zunächst eine Wohnung zu mieten, statt mit einem Kauf gebunden zu sein.

»Erfolgreiche junge Leute machen das in den USA häufig. Häuser kaufen sie meist erst später, wenn sie heiraten und eine Familie gründen«, bestätigte Lauterbach.

Karsten legte ihm den Prospekt mit dem Penthouse vor. »Auf der Internetseite des Maklers sind noch mehr Infos. Was meinen Sie?«, fragte er.

Er wischte die fettigen Finger an einer Serviette ab und nahm den Prospekt. »Wenn Sie das Objekt interessiert, vereinbaren wir einen Besichtigungstermin für morgen Nachmittag, wenn wir die Bankenbesuche gemacht haben.«

»Das geht ja alles viel schneller, als ich gehofft hatte«, sagte Karsten.

Der Mann war es gewohnt sein Geld schnell zu verdienen, dachte Karsten und ging in sein Zimmer. Zwei Stunden telefonierte er mit Lena und konnte sich auf ein Wiedersehen mit ihr freuen.

Der nächste Morgen war für Karsten vollgepackt mit Terminen und trotzdem hatte er die Zeit, mit Lauterbach ausgiebig das Frühstücksbuffet zu genießen. Der erste Termin bei der First Drive Private Bank war um neun Uhr. Lauterbach hatte die nächsten beiden Termine in Abständen von zweieinhalb Stunden vereinbart. Der letzte Bankbesuch war also um vierzehn Uhr.

Karsten rief den Makler Golden Real Estate an und vereinbarte einen Besichtigungstermin um siebzehn Uhr.

Lauterbach steuerte den Leihwagen vor den Eingang der First Drive Bank in der Lincoln Road. Das gute an dieser Bank war, dass sie sowohl kanadische Dollar, als auch Euro im ständigen Devisenbestand hatte. Der Finanzberater empfing sie in seinem klimatisierten Büro. Er wollte für Karsten gleich einen Vermögensplan entwickeln. Doch den hatte Lauterbach schon längst gemacht. Trotzdem dauerte die Beratung, da es bei einer neuen Geschäftsverbindung erforderlich war, auch ein Kundenprofil zu erstellen. Noch in der Bank veranlasste Karsten die erste Überweisung an die Bank und erhielt die erste Kreditkarte in seinem Leben. Eine schwarze Visa Card. Nach fast zwei Stunden verließen sie die Bank und kamen rechtzeitig zu dem Termin bei der nächsten Bank. Das Prozedere wiederholte sich auch bei den nächsten Banken und um sechszehn Uhr hatte er fast den gesamten Kontobestand in Rotterdam aufgelöst. Mit drei US Kreditkarten mit einem Limit von bis zu einer Millionen Dollar fuhren sie zu dem Maklertermin. Nach nur einer Stunde war er von den hellen Räumen mit riesigen Fensterfronten in den weiß getünchten Räumen begeistert und wurde mit dem Makler einig. Er bezahlte die Provision und die Miete für ein Jahr im Voraus.

Lauterbach zog sich früh am Abend in seine Suite zurück und bereitete die Planung des nächsten Tages vor. Karsten musste die Investitionsverträge bei der Leasingfirma unterzeichnen, denn der erste Termin war bei einer Anwaltskanzlei in Down Town. Im Anschluss ging es mit den beglaubigten Unterlagen und ausgefüllter Formulare zu der Einwanderungsbehörde in Miami. Der Abschluss für die endgültige Greencard rückte in greifbare Nähe.

Den Rest der Woche ließ er entspannt angehen. Karsten kaufte Möbel für das Penthouse und kleidete sich in einer Shopping Mall mit dem Grundriss in der Form eines Alligators in Fort Lauderdale ein. In der Collins Avenue gab er zwei maßgeschneiderte Anzüge in Auftrag und kaufte einige Dekorationen und ein Barbecue sowie Pflanzen für die Terrasse.

42

Der Schweizer Flughafen in Zürich empfing ihn mit der europäischen Kälte der Alpenregion, aber auch mit einer ausgesprochen Sauberkeit. Nicht einen Kaugummifleck sah er innen und außen. Überall waren Reinigungskräfte unterwegs, die keinen Zweifel daran ließen, dass es so auch bleiben sollte.

Als Karsten den Flughafen verließ sah er, dass es schon geschneit haben musste. Er ging zu einem Taxi, das ihn nach Bern fahren sollte. Das war sicher teuer, aber es ging auch unkomplizierter und schneller als einen Leihwagen zu mieten.

Der Fahrer des ersten Taxis stieg aus und hob sein Gepäck in den Kofferraum.

»Güätä Morgä. Wohi muet i fahre?«, fragte er freundlich. Seine Begrüßung hörte sich an, als würde er fürchterlich unter Halsschmerzen leiden. Doch er hatte verstanden, dass der Mann nach seinem Ziel gefragt hatte.

»Ich muss zu der Bert Hase Privatbank in Bern«, sagte Karsten.

»Hesch d'Adresse?«,

Karsten grinste und suchte in seinem Handy. »Zeughausgasse 32«, sagte er.

»Das wird tüür, min Herr. Dafür müend Sie 400 Schwiizer Franke bezahle.«

»Das ist viel. Aber es ist okay«, sagte Karsten und hatte den Mann im Schweizerdeutsch halbwegs verstanden. Unterwegs stellte Karsten fest, dass es keine Direktflüge von Bern nach Rotterdam gab. Also musste er am nächsten Tag wieder 400

Franken für ein Taxi bezahlen. Das Leben in der Schweiz war offensichtlich in jeder Beziehung teuer. Die Fahrt über die gut geräumte Autobahn war angenehm und so kam er noch am Vormittag bei der Bert Hase Bank an. Er bezahlte in US Dollar und betrat das vornehm wirkende Gebäude. Zwei dezent bewachende Security Männer begrüßten ihn freundlich. Ebenso freundlich war der Mitarbeiter, bei dem er das Konto auflöste und ihn zu seinem Schließfach ließ. Als er die Lade öffnete funkelten ihn Hunderte Diamanten in unterschiedlicher Größe an. Einer war von besonderer Größe in einem Samtsäckchen verpackt und Karsten vermutete, dass dieser besonders wertvoll war. Er bestellte ein Taxi und erreichte das Grande Suisse Hotel. Schon die Lobby mutete edel an und er nahm für eine Nacht ein Zimmer mit Blick auf die weit entfernten Berge. Auf dem Zimmer sah er sich die Steine genauer an, ohne tatsächlich etwas von Diamanten zu verstehen. Die meisten waren ungewöhnlich in quadratischer oder rechteckiger Form. Karsten zählte 322 Diamanten und hatte keine Vorstellung, was deren Wert betraf. Er legte sie in den Safe und rief Jules an.

»Moin Jules, ich melde mich zurück.«,

»Ah, das ist gut. Wo bist du gerade?«,

»In Bern. Morgen reise ich nach Rotterdam und deshalb brauche ich deinen Rat. Ich habe wie erwartet Diamanten in den Schließfächern gefunden und möchte sie in Antwerpen verkaufen«, sagte er.

»Das ist hier kein Problem, Karsten. Ich kenne einen der größten Händler im jüdischen Viertel. Ein freundlicher alter Mann. Ich bringe dich gerne mit ihm zusammen, wenn du kommst.«

»Sehr gerne. Ich freue mich dich wiederzusehen.«,

»Ich habe gehört, dass du Lena angerufen hast«, sagte Jules.

»Stimmt. Ich möchte sie besuchen, wenn du mit Leonie zu ihr fliegst. Ich bin dann allerdings wieder in Florida. Der

Vermögensberater war übrigens sein Geld wert. Danke für den Tipp. Ich habe jetzt schon die Greencard und eine große Wohnung in Miami«, erzählte Karsten.

»Du kannst mir alles erzählen, wenn du hier bist. Wann wirst du kommen?«, fragte Jules.

»In spätestens drei Tagen. Danach will ich nach Wuppertal, um mich in Deutschland abzumelden und um meine Dinge zu erledigen.«

»Melde dich, wenn du weißt, wann du kommst. Ich hole dich dann am Flughafen ab.«

Bevor er zu Abend aß, kaufte er noch ein abschließbares Case für die Diamanten, das in seine Bordtasche passte. Den Beleg packte er hinzu, damit es bei einer Kontrolle keine Probleme gab. Karsten fand in der Nähe einen Schnellimbiss, aß einen Döner und kaufte zwei Coke, die er mit auf sein Zimmer nahm.

Wieder 400 Franken für ein Taxi zahlen zu müssen kam für ihn nicht in Frage. Deshalb, und wegen der Steine nahm er einen Schnellzug bis Zürich und von da aus mit zweimal Umsteigen bis Rotterdam. Das dauerte mit 8 Stunden zwar länger, als ein Flug, aber es würde auch keine Probleme mit dem Zoll geben.

Nach einer Übernachtung in Rotterdam und der Kontoauflösung bei der seit 1737 bestehenden Van Heegeren Privatbank, kam er schließlich für nur 45 Euro und nach nur 30 Minuten Fahrt am Hauptbahnhof Antwerpen an. Im Case trug Karsten Hunderte Diamanten bei sich, als er in Cargo Jeans und Parker den Bahnhof verließ.

»Willkommen in Antwerpen«, sagte Jules und umarmte ihn.

»Es ist saukalt geworden. In Florida sind göttliche 26 Grad.«

Sie luden sein Gepäck in den Peugeot und schnallten sich an.

»Wie viele Steine hast du?«,

»748«, sagte Karsten. »Die wiegen kaum was. Kaum zu glauben, dass sie wertvoll sein sollen.«

»Ich hoffe für dich, dass sie das sind. Aber das wird Michel schon feststellen. Er ist einer der erfahrensten Händler im jüdischen Viertel mit guten Kontakten. Darf ich mal sehen?«, fragte Jules.

Karsten löste die Schnüre seines Rucksacks, nahm das Case heraus und öffnete es. Selbst in dem schwachen Licht der Innenbeleuchtung blendete Jules ein Strahlen und Funkeln.

»Mein Gott! So etwas Schönes habe ich noch nie gesehen. Und die willst du wirklich alle verkaufen?«

»Was soll ich damit? Klar, wenn der Preis stimmt. Aber vielleicht behalte ich zwei oder drei als Andenken«, sagte Karsten.

»Dann lass uns mal zu Michel fahren. Er weiß nur, das ich mit einem Freund komme, der ein paar Diamanten verkaufen will.«

»Ein paar?«, sagte Karsten und lachte, während Jules den Wagen startete.

»Wir sind schnell im Kievit Viertel. Michel wird staunen.«,

»Kievit?«,

»So heißt das jüdische Diamantenviertel. Du wirst es gleich an den schwarzen Gewändern der Männer erkennen, wenn wir da sind«, sagte Jules. »Die erste Diamantenbörse in Belgien wurde 1893 in Antwerpen unter dem Namen Diamantclub van Antwerpen gegründet. Heute gibt es in Antwerpen 4 Diamantenbörsen und soweit ich weiß, befinden sich in dem Viertel 5000 Diamantenbüros«, sagte Jules.

»Wow! Unglaublich. Dann dürfte es kein großes Problem sein, die Klunker zu verkaufen.«

»Wahrscheinlich nicht. Aber sage besser nicht Klunker, wenn wir mit Michel reden!«, warnte ihn Jules.

Als Karsten ausstieg, kamen ihm von beiden Seiten orthodoxe Juden in langen schwarzen Gewänder entgegen. Alle trugen schwarze Hüte und hatten Schläfenlocken. Kaum einer von ihnen trug etwas bei sich, aber alle schienen in großer Eile zu sein. Sie gingen ausgesprochen schnell und verschwanden dann in Hauseingängen. Andere kamen irgendwo heraus und eilten ebenso schnell über den Gehweg. Das ganze machte auf ihn den Eindruck, wie ein Ameisenhaufen unter Beschuss.

»Beeindruckend«, sagte Karsten nur.

»Das sind alles Händler und Boten. Sie tragen und befördern ein paar Steine in den Hosentaschen«, erklärte Jules.

»Nur in den Hosentaschen? Ist das nicht zu gefährlich?«

»Das machen sie seit hunderten Jahren so. Es ist unauffällig.«

»So etwas habe ich noch nie gesehen.«

»Gleich hier wohnt Michel. Er betreibt, wie die meisten, den Handel von seiner Wohnung aus. Er ist nett und freundlich. Michel wird dir mit Sicherheit mehr über den Handel und das Viertel erzählen«, sagte Jules und drückte auf eine Klingel.

»Jules! Wie lange ist das her? Ich freue mich, dich zu sehen!«, sagte er. »Ist das der junge Mann, von dem du erzählt hast?«.

»Karsten Fischler«, stellte er sich vor und gab ihm die Hand.

»Bitte zieht die Schuhe aus und kommt herein«, sagte Michel freundlich in hoher Stimmlage. »Tee?«

Michel Rothstein war ein zierlicher Mann in Jules Alter. Dennoch lugten unter seinem schwarzen Hut erste graue Haare hervor. Karsten dachte, dass es lange dauern musste, bis die Haare an den Schläfen so lang wuchsen, bis sie kunstvoll zu Locken gedreht werden konnten.

»Sehr gerne«, sagte Jules und Karsten nickte.

»Devora, wir haben Gäste. Bitte bringe uns Tee!«, rief er. »Setzt euch. Meine Frau kommt gleich.«

»Karsten ist zum ersten Mal in dem Viertel«, sagte Jules.

»Das ist richtig. Die Leute auf der Straße sehen alle so aus, als seien sie in großer Eile«, sagte er.

Michel lachte. »Sie bringen den Händlern Diamanten und Zeit ist Geld, wie man so schön sagt.«

Freundlich lächelnd kam seine Frau mit dem Tee herein, stellte sich kurz vor und verschwand wieder in der Küche.

»Hier in Kievit leben wir seit Hunderten von Jahren vom Handel und dem Schleifen der Diamanten«, erklärte er Karsten und rührte Zucker in seinen Tee. »Damit bescheren wir Antwerpen ein jährliches Einkommen 40 Milliarden Dollar und fast alle Händler der Stadt sind wie ich Juden.«

»Karsten Fischler hat ein paar Diamanten von einem jüdischen Vorfahren aus Antwerpen geerbt«, brachte Jules das Gespräch in die gewünschte Richtung.

»Und die wollen Sie verkaufen, junger Mann? Das dürfte kein Problem sein«, sagte er. »Wissen Sie, Diamanten sind wie Frauen. Sie sind der beste Freund einer Frau. Diamanten sind vielseitig wie Frauen. Jeder Diamant verbirgt eine eigene Geschichte. Diamanten zeigen sich im unbehandelten Zustand nicht in ihrer ganzen Schönheit, sie müssen geschliffen und poliert werden, um all ihre Reize zu enthüllen, für die sie so berühmt und geschätzt sind. Wer war denn Ihr Vorfahre? Vielleicht kenne ich ihn.«

»Ich glaube kaum, dass Sie ihn gekannt haben. Jakob Stein lebte vor zweihundert Jahren«, sagte Karsten.

»Jakob Stein? Die Alten im Viertel erzählen sich noch heute gelegentlich Geschichten über ihn. Er soll recht erfolgreich gewesen sein«, sagte Michel.

»Wegen der Geschichte möchte ich auch zwei Diamanten behalten«, sagte Karsten.

»Oh, wie viele bleiben denn dann zum Verkauf«, fragte Michel.

»746«, sagte Karsten und Michel schien blass zu werden.

Er öffnete das Case und zeigte ihm die Steine.

»Beim Barte des Propheten. Das ist ja kaum zu glauben! Darf ich?«, fragte er.

»Das muss doch so sein, wenn sie die Diamanten prüfen

wollen«, sagte er und öffnete auch die Schleife von dem Samtsäckchen.

»Cushion. Das Kissen mit dem alten Schliff. Die quadratische Form mit abgerundeten Ecken gehört zu den unsterblichen Klassikern, die schon vor 200 Jahren beliebter waren als die runden Brillanten. Diese Diamanten sind zweifelsfrei 200 Jahre alt. Und dann in dieser Menge! Ich kann es kaum glauben.«

Karsten zuckte nur mit den Schultern. »Ich verstehe nichts von Diamanten«, sagte er.

»Junger Mann. Sie wissen nicht, welchen Schatz Sie da haben! Der traditionelle Diamant in dieser Form reflektiert das Licht sparsamer als moderne Formen und zeichnet sich durch seine breite Kalette aus. Obwohl die Brillanz der Kissenform nicht die Perfektion des runden Brillanten erreicht, übertrifft sie ihn an Feuer, was natürlich viel Aufmerksamkeit und Interesse erregt. Meist mit 58 Facetten. Alleine ihr Schliff beweist ihr Alter und ihre Echtheit!«, sagte Michel.

»Sie würden die Diamanten also kaufen?«, fragte Karsten vorsichtig und hielt ihm das Säckchen hin.

»Der hat mindestens 5 Karat. Eher 6«, korrigierte er sich. »Der bringt alleine an die 100.000 Euro«, schwärmte Michel und hielt ihn ins Licht.

Jules grinste nur.

»Ich kann nicht alles kaufen. So viel Geld habe ich nicht. Aber es gibt hier vier Diamantenbörsen. Dort dürfte es kein Problem sein, alle zu verkaufen. Zum Taxieren müsste Sie die Diamanten allerdings hier lassen«, sagte Michel.

Karsten sah Jules hilfesuchend an sagte: »Sehr ungern. Wenn die so wertvoll sind lasse ich sie keinesfalls ohne Sicherheiten zurück!«

»Karsten, ich glaube, dass dir Herr Rothstein den Empfang schriftlich bestätigen würde«, sagte Jules.

»Da liegt ihr beide falsch«, sagte Michel. »Ich würde ein solches Vermögen nicht hier haben wollen. Die Börse selbst würde sie zur Schätzung annehmen und Ihnen alle Sicherheiten geben. Wenn Sie mir eine kleine Provision gönnen, dann sorge ich dafür, dass Ihre Diamanten in den nächsten drei Tagen verkauft sind«, sagte Rothstein grinsend.

»Das hört sich besser an. Einverstanden. Sind 5 Prozent für Sie in Ordnung?«, fragte Karsten.

»Absolut! Danke«, sagte er. »Aaron, hole bitte sofort Herrn Weizsmann für ein einmaliges Geschäft her«, rief er seinen Sohn.

Der junge Mann eilte gleich los und kam mit dem Chef einer der großen Börsen zurück. Nachdem Karsten einen Beleg für die Diamanten bekam, brachte ihn Jules zum Bahnhof.

»Vielen Dank Jules. Ich bin erleichtert, die Steine losgeworden zu sein«, sagte er lächelnd beim Abschied.

Er fuhr nach Wuppertal ins Rathaus und meldete sich in Deutschland vollständig ab. Nachmittags traf er noch seine wenigen Freunde, um Abschied zu nehmen. Auf ihre Fragen erklärte er nur, dass er zu etwas Geld gekommen sei und nun durch die Welt tingeln wollte. Mit der Antwort waren sie zufrieden. Stefanie traf er nicht mehr, zumal sich Karsten heftig in Lena verliebt hatte und er sein Leben auch in der Beziehung zu ändern gedachte. In dem Golfhotel kontaktierte er mehrere Makler und musste feststellen, dass der Kauf einer Wohnung für Michael schwieriger war, als er annahm. Daher veranlasste er eine Überweisung auf die ihm bekannte Bankverbindung für frühere Mietzahlungen und machte sich am nächsten Tag auf den Rückweg nach Miami.

Schon nach zwei Tagen bekam Karsten von Michel Rothstein die Nachricht, dass alle Steine für 14,3 Millionen Euro verkauft seien. Karsten bedankte sich bei ihm und veranlasste nach Prüfung des Zahlungseingangs die vereinbarte Zahlung der Provision. In nur einer Woche hatte er alles in Deutschland erledigt und freute sich auf einen neuen Lebensabschnitt unter Palmen.

43

Die letzten Monate waren turbulent und vergingen ereignisreich in hohen Tempo. Karsten saß im Liegestuhl mit einer Piña Colada auf der Terrasse seines Penthouses an der Biscayne Bay und blickte gedankenverloren auf das Meer hinaus. Er wartete darauf, dass wie jeden Tag, kurz vor 8:00 p.m. die Sonne unterging. Mit 25 Grad war es selbst nachts angenehm warm und nicht mit dem deutschen Schmuddel Wetter in dieser Jahreszeit vergleichbar. Aber irgendwie erschien ihm sein neues Leben in Luxus auch noch immer unwirklich. Richtig zufrieden fühlte er sich nicht, auch wenn er sein altes Zimmer bei Michael in der Nordstadt nicht wirklich vermisste. Ihm fehlte es nach zweieinhalb Monaten seit seiner Rückkehr aus Europa einfach an sinnvollen Aufgaben. Anfangs konnte er dieses Leben noch genießen. Es war wie im Urlaub. Partys, die Clubs am Ocean Drive, Stunden am Strand oder am Pool und Shoppen ohne auf die Preise achten zu müssen, bestimmten seinen Tagesablauf in dem ersten Monat. Danach beschäftigte er sich mit der weiteren Einrichtung und Dekoration seiner Wohnung, dem Kauf eines schwarzen BMW 760i und Besuche bei der Leasingfirma, in die er investiert hatte. Sein Geld schien einiges in dem Unternehmen bewirkt zu haben. Zumindest wurden tatsächlich 32 neue Mitarbeiter eingestellt und größere Geschäftsräume angemietet.

Das Nachbarschaftsverhältnis war in dem Haus locker, da auch meist Singles die Mieter waren. Jung, erfolgreich und gut verdienend waren sie alle. Karsten verstand sich mit einigen gut, besonders mit Oliver, der ihn heute zu einem Gegenbesuch eingeladen hatte. Erst eine Woche zuvor hatte Karsten den neuen BBQ Smoker mit seinen Nachbarn eingeweiht.

Oliver war ein Jahr älter als Karsten und arbeitete erfolgreich in der Werbung in Fort Lauderdale. Mit ein paar Six Packs Budweiser ging er herunter zu der Wohnung im Erdgeschoss. Er brauchte nicht zu klopfen, denn die Tür stand offen. Freudig wurde er von Oliver und weiteren Nachbarn begrüßt.

»Hey Karsten! Schön, dass du auch gekommen bist«, sagte er. »Stell das Bier in die Küche und komm zu uns.«

Hinter seiner großen Terrasse lag eine gepflegte Rasenfläche und eine Hecke grenzte das Grundstück vom breiten Strand ab. Als Karsten heraus kam wurde er gleich von anderen Nachbarn und weiteren Freunden Olivers begrüßt. Wer ihn noch nicht kannte, stellte sich vor und ein wenig Small Talk erklärte gleich, wer er ist. Wenn nach seinem Job gefragt wurde, erwähnte Karsten mit wenigen Worten die Leasingfirma, in die er ein wenig Geld investiert habe und dass er in Deutschland auch mit Werbung zu tun gehabt hatte.

»Was hast du denn in der Werbung gemacht«, fragte Oliver und wendete ein paar köstlich duftende Steaks auf dem Rost.

»Nur ein wenig Radiowerbung. Ich komme ursprünglich aus dem Norden Deutschlands. Daher, wo auch die Küste ist, die man mit Fisch in Verbindung bringt«, erklärte er.

»Dann hast du Werbung für Fisch gesprochen?«, fragte Oliver.

»So ist es. Man war der Meinung, dass ich eine gute norddeutsche Stimme habe«, lachte Karsten.

»Dein Englisch ist sehr gut, Karsten. Aber den deutschen Akzent hört man trotzdem heraus«, sagte er grinsend und legte ein fertiges Steak auf den Teller einer hübschen Latina.

»Ja, das stimmt«, bestätigte sie, »ich höre das, obwohl mein kubanischer Akzent bestimmt auch zu erkennen ist. Carolina Rodriguez«, sagte sie und stellte sich lächelnd vor.

»Karsten Fischler.«

»Bist du hier im Urlaub?«, fragte sie ihn.

Karsten schüttelte den Kopf. »Ich bin ein Nachbarn von Oliver und wohne oben in dem Penthouse. Und du?«

»Ich kenne Oliver schon ein paar Jahre. Wir waren auch mal zusammen«, sagte sie und zwinkerte ihm zu.

»Das stimmt, ist aber schon lange her«, bestätigte Oliver cool.

»Wenn du hier lebst, wird dir aufgefallen sein, dass in Miami viele Kubaner leben. Mein Vater kam schon in jungen Jahren hierher«, sagte Carolina. »Ich bin hier geboren und lebe in der berühmten Calle Ocho.«

»Calle Ocho?«, fragte Karsten.

»Da hast du was verpasst«, sagte Oliver. »Da fahren selbst Reisebusse hin. Die musst du gesehen haben. Da ist überall was los. Carolina hat ein kleines Café in der Straße.«

Karsten hatte das Gefühl, dass er gerade mit der feurigen Latina verkuppelt werden sollte und dachte an Lena, die er in ein paar Tagen auf Curaçao besuchen wollte. Aber er ließ die Unterhaltung einfach laufen.

»In der Calle Ocho fühlt man sich wie in einem anderen Land. Die Menschen sind mehr draußen und sie sprechen miteinander. In den USA machen sie das gewöhnlich nicht. Wenn man dann hier ist, dann fühlt man sich als jemand der aus Lateinamerika kommt, gleich wie zu Hause, verstehst du?. Und jeder wird dort mit dir ein Gespräch beginnen – bei einer Tasse Kaffee. Am besten in meinem Laden«, sagte sie lachend.

»Ich glaube, da habe ich wirklich etwas verpasst«, gestand Karsten und nippte an seinem Bier. »Aber ich glaube dein Steak wird kalt«, sagte er und zeigte auf ihren Teller.

»Du hast Recht. Wir quatschen später weiter, okay?«

»Klar. Gerne. Ich esse jetzt auch mal etwas.«

»Süße Frau, oder?«, fragte Oliver, als sie sich entfernte.

»Oh ja. Absolut. Sehr weiblich und hübsch.«

»Ich glaube, ihr wärt ein hübsches Pärchen.«

Karsten schüttelte den Kopf. »Unter anderen Umständen könnte das sein. Aber ich fliege morgen auf Curaçao zu einer Frau. Ich hatte mich schon in Europa in sie verliebt.«

»Oh! Das wusste ich nicht.«

»Konntest du auch nicht wissen. Aber bekomme ich jetzt auch etwas zu essen?«

»Magst du eine deutsche Bratwurst? Die habe ich extra für dich bei einem deutschen Metzger in Miami gekauft«, sagte Oliver.

»Echt? Klar, ich nehme eine. Aber was ist mit dir? Hast du keine Freundin?« fragte Karsten und biss in seine Wurst.

»Im Moment nicht«, sagte er und wendete ein paar Steaks. »Aber gelegentlich nehme ich eine Frau mit zu mir«, sagte er grinsend.

»Das kenne ich. Aber seit Lena da ist, ist das bei mir anders geworden.«

»Also ist es etwas Ernstes mit ihr?«, fragte Oliver.

»Ich hoffe es!«

»Na dann viel Glück auf Curaçao. Ist eine schöne Insel«, sagte er. »Und wie ist sie?«

»Lena?«

»Nein, die Wurst!« antwortete Oliver lachend.

»Sehr lecker! Du kannst mir gleich die nächste geben.«

Es war ein cooler BBQ Abend. Da alle Nachbarn dabei waren, konnte Oliver auch Musik machen, ohne dass sich jemand gestört fühlte. Wahrscheinlich für Carolina, so dachte Karsten, legte er Buena Vista Social Club auf. Als dann Chan Chan mit Ibrahim Ferrer spielte, jubelten und sangen fast alle Gäste mit.

Also doch nicht nur für Carolina. Kubanische Musik war in Miami allem Anschein nach beliebt, dachte er als, er um Elf nach oben ging. Sein Flug nach Willemstad ging am nächsten Morgen schon um 7:25 am. Karsten öffnete den breiten Flügel der Terrassentür und lauschte den Klängen der kubanischen Musik, an der er heute Gefallen gefunden hatte. Er zog sich pfeifend aus und ging unter die erfrischende Dusche. Erst als er wieder ins Wohnzimmer kam und die letzten Klänge des Songs *Candela* von unten ertönten, hörte er, dass es an der Tür klopfte. Karsten zog schnell eine Unterhose an und ging zur Tür. Er musste etwas vergessen haben, doch vor ihm stand lächelnd Carolina. »Du hast dich gar nicht von mir verabschiedet«, sagte sie vorwurfsvoll, legte ihre Hände auf seine Brust und schob Karsten zurück in die Wohnung.

»Hey Carolina. Ich habe doch lautstark bye gerufen. Du, ich muss morgen früh zum Airport und jetzt ins Bett«, sagte er.

Karsten konnte und wollte sich nicht auf ein Verhältnis einlassen. Er freute sich auf Lena.

»Es ist erst kurz nach Elf und du kannst mir noch deine Wohnung zeigen«, sagte sie und drängte ihn zurück.

»Na gut. Du hast gewonnen«, sagte er und sie schloss die Tür hinter sich.

Unbemerkt hatte Carolina ihr Top über den Kopf gezogen und schmiegte sich an seinen nackten Oberkörper. Karsten spürte den zarten Zwillingdruck ihrer straffen Brüste.

»Carolina, das ist unerwartet für mich. Ich habe eine Freundin, die ich morgen besuche«, übertrieb er.

»Wir nehmen ihr ja nichts weg«, sagte sie und drehte ihn zu sich herum. Erst jetzt fiel ihm die Größe ihrer jugendlichen Brüste auf, die sie ihm entgegenstreckte als sie ihn küsste. Gegen eine sofortige Erektion konnte er nichts machen, aber er löste sich trotzdem von ihr.

»Carolina! Auch wenn es mir schwer fällt, dich abzuweisen, ist es verkehrt mit dir zu schlafen!«, sagte er und schob sie zurück. »Lass uns einfach befreundet sein.«

Lächelnd deutete sie auf seinen Slip. »Er scheint da aber ganz anderer Meinung zu sein«, sagte sie grinsend.

»Er führt sein eigenes Leben und er macht dir nur ein Kompliment. Aber ich bin der Boss und ich sage nein«, antwortete Karsten lächelnd.

»Ich habe nichts gegen eine Freundschaft«, sagte Carolina grinsend. »Spricht etwas dagegen, wenn dir eine Freundin ein Küsschen gibt?«

»Das ist okay.«

Grinsend kam sie ihm mit einem Kussmund entgegen und griff Karsten in die Hose.

»Von einem Küsschen war die Rede. Nicht mehr! Du gehst jetzt besser«, sagte er und drängte Carolina aus der Wohnung. *Nein und nochmal Nein*, sagte er sich. Keine Geschichten mehr! Karsten hatte sich längst für Lena entschieden. Es waren nur ein paar Tage in Antwerpen, während der er Gelegenheit hatte, sie etwas kennenzulernen, und doch hatte Karsten das Gefühl, sie schon ewig zu kennen. Lena war ihm vertraut. Dazu mochten auch die täglichen Telefonate beigetragen haben, die selten weniger als zwei Stunden dauerten. Dabei verursachte sie in ihm bisher unbekannte Glücksgefühle, wenn er nur ihre Stimme hörte. Das alles war neu für Karsten und er konnte es kaum abwarten, Lena zu sehen. Sie war die erste Frau in seinem Leben, in die er bis über beide Ohren verliebt war.

EPILOG

Drei Stunden Flugzeit an Bord der 737 für nur Tausend Dollar in der Business Class war eine mehr als erwartet günstige Option für Karsten. Er saß bequem im American Airlines Admirals Club vor seinem Kaffee und dem frischen Salat. In Europa musste es Mittagszeit sein, als er Jules Nummer wählte.

»Hallo Karsten! Na, hast du dich eingelebt? Wie läuft es mit deinen neuen Nachbarn in Miami Beach?«, fragte er.

»Einfach gut. Ich habe mich sogar mit einem angefreundet. Alle sind in meinem Alter und locker drauf«, antwortete er.

»Wann fliegst du zu Lena?«

»Ich bin am Airport und warte auf meinen Abflug. In viereinhalb Stunden müsste ich in Willemstad landen und bin schon ganz aufgeregt! Leonie hat sich gewiss gefreut, dass ihr in ihren Ferien zu Lena fliegt«, mutmaßte Karsten.

»Sie weiß es noch nicht«, sagte Jules lachend. »Sie denkt, dass wir in den Schnee nach Tirol fliegen.«

Karsten lachte. »Ich glaube, die Überraschung wird dir gelingen. Schicke mir eine Nachricht, wann ihr landet. Ich hole euch dann mit Lena am Flughafen ab. Ich hoffe, dass es dir ansonsten gut geht. Was macht die Hand vom Kommissar?«

»Mir geht es gut mit normalen Aufträgen und Benno kann seine Hand wieder bewegen. Ich wünsche dir einen guten Flug. Viele Grüße an Lena. Ich muss jetzt auflegen. Mein Job ruft. Bye Karsten!«

In der Lounge klang dezente Musik im Hintergrund und in ruhiger Atmosphäre konnte er entspannen, bis eine Durchsage seinen Abflug ankündigte. Er stand auf, bestellte an der Bar einen letzten Drink vor dem Abflug und ging an Bord. Nie wieder Holzklasse, dachte Karsten, als er zu seinem Platz ging. Eine richtige kleine Kabine empfing ihn, in der Karsten den bequemen Sitz in ein Bett verwandeln konnte, wenn er wollte.

Nach nur drei Stunden Flug landete die Maschine in Willemstad. Er holte sein Gepäck vom Band und schon als er aus der Tür kam, sah er die strahlende Lena. Sie kam ihm noch hübscher vor, als er die kaffeebraune Schönheit in Erinnerung hatte. Als sie ihn erkannte lief sie ihm in ihrem türkisfarbenen Kleid entgegen und sprang in seine Arme. Karsten ließ die Taschen fallen und küsste sie.

»Du siehst toll aus. So braungebrannt!«, stellte Lena fest. »Meine Eltern sind schon ganz neugierig dich kennenzulernen.«

»Ich lebe jetzt in Florida und ich bekomme mehr Sonne ab«, sagte Karsten. »Lass dich mal ansehen. Du bist zum Anbeißen hübsch, Lena! Ich bin schon seit Tagen ganz aufgeregt dich endlich wiederzusehen und freue mich darauf Weihnachten mit dir zu verbringen.«

»Dann lass uns mal erst fahren. Ich wohne nicht weit von hier mit meinen Eltern in Grote Berg«, sagte Lena und ging mit ihm zum Parkplatz.

»Grote Berg? Heißt das Großer Berg?«, fragte Karsten.

»Richtig. Der Name kommt von dem Berg in der Nähe. Er ist aber nur 115 Meter hoch«, sagte sie lachend und öffnete den alten Mazda. »Das Haus meines Vaters wird dir gefallen. Sein ganzer Stolz ist sein Garten. Aber es ist auch klein.«

Karsten stieg ein und war gespannt auf die nächsten Wochen.

»Wo kann ich denn übernachten, wenn das Haus klein ist?«

»Für Leonie hat meine Mutter das alte Kinderzimmer von meinem Bruder hergerichtet. Aber für ihren Vater und dich haben wir in der Nähe in einem hübschen Landhaus Unterkünfte reserviert. Ihr habt sogar einen Pool«, sagte Lena.

»Das ist vollkommen in Ordnung«, sagte Karsten. »Hauptsache ich bin in deiner Nähe und kann dich so oft wie möglich sehen«, flirtete er und blickte bewundernd auf ihre schlanken Beine.

»Ich habe mich auch sehr auf dich gefreut, Karsten. Bestimmt habe ich meine Mutter schon verrückt gemacht, weil ich so oft von dir erzählt habe«, sagte sie lachend und bog auf die Landstraße ab.

»Curaçao. Ich bin voller Erwartungen«, sagte Karsten.

»Du denkst dabei sicher an den Likör, oder? So geht es den meisten Europäern«, sagte Lena.

»Nicht unbedingt. Es ist auch erst mein zweiter Urlaub in der Karibik und ich bin gespannt auf die Musik und das Essen. Spricht man hier eigentlich Englisch, oder Niederländisch?«

»Das Essen ist kreolisch, also typisch karibisch. Aber es gibt auch eine Landesküche. Beides wird dir gefallen. Wenn du bei der Musik an Salsa denkst, liegst du aber falsch. Meistens hörst du hier den wilden Rhythmus der Conga-Trommeln, der sich mit Walzermelodien mischt.«

»Wow! Das hört sich spannend an«, sagte er und legte eine Hand auf ihr Bein.

»Niederländisch ist zwar Behördensprache und die meisten Menschen sprechen auch englisch, aber meine Mutter spricht zum Beispiel nur Papiamentu und etwas Spanisch. Das ist mit Abstand die meistgesprochene Sprache auf Curaçao. Es ist eine Mischung aus Portugiesisch, afrikanischen Sprachen, Spanisch, Niederländisch und den Sprachen südamerikanischer Ureinwohner.«,

»Oh Gott. Davon habe ich noch nie gehört.«

»Sprichst du Spanisch?«, fragte sie und legte ihre Hand auf seine.

»Etwas. Ich hatte es ein Jahr in der Schule und in Miami wird oft spanisch gesprochen«, sagte Karsten und streichelte ihren Oberschenkel.

Lena fuhr rechts ran und beugte sich zu ihm. »Küss mich! Wir sind gleich da und im Beisein meines Vaters geht das nicht«, sagte sie und umarmte ihn.

Sie küssten sich liebevoll zärtlich und voller Leidenschaft und Karstens Herz klopfte, als sie seinen Nacken streichelte.

»Lass uns weiter fahren. Sie warten bestimmt schon und meine Mutter hat gekocht«, sagte sie. »Keshi Yená, ein mit Fleisch gefüllter Käse) und Ayaka. Ist beides sehr lecker. Das ist würziges Fleisch in Maismehlpanade mit Bananenblatt umwickelt und wird nur zur Weihnachtszeit gekocht.«

»Ich bin neugierig auf das Essen, aber viel mehr auf dich. Werden wir Zeit für uns alleine haben?«, fragte er.

»Ja klar. Aber nachts muss ich Zuhause sein.«

Nur drei Minuten später bog Lena in eine schmale Straße ein und hielt vor einem pastellpinken, eingeschossigen Haus mit Gittern vor den Fenstern. Karsten stieg gleichzeitig mit ihr aus und holte seine Taschen aus dem Wagen. Lenas Mutter kam ihnen entgegen, sagte irgendetwas Unverständliches und musterte Karsten mit einem Lächeln.

»Guten Tag, Good day, buenas tardes«, sagte er freundlich und reichte ihr die Hand.

Ihre Mutter war etwas kleiner als Lena, hatte eine hellere Hautfarbe, aber die gleichen lachenden Augen. Sie sagte wieder etwas und Lena übersetzte. »Sie heißt dich willkommen und meint, dass du ein hübscher Mann bist«, sagte sie augenzwinkernd. »Komm rein. Das Essen ist gleich fertig.«

In dem Wohnraum stand auch ein Esstisch, aber die Küche war nebenan. Ihr Vater saß am Tisch, als sie eintraten und er stand sogleich auf. Ein stolzer Mann, den das Leben zeichnete, dachte Karsten sofort. Er hatte volles Haar mit kleinen schwarzen

Locken und dunkele, fast schwarze Augen, die ihn intensiv mit ernstem Blick musterten.

»Manuel Boamah«, stellte er sich Karsten mit festem Händedruck vor.

»Karsten Fischler, ich freue mich, Ihre Bekanntschaft zu machen, Herr Boamah«, sagte er lächelnd.

»Sage einfach Manuel zu mir. Wir sprechen uns hier mit dem Vornamen an.«

»Gerne, Manuel«, sagte Karsten.

Das Haus war einfach, aber dennoch freundlich eingerichtet. Ein Tisch mit Bambusgestell und Korbstühle standen in dem Wohnzimmer. An den Wänden hingen typisch karibisch bunte Bilder, die Karsten an naive Malerei, die er aus dem von der Heyde Museum in Wuppertal kannte, erinnerten. In einer Nische entdeckte er eine bemalte Jesusfigur, die bezeugte, dass er in einem christlichen Haus war. Er nahm neben Lena Platz, als ihre Mutter das Essen auftrug. Es schmeckte ungewöhnlich, aber auch lecker. Die Gespräche beim Essen und den ganzen Nachmittag danach kamen Karsten wie bei einem Quiz vor. Insbesondere der Vater wollte so ziemlich alles von ihm wissen. Seine berufliche Tätigkeit, sein Leben in Florida und vor allen Dingen sein familiäres Umfeld schien ihn brennend zu interessieren. *Verständlich*, so dachte er. Schließlich hatte er nur eine Tochter. Zumindest war seine Erbschaft kein Thema in Lenas Elternhaus und Karsten gelang es, die Unterhaltung über ihre Zeit bei Leonie und Jules in Antwerpen zu lenken. Nach und nach taute auch ihr Vater auf und er schmunzelte über manche seiner Witze.

Schließlich wurde Karsten ernst. »Manuel«, sagte er und sah ihm in die Augen, »du darfst sicher sein, dass ich es mit Lena ernst meine. Sie ist eine wunderbare junge Frau, die mir viel bedeutet. Seit ich sie bei Leonies Vater gesehen habe, verging kein Tag, an dem ich nicht an sie gedacht habe. Ich habe mich in deine

Tochter verliebt und freue mich darüber, jetzt auch Lenas Familie kennenzulernen!«, sagte Karsten.

»Verzeihe mein Misstrauen, Karsten. Wir haben uns immer auf Lenas Urteilsvermögen verlassen können, aber du warst uns fremd und als Vater ist es meine Aufgabe, die Familie zu schützen«, sagte Manuel und legte seinen Arm auf Karstens Schulter. »Aber du scheinst ein netter Kerl zu sein. Warum solltest du sonst den weiten Weg machen, wenn es dir nicht ernst wäre.«

Karsten lachte. »Auch wenn die Insel schön sein soll, bin ich nicht wegen ihr gekommen!«

»Es ist spät geworden. Wir sollten dich jetzt zu deinem Hotel bringen«, sagte er.

Karsten hatte gehofft, dass Lena ihn alleine bringen würde, aber dazu war noch Zeit. Das Landhaus lag charmant von einem kleinen Garten umgeben, aber die Umgebung war steinig und öde. Sein Hotel hatte zugleich ein Restaurant mit großer Terrasse und wurde vor knapp zweihundert Jahren im Kolonialstil erbaut. Karstens Wohnung war modern, aber rustikal eingerichtet und die Klimaanlage funktionierte fast geräuschlos. Und das war wichtig, da es hier um ein paar Grad wärmer war, als in Miami.

Nach drei entspannten Tagen fuhren Lena und Karsten einen Tag vor Heilig Abend zum Airport, um Jules und Leonie abzuholen. Die beiden hatten fast 15 Stunden Flug hinter sich, als sie in Willemstad landeten und sahen ziemlich fertig und übermüdet aus, als sie mit ihrem Gepäck herauskamen.

Leonie ließ ihren Koffer bei Jules stehen und rannte Lena strahlend entgegen.

»Na, welch eine Weihnachtsüberraschung für deine Tochter«, sagte Karsten und umarmte Jules zur Begrüßung.

»Sie glaubte noch am Flughafen in Brüssel, dass wir in den Winterurlaub fliegen«, sagte Jules lachend. »Erst kurz vor dem

Besteigen der Maschine sah sie, dass unser Flug nach Willemstad, statt nach Innsbruck ging.«

»Dann wird Leonie viel zu warme Kleidung eingepackt haben.«

»Das war auch so. Aber ich habe ihren Koffer neu gepackt, als sie länger mit einer Freundin telefonierte«, sagte Jules grinsend.

Sein Anchor Bart war perfekt geschnitten und eine schwarze Sonnenbrille steckte in seinem Haar. Damit sah er gewohnt gut aus. Doch Karsten fand sein blau-rotes Hawaiihemd recht mutig.

»Hallo Jules«, begrüßte ihn schließlich auch Lena mit einem Küsschen. »Kommt schon und lasst uns fahren!«

In dem alten Mazda ihres Vaters wurde es auf der Rückbank sehr eng, als dort Leonie, Lena und Karsten Platz nahmen. Der Wagen hatte keine Klimaanlage und deshalb war die Luft im Inneren stickig und heiß. Die Mädchen drehten gleich die Seitenscheiben herunter, als Manuel losfuhr. Jules sagte etwas zu ihm in Französisch, dann Niederländisch und in Deutsch, doch Lenas Vater zuckte mit den Schultern.

»Mein Vater versteht nur etwas Spanisch oder Englisch«, erklärte Lena. »Hauptsächlich sprechen wir aber Papiamentu.«

»Und das wird niemand von uns verstehen«, sagte Karsten.

»Lena hat mir in Antwerpen ein wenig davon beigebracht. So schwer ist es gar nicht, Paps«, sagte Leonie stolz grinsend.

»Das wusste ich gar nicht«, sagte Jules überrascht. »Dann hast du jetzt ja genügend Gelegenheit es zu sprechen. Ich versuche es besser mit Englisch.«

»Wir haben eine kleine Überraschung für unsere Gäste«, sagte Manuel in schlechten Englisch. »First we drive to Willemstad.«

»Meine Eltern haben einen Tisch in einem Restaurant in Willemstad reserviert. Meine Mutter wartet dort schon auf uns. Hoffentlich habt ihr Hunger«, erklärte Lena.

»Dann wird es auf der Rückfahrt aber eng für uns alle!«, sagte Karsten.

Lena lachte. »Eine Nachbarin meiner Eltern kommt uns abholen. Wir fahren dann mit zwei Autos zurück.«

Sie erreichten den Alten Markt und Manuel parkte den Wagen.

Die Atmosphäre am Plasa Bieu und des Restaurants *Zus di Plaza* beeindruckte Karsten. Kaum betraten sie das Lokal, sah er einen langen Raum, der mit den hölzernen Bänken an Tischen mit kunterbunten Wachstuchtischdecken auffiel. Aber bemerkenswerter war der Geräuschpegel. Es klapperte hier und schepperte da. Die Geräuschkulisse bestand neben den Autogeräuschen von der davor entlanglaufenden Straße, aus einem Potpourri vieler verschiedener Sprachen. Hier schien jeder willkommen zu sein. Etwas irritiert folgte er Manuel und Lena zum Tresen.

»Sucht ein Gericht von der Tafel aus. Vater bestellt und bezahlt dann. Getränke bekommen wir am Tisch«, erklärte Lena. »Aber ihr müsst die Kaktussuppe unbedingt probieren. Die ist einmalig lecker.«

Nach kurzer Übersetzung wollten alle die Suppe und danach den Schmortopf mit Ziegenfleisch.

Lena sah ihre Mutter, die sie längst entdeckt hatte. Sie nahmen alle an dem Tisch mit den Holzbänken Platz und staunten, wie schnell ihr Essen gebracht wurde. Da stand er nun vor ihm. Der Teller mit Sopi Kaduschi. Die grüne Kaktussuppe.

»Da ist immer Fleisch mit drin. Vielleicht ist es diesmal Leguan«, sagte Manuel freudig mit dem Löffel wedelnd.

»Leguan?«, fragten Jules und Karsten erschreckt?

»Keine Angst. Der schmeckt sehr gut«, sagte Lena.

Karsten rührte in der dicken Suppe. »Hier sind Schrimps.«

Die schleimige Konsistenz der Suppe machte es ihnen nicht ganz so leicht, sie zu essen oder auf den Löffel zu bekommen.

Schon das Rühren der trägen Masse war komisch und sie zum Mund zu führen, war fast unmöglich. Was auf Karstens Löffel war, rutschte oft wieder herunter und so ging es auch Leonie und Jules. Lachend beobachteten sie sich gegenseitig dabei die schleimige Suppe zu essen.

»Ihr müsst den Holzpiekser zur Hilfe nehmen«, sagte Lena.

Karsten probierte es und mit der seltsamen Suppe im Mund verzog er das Gesicht. »Der Schleim fühlt sich etwas seltsam an«, sagte er und alle lachten. »Aber es schmeckt wirklich gut.«

Der anschließende Ziegenschmortopf war unbeschreiblich köstlich und schmeckte allen gut.

»Das war lecker«, sagte Karsten. »Aber diese Schleimsuppe brauche ich nicht nochmal.«

Leonie lachte. »Geht mir auch so!«,

Als alle fertig waren fuhren sie mit der Nachbarin nach Hause zum Grote Berg.

»Nach Weihnachten zeige ich euch den Grote Knip. Der schönsten Strand der Insel. Ich hoffe, dass ihr eure Badesachen dabei habt«, sagte Manuel.

Jules verließ sie schon am frühen Abend. »Entschuldigt bitte, aber ich bin sehr müde. Auch wenn es ein schöner Nachmittag war, bin ich wegen des langes Fluges müde und möchte nur noch schlafen«, sagte er, stand auf und ging in ihr Hotel. Auch Leonies Augen klappten immer wieder zu. Zuerst ruhte sie sich nach ihrer langen Reise nur etwas aus, aber Lena brachte sie dann doch in das ehemalige Zimmer ihres Bruders. Karsten blieb noch eine Weile. Aufgedreht unterhielt er sich angeregt mit Lenas Vater, bis auch er kurz vor Mitternacht zurück in sein Hotel ging.

Die Stube im Haus war der Mittelpunkt aller weihnachtlichen Dekorationen und neben einer Kommode stand der kleine, kitschig anmutende, künstliche Tannenbaum. Auf dem

Schränkchen selber war eine Plastik Grippe aufgebaut und weitere einzelne christliche Figuren standen verteilt fast überall herum. Auch sie waren aus Plastik und in ihren Farben so überladen, wie der Weihnachtsbaum und die Grippe. Künstliches Lametta hing glänzend und goldfarben über fast allen Möbelstücken und sogar auf der Lampe. Karsten fand alles kitschiger, als die blinkenden Las Vegas Dekorationen in der Wuppertaler Nordstadt. Aber trotzdem kam weihnachtliche Stimmung auf. Lena und Leonie waren die ersten, die ihre Geschenke auspackten. Sie lachten, als sie sahen, dass sie sich gegenseitig Düfte geschenkt hatten. Ihre Eltern schenkten sich schon seit Jahren nichts mehr. Aber sie saßen glücklich und Händchenhaltend auf dem Sofa und beobachteten, welche Freude die anderen dabei hatten, als sie ihre Geschenke öffneten. Jules und Leonie schenkten den beiden einen großen, englischsprachigen Bildband über Antwerpen und Karsten ein Video mit seiner ersten TV Werbung und zwei neue Smartphones. Lena bekam von Jules eine edle weiße Schürze mit Spitze aus Florenz und einen kleinen Armreif, für den sie sich bei einer Shoppingtour einmal interessiert hatte. Die Stimmung war dank der Kiste Prosecco, die Jules und Karsten für den Abend gekauft hatten, feucht fröhlich. Als endlich alle Geschenke ausgepackt waren, gab sich Karsten mit aufgeregtem Herzklopfen einen Ruck und trat vor Lena. Die junge Frau in ihrem cremefarbenen Kleid sah zum Anbeißen aus. Ihre dunkle und ebenmäßige Haut und ihre rot geschminkten, Lippen wirkten heute auf ihn besonders anziehend. Er stand vor ihr und holte ein kleines Päckchen aus seinem Sakko und gab es ihr. Lena öffnete die kleine Schatulle und zum Vorschein kam ein goldener Ring mit einem der größeren Brillanten, die Karsten behalten hatte.

Mit Tränen in den Augen zeigte sie allen den Ring.

»Du musst die Gravur lesen«, sagte Karsten.

In ewiger Liebe, Karsten. 24.12.2022 las Lena vor und übersetzte für ihre Eltern. Karsten ging vor ihr auf die Knie.

»Lena, ich liebe dich aufrichtig und frage dich, ob du meine Frau werden willst«, sagte er mit sanfter Stimme. Er war sich seiner Sache so sicher, wie noch nie.

Mit feuchten Augen sah sie zu ihm herunter und sagte deutlich Ja. Sie umarmten und küssten sich sofort und ihre Mutter stand jubelnd auf. Sie gab Manuel einen Knuff und sie gratulierten dem frisch verlobten Paar. Leonie und Jules taten es ihnen gleich und umarmten beide herzlich.

»Auf die Überraschung müssen wir anstoßen«, sagte Jules und füllte die Gläser.

Sie stießen an und Karsten sagte, »Lena, ich möchte dich hier auf Curaçao bei deiner Familie heiraten. Was meinst du dazu?«

»Ich glaube, meine Eltern würde das sehr freuen, Liebster.«

»Stellt euch einfach mal den Tag eurer Hochzeit vor«, sagte Jules. Fahrt mit einem Oldtimer zum Standesamt oder mit einer Yacht an einen zauberhaften Strand. Barfuß im Sand und unter freiem Himmel gebt ihr euch das Ja Wort«, sagte Jules.

»Ich kann mir kaum einen schöneren Ort vorstellen, als hier auf Curaçao mit der Familie und Freunden die Hochzeit meiner Tochter zu feiern«, sagte Manuel und drückte die Hände des Paars.

PERSONENREGISTER

Jakob Stein, Erblasser, Antwerpen, Belgien
Jules van Dyck – Privatdetektiv, Antwerpen
Leonie van Dyck – 13jährige Tochter von Jules
Lena Boamah, Au Pair Mädchen aus Curaçao, Antwerpen
Phillip Maassen – Notar, Antwerpen
Prof. Klaus Daniel, Ahnenforscher, Heidelberg
Slavko Jovanovic – Auftragskiller und Scharfschütze
Goran Samardzia – Auftragskiller
Jan Bishop, ehem. Steuerfahnder, Valkenburg - Freund von Jules
Benno Mickerts, Hauptkommissar des LKA Sachsen, Dresden
Hendrik Wagener, Oberkommissar des LKA Sachsen, Dresden
Beate Burke, Oberkommissarin beim LKA Sachsen, Dresden
Karsten Fischler, Wuppertal
Michael Winkels, Mitmieter und Freund von Karsten, Wuppertal
Hauptkommissar Friedrich Keller, Kripo Wuppertal
Hamad bin Abdul Al Gossarah, Autohändler, Wuppertal
Davide Hudson, Brüssel
Gregor Maybach, Großonkel von Davide Hudson, Le Havre/F

LESEEMPFEHLUNG

BURKHARD SCHRÖDER

Das
Codazzi
Projekt

Historischer Roman

1821: Juan Conteguez zieht in den Befreiungskrieg gegen Spanien. An seiner Seite ist der Italiener Agustin Codazzi. Auf dem Schlachtfeld von Carabobo erringen die Kämpfer um Simón Bolívar die Unabhängigkeit Venezuelas. Mit einem Brief des Innenministeriums trifft Juan 20 Jahre später in Paris erneut auf seinen Kameraden Codazzi. Dank dessen Initiative sehen die Menschen vom Kaiserstuhl nach Missernten und großer Hungersnot einen Ausweg. Die Endinger Bürger glauben, dass in der Neuen Welt das Paradies auf sie wartet und schließen mit Codazzi Verträge zur Gründung einer Kolonie in Venezuela. Als sie 1843 in eine unbekannte Welt aufbrechen, ist es ist ein Weg der mutigen Entscheidungen, voller Gefahren, tödlicher Hindernisse, Abenteuern und Liebe.

DER AUTOR

 Burkhard Schröder ist 1958 in NRW geboren und in Solingen aufgewachsen. Beruf und Liebe führten ihn nach Krefeld an den Niederrhein, wo der zweifache Vater heute lebt und arbeitet.

DANKSAGUNG

Auch wenn mich viele Freunde zum Schreiben des Buchs ermutigt haben, gilt mein Dank besonders meiner guten Freundin und Juristin Marion Weidner für die intensive Prüfung relevanter Inhalte im Erbschaftsrecht.

Ohne Deine Hilfe, wäre dieser Thriller nicht das, was er heute geworden ist.